因为你，我爱上这世界

蜃公子 著

天津出版传媒集团
百花文艺出版社

图书在版编目（CIP）数据

因为你，我爱上这世界 / 蜃公子著 . -- 天津 : 百花文艺出版社 , 2016.7

ISBN 978-7-5306-6899-3

Ⅰ . ①因… Ⅱ . ①蜃… Ⅲ . ①长篇小说－中国－当代 Ⅳ . ① I247.5

中国版本图书馆 CIP 数据核字 (2015) 第 281567 号

责任编辑： 魏　青

出版人： 李勃洋

出版发行： 百花文艺出版社

地址： 天津市和平区西康路 35 号　**邮编：** 300051

电话传真： +86-22-23332651（发行部）

+86-22-23332656（总编部）

+86-22-23332478（邮购部）

主页： http://www.baihuawenyi.com

印刷： 北京航天伟业印刷有限公司

开本： 880 × 1230 毫米　1/16

字数： 297 千字

印张： 18.75

版次： 2016 年 7 月第 1 版

印次： 2016 年 7 月第 1 次印刷

定价： 29.80 元

目录

1

请叫我恩人

“说……走，咱，咱就走哇！呕……你有，我有……呕……”苏宛捂住自己的嘴，抚了抚自己的胸口，这才强压下心中的那股呕意。

今天好友结婚，嫁了个高富帅，苏宛是各种羡慕嫉妒恨，无奈自己穷苦少女一枚，也唯有在酒店胡吃海塞以泄心头之愤。

一想到今晚颜色各异的食物，苏婉心中又是一阵反胃。

可现在是在大公路上！虽然已经是半夜了，但身边随时都有车辆疾驰而过。眼见小区大门近在眼前了，她觉得还是不要蹲在这里吐，破坏自己的形象了！强打起精神，苏宛跌跌撞撞地往小区门口走去。

脚步虚浮地跑到了自家楼下，苏宛还是没有忍住，扶着墙就吐了出来。她觉得自己真是吃饱了撑的才会在塞了那么多东西之后还喝酒。

擦干净了眼角挤出的泪水，苏宛费力地站了起来，脚下忽然觉得踢到个什么东西。眯起眼睛一瞧，苏宛立刻惊叫着后退了几步，楼道口的声控灯应声亮起。

“嗯……”

那个“东西”呻吟了一声，似乎是被突来的光线刺了一下。

苏宛看清是个人，这才拍了拍胸口，怒瞪了醉鬼一眼，龇牙咧嘴道：“叫你吓我！”

泄了愤，掠过挡住门口的醉鬼，苏宛才摇摇晃晃地去摸钥匙开门。小小的钥匙对着锁孔试了好几次都没钻进去，苏宛也烦了，恼怒地揪了揪自己的头发，又对着钥匙孔戳了几下，才总算是把门打开了。

刚走进家门，苏宛又犹豫了一下，回头瞧了瞧堵在大门口的人。这时声控灯已经熄了，苏宛只能隐隐地看到那个醉鬼身上的长裙和满头的长发。

“是个女孩子哎！就让她睡在这里的话如果被人欺负了……”苏宛越想越觉得有可能，这一片的治安她可不敢恭维。

“谁叫我就是传说中的圣母呢！”苏宛故作哀怨地叹了口气，晃悠悠地又转身把那个醉鬼给扶了起来。

“嘶！”“女人”的重量让苏宛倒吸了一口凉气：“大姐！你该减肥了！”

苏宛的家在二楼，可就算是二楼，苏宛也几乎是拼了老命才把醉鬼给弄回了自己的家。

把人往地板上一丢，苏宛摇摇晃晃地就栽倒在了沙发上，头一偏，立刻就睡着了。

清晨的阳光有些刺眼。“哎！头疼！”苏宛揉了揉额头，眯缝着眼睛就往卫生间走，没走两步，“扑通”一声就栽倒在了地上。

还没来得及喊疼，她回头一看，绊倒自己的是个披头散发的东西。苏宛拍了拍发胀的脑袋，忽然想起昨晚她拖了一个同醉的女人回来。

“醒醒！”苏宛坐在地上，提起脚踹了踹她。

没反应。

苏宛又踹了踹，见那人还是没反应，心里也有些害怕，该不会是酒精中毒挂了吧？

她小心地爬了过去，先伸手戳了戳那人的肩膀。这一戳，苏宛才发现这女人穿的衣服有些奇怪。

“在 COS 二次元人物？”苏宛上上下下地打量着那人的衣着，最后目光定格在那人腰间的一跟长长的疑似棍子的东西上。她撩开衣服的袍角，发现那是一柄剑。

“最近的 COSER 挺专业啊，连剑都仿得这么精致！”苏宛把那柄剑放到一边，然后坐起来，奋力把地上的人翻了个个。

一张俊逸非凡的脸露了出来，虽然长发散乱，但是那凌乱的发丝也遮掩不住那张漂亮的脸，反而增添了几分狂放的美感。

“哇！好美！”苏宛喃喃自语，伸手拨开了他脸上的头发，“可怎么感觉是个男的？”

苏宛视线下移，果然在他的颌下看到了凸起的喉结。

苏宛咽了咽口水，伸手摸了摸那人的胸口。

平的!

她颤抖着双手，又扯了扯那人的长发。

不是头套!

“不行不行！我不能轻易下结论！”苏宛强压下心里的激动，然后小心扯开那人的腰带，解开了他的衣服。

当那平坦的胸膛印入苏宛眼底的时候，她忍不住狼嚎：“真的是个男的啊！这么长的头发！玩穿越啊？！”

嚎完了，她又爬起来捡起了那柄剑。剑刚离鞘，苏宛就更惊讶了，“居然是真剑！”

把剑放到一边，苏宛又爬了回去，把手放在那人的胸口轻轻按住。

这触感……苏宛深吸了口气，手拂过某个小突起，下意识地捏了一把。

“哇……皮肤好好，胸肌好结实！”苏宛感觉满屋开满了朵朵梦幻般的鲜花，一时鼻血和着口水横流。

正当苏宛幻想的时候，手腕却被捏住，一个嘶哑的声音响起：“你是谁？你在做什么？”

苏宛低下头，对上了一双漆黑的眸子。

擦了擦嘴角的口水，苏宛强装镇定，义正词严道：“我是你的救命恩人！正在给你做心肺复苏！”

那人显然有些疑惑，但还是挣扎着坐了起来：“这位小姐，是你救了在下？”

听听这口气，还真把自己当古代人了!

那人扫视了一下四周，漂亮的眉毛微微皱了起来：“请问这里是哪里？在下为何会在此处？”

“这里是我家，”苏宛一本正经地装大尾巴狼，“你在我家楼下快死了，所以我就把你救了。”

“大恩不言谢！”男人感激地道。他刚要站起来，一低头就发现自己的衣襟敞开，春光外泄，于是赶紧侧过身把衣服穿好，那张俊逸的脸上浮起了一丝红晕。

“大恩怎么能不言谢呢！”苏宛不满了，“你不是应该说‘多谢女侠救命之恩，在下无以为报，唯有以身相许’这样的话吗？”

男人瞠目结舌。

苏宛也发现自己玩笑开得太过露骨，咳了一声，转变了话题：“对了，你叫什么名字？”

“在下慕时方，”长发飘飘的俊美男人站起来，一脸郑重地向苏宛躬身一礼，“多谢小姐救命之恩，以后必当结草衔环以报大恩。”

“你的恩人我叫苏宛。”某女人掐了自己的大腿一把，把心里想要调戏眼前美男的念头压了下去，说话也文绉绉了起来，“对了，慕时方，你可知道，这是何地？”

“是小姐的家啊！”慕时方一脸的莫名其妙，“方才苏小姐不是说过了吗？”

苏宛的嘴角抽了抽。这家伙咬文嚼字的，古装剧看多了吧，她顿时又起了调侃的心思，“我的意思是，你知道我家在何地吗？”

慕时方摇了摇头，又环视了一下四周，皱起了眉。

“那你知道你家在哪里吗？”

慕时方略一思忖，便轻声开口道：“在下家住金陵四方铜钱街……”

“啥？”苏宛的脸一阵抽搐。

金陵？南京？这家伙……该不会……真的是穿越而来的吧？

“你，你那是什么朝代？不对，”苏宛晕了，“你哪里，年号多少？”

“天宝十二年。”

难道真的是个穿越货？虽然不知道这个家伙是傻子还是骗子，但苏宛凭借着一颗少女漫画画手猎奇的心，还是决定相信这个从天而降的男人一次。

苏宛强压下心里的激动：“那个……我虽然不知道你具体是哪个朝代的人，但是你的恩人我很明确地告诉你，这里是距你的那个时代好几百年后的世界了。”

看慕时方一副没有反应过来的表情，苏宛又故作高深地撇撇嘴：“你们这些人啊，接受未来的东西绝对没有我们接受以前的东西快！”

“人会恐惧，是因为未知。”慕时方嘴角一翘，淡淡地说道。

“啊？你说什么？”苏宛有些懵了。

“没什么，苏小姐大可当做我是胡言乱语，”慕时方微微一笑，打量着苏宛的房间，“现在再一细看，此处果真与在下的居室很是不同。”

“你废话！你恩人我是个女人，你是个男人，当然会不同！”苏宛翻了个白眼，“不过你现在打算怎么办？”

这下慕时方倒是有些犹豫了：“在下不知。”

“你知道吗？”苏宛一脸诚恳地看着慕时方，“现在外面的男人都不留这么长的头发，不然会被人说是人妖；现在的人也不穿这样的衣服，不然会被热死；现在的人也不会带着剑出门的，不然会被抓起来；现在的人也不会像你这样说话，不然会被骂成神经病！”

“那在下……那我应该要怎么办？”慕时方显得有些手足无措了。

“像你这样的天然萌呆，又对这个世界一点都不了解，说不定一出去就会被人卖到夜总会去。夜总会你知不知道是什么？就是那个红楼，小倌馆！”

“让在下……让我做小倌？”

看到慕时方的脸色瞬间黑下来，苏宛在心里得意地大笑。

“那恩人你能帮帮我吗？”慕时方看着苏宛，一脸的渴求。

苏宛心花朵朵开——她等的就是这句话呢！

“要你恩人我帮你也可以，不过以后你得听我的话！我叫你做什么你就得做什么！叫你往东你不能往西！”

“叫我杀牛我绝不杀鸡。”慕时方信誓旦旦地保证。

苏宛满意了：“这还差不多，如果你不听我的话，我就去警察局，呃，就是衙门，就去告你，说你是别的时代的人。到时候你一定会被人抓起来，每天抽你的血给你打针，每天给你做脑电波共振，哼，说了你也不懂，反正会过得很凄惨！”

“我一定会听你的话的。”慕时方乖乖地点头。

“那好，待会儿我就给你把头发剪了，然后去给你买两身衣服，你穿多大号的？”

慕时方摇摇头：“我不知道，号是什么？”

苏宛翻了个白眼，爬到电视柜那里就开始翻找起来。

等她找到软尺爬回来的时候，电视柜前面已经是一片狼藉了。

“站起来，你恩人我给你量量！”苏宛勾了勾手指。

慕时方的俊脸又红了红，走到了苏宛的面前。

苏宛哪里知道怎么量啊，她根本就是在吃豆腐——摸摸胸，摸摸背，摸摸屁股摸摸腿。

慕时方被他摸得浑身不自在：“好了吗？”

“好了，目测你有一米八八。”

“八八？是什么？”慕时方忍不住拂了一把被苏宛的咸猪手摸过的胳膊。

“你别管啦！你恩人我出去给你买衣服，你可不能乱跑！”苏宛顺手把软尺丢回了电视柜前面的地上，“你老老实实地给我待在家里，帮我把电视柜收拾一下！”

“好。”慕时方看了一眼一片凌乱的地面。他倒是真的没有想过会趁着苏宛不在而离开，方才他仔细观察过苏宛的衣着，的确是与寻常女子的大有不同。

发未成髻，衣不蔽体。

虽然慕时方答应了，苏宛还是有些放不下心。她眼珠一转，拎起了地上的那柄剑，“这个是属于管制品，所以你恩人我就帮你收着了，不要太感谢我！”

“恩人你收着便是！”慕时方纯良的一笑。

对他来说，没有武器根本就不是个问题。

苏宛把那柄剑锁到了自己房间的大衣柜里，才满意地换鞋出门。关上门之后，她想了想，又拧上了两圈反锁。

等苏宛离开了，慕时方才皱着眉头细细地打量着四周。

就如那个女子所言，此处的确不是他昏迷前待着的地方。就算是有人趁他昏迷的时候把他掳走了，慕时方也想不出到底是何处会有此地这等怪模怪样的家什。

不过若说他真的到了几百年后，那也太过匪夷所思了。

慕时方只记得，他应该在石室里修炼玄天诀的最后一层，谁料玄天诀的最后一层有一个禁忌——童阳之身绝不可练，因为阳气太盛容易走火入魔。慕时方的武功在当时的武林绝对算得上数一数二，可最后还是不可避免的走火入魔。当时慕时方气息大乱，阳气几欲爆体，为了自救，慕时方把过多的阳气集中在掌上狠狠地打在了石壁上。在晕过去的瞬间，他似乎看到石室的墙壁上出现了一个莫名其妙的大黑洞。

难道那个大黑洞就是导致他到了几百年后的原因？

慕时方运了一下自己的内力，眉头又皱了起来。

他非但没有冲上最后一层，反而还掉了一层，不过要重新练上去也不是什么困难的事情，真正让慕时方不安的，是这个陌生的地方。他其实在刚刚醒来的时候就察觉到不对了，在他扣住苏宛的手腕时，就察觉到她只是一个没有内力的普通人，才没有立刻把苏宛毙于掌下。侥幸逃得性命的女子却摆出了一副恩人脸，这让慕时方有些哭笑不得。

不过他在整理自己的衣服时，也发现自己的身上有些泥土。他昏迷前是在石室，醒来就在这个乱七八糟但是还算干净的房间了，所以身上的泥土应该是在外面沾上的，所以他也的确是被苏宛给带回来的。

慕时方摸了摸柔软而有弹性的沙发，不免有些惊异。

这个世界的东西，跟他那个世界有很大的不同啊！在他还没弄明白这个世界的规则之前，还是就暂时住在这个一口一个“你恩人我”的女子家里吧！

慕时方又在客厅里转了一圈，不由得啧啧称奇。

阳光从窗帘的缝隙里射了进来，慕时方走过去轻轻拉开了那紫色碎花窗帘。

他目瞪口呆。

密集的建筑，宽阔的道路，穿行的路人在和一辆辆呼啸而过的汽车打着游击，对面服装小店一声声的叫卖声在与隔壁的洗剪吹的《最炫民族风》做着斗争。

慕时方看着眼前这无比陌生的一切，心里万分震撼。

这里，果真不是自己的那个时代了么？

慕时方想要看得更清楚一些，手一伸，就摸到了面前的阻挡物。他沉吟了一下，左右看了看，很轻松地就找到了打开窗户的方法。

宽大的玻璃窗才一拉开，嘈杂刺耳的声音立刻灌了进来。

凭良心说，苏宛的单身小公寓不仅治安不好，环境也不咋地。

慕时方皱着眉正要把窗户又关上，就看到苏宛提着一袋东西从对面的服装小店里出来了。他立刻关上窗，拉好窗帘，坐到了电视柜前。只是一坐下去，慕时方又头疼了，这乱七八糟的一地东西，他要怎么收拾？

正当他把地上的东西一样一样地往抽屉里塞的时候，门被打开了，苏宛握着一把大剪刀，弄得咔擦咔擦地响："慕时方，你先把衣服换上！待会我给你剪头发！"

剪头发？慕时方眉一皱，但是一想到刚刚看到的男子都没有长发，犹豫了一下还是顺从地点了点头。

苏宛倒是诧异："咦，这么好说话？我还以为你会跟你恩人我说一大通'身体发肤受之父母'的话呢！"

"苏小姐要做的事，必然是为我好的。"慕时方乖巧地开口。

苏宛满意地点头："你知道就好，省得我还要拿着剪刀比划着威胁你一番。"

慕时方顿时无语。

苏宛走过来，看着塞得满满的抽屉，更满意了："做得不错啊！"

把东西全塞进抽屉里就叫"做得不错"？不过慕时方在看了看乱七八糟的房间之后，发现抽屉的样子的确还算不错。

苏宛把手里的袋子递给他："喏，给你！毛巾牙刷，还有从内到外的一套，这可花了你恩人我不少的银子，你要记得还！"

慕时方堆出一脸的感激："多谢恩人！"

"那好，去洗澡吧，嗯……还是我帮你吧！"

慕时方吓了一大跳，俊脸通红："不，不，不用了，在下，在下自己洗就好！"

苏宛翻了个白眼："喂喂！我又没说要帮你洗？只是帮你开热水！你这个人的思想怎么这么龌龊啊！"

人在屋檐下不得不低头，慕时方深深地叹了口气，跟着苏宛进了卫生间。

"这个是洗头的，这个是洗身上的。"苏宛仔细地给慕时方介绍了各种沐浴用品的种类和方法，才把花洒取了下来，然后打开了热水，一边试着水温一边往热水里加着冷水。

"好了，这个温度差不多了，"苏宛把花洒又挂了上去，一回头看到慕时方震惊的表情，立刻又得意了，“怎么样，没见过吧？快去洗，不要浪费水，水也很贵的！”

慕时方一怔：“水也要钱？”

“废话！还是收双份呢，上行水和下行水！”苏宛翻了个白眼，“我先出去了，你会穿内裤吗？”

“内裤是什么？”慕时方满脸疑惑。

苏宛坏笑了一声，从慕时方手里的袋子里摸出了一条四角裤：“就是贴身衣物啦，穿在最里面的。”

她还若无其事地撑开了那条四角裤：“就这样，一条腿放进去，另一条腿再放进去，然后拉上来，懂否？”

慕时方劈手就夺了过来，窘得一脸通红：“在，在下知道了……苏小姐请先出去吧！”

“说了多少遍了，别在下在下的！”苏宛翻了个白眼，“洗完了记得关水啊，水很贵的！”

砰！卫生间的门被关上了。

苏宛撇了撇嘴。

你会关门又不会锁门！

想到这里，苏宛玩心大起，猛地旋开了门把手：“喂！”

慕时方的衣服都脱到一半了，被苏宛这一吓立刻手忙脚乱地拉扯着衣服遮住自己光裸的胸膛。

挡什么挡，她都已经看过了好不好！苏宛贼笑了一声，又咳了咳，一本正经地看着慕时方：“关水的时候记得先关热水再关冷水，热水是左边那个啊！”

“在，在下知道了！”慕时方咬牙切齿。

她是故意的！她一定是故意的！

“你看你恩人我对你多好！还怕你烫着！”

他真的不能打死这个“恩人我”吗？

“谢谢恩人！”慕时方咬着牙微笑着，重重地把门关上。

苏宛的头猛地一缩，才没有惨遭“脑袋被门夹”的不幸。里面传来机簧清脆的声音。

“小气！我又不会偷看你！这都学会锁门了！”苏宛又撇了撇嘴，开始收拾起乱七八糟的房间来。

怎么着也得给这位穿越人士收拾出一个住的地方来吧！她又不可能让慕时方跟她一起睡！

沙发本来就是可以打开变成床的那种，苏宛又回房间抱出备用的被褥，胡乱给铺好，才把自己钟爱的聚宝盆抱枕给拿了出来。

慕时方平时就很注意自己的个人卫生，所以洗澡倒是没有洗太长时间。他披着湿漉漉的头发出来，就看到苏宛正抱着那个聚宝盆抱枕恋恋不舍地蹭着。

“哇，美人出浴啊！”看到头上还冒着蒸汽的慕时方，苏宛眼睛一亮，“过来过来，你恩人我帮你吹头发。”

吹头发？慕时方疑惑地看了苏宛的樱桃小嘴一眼：“你帮我吹？”

“是啊！快过来！”苏宛有些不耐烦了。

“你这么小的个子，能把我的头发吹干？”慕时方更迟疑了，“你会累着的。”

想着苏宛嘬着嘴一下一下地给自己吹头发，慕时方就觉得是种折磨——对苏宛是折磨，对他也是折磨。

“吹个头发有什么累的！”苏宛已经从一堆杂物里找到了电吹风，插上电，一回头，看到慕时方还在原地，不由得摇了摇手里的电吹风，“还不快过来！”

慕时方愕然。

难道她是要用这个小东西给自己吹？到底要怎么吹？

等到温热的风吹拂着头皮的时候，慕时方才感到惊奇和窘迫。

他早该猜到这个世界应该有很多他不能理解的东西，可该死的他怎么还会觉得苏宛所说的“吹头发”是用她自己的嘴吹啊！

苏宛却没有察觉到慕时方的窘迫，只是一边给他吹头发一边艳羡：“慕时方你的发质好好啊，不用梳子也不会打结！你之前都是用什么洗头的啊！一想到待会要把这头发剪掉你恩人我就好心痛哦！”

慕时方面无表情，心说要剪我头发的不是你吗？我还没心疼，你倒是在心疼什么。

吹完了头发，苏宛抄起剪刀，咔嚓几下，就把慕时方的长发给剪成了标准的小丸子头。

“不错，挺帅，”拉着慕时方站起来，苏宛绕着他转了几圈，倒是颇为满意自己的成果，“我的手艺果然不错！”

慕时方看着镜子里的自己，脸都黑了，他尽力让自己笑出来：“苏小姐，你确定这个样子很好看？”

“当然！难道你不相信你恩人我的手艺？”苏宛斜睨了他一眼，“我可是出身于名匠世家……”

“我知道了。”慕时方有些头痛，他拿过苏宛手里的剪刀，比划了一阵，却又不知道怎么下手。

“喂喂！你这不是在嫌弃我的手艺吗？”苏宛白了他一眼，然后掏出了自己的钱包，打开看了看里面的数额之后，才又唉声叹气地望向慕时方，“算了，我带你去对面剪头发吧！”

等真正站到大马路边的时候，慕时方才真切而深刻地体会到这个世界跟他所在的世界的不同。

耳边充满了各种各样聒噪的声音，周围形形色色的人擦肩而过，眼前的五彩斑斓让慕时方觉得仿若在梦中。

苏宛扯了他一把：“慕时方，你在发什么呆呢，过马路了！”

慕时方看着抓着他手腕的苏宛，这个把他从梦境里扯出来的女人，轻轻地点了点头：“嗯。”

剪好了头发，苏宛拉着慕时方站在马路边，享受着过往路人们的目光，苏宛别提心里多得意了，扯着慕时方就要横穿马路。

慕时方一把拉住了她。

“干什么？”苏宛不爽了。

“好像现在不能过去，”慕时方指了指马路对面等着的人们，“他们都没有过来。”

苏宛翻了个白眼：“现在不是绿灯，他们当然不会过来！我们是要闯红灯啊！”

“你有急事？”慕时方歪着头，一张漂亮的脸蛋上挂着认真的表情。

“急事倒也没有，”苏宛咽了咽口水，强制自己移开了视线，“我只不过是不喜欢等待的感觉而已。”

慕时方一怔。

两人一路无话。

回到家里苏宛就躺在沙发上：“慕时方，把地扫一下。”

“我？”

“废话，当然是你！这地上的不都是你的头发吗？”苏宛白了他一眼。

慕时方有些无奈，只得拿过了门边的扫帚。用拿惯了剑的手去拿扫帚，真的很不习惯。

慕时方扫着地上的碎发，不免又有些恍惚。

这些头发就好像是他与自己世界的牵绊一样，碎碎地被剪断了。

苏宛打了个呵欠，揉了揉眼睛，顺手就摸起遥控器把电视打开了。

刚刚才把地上的碎发归拢到铲子里的慕时方一惊。

是谁？

竟然在他毫无察觉的情况下潜了进来，还发出了如此诡异的声音！几乎是瞬间，慕时方把手里的铲子往声音发出的方向一扬，借以用这些东西遮挡偷袭之人的视线，然后一把把还坐在沙发上的苏宛扯到了自己身后。

“什么人！”慕时方对着发出声音的地方大喝一声。

猛地感觉到身后的衣服被扯了扯，慕时方警惕地左右看了看，没有发现人影，才略微侧头：“苏小姐，怎么了？”

苏宛满头满身挂满了慕时方的头发，此刻也顾不得整理自己，伸手就在慕时方的腰上掐了一把：“神经啊！突然把垃圾扫在我头上！哪有什么人啊！是电视机！”

慕时方有些怔忪，半晌才有些疑惑地开口：“可是这声音是从哪里来的？”

苏宛无语望天。

看着慕时方那张漂亮的脸上仍旧满是茫然，苏宛只得把他拖到电视机前面，指着那个小屏幕：“你看清楚了，发出声音的，就是这个！”

“妖怪？”慕时方仍旧有些惊疑不定。

“这叫电视机！”苏宛抖了抖身上的头发，发现没办法像狗把身上的水珠抖干净一样抖掉身上的各种垃圾，只得翻着白眼走进了自己的房间，“我去拿衣服洗澡，你自己把客厅收拾干净，以后可别大惊小怪的了！遇到什么不懂的就先问我。下次再这样一惊一乍的，我，我就不给你饭吃！”

慕时方有些无语，看着苏宛窸窸窣窣地进了卫生间，这才又蹲在电视机前面研究起来。

刚刚他都坐在这里装了半天东西了，都没有发现这个奇怪的小盒子竟然能发出声音。

苏宛洗好澡出来，就看到慕时方已经把客厅打扫干净，此刻正坐在电视机面前，死死地盯着电视里面活动的小人。

苏宛翻了个白眼：“你都快钻进去了！眼睛不想要了？”

“为什么会有人在里面？”慕时方头也不回，“是怎么把人变成这么小的？”

“这个解释起来很复杂，”苏宛挠了挠头，“你反正要记得，这个世界上出现任何东西你都不要奇怪就是了。”

慕时方点点头，站起来一回头，立刻就红了脸：“苏，苏小姐……”

“我，我，我怎么了？”苏宛一脸莫名其妙。

“苏小姐怎可如此穿着出现在在下面前……”慕时方扭过头。

不就是裹了条浴巾就出来了吗？苏宛脑补了一下古人的非礼勿视，推开慕时方决定无视他，弯下腰去拉开电视柜的抽屉。这一个动作使那白嫩的大腿暴露得更彻底了，隐隐还能看见那蕾丝的小裤裤。

慕时方手足无措，只得跑进了卫生间，直到外面嗡嗡嗡的吹风声音消失了，才探出头来。

确定苏宛回房间去换衣服去了，慕时方这才吁了口气，走了出来。

等苏宛换好衣服出来的时候，就看到慕时方又抱着电视机了。

苏宛无语，看了看手机上的时间：“都快中午了，今天中午你想吃什么？”

慕时方扭过头，犹豫了一下，“恩人家有的都可以。”

苏宛受用地点了点头，转身走进了厨房，不一会儿，就端了两碗方便面出来了：“香菇炖鸡和红烧牛肉，你自己选一个吧！”

慕时方想了想：“那就牛肉吧！”

学着苏宛的样子把碗盖一揭开，慕时方的脸就绿了：“牛肉呢？”

“牛肉？”苏宛把嘴里咬着的叉子抽出来，在慕时方的碗里搅了个乱七八糟，然后挑出了一块小小的脱水牛肉，“喏，牛肉。”

慕时方呆呆地看着那块白叉子上的小牛肉，两只漂亮的眼睛都快成斗鸡眼了。

见慕时方傻了，苏宛又催促道：“赶紧吃吧！等泡烂了就不好吃了！”

慕时方有些胸闷地抚了抚自己的额头，才学着苏宛的样子，笨拙地卷起了面条。

刚尝了一口，慕时方的眼睛就亮了：“味道还不错！苏小姐，你的手艺很好。”

苏宛差点没把嘴里的面喷出来：“味道还不错？果真是古代人啊！慕时方，我跟你说，这东西叫方便面，顾名思义就是吃起来很方便的面，这个平时就是装在这碗里的，用开水一冲就可以吃了。”

“你们这里的东西真的好神奇！”

“还有更神奇的呢！”苏宛说着说着又郁闷了，“我这个月的银子还没到手，存款都被我自己花得差不多了，现在我也只有每天吃方便面了！”

“苏小姐是做什么营生的？”慕时方三两口就把一碗面吃完了。

“画漫画的，”连着几天都吃方便面，苏宛有些倒胃口，“就是你们那个时代里面画人画物画连环画的那种。”

“苏小姐是画师？”慕时方点头，“失敬失敬！”

“才不是画师呢！”苏宛戳了戳碗底，“我只是一个勉强能养活自己的漫画创作者而已。”

看慕时方还是一副不明所以的样子，苏宛叹了口气：“跟你说了你也不懂！反正你只要知道，你恩人我是一个穷光蛋，所以以后一定要嫁给一个又有钱长得又帅的富二代，就好像我的漫画里面画的那样，灰姑娘遇到了白马王子……啊，多么浪漫！”

“富二代是什么？”慕时方不解地问道。

“打个比方吧，”提到自己未来的目标，苏宛来了精神，“假如你爹是你们那里的武林盟主，家里也是富甲一方，那么你就是富二代。”

慕时方眉毛一挑，俊颜上更是疑惑：“为什么我要把武林盟主的位置让给我爹？”

苏宛一愣，然后尖叫一声就丢了手里的叉子扑到了慕时方的身上：“大侠，包养我吧！我很好养的！每天一顿燕窝鲍鱼就够了！山珍海味什么的我完全不需要啊！”

慕时方被她吓了一跳，想要甩开苏宛，又怕弄伤她，只得僵硬地任由苏宛抱着。

“包，包养是什么？”慕时方的脸红得都快跟他面前的方便面碗一个颜色了，结结巴巴道，“苏小姐，你，你先从在下身上下来。”

“包养就是——”苏宛猛地住口，然后悻悻地松开了慕时方，“我怎么忘记了，你现在只不过是一个三无人员，还燕窝鱼翅，你都落魄到跟着我吃方便面了！”

被放开了的慕时方虽然松了口气，但是看着苏宛一副失望的样子又觉得很不服气：“我的武功虽然算不上是天下无敌，但就算是在现在，在江湖上也能混出个名气，就算是再做回武林盟主也未必不可能。”

苏宛郁卒地看了他一眼：“武林盟主？以你的长相，到酒吧去混个‘武林萌主’还差不多！至于江湖什么的，在这个世界，你还是算了吧。”

“为何？”慕时方一怔。

“现在练武功的人都少得可怜了！”苏宛耸耸肩，“现在的社会是法治社会！打伤人是要进监狱的，杀死人是要判死刑的！”

慕时方更为不解：“就算是在我朝，伤人同样也要量刑而处啊！寻常时候，大家不过是约定在某一处切磋武艺罢了！不过朝廷对江湖人士倒是未曾严加管束。”

“切磋？”苏宛翻了个白眼，“那叫械斗！你拎着菜刀走在大街上都会被警察逮走，何况是你身上佩戴着那么长的宝剑！”

慕时方倒有些惆怅了：“原来这里早已没有江湖了啊……”

慕时方那张漂亮的脸配上那有些伤感的表情，又让苏宛咽了咽口水：“那啥，慕时方，你别在那里哀怨了，就算是没有江湖，你的武功也还是有用的嘛！你可以用轻功给你恩人我跑腿，用暗器给你恩人我递东西，用剑法给你恩人我切菜！”

前两个还好，苏宛一说切菜，慕时方立刻就黑脸了：“你要我用我的宝剑给你切菜？”

他在九泉之下的师父会不会气得活过来杀了他？

苏宛白了他一眼：“我说的是剑法！不是剑！你那么长的剑在我厨房里比划，如果弄坏了什么东西怎么办？你怎么赔？”

慕时方无语了，他的确是没钱，且不说他没有这个世界上苏宛用的那种花花绿绿的银钱，他身上甚至连点金银珠宝都没有。

“我可以出去找活做！”慕时方活动了一下自己的手腕，“我想，我应该能做很多活。”

苏宛撇了撇嘴：“得了吧！你有这东西吗？”她摸出了自己的身份证，“没有这东西的话，你不仅找不到工作，走在大街上还会被警察以可疑人物带走的！”

“没有人能抓到我。”慕时方淡淡地说，他对自己的身手还是有几分把握的。

苏宛倒是冷笑了两声：“是吗？那你还是坐回去抱着你的电视机吧！就算你身手再好轻功再妙，你能跑得过子弹？人家瞄准你的心脏‘砰’的一枪，你就死了！懂不懂！”

慕时方摇了摇头。

“这个世界，已经不是刀枪棍棒的冷兵器时代了！”苏宛撇撇嘴，“你恩人我回房间去画画了！你自己看电视吧！”

见苏宛走进房间又关上了门，慕时方若有所思地把视线又投注在电视机上。

他必须努力吸收这个世界的知识，才能让自己好好活在这个世界。

2

恩人，我以身相许吧

苏宛是临近天黑的时候才从房间里出来的：“慕时方，你恩人我饿了，去弄点吃的。”

详细地叙述了一遍泡面的过程，她就窝在沙发里不动了。

慕时方叹了口气：“好吧，苏小姐你稍等。”

苏宛等了好半天，慕时方还没有泡好。疑惑地走到厨房一推开门，苏宛惊呆了。

“慕时方，你，你在干什么？”苏宛说话都不利索了。

“烧水啊！”慕时方回答得理所当然。

“可是，可是你，你在用什么烧水啊！”苏宛眼睛都瞪圆了，“那边热水瓶里不是有开水吗？”

慕时方一脸无辜地看着苏宛：“我进来的时候就看过了，没有什么地方装着开水，你这厨房里又没有柴火，所以我就自己烧水了。”他话音刚落，右手上锅子里的水就咕噜咕噜地开了。

慕时方修长而白皙的左手一收，漂浮在他左手手心上犹如火焰一般的蓝色光芒就消失不见了：“苏小姐，你要吃什么味道的？我发现了好多种味道的方便面呢！”

苏宛早就因为震惊过度而面无表情了：“红烧牛肉。”

慕时方漂亮的眉毛皱到了一起：“可是我打开的两盒是老坛酸菜和香辣排

骨啊！”

经过一下午的磨炼，他对这个世界的文字也了解得差不多了——跟他那个世界的相差并不算大。

“那我要香菇炖鸡。”苏宛很明显还没有从呆滞中醒转过来。

慕时方被噎住了，只得端着锅子给两碗都加上水，随便递了一碗给苏宛：“喏，你的红烧香菇。”

坐在客厅里，苏宛吃面吃到一半，才猛地回过神来：“宝贝啊！我捡到宝贝了！这是用内力在烧开水啊！省煤气啊有没有！”

慕时方被苏宛这突然的一嗓子给吓得差点呛到。

苏宛两眼放光：“那是内力吧！刚刚我还以为是特异功能呢！你简直可以媲美艾斯了。呃，艾斯是谁这不重要，重要的是，你以后得给我省多少煤气费啊！”

“霉气？是什么？为什么霉气还要省？”慕时方一脸的迷惑。

“就是柴火！”苏宛对着已经黑漆漆的天就热泪盈眶，“GOD！难道是因为你看我这二十多年过得太悲催所以才派慕时方来拯救我的吗？有这样一个宝贝在我手上，我的梦想的实现指日可待啊！”

“梦想？”慕时方瞥了她一眼，“找个富二代嫁了？”

“咳，明白就好，不要说出来嘛！”苏宛看着慕时方，眼睛又亮了，“慕时方，你恩人我的下半辈子的幸福就指望你了，你一定要帮我啊！”

“我帮你？”慕时方犹豫了一下，“我怎么帮你？”

“扮作恶霸去调戏良家妇男，然后我奋勇上前英雄救美？”苏宛挥着叉子在方便面里搅了几下，“或者你去勾引某一个寡居的富婆，然后把我介绍给他的儿子？”

慕时方的脸黑了黑，他指了指苏宛面前的方便面：“烂了。”

苏宛哀嚎一声，几口把那烂糊糊的方便面吞了下去，把碗一推，就去卫生间洗漱了。

第二天一大早，苏宛就被电话吵醒了。接完了电话，本来迷迷糊糊的苏宛也亢奋了，几步跳到客厅：“慕时方，今天请你吃好吃的，呃……人呢？”

“在这里呢！”慕时方的声音从阳台那里传过来。

苏宛吐了吐舌头，笑眯眯地看着正在晾衣服的贤惠的慕时方："我发工资了，今天中午你想吃什么，我请客哟！"

慕时方打开阳台的门走了进来："我还没吃过泡椒仔鸡呢，今天中午就吃这个吧！"

"没出息！"苏宛白了他一眼，"今天中午我请你去外面吃去！"

"去外面吃？"

"是啊，虽然你不能经常在外面露面，但是就在附近应该没什么问题的，这一片鱼龙混杂，藏一个你问题不大。"苏宛刨了两下自己乱七八糟的头发，"待会儿我们一起去吃早饭，然后去这边几条大街溜达一下，中午就在外面吃！"

慕时方犹豫了一下，还是点了点头。

苏宛打扮起来非常迅速，半长的头发用夹子一夹，随意地洗漱了一下，换好衣服就扯着慕时方出门了。

一上马路，苏宛又仔细地叮嘱慕时方："你可别松开我的手啊！这早上人多，说不定一会你就不知道被挤到哪儿去了！迷路了你就不知道怎么回去了！"

被苏宛紧紧地攥着手，慕时方不自在地别过脸，可看到周围不少的男男女女都是牵着手的，也就放任苏宛的行为了。

"苏小姐，今天不会闯红灯了吧！"

苏宛摸了摸自己的下巴，看了看两人牵着的手，又看了看慕时方那张漂亮的脸，表情一下子就严肃了："慕时方，以后不要叫我苏小姐了，你直接叫我苏宛就可以了。"

"苏宛？"慕时方一怔。

"是啊，你看我不是就直接叫你的名字吗？苏小姐苏小姐的，好奇怪！"苏宛还是一脸严肃，"在别人眼里，你可是我的男朋友！"

"男朋友？"慕时方又是一怔。

"对，男朋友！"苏宛肯定地说。

"就是说在别人眼里，我们是在谈恋爱？"

苏宛一个踉跄，差点摔倒在地上，慕时方身手敏捷地扶了她一把。

"你是怎么知道这个词的？"苏宛回过头，吃惊地看着慕时方。

“昨天下午看电视里一个叫皮特的黄头发的男人对着一个叫玛丽的女人说的啊，”慕时方一脸的无辜，“皮特说他们是在谈恋爱，而玛丽就跟别人介绍皮特是她的男朋友。”

谁说古人笨的！古人只是好多事情都不知道而已！

穿过了马路，苏宛把慕时方带到了一条小吃街，随便找了一家坐下，就吆喝着老板上油条豆浆。慕时方坐在凳子上，眼睛却快速地瞟过了每一个经过他身边的人，脚步虚浮，四肢萎靡。慕时方叹了口气，这个世界上，果真没有什么人学武了。

苏宛递了一根油条过来：“趁热吃吧！待会我再去给你买两套换洗的衣服。”

“只要十九元？”慕时方轻启朱唇，小小地咬了一口油条。

俊美的面容，白皙的皮肤，挺拔的眉毛，刀削一般的鼻子，红润但现在正泛着油光的嘴唇，还有那尖削的完美的下巴，白瓷一般闪着柔和光芒的修长脖子，在劣质T恤的掩盖下若隐若现的精致锁骨……

“不是，你的裤子三十九、鞋子五十九。”苏宛都快看呆了，慕时方是个妖孽啊！长得太漂亮了！

“慕时方，”苏宛灌了一口豆浆，“你那个时代，像你这样长相的人很多吗？”

“我这样的长相？”慕时方有些莫名其妙，“你问这个做什么？”

“我想要知道，古代是不是遍地都是美男！”苏宛咂咂嘴，“如果到处都是你这个水准的话，那我还真想去你那个时代看看呢！”

慕时方一时觉得有些伤脑筋。其实他自己倒是没有在意过自己的长相问题，毕竟在他的那个时代，是以强者为尊的，不过有过一个关于他是“江湖第一美男子”称号的事情，慕时方并不准备告诉苏宛，对慕时方而言，别人过分在意他的长相是对他的实力的一种侮辱。

连吃了三根油条，苏宛总算是饱了，付了钱苏宛扭头看了一眼还在慢条斯理喝着豆浆的慕时方，不禁翻了个白眼：“慕大侠，你可否快些？”

“细嚼慢咽。”慕时方抬头看着苏宛略带不耐烦的神色，知道就算是他说了苏宛也不会听，说不定还会嫌他烦，也只好无奈地喝干净碗里的豆浆，站了起来。

“待会我们去吃好吃的！”苏宛拽着慕时方，一脸的眉飞色舞，“想吃什么就吃什么！”

“可是那样子花钱真的没关系吗？”慕时方有些无语，“你的银子也不多吧！”

“担心什么！”苏宛大大咧咧地拍了拍他的肩，“待会儿多买些方便面就好了，反正现在有人洗碗了，我们就买袋装的好了，袋装的要便宜好多呢！嗯，我决定了！待会我们去吃牛排！”

慕时方有些怀疑地看着苏宛：“等等，你说的有人洗碗，是说的我？”

“不是你还是谁啊！”苏宛翻了个白眼，“我以后是要嫁金龟婿的，当然要保证手上肌肤细腻，没有皲裂，没有老茧……”

慕时方一把抓起她的手：“你这个手还叫细皮嫩肉？”

苏宛郁闷地把手抽了回来：“这是我画漫画拿笔磨出来的好不好！这个我也没办法！”

“以后那就别画了呗！”慕时方握住了苏宛的手。

“不画你养我？”苏宛翻了个白眼，“画着漫画我们还有方便面可以吃，不画的话我们就只有喝西北风了！”

慕时方漂亮的眉毛皱了一下，心里开始寻思着找个什么工作。

一想到自己没有苏宛说的那个所谓的身份证明，慕时方又有些郁闷了。然而让他这样一直都靠苏宛养活……作为堂堂的一个武林盟主，慕时方的自尊不允许他这么做。

苏宛手上甩着小提包，另一手牵着慕时方：“待会儿去吃牛排的时候，可不要轻举妄动啊！我做什么你就跟着做什么，然后有什么问题就悄悄问我。”

慕时方有些哭笑不得：“知道了。”

“说实话，吃西餐不仅贵，礼节还多得要命，但是我好久没吃了，很想念呢。”

她话还没说完，拎着包的右手突然一紧。

几乎是瞬间，她牵着慕时方的左手也是一松，好在苏宛反应不慢，一扭头就看到一辆摩托车疾驰而过，而慕时方……

我去！慕时方竟然赶上了那辆摩托车！

苏宛激动得都快哆嗦了！

这是什么轻功，竟然赶得上摩托车？

只是马上，苏宛就怒吼着往慕时方那个方向跑去：“慕时方！你给我站住！”

整条大街的人都已经惊呆了，他们眼睁睁地看着一辆摩托车从身边疾驰而过，而一个人也飞速追了上去，速度快得他们连那人的长相都没看清！

慕时方心里是有些怒火的，光天化日之下，这些人竟然骑着铁马抢劫，实在是他的侠义之道所不能容忍的。关键的是，他们居然还抢得是苏宛的包！不知道苏宛的包里有着她一个月的俸禄吗？

慕时方的轻功独步天下，半分钟不到，他就追上了那辆摩托车。心里记挂着苏宛说的伤人要被关起来的事情，慕时方干脆就点了那车上两个人的穴道。

摩托车还在咆哮着往前冲，摩托车上的两个人却瞬间僵直，慕时方一手一个，就把他们从摩托车上扯了下来。无人驾驶的摩托车狠狠撞到一边的花坛上，打着横甩出去十多米远。

慕时方站定，冷冷地把两个劫匪往地上一丢，一把扯过了苏宛的包，拍了拍上面的灰，才又转身往回走。

他没走两步，就看到跑得上气不接下气的苏宛挤开人群跑了过来。

“你，你，你！”苏宛狠狠地拽着慕时方的手，“快带我走！越快越好！”

慕时方也不迟疑，一把搂住了苏宛的腰，几个起落，就消失在目瞪口呆的围观民众的视线中。

苏宛一声尖叫，立刻搂住了慕时方的脖子：“慢点慢点！找个没人的地方停下！”

慕时方的身影几乎化为一道虚影，脚尖在树顶、广告牌、路灯上轻轻点过，最后找到了一条偏僻的小巷子，才搂着苏宛轻轻落下。

只是慕时方的脸上早就是满脸的红晕：“苏宛，到了，你可以放、放开在下了。”

因为害怕，苏宛死死地搂着慕时方的脖子，身体也紧紧地贴着慕时方的身体，就差没把双脚也盘在慕时方的腰上了。

听到慕时方的话，苏宛才惊魂未定地睁开了眼，左右看了看，确定已经落地之后才松开慕时方，不由恼怒起来：“你知道你刚刚都做了什么吗？”

慕时方把手里的小提包拎起来，一脸的无辜：“你的包被抢了，所以我去追回来了。”

“一般人能追得上摩托车吗？”苏宛焦躁地来回走动，“提包丢了就丢了，可是如果你这妖孽一般的功夫被人发现了，不对，大街上那么多人，你根本就已经被发现了！现在就祈祷当时没有好事的人正好把那段拍下来了吧！”

慕时方还是很无辜：“后果很严重吗？”

“当然严重！”苏宛狠狠地瞪了慕时方一下，“如果被拍了视频，那些人就会发到网上去，然后你就会被有心人注意到，然后被抓去抽血、打针、做脑电波共振……”

“可是，你的俸禄都在提包里，”慕时方的目光柔和起来。

“啥？”苏宛一时没有反应过来。

“明明你都那么穷了，可就算是你的俸禄不要，你也不愿意让我被人抓起来，谢谢你，苏宛。”慕时方的语气越发地温柔起来。

在他的心里，苏宛虽然看上去就是一个爱财如命，给他买了十九块钱的T恤还整天念叨着要他报恩的女人，但是实际上苏宛很温柔，很关心他。现在连自己的俸禄都不管，还记挂着他的安危。

苏宛的嘴角抽了抽，她能说她这包里的现金只有二十多块钱，钱全部都在银行卡里面吗？她的身份证是从来不会带在身上的，所以到时候去补办一张银行卡就行了。

不过既然慕时方误会了，苏宛也懒得解释了。

“好了，现在也不知道你跑到哪里来了！我们继续吃牛排去！”苏宛把包挎在了肩上，“对了，那摩托车上的两个飞车抢劫犯，你是怎么解决的。”

“点了他们的穴道啊！”

苏宛一僵。

“大概四个时辰吧，”慕时方估算了一下那两个人羸弱的体质，“四个时辰之后，他们就能动了。苏宛，你怎么了？”

“我怎么了？”苏宛欲哭无泪，“你没事点他们的穴道干什么啊？这下想不被人注意也就难了！俩人体雕塑丢在大马路边，公安局的一定会过来的，到时候一看，非得傻眼不可！”

“可是你说在这里伤人要被关起来的啊！”慕时方眉头一皱，“点穴是最快捷有效的办法，既不伤人，又能把包拿回来。”

苏宛郁卒地看了他一眼：“可是我记得我也跟你说过，这个世界上已经没有人学武了吧！”

慕时方沉默了一下，才慢慢地开口：“所以点穴也不存在了？”

“你明白就好！”苏宛又自我安慰起来，“应该也没什么关系，毕竟我们当时跑得飞快，肯定没人发现的！”

慕时方微微一笑，紧了紧自己的右手：“走吧，我们去吃你说的那个牛排。”

走出巷子口，苏宛左右看了看，又叹了口气：“我说你也真能跑，这会儿都跑到这里来了！”

慕时方眉毛一挑：“很远了？那我再带你回去。”

“别！”苏宛吓了一跳，“这边比较僻静还没关系，那边可是闹市区！正好这边有银行，你等着，我去前边的ATM取点钱，我们打车过去，那个……松手！”

慕时方松开了手，看着那个蹦蹦跳跳的背影，不由得再次微笑起来。苏宛虽然总是占他的便宜，又喜欢恐吓他，但是不知道怎么的，慕时方心里竟然对她升起了一点别样的情绪。

这二十多年来，他一直潜心钻研武学，年纪轻轻便已经坐上了武林盟主之位，一直被江湖中人称之为武学奇才，更因为他醉心研究武学，一直也无暇去考虑终身大事。在江湖中，不少女子都对他情有独钟，偏偏他冷心肠不为所动。如今到了这个陌生的世界，见到这个奇葩一样的女子，慕时方竟然有了些微动心的感觉。

慕时方自己也说不清这是为什么，以他的性子，修炼的玄天诀掉下了一层，应该会立刻想要恢复到以前的程度的。也许是知晓了这世界上再无人修习武学，所以他也有些懈怠了吧！

高手无敌，终归寂寞。

没有能与之一战的对手，就算他的武功练得再高又如何？况且玄天诀最后一层，童阳之身不能修炼……

想到这里，慕时方不自在地甩了甩头，看了一眼不远处的苏宛，脸上闪过一丝不自然的红晕。

嗯，童阳之身，得破！

苏宛取了两百块钱，哼着小曲又回来了："走吧，慕时方，呃，你脸怎么这么红？"

"有，有点热。"被苏宛这一问，慕时方的脸更红了。

苏宛抬头看了看天色，心里倒颇有些赞同："的确挺热的，不过传说中的大侠不是寒暑不侵吗？"

慕时方的确是寒暑不侵的，只是他现在哪里敢跟苏宛说这些。

苏宛也没有再理他，只是站在路边就开始拦出租车。

慕时方有些紧张："苏宛，我们要坐这个？"

"当然啦！"苏宛翻了个白眼，率先就坐了进去。

犹豫了一下慕时方还是跟着苏宛上了车。

"师傅，去豪美味。"苏宛吁了口气，靠在了椅背上。

慕时方有样学样地跟着苏宛靠在了座位上。

"待会儿我们吃了牛排，就去菜市场买菜，"苏宛偏着头看着慕时方，"回家之后我就教你做饭。"

慕时方愣了："我做？不是我洗碗吗？"

"也不是每顿都让你做啊！"苏宛白了他一眼，"有的时候我赶稿子，可能没时间做饭，如果你不想吃方便面的话，就可以自己做饭啊！方便面这种东西，吃多了又败胃口，对身体也不好。"

苏宛叹了口气，又把头扭向了窗外："如果我妈知道我经常吃方便面的话，一定会心疼死。"

"令堂目前在何处？"慕时方看着苏宛萧索的表情，忍不住拉住了她的手。

"在老家啊！"苏宛扯了扯嘴角，"虽然当初我跑出来的时候跟他们说了要断绝关系，但我妈还是会偷偷打电话给我，现在这房子的首付，有一半都是我妈的私房钱，偷偷给我的。"

虽然慕时方听不懂"首付"到底是什么，但是"断绝关系"这四个字，在慕时方看来的确是有些严重了："为什么会断绝关系？"

苏宛沉默了一下，突然又笑了起来："就是当年不懂事啦，不过我每年都会偷偷地回老家去看我爸妈，虽然他们都不知道。过年车票不好买，不如你带我用轻功飞回去好不好？”

“好。”慕时方点头。

“我家可是很远的，”苏宛浅笑吟吟地看着慕时方，“我怕你背我回家了就内力耗尽了。”

最后五个字是苏宛凑到慕时方耳边说的，温热的呼吸拂过慕时方的耳朵，暗含着一些小暧昧，成功地让慕时方的脸再一次红了。

“在，在下的内力，不，不会耗尽的。”慕时方忍不住伸手揉了揉另外一边的耳朵。

“你在害羞个什么劲啊？”苏宛坐直了身体。

“在下，在下没有害羞……”

“还说没有，”苏宛撇撇嘴，“你一害羞，说话就磕磕巴巴的，而且自称就会变成‘在下’。”

“是吗？”慕时方脸上的红潮已退，这会儿又平静了下来，“我没有害羞。”

“这会又好了，话说你到底在害羞什么？”

“豪美味到了。”出租车稳稳地停住了。

苏宛把慕时方推下了车，付了车钱，也跟着下了车。

“这虽然不是什么正规的西餐店，但是胜在物美价廉，”苏宛拖着慕时方，“我好久都没有吃过了，所以也想要来吃。”

慕时方心里松了口气，苏宛似乎忘记了刚刚的事情，也避免了他在踅摸一个借口出来搪塞她。

走进去找了个位置坐下，苏宛点了两个套餐，又点了两份小菜，等服务员一走，就拿着手机噼里啪啦地算起账来。

“若是太贵，就少点一些吧！”慕时方看着苏宛念念有词地在计算价格，一时也有点无语。

“可是想吃的都要吃到，”苏宛噘着嘴，“我不喜欢亏待自己。”

慕时方柔和地一笑：“嗯，我还等着月末的时候吃泡椒仔鸡味的。”

苏宛被噎了一下，他这是在讽刺她照她花钱的方式，过不了多久就一定会穷得吃方便面吗？

“都说了方便面不健康！”苏宛嘟着嘴，“你放心好了，我最多也就今天挥霍一下，明天就不会了！”

慕时方嘴角一翘，苏宛翻了个白眼，懒得理会他的取笑。

牛排很快就上来了，苏宛把刀叉递给他，然后小心地切着铁板上的牛排：“左手刀右手叉，然后切……”

慕时方笨拙地切着牛排，然后小心地咬了一口。

“咦，味道不错！”慕时方有些惊奇，“很嫩。”

“你如果喜欢吃的话，以后我们去超市买拌好调料的，然后回家自己煎，当然，你煎！”苏宛嘿嘿一笑，“你用内力煎，比较能掌握火候。”

“好。”

苏宛一愣：“这么爽快啊？”

“你不是喜欢吃牛排吗？”慕时方笑盈盈地看着她。

苏宛差点没热泪盈眶：“慕时方你太好了！你恩人我捡到你真是太幸运了！”

“我也觉得挺幸运的。”慕时方仍旧是笑眯眯的。

苏宛傻头傻脑的，虽然经常会占他的便宜，但是完全不像他以前遇到的那些女子，总是含羞带怯地想要在他经过的时候摔倒在他的怀里，然后说点什么多谢少侠相救之恩，小女子定当以身相许的话。想到这里，慕时方又记起他刚刚醒来的时候苏宛说的话。

“大恩怎么能不言谢呢！你不是应该说‘多谢女侠救命之恩，在下无以为报，唯有以身相许’这样的话吗？”

他此刻倒是颇有几分“以身相许”的想法了，可是很明显，苏宛想要的“以身相许”和他想的并不是一个意思。这个小女子，大概是想要他死心塌地地跟着她，所以当时才会说出那样的话吧。

她到底知不知道以身相许到底是什么意思？

想到这里，慕时方的脸又红了，在此之前的二十多年，他脸红的次数怕都没有今天多。

想到苏宛生活过得似乎很艰苦，慕时方放下手里的叉子：“你一个月有多少的工资？”

苏宛想了想：“我的工资倒是不少，只是要交房子的分期付款，所以剩下就只够我勉勉强强地过一个月。我记得今年过年的那个月，我到最后几天连吃泡面的钱都没有，饿得都想要啃沙发了，每天都只能喝白开水，到最后一天的时候，因为没有钱交煤气的钱，所以天然气公司把我的气也停了，那天我都只能喝自来水了！”

慕时方沉默了一会儿，才淡淡地开口：“以后不会了。”

“嘿，我知道，”苏宛得意地笑了，“你可以烧开水嘛！就算是天然气公司给我停气了，我也能喝到热水了！”

慕时方叹了口气：“我是说，以后你都不会过这种生活了。”

苏宛开心地切着牛排：“当然，我学会了在有钱的时候就囤积很多的方便面，等没钱了，也不至于饿着了。”

“现在多了一个我，”慕时方提醒，“所以，还是让我出去找个活做。”

“你如果被外面的女人拐跑了怎么办？”苏宛噘着嘴，“那等我的煤气被停了连个帮我烧开水泡方便面的人都没有，冷水泡面的味道可不怎么好！”

慕时方一愣：“你吃过？”

“是啊！”苏宛捏着餐刀在牛排上划来划去，“我刚刚到这座城市来的时候，什么苦没有吃过？那个时候经常是吃了上顿没下顿，都习惯了，所以现在我一定要在能吃好的时候就吃好！”

慕时方怔怔地看着她：“就是你跟家里断绝关系之后？”

“是啊，”苏宛耸耸肩，“我走的时候，身上只有七百块钱，租了一间地下室，又买了一些必需品之后，身上就剩八十块钱了，就是二十桶方便面！那个时候吃方便面都不敢买桶装的。八十块钱买了三十多包袋装的泡面，没有碗，每天吃一包，就用装面的袋子泡，这样的日子过了一个月，我拿到了工资，才去买了一个饭盒。”

“你，那个时候多大？”慕时方目光沉沉地看着她。

“那个时候才十七岁啊！”苏宛嘻嘻一笑，“所以你恩人我现在是百毒不侵了！什么困难都压不倒我！”

“以后我会让你过上好日子的。”慕时方郑重地说。

苏宛大力点点头：“当然！都说了，你要帮我嘛！等我找到一个富二代，什么燕窝鱼翅、山珍海味的，都不是幻想啊！”

看着苏宛口口声声说着要嫁给富二代，慕时方心里有些不舒服。但是他现在什么都没有，对这个世界也不熟悉，就连他承诺的‘要让她过上好日子’现在也只是一句空话而已。

但是慕时方坚信，等他真正适应了这个世界，他总有办法实现自己的承诺的。

吃了牛排，两人又晃到了菜市场，下午菜市场的人不多，苏宛挑挑选选买了几样小菜，又买了一袋米，让慕时方给拎回家了。

回到家里，苏宛拖着慕时方熟悉各个家电。

“这是洗衣机，就是用来洗衣服的……”苏宛唾沫横飞地给慕时方介绍着，就等着慕时方熟悉这一切之后把所有的家事都推给他来做。

慕时方听得头昏脑涨，所幸他不笨，把苏宛讲的全部记到心里，之后再慢慢消化。

“懂了吗？”苏宛自己也讲得口干了。

慕时方点点头。

“那好，我去画画去了！”苏宛吁了口气，“今晚就做酸辣土豆丝和青椒肉丝！等五点半了你就把米洗了把饭蒸好，还记得怎么看时间吧？”

慕时方偏着头想了想：“从最上面开始，跳一格是半个时辰，就是一个小时……”

“对！”苏宛满意地点头，把小闹钟塞到他怀里，自己就奔回了房间。

慕时方捧着小闹钟，眼珠子跟着秒针转了一圈，才把闹钟放回了茶几上，打开了电视。

苏宛的家里这么多电器，他还是对电视机最感兴趣。

电视里正好在放一个访谈实录，里面的西装革履的主持人正在访问一个穿着休闲装的年轻人。

电视上还打着一行字：金帝集团太子爷——打破人们心中对富二代的看法。

“富二代”三个字立刻吸引了慕时方的注意。

他可是记得，苏宛口口声声说要嫁给什么富二代的。

“金少，去年你接手金帝集团的对外贸易的时候，几乎业内人士和评论专家们都不看好，如今一年多过去了，金帝集团蒸蒸日上，股价也飙到了史上最高，你有什么话想对当初不看好你的那些人说吗？”

穿着休闲装的年轻人只是一笑：“别人说的话，从来不会对我造成任何影响。我只会做我认为对的事情，他们怎么看我，是他们的事，我没必要在意。”

“金少果然豁达！那么对于管理这么大一个集团，您有什么心得没有？”

年轻人表情很淡然：“这些要根据不同的情况制定不同的计划，所以我也没什么心得好说的！”

主持人有些尴尬，立刻转换了话题：“那么金少，最近股市动荡不稳，不知道你怎么看？”

“危机之中也会有商机。”

慕时方正看得津津有味，苏宛的房门突然打开。

“渴死我了……啊！是金少！”一看到电视上的访谈节目，苏宛立刻两眼放光地扑了过去，“这是我的梦中情人啊！我最理想的结婚对象！”

慕时方看着抱着电视号叫的苏宛，抽了抽嘴角：“你还让不让我看了？”

“慕时方！如果你有办法让我嫁给他，我，我……”苏宛“我”了半天也没“我”出个所以然来，好久才咬牙迸出一句话，“我以后也帮你娶老婆！”

“你不愿意，我就不娶。”慕时方淡淡地说。

苏宛眼睛一亮，立刻松开了电视机：“真的？”

“大丈夫一言九鼎。”

“那我以后结婚了，你就说是我哥哥！”苏宛激动地扯着慕时方的衣角，“你可不要食言！”

“当然不会！”慕时方毫不犹豫。

不过苏宛激动了一下又垂头丧气起来：“可是我要怎么才能嫁给金少呢？”

慕时方犹豫了一下：“为什么一定要嫁给他？”

“富二代！高富帅！自己本身也很有能力！”苏宛的口水都要流出来了，“你看看他，这种气定神闲、成竹在胸的气质，你不知道，我第一次看到出现在报纸上的金少时我就无法自拔地爱上了他！太帅了！家世又好，简直是每个女孩子的梦中情人啊……”

“灰姑娘是什么？”

“就是……呃，我晚上再跟你说啦！你别打断我的话！”苏宛眯着眼开始幻想，“如果能嫁给他，就达成了一个女人的终极梦想了！八卦杂志上说金少还会做饭呢！他的每一任女朋友几乎都吃过他做的饭。”

“每一任？”慕时方的眉一皱。

“是啊，金少换女朋友的速度非常快，所以我也不是没有机会啊！”苏宛叉腰大笑起来，“本小姐也长得不丑嘛，是不是，慕时方？！你快说是不是！”

“是！”慕时方有些无奈，只是随后又眉头紧锁，“他既然换朋友的速度非常快，那就算你做了他的女朋友，过不了多久，还不是会被他换掉！”

“不要用‘换掉’这么诡异的词好不好！”苏宛赏给了他一个白眼，“只要能跟金少在一起了，你恩人我自然有办法让他跟我结婚！”

“什么办法？”

“只要他跟我在一起了，他一定会被我的内在所吸引！像我这么一个多才多艺，温柔可爱的女孩子……”

慕时方把头扭过了一边。

他实在不想做出什么评论了，多才多艺会沦落到每个月月末的时候吃不上饭？温柔可爱他也是一点都没有看出来。如果不是她运气好捡到了自己，以后说不定都嫁不出去，大概也只有他慕时方会勉为其难娶她吧？

苏宛自己在那里流着口水白日做梦、自言自语了半天，总算是想起了自己的画还没有画完，一声惊叫又跑回了房间里。

“苏宛……”慕时方叫了一声，可房门“啪”的一声就在他的面前关上了。慕时方有些无奈，喃喃道：“不是说渴了吗？”

3

国安局招人啦

访谈节目结束了，又放了些乱七八糟的节目，慕时方都看得津津有味，不知不觉五点半到了。慕时方按照苏宛交代的开始洗米做饭，然后坐在沙发上继续看电视等待苏宛出来。

只是一直到天黑，那扇门还是没动静。

慕时方皱了皱眉，想要去敲门，但是又怕打扰到苏宛。他想了想，干脆走进了厨房。

苏宛说今天晚上想吃土豆丝和青椒肉丝。慕时方蹲在地上，从那一堆菜里刨出了今天下午苏宛说的那个“土豆”。

“要削皮吗？”慕时方把土豆洗干净，拿着菜刀比划了一下，刷刷两下，土豆皮就被削了下来。

把削好皮的土豆往半空中一丢，慕时方又是刷刷几下，就把一个完整的土豆变成了一菜筐子牙签粗细的土豆丝。

“不知道这个样子行不行？”伸手在土豆丝里拨了拨，他又拿起第二个土豆，准备如法炮制。

刚刚把削好皮的土豆丢在半空中，苏宛就窜进了厨房：“饿死我了……你在干什么？”

慕时方伸手接住没来得及切就掉下来的土豆：“切土豆啊！”

“切什么土豆？”苏宛一脸茫然，“菜板呢？”

“菜板？”慕时方一愣，“我没有用那个东西。”

苏宛更茫然了：“那你是怎么切丝的？”

“就这样，”慕时方把土豆一抛，菜刀一挥，手里的菜筐子一伸，那个土豆就被削成了土豆丝落进了菜筐子，“这不就是丝了吗，是不是有点粗？”

苏宛目瞪口呆：“粗？不粗……”

“你说丝，我还担心我没弄好。”

苏宛突然扑上来抱住他，慕时方结巴了：“你，你，你，放开在……放开我！”

“好幸福！”苏宛两眼冒着红光在慕时方的胸膛上蹭着，“我记得我说过让你切菜，但是我真的没想到你切菜是这么切的，太帅了啊！你简直就是我的偶像！以后厨房里的事情你就全包了吧！”

慕时方一手抓着菜刀一手抓着菜筐子，满脸通红：“你先放开我……”

“对了，土豆丝先用水泡着！”苏宛在慕时方的胸膛上蹭了蹭，一副捡到宝贝的表情，“顺便把肉切丝，青椒切丝，弄好叫我，我先去看电视了啊。”

“嗯！”慕时方不自在地点点头，感觉自己胸膛发麻，脸也越来越红。这个地方的衣服太薄了，刚刚他的胸膛和苏宛的脸就隔了一层薄薄的衣料……

等把菜都凌空切好了，慕时方又从厨房里探出头：“苏宛，菜切好了！”

苏宛走进厨房就把慕时方推到了一边：“出去吧，你这么大个子碍手！”

这是典型的利用完了之后就一脚踹开的类型啊！慕时方有些无奈，但也只好擦了手离开厨房。

电视里放着小品，慕时方对于每一个节目都不排斥，所以也津津有味地看着。

一个小品还没完，苏宛就端着两盘菜出来了。看到慕时方在看小品，苏宛撇撇嘴：“你别看这个了，会被教坏的！”

“为什么？”慕时方有些不解。

“这个啊，光教人贫嘴耍奸了！去拿碗吃饭吧！”

吃完饭，慕时方被苏宛赶去洗碗了，她自己盘腿坐在沙发，又开始幻想若是真的跟金少在一起了她要怎么才能留住金少的心。

苏宛抱着聚宝盆在沙发上打了个滚，“我要怎么才能认识金少呢？啊！好烦！”

慕时方正好洗了碗出来，看到苏宛正抱着聚宝盆又摔又打的，不禁愕然：“苏宛，你怎么了？”

苏宛郁闷地看着他：“我在想，我到底该怎么遇到金少！要来个完美邂逅啊！不在他心里留下最完美的印象怎么可以！”

对于苏宛这种不切实际的幻想，慕时方也有些无可奈何。虽然他不知道金少到底是什么人，但是他想象得到，苏宛要想见金少，几乎跟他们那个时代的民女想要见皇上差不多。

“就算你见到了又能怎么样呢？”慕时方走过去，捡起弹到地上去的聚宝盆，“你以为就凭你那……多才多艺、温柔可爱就能留得住他了吗？”

苏宛噘着嘴：“那我也没有别的可以吸引他的地方了嘛！”

慕时方失笑，现在知道自己没什么优点了？

“要想吸引金少，一定要有跟别的女人不一样的特质才行！”苏宛苦恼地倒在了沙发上，“可是这个世界上，只有别人有我没有，没有我有别人没有的！”

“在我心里，你是与众不同的。”慕时方淡淡地开口。

“在我心里，你还是与众不同的呢！”苏宛翻了个白眼，正想抢过聚宝盆抱枕，却突然眼睛一亮，“对了，你是与众不同啊！”

慕时方一怔，随即狐疑地看着苏宛：“你又在打什么主意？”

“你有没有什么武功是速成的？”苏宛两眼放光，“武功啊！这个世界上除了你，应该都没有人会武功了！只要我跟你学了武功，那我不也是独一无二的了吗？”

“你跟我学武功？”慕时方不可置信地看着苏宛。

苏宛都二十多了，早就过了学武的最佳年纪了。

“喂！不要小看人好不好！”苏宛跳到沙发上，双手叉腰，“快说说，到底有什么武功是速成的！”

“速成？”

“就是很快就能学会的！”

慕时方在脑子里搜索了一遍，才又遗憾地看着苏宛：“我没有什么速成的武功。”

苏宛傻眼了：“一个都没有？”

“一个都没有！”

“那……什么大力金刚掌啊，降龙十八掌啊……”

慕时方满脸黑线：“这些是什么？”

苏宛愁眉苦脸：“电视上小说里不都是这样的吗？内力什么的，你不是也有嘛！还有什么点穴啊……对啊，慕时方，你教我点穴吧！”

慕时方目瞪口呆地看着她：“你要学点穴？”

“是啊，点穴！”苏宛幻想着学会点穴之后把金少点住，然后为所欲为……啧啧。

“点穴的确是对年纪和资质要求不高，”慕时方蹙着眉，“可是苏宛，学点穴的话，需要记很多穴位……你确定你能记得住？”

苏宛涎笑起来：“你怎么那么笨呢！我又没说我要记住所有的穴位，以后又不去做针灸师！我只要你告诉我什么定身穴啦，催情穴啦……”

慕时方俊脸一黑：“你说什么？”

“咳咳……口误！口误！”苏宛干笑了两声，“你就随便教我两个好了！”

“随便？穴位这东西能随便吗？”慕时方有些气闷，却又无可奈何，“好吧，那我先告诉你，人的身体上都有哪些穴位。”

“嗯嗯，你说，我记着！”

“《灵枢·背俞》有云，愿闻五脏……”

“等等！”苏宛嘴角抽了抽，郁闷地看着他，“你能不能不要转这些我听不懂的话？你只需要告诉我穴位在哪里，然后教我点就可以了！”

慕时方傻眼了：“那我要怎么教你啊？”

苏宛双手一摊，一副任君采撷的样子：“你就在我身上指出哪里是穴位就好了！”

慕时方这下完全呆滞了：“你让我……在你身上点？”

“是啊！”苏宛原地转了一圈，“又方便又快捷，还能让我有亲身体会。你放心好了，我相信你不会把我弄得中风偏瘫、半身不遂的！”

慕时方想到要在苏宛的身上指指点点的，脸立刻就红了。

“你在害羞什么啊，不就是教个点穴吗？”苏宛翻了个白眼，“别拖拖拉拉的了，快点！再拖下去，你恩人我就韶华已逝、红颜先老了！”

说完她一把抓起了慕时方的手放在自己的头顶上，“这里有个百会穴，听说是死穴？”

“百会穴并不是死穴！”慕时方脸又红了一下，用手指点着苏宛的头顶，“百会穴是很安全的穴位，真正的死穴都在身体上。”

“那你就先教教我，到底点哪里才会让那个人静止不动。”苏宛兴致勃勃地抓着慕时方的手。

她的手指上有细细的茧子，磨得慕时方的手心痒痒的。

苏宛放开出手，戳了戳慕时方的肩，“我看电视剧里面都是点这里——葵花点穴手！”

慕时方一把就抓住了苏宛的手，哭笑不得：“你这又是在干什么？”

“葵花点穴手啊！”

“别闹了！”慕时方手指一戳苏宛左肋下，苏宛立刻就僵直不动。

“现在你就不能动了，”慕时方严肃地看着苏宛，“具体多长时间，要看点穴的人下手的轻重。”

他又是一指，苏宛立刻就能动了。

将将能动，苏宛就迅速趴在慕时方的身上，两眼闪着狼光：“慕时方，教我！一定要教我！这招简直是调戏帅哥的最佳手法啊！”

慕时方看着两眼放光的苏宛，心里小小酸了一下，只是马上又红着脸把苏宛从他身上扒了下来：“苏宛，你以后能不能不要一激动就扑到我身上来？”

“切！”苏宛撇撇嘴，“让我扑别人我还不乐意呢！如果不是看到你还算是个帅哥的份儿上，我才懒得扑呢！”

慕时方郁闷地看了她一眼。

“不过刚刚那个穴道到底在哪里啊？”苏宛又纠结起来。

见苏宛还在身上乱摸，慕时方也懒得再理她，干脆又坐到沙发上去看电视了。

“喂，你怎么这么不负责啊！”苏宛气得趴在了沙发椅背上，伸手就蒙住了慕时方的眼睛，“不许看！没教会我之前不许看！”

慕时方的眼睫毛很长，扫着苏宛的手心，让苏宛觉得有些痒。

“苏宛……”慕时方有些无奈，“你又不听我讲穴道的位置，又怎么能知道那些穴位在哪里呢？”

“所以我说要你教我啊！手把手地教我不就会了？”

慕时方只得站起来，转过身也趴在椅背上：“你站好。”

苏宛立刻站了一个标准的军姿。

慕时方的手指准确地摁在苏宛左肋下的穴道上：“点这里，不用太用力，就能让人一个小时不能动。”

苏宛紧紧地握着慕时方的手指：“就是这里吗？”

“对。”慕时方抽出了自己的手，却因为苏宛的手的缘故，手背擦过了某座还算挺拔的山峰。

只是一瞬，并没有什么特别深刻的感觉，他自己都感觉到脸颊上的热度几乎可以媲美他用内力烧出来的开水了。

苏宛却一点都没有察觉，还在低着头研究。

“不好意思……”慕时方的声音细若蚊吟。

“什么？”苏宛头都没抬一下。

“男女授受不亲，刚刚在……刚刚我碰到了你……”慕时方已经完全变成一只煮熟的虾子了，他也说不下去了，只好用手指着苏宛的胸部，头却偏到了一边。

苏宛一怔，随即又哈哈大笑：“哎哟，真是纯情啊！”

“我……”

“该不会是从来没有碰过女人吧？”苏宛坏心眼地看着慕时方，“刚刚什么感觉啊？”

“我，我，你……”慕时方觉得自己又要走火入魔了。

“好了好了，我不逗你了！”苏宛憋住笑，“告诉你好了，我有穿内衣啦！虽然薄，可是里面还是有棉垫的，所以你刚刚碰到的，不过是一团棉花而已！”

“是吗？”慕时方放下心来，心里又莫名升起了一点小小的失望。

“慕时方，除了这个穴位，还有没有别的？”苏宛揉着被自己戳得有点发麻的左肋，“比如说点了之后就能让那个人大笑不止的笑穴啊，点了之后就会痛得满地打滚的痛穴啦……”

“没有！”慕时方一口否认。

“什么嘛！原来你们古代的武功也没什么了不起的嘛！”苏宛撇撇嘴，

“就这个定身穴还比较有用。”

慕时方并不否认，只是坐在那里看电视。他才不会告诉苏宛这些穴位其实都有呢，那样的话苏宛一定会缠着要他教的！可是有些穴位的位置……真的有些不适合孤男寡女的互相教学。

慕时方脸上浮起了一抹红晕，偷偷看向坐在一边的苏宛，却见她仍在摸索着自己的左肋。想到苏宛学点穴的动机，慕时方又郁闷了。

他其实一直都觉得，自己是一个很正直的人，作为一个备受瞩目的武林盟主，他也会一辈子都这么正直下去。可是他莫名其妙地到了这个世界，然后又遇到了苏宛，不过才两天，慕时方就坚信，过不了多久，他一定没办法再维持住自己的“正直”。

苏宛这个家伙，实在是太猥琐了！

刚刚那种情况，一般人会那么说吗？不要以为慕时方不知道，他这两天看电视里，不管哪个女人，只要被男人碰到了胸部，或者说即将被碰到，就一定会拼命大叫非礼之类的，偏偏苏宛会说他碰到的只是棉花，实在是太可恶了！

难道要他在她赤身裸体的时候碰到了她的酥胸才算是碰到吗？慕时方脑补了那个场景，然后脸腾地烧了起来，浑身也觉得有些燥热。

“你不看电视了？”慕时方咳了一声，“不要再去研究那些穴道了，你的手指没有力气的话，还是没用的！”

“所以才让你教啊！”苏宛白了他一眼。

慕时方有些伤脑筋。

“好不容易才有一个能变得不同于别人的机会，我才不会放弃呢！”苏宛还在那里不死心地戳着自己的左肋。

慕时方实在不忍心告诉她，她已经戳偏了。

“不玩了，疼死了！”

果然，不到半个小时，苏宛就放弃了自虐行为，又坐到了慕时方的右边。

电视里正放着晚间新闻，苏宛伸手就想去摸遥控器。

“就看这个！”慕时方一伸手，遥控器就落入了他的左手里。

“这个有什么好看的！”苏宛想要把遥控器抢过来。

“很好看！”慕时方长手一伸，苏宛就觉得那遥控器距离自己十万八千里了。

“喂！不许耍赖！”苏宛气得恨不得咬他一口。她扑到慕时方的腿上就要抢，谁知道慕时方左手轻轻一抛，遥控器就稳稳落到了他的右手里。苏宛赶紧回身，谁知道眼前一花，遥控器又飞到了慕时方的左手里。

“慕时方！”苏宛双手叉腰，“把遥控器交出来！”

“我就要看这个。”慕时方侧过头，一脸无辜地看着她。

“说了不好看！”苏宛瞪着他，跨坐在他的腿上，狠狠地把他压到了沙发上，“把遥控器交出来！”

慕时方偏过头：“不给。”

“好哇你，连你恩人我的话都不听了！看我怎么收拾你！”苏宛磨着牙，整个人就压在了慕时方的身上，双手也死死地按住慕时方的手，不让他再把遥控器丢来丢去。可是她忘记了计算自己的胳膊和慕时方的不等长，无奈之下，苏宛只得一手按住慕时方的手，另一只手努力去够慕时方手里的遥控器。

如果说刚刚慕时方的手碰到的是内衣，那他现在胸膛上接触到的那软软的肉肉的是什么？慕时方感觉鼻子里一热，某个地方也有些蠢蠢欲动起来。偏偏苏宛的胸部还在跟他的胸膛做着亲密接触，更要命的是由于苏宛的动作，两个人上半身的接触面正在不断地摩擦着。

慕时方猛地抓住了苏宛的压着他胳膊的那只手，一翻身就把苏宛压在身下。慕时方刻意抬高下半身，不让自己的身体接触到苏宛，然后一脸若无其事地看着身下还没反应过来的苏宛：“遥控器我不会给你的，你死心吧！”

苏宛一听怒了：“好你个慕时方，我要把你按次数卖给饥渴的富婆！我要让你每天接三个以上的女人！我要让你被她们榨得精尽人亡！我要让你看到女人就反胃，让你看到女人的身体就萎掉！让你一辈子只能奉献出小菊花！”

慕时方松开苏宛的手，翻身又坐回了原位：“不就是一个遥控器吗，怎么又说要把我卖给富婆了？”

“这不仅仅是一个遥控器的问题！”苏宛一脸的严肃，在又一次抢遥控器未遂之后干脆整个人都挂在了慕时方的身上，“这是事关威信的问题！这么一件小事你都不听我的话，长此以往的话，你还不得翻天啊！”

“有这么严重？”慕时方有些哭笑不得，偏偏苏宛又死死抱着他的胳膊，那种触感——非常该死的美好。

“当然严重！”

“那好，给你好了！”慕时方把手里的遥控器递给了苏宛。

“这才乖嘛，我去，根本就是因为新闻已经结束了吗？”苏宛狠狠地在慕时方的胳膊上掐了一记，“我鄙视你！”

看完了电视，苏宛打着呵欠进了自己房间。

第二天一大早，慕时方就醒了。

苏宛的房门还关着，显然还在睡觉。

慕时方想了想，拿起丢在茶几上的钥匙，换上鞋走了出去。

大街上很是热闹，人来人往的。慕时方听着街上的嘈杂声，再回头看了看苏宛的房子的小窗户，倒觉得自己跟这个世界也没那么格格不入了。

他是想要看看，自己能不能找到什么活做，让苏宛养他，他的自尊绝不允许。

只可惜一路上看了过去，皆都是什么这样文凭以上那样文凭以上的，慕时方对文凭这个东西都不是特别的了解，就更别说去应聘了。

随便逛了一圈，慕时方又折身往回走——他再不回去，等苏宛醒了看到他没在，不知道会担心成什么样子。

果不其然，他才刚打开门，一个人就扑进了怀里。

慕时方先发制人，“我只是出去透透气，熟悉熟悉环境。”

“那你不会等我醒了一起啊！”苏宛紧紧抓着慕时方腰侧的衣服，“你如果迷路了走丢了，我该怎么办啊！”

“如果我迷路了，一定会站在原地，等你来找我，”慕时方忍不住伸手摸了摸苏宛的头，“你会来找我吗？”

“当然会！你可是我的所有物！我以后没钱交煤气费的时候就全靠你了！”苏宛眼泪汪汪。

慕时方宠溺地摸了摸苏宛的头发，点头。

“我去洗漱，待会我们去吃饭！”得到慕时方的保证，苏宛放下心来，伸了个懒腰，“你自己先看一会电视吧！”

因为苏宛的大幅度动作，露出了一截白生生的小蛮腰，慕时方不自在地把头扭到一边：“你快去吧！”

等苏宛洗漱了出来，慕时方正好看到电视里在教做豆角肉末这道菜。

“咦？慕时方，你对做饭也有兴趣？”苏宛趴在了沙发上。

“倒也不是兴趣，只是觉得看着这个会很有食欲，”慕时方扭头看了她一眼，“你还不快去换衣服？”

“知道了！”苏宛贼贼地笑了起来，“慕时方，好好学吧！”

“你这样笑是不是想要把做饭这件事也赖到我头上？”

“没有！”苏宛一本正经，“我可什么都没说！”

“是，你什么都没说！快去吧！”看着苏宛蹦蹦跳跳进了自己房间，慕时方无奈地摇头。

她的表情那么明显，根本就是想以后要把家事全都丢给自己了！不过慕时方也没办法，在他没有找到事做之前，也只有给苏宛做做家务了。正盘算着待会吃了早饭去买豆角，苏宛的门却啪的一声被打开了。

苏宛哭丧着脸跑到沙发前，把自己的T恤一撩：“慕时方，你自己看！”

早在苏宛撩衣服的时候慕时方就偏过了头。

“你看看啊！”苏宛松开衣服，把慕时方的头扳了过来，才又撩起自己的衣服，“都青了！”

慕时方定睛一看，果真，苏宛的左肋青了好大一块，想来是她昨天学点穴时自己戳的。

苏宛眼泪汪汪：“你还说我没手劲……现在怎么办？”

“要不，我帮你揉揉？”慕时方犹犹豫豫地开口，一出口又怕苏宛误会，赶紧又补上一句，“加点内力可以化淤。”

苏宛才没有想那么多呢，一把就拉起了慕时方的手：“那你倒是快点啊！”

慕时方轻轻扶住了苏宛的腰，那滑腻的触感让慕时方的心一颤。他平复了一下狂跳的心脏，然后右手的手掌轻轻摁上了苏宛的左肋。细致而滑腻，带着点温热。慕时方的心又不争气的突突狂跳起来。

“用点力气好不好！”苏宛伸手戳了戳慕时方的额头。

慕时方定了定神，才又认真给苏宛揉了起来。

“这个样子已经差不多了！”好一会儿，慕时方才收回自己的手。

苏宛低头一看，那淤青果真消散了许多，最主要的是，痛感没有那么明显了。

“哇，慕时方，你还真是居家旅行、杀人越货的必备良品啊！”苏宛愉悦地放下衣服，“那我们下去吃饭吧！”

“杀人越货？”慕时方黑着脸帮她把后面的衣服拉好。

苏宛干咳了两声：“走吧走吧，一个男人，计较那么多干什么！”

两人下了楼，苏宛照样带着他去了对面炸油条的小摊子上。

“想着现在每天早上都有豆浆油条吃的日子，真美好！”苏宛深深地吸了口气，“被小雅知道了，一定会很惊讶的！”

“小雅？你的朋友？”

苏宛点了点头：“我为数不多的朋友之一吧！”

苏宛咬着筷子接着说：“她刚刚才结了婚，我救你回我家的那天，就是去参加她的婚宴了。”

慕时方凝视着她：“那你吃不上饭的时候，怎么不去找她呢，还要自己冷水泡面？”

“那个时候她都还没到这个城市来呢！”苏宛一耸肩，“而且她来了之后，也在努力为自己的生活打拼，大家都很辛苦啊！”

“所以你……”

“所以我一定要嫁个有钱人！”苏宛狠狠地咬了一口油条。

慕时方无奈：“当真有那么深的执念？”

“你是武林盟主，你不懂！”苏宛一脸幽怨，“女人这一辈子，如果跟着一个没用的男人苦一辈子，那才是枉活了！”

“但是也不一定嫁给有钱人就一定好啊！”对于苏宛的观念，慕时方很想纠正一下。

“这个世界跟你的那个不一样！”苏宛又递了一双筷子给他，“一个男人只能娶一个妻子，如果以后他想换妻子了，就要把自己一半的财产给妻子，懂了吗？”

慕时方点点头：“懂了，你就是想要那一半财产。”

苏宛差点没摔到地上去：“你怎么这么笨啊！我的意思是，有了这个约束力，那男人就没有那么容易离婚！你看金少那么大的家产，如果分了一半给我，那他不得心疼死啊！所以他就不会跟我离婚了啊！”

慕时方的俊脸一黑："你都还没跟人家见过面，怎么就开始想着成亲之后的事情了？"

"人要往好的地方想，乐观向上！"苏宛一脸的振奋，"我一定要想办法跟金少见面！然后做金少的女朋友！然后嫁给金少！"

她睁着水汪汪闪亮亮的眼睛看着慕时方："你会帮我的吧，嗯嗯？你会帮我的吧？"

慕时方看着苏宛一脸渴求的样子，终于还是没能抵挡住诱惑，点了点头。

苏宛立刻笑起来。

慕时方却暗暗掐了自己一把，责备自己意志力不坚定。

苏宛卖萌成功，又开始欢乐地啃油条。

慕时方偏着头想了想："对了，苏宛，手机号码是什么？"

苏宛一愣，"你又是从哪里听到的？"

"今天早上我出门的时候，遇到了一些女的，她们找我要手机号码。"说到这个，慕时方也有些头疼了，早上他出了一趟门，遇到不下十个女人找他要这所谓的手机号码。

"那些女人这么大胆，竟然敢找我的人要手机号码！"苏宛杀气腾腾。

"可是手机号码到底是什么？你能给我一个吗？"

苏宛的嘴角抽了抽，周身的杀气顿时消失得一干二净："那个东西很贵的啦！我自己的那个还是用了两年多的，老是中毒都舍不得换……"

"中毒？"慕时方一脸迷惑地看着苏宛，"你喂你的手机号码吃了砒霜？"

苏宛一口豆浆差点喷到对面桌子那人的后脑勺上："手机号码只是手机的一部分，有了手机，号码才能用，手机吃电不吃砒霜！"

"那你怎么说它中毒了？"慕时方更迷惑了。

"那是因为……这是一个很技术性的问题啦！等以后你慢慢地就知道了！"苏宛擦了擦嘴，"你才刚来没多久，所以不是很了解，等你彻底融入这个世界了，就会明白这所有的一切了。"

"那以后不许阻止我看新闻。"慕时方立刻提出要求。

苏宛的嘴角抽了抽："也不知道新闻有什么好看的！让你看就是了，大不了我回房间玩电脑去！"

"电脑？那又是什么？"

“以后你就知道了！”苏宛回答得敷衍，她也的确不知道该怎么跟慕时方解释才好。

“那你要慢慢地告诉我。”慕时方点点头。

苏宛叹了口气：“我决定了！”

“嗯？”

“回家在我的MP5上下一整套的《十万个为什么》和《百科全书》给你看！”见慕时方又要开口，苏宛立刻截掉了他的话，“别问我MP5是什么！什么都别问！”

好吧，慕时方住嘴了。

两人吃了早饭，苏宛刚要扯着慕时方回家，慕时方却一把拉住了她。

“苏宛，去买豆角。”

“豆角？”苏宛一诧，随即反应了过来，“你还真的要做饭啊？”

“学一学也没有什么，”慕时方笑眯眯的，“或者你觉得君子远庖厨？”

“屁咧！”苏宛撇撇嘴，“好男人的标准是要上得厅堂下得厨房！连金少都会做饭呢，所以慕时方你学学做饭也没有什么，正好也可以让我懒一懒。”

对于被拿来跟金少做比较，慕时方心里又有些不舒服了。不过他承认，他的确是不想在任何地方输给那个所谓的金少——除了换女友的速度。

“不过我没想到你会自动请缨啊！”苏宛美滋滋地说。

慕时方无奈地拉起她的手说：“你啊，总是把自己的企图表现得这么明显，所以我就算是不想学，也必须得学不是？”

苏宛嘿嘿一笑，扯着慕时方就往街口的菜市场走去。

早上的菜市场跟下午的完全不是一个档次的。那熙熙攘攘的人和嘈杂的声音，让慕时方皱了皱眉。

苏宛犹豫了一下，秉着速战速决的心态决定：“慕时方，我进去，你在这里等我哦！”

慕时方看着市场内挤在一起的大妈们，深感苏宛很体贴，伸手摸了摸她的头，“嗯，快去吧！”

见苏宛挤进了人群里，慕时方才又转过身，观察着花花世界的车水马龙。

“咦？是你？”一个略带点惊喜的声音响了起来。

慕时方侧头一看，就见一个中年男人正拎着一口袋菜站在他旁边。

慕时方不认识，所以干脆就扭回头，不理他。

“这位同学！”那个中年人倒是颇为激动，“很幸运又见到你了，我叫莫振强！”

慕时方皱着眉又侧过头：“你是在跟我说话？”

“当然！”中年人激动起来，“昨天我可是看到了！你好厉害，竟然能追得上飞驰的摩托车，还有后面那两个抢劫犯，也不知道是怎么被你制住了。”

慕时方警惕地看着他，苏宛果然说得没错，他不应该在大庭广众之下去追那个所谓的摩托车，更不该在众目睽睽之下把那两个人点穴了。

察觉到慕时方的警惕，中年人赶紧开口道：“你不要误会，我并没有别的企图，只是问问你这么好的身手，不知在什么地方高就，是否已经毕业，鄙人的公司倒是很期待同学你的加入。”

这个说话有些文绉绉的人所说的意思，想必就是要给他一份工作？慕时方微微有些心动，但是很快他又撇去了那一份心动：“不用了。”

“请不要拒绝得这么快，”中年人笑眯眯地看着慕时方，“我们公司可跟别人的公司不一样。同学，你再考虑考虑，我等你的答复！”

他伸手从怀里摸出了一张金灿灿的名片：“这是我们公司内部的名片。如果你考虑好了，就打这个电话，我并不是开玩笑！你看看这名片上的徽识就知道了。”

慕时方顺手接了过来，头一低，就看到了几个大字。

国家安全局

除了这五个大字，下面还有一行小字。

副局长：莫振强。TEL：13XXXXXXXXX。

没看明白是什么东西，慕时方顺手就揣进了裤兜里。

中年人那张本来很是严肃的脸也不由得抽了抽：“这位同学，你该不会还在怀疑我在开玩笑吧？我知道，现在的网络小说里面动不动就提到国安局啊龙组啊，但那些都是扯淡的！黑道小说里面动不动就是多少多少的枪械……咱国家哪能让他们那么肆无忌惮！”

见慕时方还是一脸淡然，中年人倒是有些摸不着头脑了。这慕时方如果是不屑一顾、嗤之以鼻、大肆怀疑他是骗子，或者是欣喜若狂、激动万分、兴奋地扯着他问国安局的事……这两个反应他都能接受，可是眼前这个看上去不过大学刚毕业没多久的大男生，这不出声不出气的，到底是个什么意思。

“同学……”

“不好意思，我女朋友来了，请你离开吧！”慕时方一眼就看到了正艰难地挤出人群的苏宛，立刻转过了身。

中年人碰了一鼻子的灰，只得无奈道：“那就请你好好考虑一下吧。不过同学，这件事情请不要让任何人知道，拜托你了！”

慕时方没有再理他，只是大步向苏宛走去。

中年人仔细观察了一下苏宛的脸，转身离开了。

“以后绝对不大清早的来买菜了！”苏宛一挤出菜市场就开始抱怨，“人可真多，我都快被挤成纸片了！”

慕时方顺手把苏宛手里的菜接了过来，然后拉起了她的手：“走吧，回家去！你不是说要去给我下那个《十万个为什么》看吗？”

“是啊，看了之后你就会明白很多事情了！”

“不过苏宛，”慕时方侧过头看着她，“网络小说是什么？”

“你又从哪里听来的名词？”苏宛一耸肩，“网络小说就是建立在 YY 的基础上胡编乱造出来的一种供人阅读的东西。”

“YY？”慕时方一怔。

苏宛又奸笑起来：“哎哟，忘记你大概是个小处男的事情了，难道你没有 YY 过吗？你在你们那个世界的时候，没有想过自己会受到女人的喜欢，拥有绝世武功，受万人景仰？”

“这些我都做到了啊！”慕时方有些不解。

苏宛猛地扭头，愤愤地看着慕时方：“你的人生没有乐趣！没有 YY 的人生就像是漫画的铅笔稿一样，太苍白了！”

慕时方很明显没有听懂苏宛在说什么。苏宛只得无奈地用小指挠了挠他的手心：“这么说好了，你现在最大的梦想是什么？”

“赚钱养你。”慕时方不假思索地开口。

苏宛一愣，随即眼冒红光地看着他：“你怎么这么可爱呢！我真是爱死你了！”

众目睽睽之下，慕时方又脸红了。

“不过你现在赚不到钱，但是你有这份心就够了，”苏宛乐得眼睛都睁不开了，“咱们快回家，你好好在家里做家务我就心满意足了！”

“嗯，”慕时方又紧紧拉住苏宛的手，“我想看黑道小说。”

“刚刚你站在外面的时候，身边一定经过了一群男高中生！”苏宛撇撇嘴，“我回去给你下就是了！但是慕时方，你要记得，那些东西都是假的！一切以 YY 为基础的东西都是扯淡的！那里面什么国安局和龙组都是根本不存在的，不对，国安局是真的有的，但是那跟我们普通人完全没关系，哪里能像小说里写的那样神通广大啊！”

“如果有人跟你说他是那个国安局的，你会相信吗”

“相信个毛线球！”苏宛吐了一口唾沫，“骗子！绝对是骗子！还是低端骗子！就为了骗几桶方便面的钱！”

慕时方的手伸进了兜里，捏了捏那张金黄色的卡片。如果真的是骗子，会用黄金打造的名片送人？

4

我是她男朋友

回到家，苏宛跑回房间里给慕时方下小说去了。慕时方把手里的菜拎到了厨房，才又坐回沙发上，打开了电视机后，摸出兜里的那张名片，思索了起来。

作为一个身上经常会带着金叶子之类的武林盟主，慕时方是很了解黄金这种东西的。手里的这张名片，虽然不知道到底值多少钱，但是能把黄金名片随意送出去的人，应该不是苏宛口中的为了骗几桶方便面钱的骗子。

可是如果这个莫振强真的是那个什么国安局的人，他又为什么会找到自己呢？苏宛不是说了吗，国安局跟他们普通人没有关系。虽然慕时方不是特别清楚其中的含义，但是自己这样一个连生活常识都还没搞懂的人，显然是对那“商量国际问题”的机构起不到什么帮助作用。

“徽识……”慕时方把名片翻过来，就看到后面有一个奇怪而复杂的标志。

拉开电视柜下面的抽屉，慕时方找出纸和笔，别扭地把那名片后面的徽识描了下来。

描完徽识慕时方又有些伤脑筋了，就算他愿意到这个所谓的国安局去做事，又要怎么解决他没有身份证明这件事？慕时方担心，如果被国安局的人知道了他是个穿越而来的人的话，会不会把他抓起来？虽然他不相信苏宛所说的那种打针抽血之类的话，但是他相信他的日子也肯定不会好过，毕竟对于这个世界而言，他就是一个最为特殊的个体。如果他把这件事情告诉苏宛的话……

慕时方马上就抛弃了这个想法。

苏宛的脾气慕时方是知道的，他早就被苏宛视为所有物，如果他告诉苏宛国安局的人来找过他，苏宛一定会把他关在家里再也不让他出门的。

那样他就真的只能一辈子待在苏宛家里给她做家事了。当然慕时方也不是不愿意那样，而是他承诺过，要让她过上好日子。想起苏宛说到冷水泡面那一段的时候，慕时方就觉得有些心疼。他甚至还在想，是不是上天见苏宛太可怜，所以才把他送到苏宛的身边？

一定是这样吧！慕时方掏出了那张名片，手里猛的腾起灰白色的火焰，渐渐的，那张名片融成了一个金疙瘩，然后再用寒气冷却。

苏宛没过多久就出来了。

“来来，我教你 MP5 的简单操作，”苏宛跳到了沙发上，“我下的是简体版的。慕时方，要在这个世界生活，首先就要适应这个世界的文字，其实跟繁体的也差不多啦！我还给你下了几本小说，各种类型的都有，不过你看了就看了，别当真就是了。”

“我知道了，”慕时方微微一笑，“谢谢你。”

“不用谢！你要知道，全天下对你最好的，就只有你恩人我了！”

“对了，苏宛，你看看这个是什么？”慕时方扯过桌子上的那张纸。

苏宛一看，表情立刻怪异起来：“我说慕时方，你画一个国徽干什么？别说，画得还挺像啊！”

“国徽？那是什么？”慕时方呆了呆。

“所谓的国徽，就是我们国家的徽识和标志嘛！”苏宛又把那张纸放回了桌子上，“所有的银子上面可是都印有国徽的哦！”

苏宛掏出一张纸币，慕时方定睛一看，上面果真有那个徽识。

“你恩人我又给你普及基本知识了吧！”苏宛嘿嘿一笑，“不过你到底是在哪里看到的？难道是公安局门口？”

“恩人，为了感谢你的大恩大德，这个送给你！”慕时方顺手就把手里的金疙瘩递给了她。

“这是什么啊？”苏宛疑惑地接过来，往半空中抛了抛。

“黄金。”

“啥？”苏宛赶紧手忙脚乱地接住，“你说这是黄金？”

“应该是的吧，”慕时方抬起头，“刚刚你去买菜的时候我看到脚边有个金戒指，就捡起来了，刚刚没事的时候就把它融成这个样子了……能卖多少钱？”

“你的手机有着落了！”苏宛严肃地拍拍慕时方的肩，“如果这真的是黄金的话！”

“手机？”

“现在的黄金很值钱的，”苏宛口水哗啦啦流下来，“你是走了什么狗屎运啊！”

“手机我就不要了！”慕时方又低下头去看 MP5，“你自己把钱留着，免得月末的时候又没钱吃饭了。”

“你真的不要？”苏宛擦了擦自己的口水。

“不要，等以后有钱了再买也是一样的。”慕时方一笑。

“那好，钱我就给你留着，”苏宛小心翼翼地捧着那个金疙瘩，“等到了秋天给你买衣服。”

“我不用……”慕时方正想说自己寒暑不侵，忽地又想到昨天他都已经因为“热”而脸红了，也只好打住。

苏宛在电视柜的抽屉里踅摸出一个小小的密封袋，把那个金疙瘩装了进去：“慕时方，我去把这个换成银子，到十一点你去把饭煮好。你是要做豆角肉末吗？”

“嗯，等你回来就吃饭好了。”

“不许乱跑哦！”苏宛又叮嘱了一句，才又乐颠颠地出门。

听到门被关上的声音，慕时方才微笑着抬起头。

“傻丫头！”

慕时方看书的速度非常快，他一页一页地翻着，迅速把那些东西记到了脑子里。这些都是生活的常识，慕时方要在这个世界生活，必须得知道这些。

看了半个小时，慕时方揉了揉额头，闭上眼开始消化起来。一分神，他又想到了莫振强。

黄金名片虽然被他融掉了，但那串数字他却记得清清楚楚。虽然不知道那是什么，但是慕时方能把它们画出来。不过要搞清那是什么，必然又得去问苏宛。

慕时方叹了口气，把这些纷乱的思绪抛到了一边，继续看 MP5。

没过多久，苏宛就喜滋滋地回来了，冲着慕时方拍了拍自己的挎包：“这个月吃喝不愁了！”

慕时方微微一笑。

苏宛心情大好，干脆又坐到慕时方的身边：“慕时方，你看得这么起劲，都看得懂吗？”

“大部分看得懂，”慕时方指了指 MP5 上的阿拉伯数字，“除了这个。”

苏宛一拍脑袋：“我竟然忘记跟你说了！”

她顺手就扯过了刚刚慕时方画着国徽的那张纸：“我来教你，这个‘1’就是‘一’……”

慕时方并不笨，苏宛只是讲了一遍，他就差不多领会了这所谓的阿拉伯数字和他所知道的相对应数字了。

苏宛教完慕时方，坐在一边看了一会电视，才摸着自己的肚子指使道：“慕时方，我饿了！”

慕时方抬头看了看时间，电视墙上的时钟指向了十一点的位置。

慕时方站起来：“好，我去做，你看会儿电视。”

没一会儿，苏宛电视看得无聊了，溜过来靠在门框上，看着勤劳的慕时方摸着下巴盘算了起来：“免费的男佣，每天就供应三餐，每一季度就两套衣服，还是帅哥，很养眼，又可以当保镖，又可以做燃气供应商……明天得给小雅打个电话，她请我去参加婚礼真是太对了！”

慕时方忍不住轻笑。

“不过小雅那家伙现在应该还在希腊，好羡慕！我也好想去希腊啊，美丽的爱琴海！”苏宛捧着自己的脸，满眼的小星星，“如果我嫁给金少，那就能去了，好像小雅的老公跟金少认识哎！”

慕时方一听立刻不爽了：“你要去什么地方，以后我带你去就好了！”

苏宛白了他一眼：“可是你要知道，有些地方不是用轻功就能到得了的！那个地方有多远你知道吗？”

“我不知道，”慕时方耸耸肩，“可是你想要去什么地方的话，不用嫁给金少，我也会努力赚钱让你去的。”

苏宛表情怪异地看着慕时方：“你怎么赚啊？”

慕时方伸手就在苏宛的额头上弹了一下：“你今天的那个金疙瘩是怎么来的？”

苏宛震惊地看着慕时方：“慕时方你，你，你该不会是去偷的吧！我就知道！一般人哪里有那么好的运气能捡到金戒指啊！而且那个地方人来人往的，就算真的有人掉了戒指，又怎么会被你捡到啊！”

她一脸严肃地看着慕时方：“枉你为一代大侠、武林盟主，竟然做出这等偷鸡摸狗的事情！你，对得起你这张脸吗？”

慕时方的脸更黑了：“那个金疙瘩绝对不是偷的，你就放心好了。”

“难道是抢的？”

“不是！”慕时方没好气地白了她一眼。

苏宛异想天开：“我知道了，肯定是你在菜市场门口站着的时候，有人跟你求婚了……”

慕时方戳了戳她的脑门：“好了好了，你赶紧出去！我做饭了！”

“知道怎么开火吗？”苏宛被推搡了出去，还不忘探个头进来。

“知道！”

凭良心说，慕时方虽然只是早上在电视上看了一遍做菜的过程，但烧出来的菜真的不错——这家伙，实在很有“家庭煮夫”的天分。

吃过饭，苏宛把慕时方推到厨房去洗碗，自己又溜回房间。

到了吃晚饭的时候，慕时方看苏宛紧闭的大门没有丝毫动静，不由得走过去敲了敲门：“苏宛，你要不要休息一下？”

苏宛打开门哀怨地看了他一眼：“我今天的稿子还没画完，哪里还敢休息啊！”

“那要不要出来吃点东西？”

苏宛摇头。

看着那扇房门又被关上，慕时方无奈。苏宛未免也太辛苦了些。他的脑子里又浮现出了那张黄金名片上的一串阿拉伯数字。

由于一直犹豫思考，慕时方很晚才睡。他睡觉一直都很警醒，所以大半夜客厅里发出的声音虽然细微，但他眼睛一睁，坐起来就是一声大喝：

“谁！”

“还能有谁？当然是我！”一个有气无力的声音响起，随后客厅的灯被打开。

苏宛靠在墙上，手里还拿着一个空杯子：“我不过就是出来接杯水。”

慕时方眼一瞥，声音立刻就低沉了下来，“怎么不穿鞋子就出来了？”

“穿鞋子走路会有声音，”苏宛打了个呵欠，“而且光脚踩着地板冰凉冰凉的，有助于提神。”

慕时方眉一皱：“你到现在还没睡？”

他扭头一看，时针已经指向三点。

“还没画好啊！”

慕时方走过去接过苏宛手里的杯子：“你回房间去吧，我去帮你接，没画出来就别画了，早点睡觉吧！”

“不能睡啊！”苏宛眼泪汪汪。

慕时方叹了口气，一把就把苏宛打横抱起来：“你光着脚走来走去的，小心着凉。”

把苏宛抱到她的床上放好，慕时方才直起身子：“我去给你接水，喝完早点睡吧！”

“快了，快好了！”苏宛有气无力地说着，又从床上爬到了一边的椅子上。

慕时方无奈，只得出去给她接水。水端了进来，苏宛一口气就喝光了。

“慢点喝，别呛着了！”看着苏宛的样子，慕时方有些心疼，“别画了！”

“为了银子，我能不画吗？”苏宛眼泪汪汪，“不然下个月我们就要喝西北风了，你快去睡觉吧！”

慕时方伸手摸了摸苏宛的头，走了出去。经过这样一折腾，慕时方也睡不着了，关了客厅的灯，他干脆又打开 MP5 看了起来。

第二天，苏宛睡到下午才醒，一出房间门就吵着饿，支使着慕时方给她去烧开水泡面，自己溜到卫生间洗漱去了。

等洗好脸出来，方便面正好泡好，苏宛端着碗就坐到了慕时方的身边：“还在看啊？”

“当然，”慕时方微微一笑，“昨晚几点睡的？”

“早上六点半。”

慕时方无语。

“昨天的算是憋出来了，今天的又不知道怎么才能挤得出来！”苏宛叹了口气，想了想今天要画的稿子，顿时什么胃口都没有了。

“没什么解决的办法吗？”慕时方皱了皱眉，“你这个样子，对身体不好。”

“我也知道啊！”苏宛自己也有些无奈，“可解决办法是没有的！那传说中的‘文思如尿崩’的境界我是达不到了！”

“不是‘文思如泉涌’吗？”

“尿崩多好啊，畅快淋漓！”苏宛叹了口气，几口就把方便面吃完了，“我先回房间去想情节了，晚饭你就看着做，做好了再叫我。”

“嗯，你去吧！祝你尿崩。”

苏宛的嘴角抽了抽，但看到慕时方诚恳而又真挚的目光，她也只能抽着嘴角回房间。

只可惜某人在房间里待了一下午，纸浪费了一大叠，还是什么都没画出来，所以慕时方做好晚饭的时候，苏宛的样子比昨天更憔悴。

“上帝是抛弃我了吗？”苏宛眼泪汪汪地戳着碗，“他一定拿走了我脑子里名叫创作的那块脑组织！”

“不要太逼自己了。”

“不逼不行啊！”苏宛深深叹了口气。

苏宛这思路一卡就是一个星期。

这一个星期她几乎每天都是凌晨才睡觉，一个星期下来，她是真的憔悴了不少，脸颊都凹下去了，慕时方看着就觉得心疼。

不过这一星期慕时方倒是把MP5里的东西都看得差不多了，那些小说也让慕时方大开眼界。不过苏宛说了这些都是假的，所以慕时方也只是当做传奇异志看的。

只不过慕时方倒是对所谓的国安局有了另一个认知——专门收容那些有异能的人来维护国家安全的机构。

慕时方看着自己白净的手，一运内力，橙色的内力就外放了出来。

“在现代人看来，我这应该也算是异能吧！”他催动着自己的内力，让那橙色的内力渐渐转变成了蓝色，又变成了苍白色，犹如火焰一样飘荡，“能融化黄金的——异能。”

慕时方满意地收了内力，开始看《百科全书》。

这天中午，慕时方刚吃了中午饭，正要继续看他的《百科全书》，就听到了一阵剧烈的踹门声。

是的，是踹门声。

慕时方看了一眼苏宛的房门，皱了皱眉，站起来走到了门口。

门才刚一打开，一个女人的声音就蹿了过来：“苏宛，老娘来蹭——饭！”

门口的女人还保持着踹门的动作，呆呆地看着慕时方，“请问你是……”

慕时方的话还没有说完，那个女人就是一声尖叫：“苏宛你这个王八蛋，你到哪里去拐骗的帅哥！”

慕时方有些不悦了：“麻烦你小声一点，苏宛昨晚累了，现在还在睡觉。”

那女人一愣，随即奸笑起来：“累了？帅哥，看不出来，你还挺强的啊！”

慕时方怔了怔：“什么挺强？”

“还挺纯洁的，”女人又是一声奸笑，“喂，能让我进去了不？”

慕时方敛了脸上的疑惑，淡淡地看着她：“请问你是谁？”

“我是苏宛的朋友，我叫蔡小雅，”女人摸了摸下巴，“难道苏宛没有跟你说过我？”

“哦，是你。”慕时方想到苏宛说过的那个朋友，侧身把她让进了屋里。

蔡小雅大大咧咧地把手提包往背上一甩，熟练地拉开鞋柜，换上拖鞋就走了进来。

“哟，这家里整洁了不少嘛！”蔡小雅左右看了看，“果然是因为有了男朋友的缘故吗？不过这家伙也太不仗义了，有了男朋友也不跟我说一下！”

“你好像对这里很熟悉，所以我就不管你了！”慕时方关上门，又坐回了沙发上。

“喂，我说帅哥，你未免也太冷酷了一点吧！”蔡小雅把手提包丢到沙发上，“你叫什么名字啊？”

“慕时方。”

“你跟苏宛是怎么认识的啊？现在这是在同居？”蔡小雅也跳到了沙发上，一脸的好奇。

慕时方不知道该怎么跟蔡小雅描述，所以也只有推脱：“你去问苏宛吧！”

“啧！还真是酷呢！”蔡小雅撇撇嘴，“你大概不知道吧！苏宛的理想型可是……”

她故意住口，想看慕时方的反应。

可慕时方只是静静地坐在那里，看着 MP5。

蔡小雅翻白眼：“算了，我才不跟你说，免得苏宛说我破坏你们之间的感情。你们昨晚几点钟睡的？怎么苏宛还在睡觉？我都快饿死了！”

见慕时方没有理会她的意思，蔡小雅无奈，自顾自地溜到了厨房，摇摇暖瓶里有热水，摸出了一盒方便面泡上。端着面，蔡小雅坐到慕时方旁边：“慕时方，你跟苏宛，到底是什么关系啊？应该不是男女朋友吧！”

苏宛喜欢的是金少，怎么可能会有男朋友？

慕时方瞥了她一眼：“我是她男朋友。”

蔡小雅傻眼了：“苏宛这家伙，什么时候连自己的目标都忘记了？难道真的是一个看见帅哥就挪不动窝的人？可苏宛应该不是这种贪恋美色的人啊？她忘记她奋斗的意义了？”

慕时方的心抽搐了一下。

这时，苏宛揉着眼睛走了出来：“慕时方，给我泡面……小雅？你不是在希腊度蜜月吗？”

“蹭饭啊！”蔡小雅举了举手里的方便面，笑眯眯地看着苏宛。

苏宛翻了个白眼：“我说蔡小雅，你该不会是又跟你老公吵架了吧！”

“喂！苏宛，你带上那个‘又’是什么意思啊！”蔡小雅不满地站起来，“还有，我倒是想要问问你，这个慕时方是谁啊？”

“我男朋友啊！”苏宛打着呵欠往卫生间走。

蔡小雅走过去，扯着她就进卫生间，利落地关上门。

“干吗？”苏宛被逼无奈跟着蔡小雅进了厕所。

“苏宛，你不是说非金少不嫁吗？怎么现在突然出现了一个男朋友？”

苏宛接了水就开始漱口：“是啊，我是说了非金少不嫁，可是我有男朋友的事情跟嫁给金少这件事情有冲突吗？”

蔡小雅的嘴角抽了抽：“你厉害！不过我今天过来除了蹭饭，还要告诉你一个好消息。”

“你有了？”苏宛漫不经心地说。

“你才有了！”蔡小雅的脸都黑了，“是金少的事情啦！”

苏宛立刻两眼冒光。

蔡小雅恨不得把手里的面碗扣在苏宛的头上：“瞧你那点出息！你知道我为什么跟焕然吵架吗？就因为我们度蜜月度到一半，那家伙竟然说要回来处理公司的事情！所以我一赌气，就跑出来了。不过，我回来之后听说最近有一个慈善晚会。”

苏宛的眼睛一亮：“那个晚会，金少也在邀请之列？”

蔡小雅重重地点头。

“姐要混进去！”苏宛就差没有仰天长笑了。

“如果焕然参加的话，我会想办法把你也捎进去，”蔡小雅又叹了口气，“其实吧，我一直不知道金少那种男人有什么好！”

“长得又帅，又有钱……”

“可是他花心！”蔡小雅打断了苏宛的话，“你啊，还是少做些灰姑娘的美梦吧！你看你现在的男朋友不是挺好吗？”

“花心是可以医治的！”苏宛耸耸肩，草草地洗了脸，打开门出去了。

“你又不是老军医！”蔡小雅撇撇嘴，跟着出去了。

慕时方已经把方便面泡好了，见到两人出来，头也没抬一下：“苏宛，家里没菜了。”

“那你去买吧！”苏宛走进房间，摸了钱包出来，顺手就丢给了慕时方，“多买点。”

慕时方倒是愣了一下：“我一个人去？”

“哎哟，一个大男人，不会连菜都不会买吧！”蔡小雅笑嘻嘻地坐在了沙发上，“快去吧，我和苏宛还有些事情要谈呢！”

慕时方淡淡地看了她一眼。他的耳朵非常灵敏，刚刚蔡小雅和苏宛在卫生间里说了什么他都听得一清二楚。

压下心头的不快，慕时方站了起来：“蔡小姐是要留在这里吃饭？”

“当然了，我本来就是来蹭饭的！”蔡小雅说完，又嬉笑着看着慕时方，“别叫我蔡小姐了，跟苏宛一样叫我小雅就好了。”

慕时方只是微微地点了点头，换鞋出门了。

他虽然已经跟着苏宛去买了好几次菜，可是一个人去还是第一次。慕时方慢慢地走在大街上，开始寻思什么时候拿到苏宛的手机给那个莫振强打个电话。虽然不知道到了那个国安局他到底能做什么，但是至少，他的处境不会这么被动。

从一开始，他就被那个所谓的金少给死死地压住了，如果再继续这样下去，只怕他连一点翻身的余地都没有。

“这位同学！”

慕时方一边思索着一边低头走路，听到那略带熟悉的激动声音，一回头，他就看到莫振 强正站在菜市场门口。

“请问你有什么事情？”虽然遇到莫振强算是意外之喜，可他的脸色还是很平静。

“你忘记我了？”莫振强一诧。

“我当然记得你，莫振强。”

莫振强吁了口气：“那就好，上次我说的那件事你考虑得怎么样？”

“那名片被我丢了。”慕时方若无其事地说着。

“丢了？”莫振强的嘴角抽了抽，“没关系，那请问你考虑得怎么样？”

“如果我进你们那个什么国安局了，我能做什么？”

莫振强的眼睛一亮：“这就要看你的能力了！如果你的身手足够好，可以去执行特别任务；如果你头脑特别聪明，可以去地下的研究院；如果你是商业奇才，可成为国家某些企业明面上的掌控者……”

“企业？”慕时方心神一动，想起上次那个访谈节目就说那个金少是什么企业的继承人。

“怎么？原来你对商业这块有兴趣？”莫振强倒是有些奇怪。在他看来，慕时方应该属于那种身体素质方面异于常人的，若是真的加入国安局的话，应该会被调到特别行动组里去。

慕时方点点头。

莫振强思索了一下："这里不是说话的地方，你跟我来。"

"等等，"慕时方指了指菜市场，"我是来买菜的。"

莫振强满脸黑线，却还笑着："那我在外面等你"

等慕时方拎了大包小包的出来，莫振强带着他走到一边的小区的花园里，左右看了看没什么人，他才放心开口："这位同学，你叫什么名字？"

"我不是同学，我叫慕时方。"

莫振强坐到了一边的凉椅上："那好，慕时方，不知道你是什么地方的人，是本地人还是外地的？户籍是什么地方的？"

慕时方沉默了很久："我没有户籍。"

"啊？"莫振强呆了呆，显然没有反应过来。

"我没有户籍，没有身份证，"慕时方一耸肩，"什么都没有的不明人士。"

"我说，慕小哥，咱们能别开玩笑不？"莫振强有些无奈了。

"我没有户籍，没有身份证，"慕时方加重了语气，"你是那个什么副局长，给我弄一个的话，应该不难吧！"

"难倒是不难，因为国安局里的人几乎都是有好几个身份的，可是你怎么能什么都没有呢？"莫振强还是有些呆呆的，"不应该啊！"

慕时方又偏着头想了想："我，是黑户、孤儿，吃百家饭长大的，所以没有户籍，没有身份证，没有上学，什么都没有。"

莫振强疑惑地看着他："那你是怎么到这里来的？"

"走来的。"

莫振强本来有些疑惑，但是一想到慕时方的身手，又有些释然了："不过，你又怎么会那么厉害，能徒步追上摩托车？"

慕时方嘴角一翘，想到看过的小说："莫副局长，我小的时候被一个白胡子老头看中，说我骨骼清奇，是练武奇才，就带我住到了深山里，教了我各种功夫……我这就是等白胡子老头去世之后才出山的。"

他又提了提自己手里的菜："然后被人收留了。"

"就是那个那天拽着你跑了的女孩子？"莫振强看着慕时方一脸的淡然，一点也没有开玩笑的意思，可他就是觉得很怪异，"你说你是在深山里长大的，那是在哪个深山？"

“我怎么知道？”慕时方一脸无辜地看着他，“我很小的时候就被带去了，白胡子老头也没有跟我说那是什么地方。下山之后我就随便找了一个方向走，然后就一路走到了这里。”

“你说的，实在是很难让人相信啊！”莫振强的表情古怪得很。

“很难吗？”慕时方微微一笑，把左手的口袋放地上，将手伸到了莫振强的面前，“你看好了。”

莫振强赶紧凝神细看。

几乎是一瞬间，那白净的掌心就升起了一簇火红色的火焰，那热度直逼莫振强的面门，更因为他凑得太近，连额前的头发也都有被烧煳了的迹象。

“这是异能？”莫振强惊呼起来，赶紧把头往后仰了一些。

“这不是异能，这是内力，”慕时方解释着，然后手心那团火焰状的内力瞬间消失，一团带着冰冷的寒气又出现在他的手心，“我自小学武，所以才有内力。”

莫振强倒吸了一口凉气，他突然意识到，自己好像捡到了一个宝贝。

莫振强好不容易才从震惊中缓过来：“你刚刚说你对商业这块有兴趣？”

慕时方点点头。

“只要你加入国安局，服从国安局的安排，在有特殊任务的时候能接受调遣，我一定请局长让你负责商业那块！只要有了我们国安局的支持，到时候什么金灏天，什么经商奇才……”

慕时方心中一动：“金灏天，那个金少？商业奇才？”

“商业奇才？”莫振强的脸上闪过一丝嘲讽，“什么商业奇才？他父亲给他配了一个智囊团，想要做出错误的决策，估计也很难！”

慕时方的眼里划过一抹异彩：“那好，什么时候才能让我也变成金灏天那样？”

莫振强倒是有些为难了：“不管怎么说，你也要接受国安局的基础训练吧？”

“需要多长时间？”慕时方打断了他的话。

“这个不确定，因为有很多项目需要考核。一般加入国安局的人，都要进行三年的特训才能参加考核。”见慕时方皱眉，莫振强补充道，“不过如果是你的话，我想倒是可以试试直接去参加考核。”

“那什么时候？”

“最好是现在！”

“现在？”慕时方皱眉

两人一起把视线投到了慕时方手里的大包小包上。

“慕时方，要不你回家跟你朋友说一下吧！”莫振强站起来，从怀里摸出了一张普通的名片，“这上面有我的电话。”

“不用了，”慕时方站起来，“我回去跟我女朋友说一下，然后就跟你走。你就在我女朋友家楼下等我就是了。”

莫振强迟疑道：“慕时方，你的女朋友，她知道你有内力这件事情吗？”

“她不知道，”慕时方淡淡地看了他一眼，“我也不希望有人骚扰她。”

莫振强点头：“这是自然。”

回到家里，把菜都塞进了冰箱，慕时方把钱包和钥匙放到了冰箱上。

“苏宛，我先出去了。”

苏宛和蔡小雅正聊得火热，在商量着如何混进晚会，之后又要如何如何接近金少，甚至都列了好几个计划表出来，压根就没有注意到慕时方已经回来了。

“苏宛！”慕时方加重了语气，“我出去了！”

“嗯，你出去吧，别吵我！”苏宛头也不抬。

慕时方叹了口气：“苏宛，我会回来的。”

“我知道！”苏宛咬着手里的铅笔头，“小雅，你觉得我干脆打扮成里面的服务员怎么样……”

慕时方有些无奈，他打开门，又回头看了一眼跟蔡小雅争得面红耳赤的苏宛，才轻轻关上门离开了。

苏宛一直在跟蔡小雅讨论着各个计划的可行性，不知不觉的，天就暗了下来。

“慕时方，你怎么还没有去做饭啊？”苏宛一边催着，一边看着纸上列出来的几个计划，满意地点点头。

“慕时方！”

无人应答。她诧异地抬起头，才发现除了口干舌燥地躺在沙发上的蔡小雅之外，哪里还有别人的身影！

苏宛有些不安起来，她站起来打开了客厅的灯：“喂！慕时方！你去哪里了？”

客厅里没人。

苏宛跑到卫生间，卫生间的门开着，里面显然也没人。明明没有听到水声，但苏宛还是不死心地拉开了浴帘——没人。

再跑到厨房，苏宛一眼就看到了冰箱上的钱包和钥匙。

“慕时方哪儿去了？”拿着钱包走出来，苏宛懵了。

蔡小雅坐起来，挠了挠自己的头；“我记得下午的时候，好像慕时方回来过，还跟你说过话。”

“说什么了？”苏宛傻眼了。

“我怎么知道！”蔡小雅一摊手，“我当时还在想怎么让你毫无痕迹地摔倒在金少的怀里呢！”

苏宛抱着头，仔细地想了想，才总算想起了一星半点。

“他好像说他会回来，”苏宛咬着钱包上的装饰小锁，“可是现在天都快黑了，怎么还不回来啊？”

蔡小雅摸了摸自己咕咕叫的肚子：“苏宛，我饿了！”

苏宛忧虑地走进厨房。

慕时方的身手她最清楚，所以绝对不会出什么事，她最担心的就是慕时方被人骗了。

打开冰箱，看着满满的一冰箱菜，苏宛又忧伤了：“习惯了慕时方每天做好饭我吃现成的，现在怎么突然就没有做饭的想法了呢？”

“饿死了……”

“滚进来洗菜！”

随随便便吃了饭，苏宛抱着聚宝盆坐在沙发上：“心烦！蔡小雅，去洗碗！”

“不要！”蔡小雅瘫在一边，干净利落地拒绝。

“你到我家来蹭饭，居然连碗都不洗？”苏宛拎着聚宝盆就砸过去了，“快去！”

蔡小雅忙伸手抵挡：“喂，我是客人！你好意思叫客人去洗碗？”

“不请自来的那是客人么？”苏宛翻了个白眼，又躺在了沙发床上，一脸的哀怨，“慕时方到底去哪里了啊，快回来洗碗啊！”

“啧啧！看看你那个德行！”蔡小雅直咂嘴，“好好的一个帅哥都被你弄成家庭煮夫了！”

“他就是家庭煮夫啊！”苏宛打了个滚。

“那在你还没有遇到慕时方的时候，你是怎么活下来的？”蔡小雅翻了个白眼，“难道你都用一次性的碗筷？”

苏宛叹了口气：“你又不是不知道，我买那么多桶装的方便面是为了什么，还不就是因为我懒得洗碗吗！”

“得！那你就把那些碗堆着吧！”蔡小雅撇撇嘴，“堆到慕时方回来了再洗！”

苏宛提脚就踹了过去：“大夏天的，还不馊掉啊！而且谁知道慕时方那家伙什么时候回来啊！”

“那你还不去洗碗！”蔡小雅一巴掌拍在苏宛的小腿上。

“哎哟！疼！”苏宛又是一脚踹了过去，“你去洗！我要去画漫画了！”

蔡小雅无法，只得站起来，走到厨房门口龇牙咧嘴道：“明天甭想再叫我洗碗了，我可不是来给你当人肉洗碗机的！”

“切！”苏宛跳下沙发，“那姐家也不是乞丐收容站！”

两人互相瞪了一眼，便都冷哼一声，一个去了厨房，一个回了房间。

说是画画，可是铺开画纸，苏宛又开始发呆了。会不会是今天下午她一直都没有理会慕时方，所以他离家出走了？苏宛托着下巴，心里有些烦躁。

慕时方身上没有钱，又没有身份证，他能走到哪里去啊！而且他走的时候好像的确说过“我一定会回来”的灰太狼的口号的啊。

可是这都晚上了，他到底去了哪里啊！

苏宛倒是很想出去找找，可又不知从哪里找起！他一个大男人，还有武功，应该是安全的吧！

纠结了半天，苏宛才挪到书桌前：“明明今天早上睡觉的时候就想好了下面要画什么了，怎么现在又画不出来了呢？”烂泥一样趴在桌子上，“难道是因为小雅这家伙来了？还是因为下午讨论‘勾引计划’讨论得太激动了？还是因为慕时方这家伙莫名其妙失踪了？”

叹了口气，苏宛站起来，拉开了窗帘。看着黑漆漆的天空和灯火通明的大街，苏宛心里更烦躁了。

“慕时方，你到底死哪儿去了？”

5

一起参加晚宴吧

慕时方在哪里？他在莫振强家里，一整天都在跟着莫振强学习使用电脑。

晚上他也没有睡着，很担心苏宛。走的时候他虽然跟苏宛说了会回去，可是苏宛当时跟蔡小雅聊得火热，也不知道听没听到他说的话。而且他晚上没回去，也不知道苏宛会不会出去找他。

想到蔡小雅还在家里，慕时方的心才稍微安定些。

他没在，苏宛会不会不习惯？

第二天苏宛醒得很晚。昨晚她心神不定，画画没怎么画出来不说，连睡觉都一直在做噩梦。不是梦到慕时方被人杀了，就是梦到慕时方回自己的世界去了。

等她打开自己房门的时候，正在吃方便面的蔡小雅差点一口面吸进鼻子里。

“你这是怎么了，昨晚在梦里被人叉叉圈圈了？这么憔悴！”蔡小雅努力咽下嘴里的面条。

苏宛翻了个白眼：“你才被人叉叉圈圈了！我只是昨晚画画画得太晚，又没有睡好而已！”

“我看呐，你就是在记挂你那小男朋友！”蔡小雅撇撇嘴。

苏宛打了个呵欠，坐到沙发上，顺手就抢过了蔡小雅手里的面条。

“喂喂，有口水啊！”

“吃火锅的时候还不是就在吃彼此的口水！”苏宛头都不抬。

蔡小雅立刻嫌恶地推了她一把：“你恶心不恶心啊！”

两人吃完面，各自瘫在沙发上，就之后将要进行的计划进行了第二次讨论。

“平时见金少都是在电视上，不知道这个人私底下到底是什么样的人啊！”

蔡小雅在纸上画了长长的一条，“可惜我结婚的时候他在国外，不然就可以好好地观察研究一下了！”

“别说了！”苏宛郁闷了，“你结婚的时候我可是一门心思就奔着金少去的，可谁知道金少竟然没来！”

“你还是我的朋友吗？”蔡小雅咬着牙，朝苏宛扑了过去。

两人打闹了一阵，看电视的就去看电视了，画画的就去画画了。

然而晚上，苏宛又是很晚才睡。脑子里一直迷迷糊糊地想着慕时方现在在哪里，在做什么，这让她画画老是走神。最后她把头用力在桌子上撞了撞：“慕时方不过就在这里几天而已，现在他不在我怎么这么不习惯了呢？”

苏宛的头在桌面上使劲蹭了蹭：“算了，我就当他回到自己的世界了，睡觉！不，画画！”

第二天中午，苏宛又是被蔡小雅从床上拖起来的。

“干吗！”苏宛眼睛都睁不开。

“去我家选衣服去啊，不然晚会你穿什么！”

苏宛挠了挠头，郁闷地爬了起来。

到了蔡小雅家里，她老公没在，两个女人凑在衣柜前选了一堆衣服，试来试去，最后都累瘫了也没选出个结果来。

“干脆就随便点好了！”苏宛已经累成死狗了，“都还没确定用什么办法混进会场，现在找衣服会不会太早了点？”

蔡小雅正要答话，门外却响起了开门声。

“老婆，你回来了！”

“焕然？”蔡小雅撇撇嘴，“干吗，我还没消气呢！”

“老婆大人我错了！”明焕然很是无奈，“不过我朋友来了，说结婚的时候没有见到你，所以这会儿特地来拜会一下大嫂，作为赔罪。”

蔡小雅哼了一声："谁啊？"

"灏天，"明焕然又补充了一句，"金灏天，金少。"

"啥？"两个女人同时一惊。

"怎么办？"苏宛方寸大乱，"金少怎么会到你们家里来的？"

"都说了两人是发小了！"蔡小雅也慌了。

"老婆？"明焕然的声音有些疑惑了，"怎么了？"

"你等等啊，苏宛在里面换衣服呢！"蔡小雅猛地醒过神来，"待会再进来！"

苏宛已经完全慌乱了。蔡小雅使劲戳了戳苏宛。

"慌什么，快给我坐到沙发上！"蔡小雅连拖带拽地把苏宛拉到了一边的沙发上，"赶紧给我整理好表情！淑女！淑女！"

见苏宛表情崩溃了几次之后终于维持好面部表情，蔡小雅这才松了一口气："进来吧！"

门轻轻地打开了，明焕然最先走了进来，他丰神俊朗，帅气非凡，目光淡然，笑容温和。

苏宛呼吸一窒。

活生生的金少啊！就这么走了进来，站在离自己不到三米远的地方。

金灏天笑眯眯地走了进来："焕然，不知道哪一位是弟妹啊？"

"叫嫂子！"明焕然白了他一眼，然后把蔡小雅搂在怀里，"灏天，这就是你嫂子！蔡小雅。老婆，这位经常上电视，你应该不陌生的。"

"弟妹这么漂亮！焕然你小子还真是有福气啊！"金灏天跟蔡小雅握了握手。

"金少说笑了！"蔡小雅浅浅一笑，无比优雅。

金灏天又跟她聊了几句，目光转向了一直坐在沙发上的苏宛身上："这位是？"

"这位是我的朋友，"蔡小雅非常端庄地笑着，"她叫苏宛，是一位职业画手。"

"哇哦，"金灏天明显好奇了起来，"我还从来没有见过职业画手，似乎他们都是神秘的宅男宅女。"

"金少可真是会开玩笑，这有什么神秘的？"蔡小雅仍旧笑得优雅，"就是随便写写画画而已，对么？苏宛？”

苏宛面无表情，看都没看她一眼，刚刚的淑女样子完全崩盘。

“金少你不要介意，”蔡小雅心在抽搐，但还得笑吟吟地解释着，“我这朋友就是这个样子的。”

“没关系，我知道神秘职业的人都有一些与众不同的地方，”金灏天脸上的笑容很灿烂，“上次你们结婚的时候我实在是太忙了，真是不好意思！”

“没关系的。”蔡小雅面上一派端庄。

“我和灏天还要去公司一趟，我只是回来拿文件，没想到你回来了。我们先走了，老婆带小宛去玩吧！”明焕然跟蔡小雅打了个招呼，拖着金灏天走了。

见门被关上了，蔡小雅拎着裙子踮着脚到了门边，打开门看看外面的确没人了，才重重地出了口气，对着苏宛用一副恨铁不成钢的语气道：“看看你那没出息的样子，话都不会说了么？！”

苏宛还是一脸的面无表情：“小雅，我能说，其实是我的脸因为过分紧张而面部神经失调导致面瘫了吗？”

蔡小雅扶墙：“白痴！”

想了想，她又眉飞色舞道：“不过我看金少对你的印象还是很深刻的！”

苏宛走到窗边，轻轻地扯开窗帘，看到在外面跟明焕然聊天的金灏天，心里又开始激动起来。

我和金少相遇了呢！

慕时方，等你回来的时候，说不定我已经嫁给金少了哦！

不得不说，漫画画手的想象力真的很丰富——就算金灏天真的喜欢她了，也没可能那么快就结婚了吧！

激动地跟蔡小雅商量了半晌，苏宛才心满意足地回家了。但回家之后看着空荡荡的房子，苏宛的心也有些空空的。

“该死的慕时方！”

这天晚上，苏宛正挠着头画画呢，突然就听到了门铃声。

“谁啊！”苏宛跳下床，伸了个懒腰就晃悠悠地出去了。

“收电费的话明天再来，我身上没钱；如果是推销保险的请到对面那家去，我是一人吃饱全家不饿，保险那玩意用不着；如果是搞什么民意调查的，那我就告诉你我看对面那家不爽很久了！”

门一拉开，苏宛就愣了。

“我回来了。”

苏宛傻傻地伸手挠了挠自己的头，砰的一声又把门给关上了。

慕时方站在外面，一脸的哭笑不得：“苏宛，我知道我一走就是七八天的确是不对。”

门又猛地打开，苏宛一把拽过慕时方，劈头盖脸就是一顿骂：“你去哪儿了？你知道我有多担心你吗？你知道我每天都在想你是不是已经回你的世界去了吗？你知不知道如果不是藏在我衣柜里的那把剑提醒我的话，我真的会以为你只是我画画画太多了凭空臆想出来的！你知不知道刚刚看到你的时候我第一反应就是使劲捏了捏自己看看我是不是在做梦！你知不知道你走了之后我一日三餐……不，两餐都是靠方便面过日子的吗？”

慕时方眉头一皱：“早饭你就每天出去买着吃？”

“不是，”苏宛看了他一眼，“每天我都不吃早饭。”

慕时方伸手弹了她的脑门儿一下：“怎么这么不爱惜自己？”

“你都死哪儿去了？”苏宛不依不饶地揪着他。

“之前我在路上救了一个人，他很感谢我，就想要给我一份工作，”慕时方换上拖鞋，揽着苏宛的肩膀走进了客厅，“所以这几天我一直都在他那里。”

“那你怎么不跟我联系一下啊！”苏宛捶了他一下。

“怎么联系你？”慕时方一脸的无辜，“我又不知道你的手机号码。”

苏宛嘴角抽了抽，的确，她从来没有告诉过慕时方她的手机号。

慕时方从兜里掏出了一部手机：“给你。”

“你的手机？”苏宛接过来一看，心里酸溜溜的，“最新款啊！这么高档的手机也是那个人给你买的？”

“这个是给你的，”慕时方淡淡一笑，从兜里又摸出了一个，“这个才是我的。”

苏宛捧着那个手机，傻眼了：“啊，这个是给我的？”

“是啊，你不是说你的手机总是中毒嘛，”慕时方摸了摸她的头发，“所以那个人给我买手机的时候我就叫他多买了一个。”

“那个人这么好？”苏宛掂着那个手机，心里却有些不安了，“你不是连身份证明都没有吗，你怎么工作啊？难道……难道你告诉他你的身份了？”

“没有啊，”慕时方刮了刮她的鼻子，“我就用小说里的那一套糊弄过去了。”

“啊？”苏宛的脸都快抽筋了，“他相信了？”

“我是他恩人，他当然相信了，”慕时方笑眯眯地看着苏宛，“就好像我相信你一样。”

苏宛干咳了一声，赶紧转移了话题：“那你现在是做什么工作？”

“保安队长。”慕时方捏了捏拳头。

“什么啊！就让他恩人做保安？”苏宛立刻不满了

慕时方讪笑道：“因为我什么都不会啊！”

苏宛没话说了。

的确，慕时方什么都不会，他只会武功。

“那你没有身份证什么的，他都没有说什么吗？”

慕时方顺手就把身份证摸了出来：“给。”

苏宛震惊了：“你办假证？这是违法的。还是本市户口？这个住址是哪儿啊？”

“我们公司的宿舍楼，”慕时方一摊手，“这不是假证，好像是顶的别人的户口。”

苏宛倒吸了口凉气：“你救的那个人，到底是谁啊？居然连顶别人户口的事情都做得出来？”

“他叫莫振强，是一家金融公司的老板。”

苏宛扯着慕时方站了起来，围着他转了几圈：“所以你这衣服也是他给你买的？”

她的语气又酸溜溜了起来：“看起来比我买的好多了！”

“是一个牌子的，”慕时方忍不住笑了，“而且我觉得，还是你买的衣服穿起来更舒服。”

苏宛这才满意道：“这还差不多。嘿，姐也有新手机了，你拿黑的，我拿白的，这算是情侣手机吗？”

慕时方还是一脸的无辜：“我不知道啊，我就觉得白的比较适合你，黑的比较适合我。”

苏宛撇撇嘴：“对了，你一个月工资多少钱啊？”

“我不知道，”慕时方顺手就把一张银行卡塞给了苏宛，“给你，密码是六个零。”

“给我？”苏宛一怔。

“是啊，反正我也没什么地方要花钱，”慕时方笑眯眯地看着她，“你就拿去花好了。”

“你自己不留点钱在身上？”苏宛还是有点懵。

“我要花钱的时候找你要就是了，”慕时方微微一笑。

苏宛呆了半晌，突然一拍脑袋，跑回房间里，不一会就拎了一个袋子出来：“给你。”

“这是什么？”慕时方疑惑地接了过来。

苏宛有些不自在：“前天出去买菜的时候看到了，觉得很适合你，所以就买了。”

慕时方打开一看，是一套格子睡衣：“这是……”

“睡衣啦！就是睡觉穿的衣服啦！”

慕时方目光柔和地看着苏宛，“我走了那么多天，你就不怕我不回来了。”

苏宛狠狠瞪了他一眼：“你敢不回来？不回来我就自己穿！”

“这么长，你确定你能穿？”慕时方的嘴角浮起了一丝戏谑。

“你要不要嘛，不要我就去退掉了！”苏宛气鼓鼓地看着他。

慕时方忍俊不禁：“要，当然要！你给我买的，我怎么能不要呢？”

苏宛这才满意：“快去做饭，我饿死了！”

慕时方揉了揉她的头发：“好。”

见慕时方进了厨房，苏宛欢乐地在沙发上打了个滚。慕时方回来了，她就不用每天吃泡面了。

今天晚上这一顿饭，简直就是苏宛这一个多星期吃得最畅快的一次。

慕时方开始了每天去上班的日子，苏宛也继续过上了她的米虫生活。

慕时方每天早上做好早饭放在冰箱里，苏宛起床后只要拿了放到微波炉去热一下就可以了。下午慕时方下班了，又会去菜市场买好菜，回家再烧饭。苏宛心里都有其实嫁给慕时方也不错的想法了，不过一在电视上看到金少，这个念头就被扼杀了。

小保安跟富二代比起来，还是差了点。

想想当初离家的时候留下的豪言壮语，再想着领着一个小保安回去的情形，苏宛立马打了个寒战。

不行不行！她一定要嫁给金少才能回去！不然她这辈子可能都回不了家了。她的娘亲还在等着她领着金龟婿回去跟她爹叫板呢！如果真的领着慕时方这个小保安回去了……

想想她爹会说的那些话，苏宛就觉得嘴角抽搐。

平静的日子过了几天。

这天苏宛正在洗澡，她丢在沙发上的手机突然响了。

慕时方拿过来一看，是蔡小雅打来的。他拿着电话走到卫生间门口，敲了敲门："苏宛，小雅给你打的电话！"

"哦。"好半天，卫生间的门才被打开。

"你——"慕时方的脸瞬间红了，直到苏宛从他手里接过手机，他才反应过来，"你怎么不穿衣服啊！"

"我在洗澡，穿什么衣服啊？"苏宛白了他一眼，看了看自己满手的水，凑过去用鼻尖划开了接通键，"小雅啊，啥事啊？"

慕时方咽了咽口水，感觉自己的某个部位又开始蠢蠢欲动。

眼前是一副怎样的美景啊！苏宛的头发整个儿盘在头顶上，只有几缕滑落了下来，湿漉漉的贴在她的颊边、颈边、锁骨上。苏宛的皮肤很白，看起来很滑。锁骨之下是一道深深的沟壑，还有水珠从锁骨的凹陷处溢出来，顺着那道深深的沟壑隐进了浴巾里……

苏宛也太大胆了！她竟然赤身裸体，抓了浴巾挡在胸前就开门了！由于身高的关系，慕时方可以很轻易地看到苏宛整个粘着泡沫的后背和那结实浑圆的翘臀！背上的那些水珠比起前面的更为调皮，就那样带着慕时方的视线，从白腻的背上一路滑落，一路滑落，渐渐跑进了那道让男人完全不能直视的深沟里。慕时方一阵口干舌燥，他强迫自己收回视线，偏过了头："你就不能进去关上门再接电话吗？"

苏宛赏了他两个大白眼，"我在洗澡，里面有很多水汽！手机会受潮的！”

慕时方真想赶紧把她推进去：“饭都快要好了，你快点。”

“冲掉泡沫就好了！”苏宛耸耸肩，转身就往浴缸那里走去。

慕时方鼻子一热，他气急败坏地伸手拉上了卫生间的门：“以后洗澡记得关门！”

“啊，忘记了！”苏宛的声音传来。

慕时方真恨不得把她拖出来，在她那翘臀上狠狠拍上几下——想到刚刚苏宛直接在他面前转身的场景，慕时方的鼻子又是一热。

“该死！”慕时方重重地骂了一句，“这个该死的女人不会在所有男人面前都这么没有戒心吧？”

一想到可能会有别的男人见到过方才的那一副美景，慕时方的心里立刻升起一团怒火。

“哟哟，你们该不会在洗鸳鸯浴吧！”电话那头的蔡小雅奸笑了一声。

“就你思想龌龊！”苏宛又是一个白眼，“到底什么事情吗？”

“苏宛，你知道我现在在哪里吗？”一说到这个，蔡小雅的语气也兴奋了。

“哪儿啊？”苏宛漫不经心地开口。

“我在加拿大！”

苏宛一愣：“怎么跑到加拿大去了？”

“上次我跟焕然的蜜月不是没能好好地过嘛，所以这次来补过了！”蔡小雅神采飞扬。

苏宛翻了个白眼：“得瑟！到底有什么事，快说！”

“啊，差点忘记了！”蔡小雅收敛了自己满心的欢喜，“你没忘记那个慈善晚会吧！”

“当然没有！”苏宛一想到这个立刻就激动了，“我还等着混进去跟金少来个二次邂逅呢，上次的会面时间实在是太短了！”

蔡小雅心虚地嘿嘿一笑：“我告诉你我在加拿大的原因就是——我没有办法帮你混进去了。”

苏宛的欢呼戛然而止。

蔡小雅抱歉道：“现在只能你自己想办法了。”

“完了！”苏宛都快哭了，“我这要怎么混进去啊！”

“要不就用最初的计划，”蔡小雅也有些无奈，“扮成服务员？”

“可是金少都知道我是画漫画的了！”苏宛这下是真的想哭了。

“要不，要不我缠着焕然回去吧？”蔡小雅犹豫了一下，“我去跟焕然说去。”

“脑子有病啊！你就好好地待在加拿大，我自己想办法！”苏宛重重地叹了口气，“放心，你苏宛姐是无所不能的！”

蔡小雅在千里之外翻了一个白眼。

“啊！慈善晚会！慈善晚会！”挂了电话，苏宛又发愁了，“难道真的要使用终极手段了吗？”

所谓的终极手段就是——慕时方去偷请柬！

慕时方拎着两口袋菜回来的时候，苏宛正在沙发上成挺尸状。

“怎么了，思路又卡了？”慕时方把菜拎进了厨房。

“慕时方，你去偷请柬吧！”苏宛咬着聚宝盆，眼泪汪汪。

“请柬？”慕时方一愣，随即反应过来，“你说的是明天晚上的那场慈善晚宴？”

“你也知道？”苏宛跟条断了气的鱼一样瘫在沙发上，“你们老板跟你讲了？”

“有跟我提到，”慕时方犹豫了一下，“怎么，你很想去？”

“当然想去啦！”苏宛噘着嘴，“要知道明晚金少也会去啊！”

慕时方点点头：“的确，像这样的慈善晚会金灏天一定会去，无论如何他都要给外界留下一个好的印象。”

“慕时方，去偷请柬吧！”苏宛怂恿着。

慕时方哭笑不得：“苏宛，请帖上都有写名字的，而且接到请帖的人大都是一些知名人士，你想要冒充也冒充不了啊！”

苏宛立刻焉了。

想了一夜，苏宛觉得完了，终极手段用不了的话，那就只能用究极手段了。

所谓究极手段，就是让慕时方利用他的武功，让两人混进去。

打开房门，苏宛愣了：“慕时方？”

慕时方嘴角一翘，指了指茶几上的东西："给你买了全家桶。"

"太好了！"苏宛冲出来，抓了一个鸡翅立刻又成星星眼状，"哇，还是热的！"

叼着鸡翅，苏宛又问："今天你怎么这么早就回来了，下班了？"

"你不是说想要参加晚上的慈善晚宴吗？"

苏宛眼睛一亮："难道你偷到请柬了？"

慕时方摇了摇头："没有。"

苏宛本来激动的心情瞬间熄火："你逗我玩呢？"

慕时方一脸无辜地摸出了一张精致的邀请卡："给你。"

苏宛也不顾自己的手上油汪汪的，伸手就接了过来。定睛一看，苏宛就尖叫了起来。

精致而华丽的邀请卡上写着两行字：诚邀端木集团总裁慕时方，端木集团总裁助理苏宛前往天伦王朝参加慈善义卖晚会。

"这？"苏宛猛吸凉气，"慕时方，你该不会去造了假的吧！"

"造假可能会这么快吗？"慕时方给她倒了一杯可乐，"这是我们老板给我的。"

苏宛愣了愣，"你们老板给你？"

"是啊，这本来是邀请我们老板参加的，因为我们公司是最近新兴的金融公司，却很快在业内闯出了一片天，所以商界对我们老板也比较尊敬。但是谁都不知道我们老板到底姓甚名谁，而且我们老板也不喜欢这种纯粹为了有钱人的脸面而举办的晚会，就没打算去。你不是说你想要去吗？所以我就找老板要了这张邀请卡，填的我们的名字。"

苏宛感动得眼泪哗哗的："慕时方你真好！"

"没什么，只要你开心就好了！"

这句话真把苏宛感动了。

慕时方心里偷乐，这次慈善晚会，端木集团的的确确是接到了邀请函，慕时方也必须要出面跟金灏天来个半正式的会晤——顺便还让苏宛开心了一把。

捧着那张邀请卡乐了一会，苏宛又愁眉苦脸了："完了，没有礼服！"

慕时方提起脚边的一个纸盒子，顺手就抛了过去："接着！"

“什么东西？”苏宛打开一看，“你连衣服都买好了？”

“我们老板说，如果我们要去那种地方的话，一定要穿适合的衣服，所以就带我去买了。”慕时方若无其事地说着。

苏宛用没油的左手提起了那条裙子，惊叹了一声：“好美！”

这是一条旗袍样式的丝质的红色裙子，不长，浓浓的中国风里又流露出时尚而热烈的气息，跟裙子搭配的是一双红色的精致缎面高跟鞋，整双鞋都流露着高雅端庄。而鞋跟却仿佛是水晶制成般，细长的透明鞋跟里还有一些星星点点丝丝缕缕的红色，立刻就把古风味十足的鞋子衬得与众不同。

苏宛的眼珠子都快掉到盒子里去了：“慕时方，这都是你选的？”

“是啊，我觉得，你应该适合，”慕时方微微一笑，“试试吧，看看我眼光如何。”

苏宛兴冲冲地捧着大盒子就进了房间。

等苏宛换上那套衣服出来的时候，慕时方才是真正被惊艳到了。

旗袍领紧贴着苏宛修长的脖颈，优雅的裙子包裹着身体，让苏宛那姣好的曲线展露无遗，挺拔的双峰，妖娆的腰线，挺翘的臀部。再往下是裁剪参差的裙摆，裙长正好在膝盖上方，白净的小腿就露在外面。精致的脚踝在红色鞋子的衬托下显得格外小巧可爱，让苏宛整个人的气质也越发高雅了起来。

“好美！”慕时方不由自主地称赞着。

“真的吗？”苏宛的脸通红，也不知道是羞的，还是兴奋的，还是纯粹只是被衣服衬的。

苏宛正要得意地大笑几声，又想到自己穿得这么漂亮还是不要破坏气质。她只是刚走了两步，立刻就栽倒在慕时方的怀里。

“你走不稳？”慕时方吃惊地抱住她，“我看大街上那些女人穿这么高的高跟鞋，我以为你……”

苏宛挣扎着站稳，郁卒地看了慕时方一眼：“你什么时候见过我穿过这么高的高跟鞋了？我平时穿的都是平底鞋！”

慕时方眉头一皱：“这样很容易崴脚吧？我们还是去换一双好了！”

“别啊！”苏宛立刻紧紧地拽着他，“我很喜欢！不要退了，我多走走就习惯了。”

“那我就牵着你。”感受着自己手心里的柔软，慕时方心里忍不住紧了紧。

苏宛倒也不是走两步就要歪两歪的那种，只是这跟又高又细，她心里还是有点紧张。

走了一圈，苏宛有些疑惑地开口：“有一个问题！”

“怎么了？”

“我记得我没有告诉过你我的尺码啊！”

慕时方又不能跟她说他都看到了她整个背面的裸体了，想了想，就编了个理由：“那个店里就三种尺码，我看这个尺码的模特的身高身材跟你都差不多，所以就选了这个尺码。”

单细胞的苏宛沾沾自喜：“原来我和模特一样的身材啊！我还以为你趁我不注意偷看我洗澡呢！”

慕时方的脸黑了黑：“这种事情一般都是你在做吧！”

苏宛吐了吐舌头，“我哪有，懒得理你！”

在客厅里练习了一下午，苏宛终于可以自如地穿着那高跟鞋行走了，一低头一转身，竟也能流露出一丝优雅和高贵。

慕时方也换上了礼服，是很简单的黑色正装，却用了独特的设计理念和剪裁方式，看着倒是颇像在中山装的基础上加入了西服的元素，显得别有风味，跟苏宛的礼服颇为搭配。

慕时方一从卫生间里出来，苏宛眼睛都直了。

“慕时方，你好帅啊！”苏宛的眼睛里小星星乱飞。

“是吗？”慕时方轻轻笑了两声，“我若是不帅，又怎么能站在如此美丽的你的身边呢？”

“嘿，你也变得油腔滑调了！”苏宛被慕时方夸得整个人都飘飘然了。

眼见晚会快要开始了，苏宛又紧张了：“慕时方，你们老板有没有派司机来？我们该不会要打车过去吧！”

“放心，会有车来接我们的，”慕时方的话音才刚落，电话就响了起来，“司机来了。”

下了楼，苏宛看到一辆看上去低调但是奢华的劳斯莱斯就停在那里，于是向司机道了谢，坐进了车里。慕时方对着那司机微微点了点头，也跟着坐了进去。

天伦王朝的十二楼装扮得异常华美。

今晚的慈善义卖晚会采取的拍卖方式，每个被邀请的宾客都有喊价的权利。会场里是自助餐，让这些商界的精英、名人们能端着高脚杯，一边与友人、女伴谈笑风生，一边轻描淡写地喊出一个个让那些女人折服的数字。

当真正踩到会场的地毯上时，苏宛才开始紧张起来：“慕时方……”

“我在！”慕时方俯身轻声在她耳边说着，“别怕。”

苏宛安下心，挽着慕时方的手，昂着头，走进了会场。

会场里的人已经很多了，义卖还没有开始，来宾都站在会场里，一边谈笑，一边观察着每一个走进会场的人。

当慕时方和苏宛走进来的时候，本来交谈热烈的会场突然安静了那么一瞬。

进来的这一男一女并不是他们所熟知的某公司、某财团的人，平时也没在电视或网络上见过，但是见到这一男一女，这些人却不由得在心里暗自吃惊——男俊女俏，说是金童玉女也不为过！

苏宛一进来立刻就大致瞄了一眼会场里的人，却没有发现金灏天的踪迹。

“怎么不见金少？”苏宛不安了起来，“他今天该不会不来了吧！”

“不会的，”慕时方耸耸肩，“金灏天一向不守时，这是业内公认的。”

“这样啊！”苏宛很快发现他们变成了整个会场的焦点，又有些奇怪了起来，“他们怎么都盯着我们看啊，难道是因为我太美了？”

“不是，”慕时方忍着笑，“是因为我们站在门口，挡住后面的人了。”

苏宛的嘴角抽了抽：“那我们赶紧进去吧！”

叫住了一个端着托盘的服务生，苏宛端了两杯酒，递了一杯给慕时方。

“你能喝酒吗？”慕时方皱了皱眉。

“我救你的那个晚上就是喝多了，那天我都喝成那个样子了还能把你扛回家，你觉得我酒量怎么样？”苏宛得意地瞄了一眼身边的男人。

慕时方耸耸肩：“那当我没说。”

两人找了张没人的桌子，拉开椅子坐下。苏宛正在感叹都过了开场时间了金少怎么还没来，门口就传来了女人们暗自激动的声音：“金少！金少来了！”

“来了？”苏宛也来劲了，立刻整理自己的衣服头发妆容。

慕时方暗自撇嘴，他抬眼看过去，正好撞上了金灏天的目光。

也许是慕时方的目光太具有威胁性和侵略性，金灏天微微皱了皱眉。

金灏天一来，就有人热情地打招呼，男人一一应对。

拍卖会很快就开始了。不过苏宛对于拍卖完全没有一点概念，她也没有钱去买那不知道有什么所谓的艺术品，所以只是紧紧地盯梢着金灏天。金灏天显然对于苏宛的这种目光早已经习惯了，他沉静地坐在椅子上，玩着一个看上去价值不菲的打火机。

不到半个小时，就卖出了好几件藏品。苏宛吃着桌子上的小点心，目光一直追寻着金灏天，眼睛都有点累了。可让她失望的是，直到最后一件藏品被金灏天以六十万的价格买下之后，她关注的男人都没有看她一眼！

这让苏宛郁闷得抓狂。

“山不来就我，我去就山也！”苏宛磨着牙，“金少应该还没有忘记那个弟妹家里的职业画手吧！”

晚会一结束，大部分的女人就涌向了金灏天，还有一部分往慕时方这里蹭了过来。

“这些女人还真是逐花之蜂啊，”苏宛撇了撇嘴，一眼瞟见金灏天正有些不耐烦地站起来， 推开那些女人离开。苏宛立刻打起精神，准备在金灏天出门的路上与他来个意外的相撞。

苏宛摆着一张面瘫脸，仔细计算着步伐要迈多大才能正好跟金灏天撞上。

慕时方婉拒了一个找他要电话号码的女人之后，一扭头，就看到苏宛正一脸冷然地冲着金灏天而去。

慕时方不动声色地跟在后面。

还有四步！苏宛的心扑通扑通狂跳。

三步！苏宛觉得后槽牙都快被自己咬碎了。

两步！金灏天那俊朗的脸距苏宛只有一米的距离了，苏宛只要再往前两步，就可以完美地栽进金灏天的怀里了！

只是她的左脚才刚刚抬起来，右脚突然一崴。

金灏天面无表情地继续往前走着，不一会儿就出了会场。

苏宛倒在那个温暖的怀抱里，看着金灏天离去的背影，连想死的心都有了！

慕时方若无其事地把脚边一个自己刚刚丢过来的硬币踢出去老远，又若无其事地扶着苏宛站好，才开口道：“这是怎么了？在家里的时候不是走得好好的吗？怎么这会儿又摔了？”

“我也不知道，就是脚突然崴了一下，”苏宛都快哭了，“你说我往前面倒直接扑到金少的身上也好啊！你说他看到一个美女在自己身边不远的地方快要摔倒了，他应该立刻过来一把揽住美女的腰啊，小说里漫画里都是这么演的！他怎么能就那么走了呢？这不科学！”

“你自己也说了那是小说了，”慕时方拉着她的手，“我扶你，小心又摔倒了。”

“别说了！刚刚众目睽睽之下，我一定丢脸丢死了！”苏宛这才想起刚刚那一幕几乎整个会场里的人都看到了，顿觉欲哭无泪，头低着都不敢抬起来，“如果金少刚刚接住了我，那些女人一定羡慕死！现在他们肯定一个个都笑死了！”

“没有，他们还是羡慕死了，”慕时方安慰地摸摸她的头，“你虽然没有掉进金灏天的怀里，但是你掉进了我的怀里啊！”

“还是你最好！”苏宛幽幽地叹了口气，“走吧，我们回家，真是太闹心了！下次小雅再告诉我金少去了哪里，我发誓，我绝对不会再去了！”

慕时方一脸的不相信。

苏宛哀怨地看了他一眼：“我说真的！”

“很多事情并不需要发誓，甚至都不需要说出来。你自己在心里决定了，那么不管怎么样你都要做到，”慕时方牵着苏宛的手，“誓言并不能成为约束，反而会变成大部分人的谎言。”

“那些海誓山盟都是假的么？”苏宛幽怨地说。

“并非是假的，”慕时方温和的一笑，“我的意思是，既然别人所不知道的决定你都能做到的话，那个说给别人的誓言就更应该做到了，不是吗？”

苏宛的嘴角抽搐了一下：“好吧，我承认我刚刚是在耍赖！”

“你啊！”慕时方无奈地笑了笑。

到了小区门口，苏宛坚持先下车：“师傅，不好意思，今天麻烦您了。出门的时候就发现了，小区里面不方便倒车，所以就不用送进去了，师傅您早点回去休息吧！”

慕时方也点了点头，那司机才沉默着倒车离开。

“今天这么细心体贴？”慕时方看着苏宛，牵起她的手。

“才不是，”苏宛嘿嘿一笑，“其实是我饿了啦！那个会场里面什么自助餐啊，一份一份小的跟喂猫一样，我又不好意思拿太多！所以我想要去前面吃点夜宵，如果师傅开进了小区里面，我们还要走出来，多麻烦啊！”

慕时方有点无语：“你确定要穿成这样去吃夜宵？”

苏宛这才意识到两人都穿得有些不太适合路边摊，立刻就窘了：“难道要我们走回家去换衣服然后再出来？穿着这么高的高跟鞋，想着就脚疼！”

慕时方宠溺地弹了她的额头一下：“闭上眼睛。”

“怎么？”苏宛一怔。

“我抱你飞过去！”

“你疯了？”苏宛倒吸了一口凉气，“被人发现了怎么办？”

“没事，相信我。”慕时方伸手揽住苏宛的腰。

苏宛咽了咽口水，也觉得很刺激，赶紧伸手揽住了慕时方的脖子，紧紧闭上了眼睛。下一瞬间，苏宛就感觉自己犹如在天堂般，整个儿在温柔的夜风里飘荡了起来。她偷偷睁开了眼睛，首先就看到了慕时方那漂亮的下巴，还有那性感的喉结，再往下，就是在白衬衣里若隐若现的锁骨……

苏宛狠狠咽了一口口水。

也许是咽口水的动静太大了，慕时方低下了头，开口柔声问：“怎么了？”

“没事没事，就是想吃点豆腐，”苏宛微微一笑，手立刻就探进慕时方的衣服里摸了一把，“现在吃好了！”

慕时方脚下一滑，差点从路灯上直接摔下去。所幸已经快到苏宛家楼下了，慕时方提了口气，稳稳地落在地上。

“你就不能老实点吗？”慕时方一脸的无奈。

苏宛干笑了两声，从手提包里摸出钥匙，打开了楼下铁门。

回家换好衣服，两人才说说笑笑着往小区外面走去。

大夏天吃烧烤喝啤酒是一大乐事，苏宛坏心眼地想要灌醉慕时方，可自己却喝趴下了，最后还是被慕时方抱回去的。

刚走进小区，苏宛又迷迷糊糊地醒了："慕时方。"

"什么事？"

"你是不是又用轻功在飞啊？"

"没有。"

"那我怎么感觉我在飘啊……"

"你喝多了！"

6

想死就不要来我身边

回到家里，慕时方把苏宛放在床上，把她的鞋子脱了，又扯过一边的薄被给她盖上，正要出门，一扭头就看到苏宛一脚就把薄被踢到了一边。

“好难受——”苏宛嘟囔了几句，一伸手就把自己的T恤睡衣往上一撩，闭着眼睛摸索着解开了内衣的扣子，手一拽，就把内衣脱了下来，胡乱扔了出去。

带着体温的内衣从慕时方的脸边飞过去，撞到衣柜啪一声掉落在地上。

那一瞬间，慕时方似乎闻到了属于苏宛的独特气息。他低头看了一眼地上的内衣，犹豫了一下，还是伸手把它捡了起来，放进了衣柜里——他绝对不承认自己下意识地揉捏了一把。

见苏宛的肚皮和小半边酥胸都露在外面，慕时方压抑了一下自己内心的躁动，走过去帮她把T恤拉了下来，又一次给她盖上了薄被。

睡着了的苏宛小嘴嘟着，好像在梦里生着谁的气一样。因为喝了酒，她的脸颊呈现出漂亮的粉红色，还散发着淡淡的令人迷醉的酒香。

慕时方仿佛是着了魔一样，慢慢俯下身，在那娇艳的红唇上轻轻一吻。

唔，有点孜然和辣椒的味道，还有点咸味和啤酒的苦味……

等慕时方意识到苏宛的嘴唇的味道时，才发现他已经不知不觉地含住了苏宛的嘴唇，而舌头还在试探着想要叩开苏宛的牙关。

慕时方一震，正想要直起身子，苏宛的舌头突然就伸了出来。在慕时方的舌头碰到苏宛的那一瞬间，慕时方感觉自己浑身好像是有一团火在烧。那团火让他变得有些失去理智。他的手轻轻捧着苏宛发烫的脸颊，激烈地与她亲吻了起来。

不知道过了过久，一直被动地承受慕时方狂风暴雨一般激吻的苏宛轻轻哼了一声。

慕时方猛地惊醒，立刻站直了身体。在两人分开的时候，慕时方看到那缠绵的银线连接在两人中间，又因他太过突然的动作而绷断。

慕时方摸了摸自己的脸，跟苏宛的一样滚烫。

慕时方深深吸了口气，摸了摸她的脸，才艰难地打开门离开。

第二天一大早，苏宛因为口渴醒了过来，醒来之后苏宛就开始叫唤了："哎——慕时方！"苏宛在床上打着滚。

慕时方推开房门："怎么了？"

"榨菜稀饭蜂蜜水……"苏宛抱着摇钱树砸着自己的头，"我头疼！"

"谁叫你昨晚要喝那么多的！"慕时方帮她把拖鞋拎了过来，"稀饭我熬好了，蜂蜜在哪里？"

"在厨房的橱柜里。"

"小心烫！"慕时方把蜂蜜水递给苏宛，回厨房去给她盛了一碗稠稠的稀饭，又切了一小碟榨菜末端了出去。

"慕时方你真好！"苏宛小口小口地喝着蜂蜜水。

慕时方淡淡一笑。

没过几天，苏宛接到了蔡小雅约她去海滩度假的电话。

"我要穿比基尼！"苏宛正站在客厅里做超人飞天状，慕时方就回来了。

"你这是在干什么？"看到苏宛滑稽的动作，慕时方一愣。

"在给自己打气呢！"苏宛从沙发上跳了下来，"慕时方，你轻功很厉害的吧！"

"是啊，怎么了？"

"那你一定能避开那些保安的视线进入一个特定的区域吧！"苏宛双眼猛眨。

"你到底想要说什么？"慕时方无奈地看着她。

“就是，就是——”苏宛嘟囔了半天，才腆着脸皮说，“就是金少要去阳光海滩游泳啦！我也想去啦！”

慕时方嘴角一翘：“买门票进去不就行了？”

“你以为那里是一般的那种人来人往的沙滩吗？”苏宛一脸的郁闷，“阳光海滩是仅供那些持有会员卡的人进入的。听说那种地方的会员卡的年费都是以百万计，你觉得这能到哪里去买票？”

慕时方无奈地摇了摇头：“那像上次参加慈善晚会的时候一样进去不就可以了吗？”

苏宛一呆，随即尖叫起来：“这么说，这么说，你可以找你们老板借会员卡？”

“是啊！”慕时方笑眯眯地看着她。

“太好了！”苏宛欣喜若狂，马上她又跳了起来，一脸煞气地瞪着慕时方，“你的老板怎么对你这么好？他该不会是想潜规则你吧！他是不是取向不正常？”

“取向不正常？”慕时方不解。

“就是断袖！”苏宛咬牙切齿。

慕时方的俊脸拉黑。

苏宛重重哼了一声：“不然那么贵重的东西，怎么会就这样给你了？他肯定别有用心！”

“人家也不是给我的啊！”慕时方摊了摊手，“人家是借给我的！而且这个会员卡本来就是交的年费，平时不去也浪费了，既然你这么说的话，那我就不去找他了。”

“你们老板真这么好？”苏宛一脸疑惑。

“我是他恩人嘛！”慕时方敷衍着。

看到苏宛美滋滋地坐在沙发上开始看电视，慕时方从包里摸出了一张卡，沉思起来。

今天莫振强跟他说了，目前已经有股市崩溃的苗头了，可金帝集团最近更加肆无忌惮地吸金，这让国安局一时摸不清金帝集团到底在打什么鬼主意。

一旦股市崩溃了，照现在的情况来看，到时候必将危机重重，对社会造成不可估量的影响。

金帝集团在这种情况下还如此张扬，那么在金融风暴到来后，不是被金融风暴摧毁，就是想乘此机会通过非正常操作在金融界分取更大的利益。

难道金灏天他能让金帝集团扛过这次金融风暴，所以才如此肆意妄为?最主要的是，预测到这次金融风暴即将袭来，国家想要通过宏观调控来稳住目前的金融市场，把损失降到最低。可是金帝集团突然横插一脚，彻底打乱了国内市场。偏偏金帝集团的手段看似合法，经营正当，让人无迹可查，这使得上面一团火憋着没地方发，于是建立起端木集团跟金帝集团对抗。而这个集团的总裁，就是慕时方。

其实慕时方早就知道金灏天的动向，所以今天下午莫振强就把这张会员卡给他了。

既然明着摸不清金灏天到底是什么想法，那只有从另外的方向探出来。金灏天是一个比较贪玩的人，所以只要没在公司或者家里，他的一举一动立刻就会传到慕时方这里——他终于迎来了真正意义上的第一个任务：监视金灏天。

慕时方瞥了一眼跟着电视里面的歌手忘情演唱的苏宛，无奈地摇了摇头。他负责监视金灏天，倒是方便了苏宛。

吃完饭，苏宛一直叽叽喳喳地说着后天如何如何用她完美的身材去征服金少，说了半天，她奇怪地看着有点发呆的慕时方："你怎么了？"

"苏宛，我不会游泳。"

苏宛呆了呆，随即爆笑："哈哈哈，你竟然不会游泳！"

慕时方略微有些郁闷："很奇怪吗？"

"不奇怪，不奇怪！"苏宛努力憋着笑，"那怎么办？"

"学。"

苏宛挠了挠头："那好吧，明天我们去游泳馆。"

第二天苏宛又赖床了，最后还是慕时方捏着她的鼻子才让她从床上爬起来。

"多睡一会不行啊！"苏宛闭着眼，跟游魂一样往卫生间走去。

"不是说要去学游泳吗？"

苏宛勉强睁开还糊着眼屎的眼睛白了慕时方一眼："你急什么？"

“可是你总得吃早饭和午饭吧！”

“我看你就是想要早点去游泳馆看美女而已！”苏宛鄙夷地看了他一眼。

慕时方顿时无语，只得抬手揉了揉苏宛的头发：“快去洗脸吧！”

苏宛洗好脸出来，两人出门草草地吃了早饭，这才往游泳馆走去。

苏宛有泳衣，所以决定去游泳馆旁边的小店帮慕时方买一条泳裤。

苏宛选了半天，最后给慕时方选了一条中规中矩的黑色三角泳裤。

“跟我的泳衣挺配的！”苏宛满意了，又揪着慕时方去看沙滩裤。

“这又是什么？”

“沙滩裤啊！因为比较宽松，所以很多人都喜欢穿这个，”苏宛的目光又贼兮兮地盯上了慕时方的某个部位，“让你穿那么一条小泳裤你肯定会觉得不自在，所以给你买条沙滩裤遮一遮啦！”

苏宛的目光让慕时方感觉自己的裤子都要被苏宛给扒下来了。

“你别盯着我看！”慕时方有些窘迫地侧过身。

苏宛奸笑着收回了视线，千挑万选，选了一条白色底色泼墨点缀的沙滩裤：“怎么样，你恩人我有水平吧！连沙滩裤都选得这么有书香气息。”

慕时方看着她得意洋洋的样子，不免觉得好笑：“要怎么样才能从一条沙滩裤上看出书香气息来？”

“你这个人真没幽默感！”苏宛白了他一眼。

“那午饭呢？”

“游泳馆里有卖吃的店，我记得好像还有一家小饭店，现在应该还没有倒闭吧！”

“你最近一次去是什么时候？”

“我算算，”苏宛歪着头想了半天，“应该是三年前吧！那个时候我记得是小雅拿到了她在那个公司的第一笔工资，于是就叫上我一起来游泳了。我的游泳衣都是在刚刚那店里买的，不过也就穿过一次啦！”

“后来就一直没来了？”慕时方有些诧异。

“是啊！因为一个月之后小雅就辞职了，哈哈！”苏宛的表情颇有些幸灾乐祸，“因为遭遇了办公室 X 骚扰。所以还是我好啊！虽然那个时候每个月的银子只够自己花销，但是至少每个月都还有，可是那货之后三个月都没找到工作，哈哈！”

慕时方感受着苏宛手心里那带着粗粗的茧子的手，突然一阵心疼。

“你们是一起来的这个城市吗？”

“当然不是！”苏宛一笑，“我是自己一个人先来的，然后小雅才来投奔我的！”

“以后你想去哪里就告诉我，我一定会带你去的！”慕时方认真地看着他。

苏宛乐得一把抱住了慕时方的胳膊：“慕时方，上次你说这个话的时候我就想跟你说了，当初小雅她老公也是跟她说了这句话之后小雅才动心的，果然女人要在男人面前扮演弱者吗？”

她又偏着头想了想：“要不然我在金少面前给他痛陈一段我的血泪史？说不定他感动得稀里哗啦，同情心一泛滥，我们就成了！”

慕时方眉一挑：“如果你真的这么做了，说不定金灏天会把你当做乞丐给打发了，或者说，他会比较感兴趣的是，你这样一个如此悲催的女孩子，又是怎么进入年费上百万的阳光海滩的呢？”

苏宛愣了。

“要不你给金灏天编造一段发家史？”

苏宛嘴角抽了抽：“那还是算了吧！”

买了门票，一进到游泳馆，苏宛立刻就欢呼着进了换衣间，迅速换了游泳衣出来。

慕时方一扭头，看到穿着游泳衣的苏宛，第一反应就想要脱下自己身上的T恤罩在她身上。

“怎么穿成这样就出来了？”慕时方摆出臭脸。

“游泳不穿成这样的话，那怎么游啊？快去换衣服啦，你还要不要学游泳啊！”

看着苏宛那在黑色泳衣的衬托下显得更为白嫩的皮肤，慕时方开始后悔起自己的决定来。

“苏宛……我们还是不学了吧！”

“开什么玩笑！”苏宛差点没有跳起来，“门票买了，泳衣也买了，最主要的是，明天我们就要去海滩了！”

慕时方很想脱口一句“要不我们明天不去了”，但想到这是自己的任务，而不只是因为苏宛想要去才去的，默默踌躇了一会儿，慕时方才拿着自己的泳裤走进了更衣室。

等慕时方遮遮掩掩地出来，苏宛咽了咽口水，伸手就打掉了慕时方挡在胸前的胳膊：“那啥，慕时方我看看你的肤质好不好……”

手才刚接触到慕时方的胸膛，苏宛的脸上就露出了梦幻的表情。

这手感，这滋味……

“苏，苏宛！”慕时方尴尬地抓住苏宛的手腕，“你不是摸过的吗？”

手腕被制，苏宛立刻变触觉为视觉，两只眼睛不停地在慕时方胳膊、胸膛、腰上盯来盯去，倒是一点也不顾忌形象。

慕时方嘴角微微一扬。苏宛这种肆无忌惮的行为倒是让慕时方有些紧张和尴尬的心情舒缓了下来：“你想天天摸也可以啊！”

“天天摸我怕摸腻了！”苏宛还是目不转睛地盯着慕时方赤裸的上半身。

“看够了吧！上次我换衣服的时候你不是看过了吗？”

苏宛猛咳了两声：“我没看过啊，像我这种正人君子怎么会偷看你换衣服呢！”

“正人君子？”慕时方眉一挑。

苏宛嘴角抽了抽：“走啦，我教你游泳去！”

走了两步，苏宛又回头打量了慕时方几眼：“我怎么感觉你这么怪啊？”

“什么？”慕时方有点茫然。

苏宛松开慕时方的手，来来回回绕着慕时方转了几圈，才发现到底是什么地方不对头。

“沙滩裤都提到胸口了！”苏宛夸张地说着，然后蹲下去一把抓着慕时方的沙滩裤往下一拽，本来拉到肚脐上面的沙滩裤直接就拽到了胯骨上。

慕时方赶紧扯住沙滩裤的松紧带：“你这又是要干吗？”

“这样才对嘛！”苏宛心满意足地站起来，“Sexy（性感）！”

见慕时方满脸不自在又想要把裤子提上去，苏宛立刻拍掉了他的手：“提那么高你土不土啊！”

“我本来就是应该埋在土里的人，你说我土不土？”慕时方冷静地回了苏宛一句，然后又把沙滩裤给拉到了肚脐以上。

苏宛目瞪口呆，半天才反应过来，伸手又把裤子给拽了下去：“可是你现在没在土里！”

见慕时方还要动手，苏宛立刻恶狠狠地威胁：“你敢不听你恩人我的话？你再往上拽试试？”

“这么说你是想要我这个样子，给那些女人看？”慕时方一摊手。

苏宛扭头，果然发现好几堆女人都看着这边，还有几个嘴角隐隐有口水的痕迹。

“居然敢觊觎我的人！”苏宛用恶霸一样的目光狠狠扫了一遍所有看着慕时方的女人，才又正了正慕时方的沙滩裤，虽然是拽上去了，可还是停留在肚脐下面。

不得不说，武学天才在运动方面绝对是天才！慕时方虽然没有下过水，但是苏宛不过教了他半个小时，他就已经能够自如地游泳了。

“你要不要这么天才啊！”苏宛倒是有些郁闷了，“我当初学游泳的时候，被当时教我们游泳的教练骂史上第二笨。”

“那第一笨是谁？”慕时方游到了苏宛身边。

“当然是小雅啦！她是属于丢进水里连泡都不鼓一个就直接沉下去的那种，”苏宛一摊手，“我跟小雅足足学了一个下午，才勉强能保证不沉下去……”

两人又游了许久，慕时方才像是想起了什么似的：“苏宛，我还得去一趟公司找老板拿会员卡！”

“不是明天一大早去拿吗？”

“明天我们老板就出差了！”

苏宛犹豫了一下：“那……要我陪你去吗？”

“不用了。”端木集团目前根本就不允许外人进出，更何况如果被苏宛知道他在骗她，肯定又要闹一场，最主要的是，慕时方根本就不会去端木集团！

他站起来摸了摸苏宛的头：“如果你想再游一会儿就留在这里，不想游了就回家等我。”

苏宛点头：“都买了票了，不多游一会儿怎么对得起自己。你去吧，早去早回啊！回家的时候顺便把菜买好啊！”

“知道了！”

慕时方换好衣服，直接就去了刚刚那个小店。

他看中了一套游泳衣。虽然那黑色的苏宛穿上也挺漂亮的，但慕时方在进到那家小店的时候就被一套粉红色皱褶蕾丝泳衣吸引了，觉得那套衣服适合苏宛。买好后，慕时方又绕到了菜市场。回家把菜放进冰箱，把游泳衣藏好，慕时方洗了个澡，坐在沙发上看了好一会儿电视，苏宛才哼着歌回来。

“又在看新闻啦？还是财经频道，看得懂吗？”苏宛把手里的包丢在沙发上，“帮我把游泳衣晾一下啦！我去洗个澡。”

“去吧！”慕时方把苏宛的游泳衣拿到了阳台，看苏宛已经进了卫生间，他的指尖闪过一刀剑气，轻松地把泳衣上面的带子割断了一半。

做完这一切，他才若无其事地把泳衣挂到了衣架上。

第二天一大早，苏宛又是被慕时方摇醒的。

“七点了？”苏宛迷迷糊糊地坐起来，“昨晚我两点才睡觉，你脸怎么这么红？”

“没事。”慕时方扭开了头。

他总不能跟苏宛说，他刚刚进来的时候，苏宛的睡裙直接撩到了胸部，两条笔直的大腿和粉红圆点的内裤，以及那一截白皙的肚皮，都暴露无遗吧。

苏宛打了个呵欠，嘟嘟囔囔地去卫生间洗漱了。

慕时方已经把两人的泳衣都收拾好了，吃完早餐便下楼去等公交车了。

“慕时方，我好激动啊！”苏宛拽着慕时方的手，“想到马上就能看到金少的裸体……”

“他会穿衣服的。”

“一条泳裤，那叫衣服吗？”苏宛撇撇嘴，然后奸笑起来，“或者我们都在大海里游泳的时候，我偷偷潜到水里面去把他的泳裤扒了？”

慕时方的脸立刻就黑了。

苏宛一想又反悔了：“不行，如果他蹬我一脚怎么办？这样一来不就破坏我在他心里冷艳高傲的形象了吗？而且扒人家游泳裤这种事情未免也太缺德了点。”

苏宛打了个呵欠，于是挽住慕时方的胳膊，顺势就靠在了他的肩膀上：“我睡会啊！你可别吵我。”

“睡吧！”慕时方摸了摸她的脸，感受着从半开的窗户里吹进来的温热的风，侧头看着苏宛宁静的睡脸，还有那被清风吹起的发丝。

公交车行驶了一个小时，终于到了海边。慕时方轻轻地叫醒了苏宛，牵着还迷迷糊糊的小女人下了车。

拦了出租车，两人一路直奔阳光海滩。到了那里一问，才知道金灏天早就来了。

还迷迷糊糊的苏宛瞬间清醒，立刻摩拳擦掌。

阳光海滩是著名的贵族海滩，平时人都不怎么多，苏宛扯着慕时方一进去，却吃了一惊。

虽然比不上一般海滩人山人海的场景，但是今天这人也真够多的，尤其是女人——放眼望去，尽是穿着性感比基尼的莺莺燕燕在搔首弄姿。

"都是情敌啊！"苏宛咬牙切齿。

慕时方的到来，瞬间吸引了不少女人的注意。他侧了侧身，从肩上的单肩包里找出了装着苏宛的黑色泳衣的袋子："先去换泳衣吧！"

苏宛点头，接过了泳衣，扯着慕时方就去了更衣室。

进了更衣室，慕时方才刚换上泳裤，正在把沙滩裤往上拉，就听到了苏宛一声凄厉的尖叫。

慕时方嘴角一翘——泳衣的带子断了。

"怎么了？"

虽然隔着一堵厚厚的墙，但是苏宛的声音还是真切传来了："慕时方，糟了……"她的声音还带着几分哭腔，"我泳衣坏了！"

"你等等啊！"慕时方忍住笑，从包里拿起那套粉色泳衣，才又锁好箱子出去，"还好我给你带了一套备用的。"

"啊？"苏宛一时没有反应过来，半晌才欢喜地叫了起来，"慕时方，你说你带了备用的？"

"嗯，你出来拿吧？"

"你等等啊！"好一会儿，苏宛才套着她的小白 T 恤和牛仔短裤跑出来。从胸前震荡的幅度来看，很明显这家伙没有穿内衣。

慕时方红着脸把泳衣递给了苏宛，等苏宛再出来的时候，慕时方的眼睛就亮了。果然，苏宛很适合这套粉色的泳衣，搭配着可爱的团子头，整个人看起来萌萌的。

"慕时方！你什么时候去买的这套泳衣？"慕时方还在目不转睛地欣赏，苏宛一个箭步就窜了上来，"你攒私房钱了？"

“没，老板知道我带女朋友来，所以这算是老板赞助的，”慕时方拂了拂苏宛额边的头发，“你穿起来很漂亮。”

“可是你怎么会想到要带备用的呢？”苏宛一脸怀疑地看着慕时方，“难道你猜到我的泳衣会坏掉？”

慕时方一脸坦然地摇头，“我只是想在你游了几圈之后再给你一个惊喜的啊！”

“原来是这样啊！”苏宛恍然大悟。

在天伦王朝他用硬币打苏宛的鞋跟这件事苏宛不会知道，那么他弄坏她的泳衣这事情苏宛就更不会知道了。

拉着慕时方，苏宛就开始满沙滩寻找金少的踪迹。很快，她就发现了那个被一堆女人包围住的帅哥。

金灏天似乎表情不怎么好看，也不知道说了什么，那群女人悻悻地散开了。

苏宛的眼睛立刻就亮了！

赤裸着上半身的金少啊！小麦色的皮肤，结实的肌肉，还有看着就让人流口水的胸脯，炫目的腹肌，曲线优美的腰，那——那可恶的天蓝色沙滩裤！

一个白皙的胸膛出现在眼前，苏宛擦了擦口水，一抬头，就看到了黑着脸的慕时方。

“有那么好看吗？”

“是挺好看的啊！”

“我不好看？”慕时方淡淡地看着她。

“没有啊！你虽然看着比他瘦，可是你绝对比他结实，”苏宛的眼睛成功地被慕时方的胸膛吸引了过去，她咽了咽口水，“可能因为你没怎么晒过太阳的关系，所以皮肤的颜色没有那么黑，其实我还是比较喜欢你这种白的。”

她伸手就想要吃豆腐，却被慕时方一把抓住了手腕：“虽然比较喜欢，可是因为随时可以摸到，所以就不喜欢了是吧？”

“哪有啊！明明你也不让我摸好不好！”苏宛鼓起了腮帮子。

“好了，我们去游泳吧！”慕时方没有松开手，而是拉着苏宛就向大海走去。他故意挡住了苏宛的视线，让她没有看到金灏天正从后边走过去。

苏宛虽然没有看到金灏天，可是金灏天却看到了她。

只是一个侧面，就让金灏天停下了脚步：“很眼熟，似乎在哪里见过，可是是在哪里呢？”

“灏天！”一个娇滴滴的声音响了起来。

金灏天一抬头，嘴角轻轻一翘：“宝贝，换好衣服了？”

“灏天，我好喜欢你给我买的泳衣啊！”女人在金灏天的面前转了个圈，热情地挽住了金灏天的胳膊，“刚刚你都不知道，在女更衣室里有个女人，也不知道是什么地方的土包子，买的泳衣都是地摊货，她才刚刚穿上，带子就断了。灏天，你都没有听到她当时的惨叫，我真是笑死了！”

“是吗？”金灏天的语气淡淡的。

“不过我总觉得那个女人有些眼熟，可是又记不起到底在哪里见过她。不过人家是明星嘛，见过的人多了，像她那种人，长得就大众化……”见金灏天对自己说的话题不怎么感兴趣，女人赶紧转移了话题，“灏天，我们去那边游泳好不好？”

“好。”金灏天只是简单回答了一句，拉着女人就往一边走去。

苏宛拖着慕时方在沙滩上欢乐地奔跑：“慕时方，踩水！踩水！感觉好好啊！”

慕时方看着刚到自己脚踝的海水：“水的颜色很漂亮。”

“当然啦，大海是最美的！至于游泳，”苏宛嘿嘿一笑，“这里只是浅滩，你都不知道大海到底有多深！走，我带你去那边深一点的地方。”

苏宛这也是第一次到海边来，以前都是有时间的时候没钱，有钱的时候没时间，况且大夏天又实在不愿意扎到人群成堆的海滩上，所以苏宛现在很兴奋。

水一没到腰，苏宛就游了起来：“慕时方，快，游泳！不过可不要离我太远，大海很危险的！”

“我知道了。”慕时方摸了摸她的头，跟着一头就扎进了海里。

慕时方以一种完全看不出是新手的泳姿潜进了水里。浅海滩可见度高，慕时方很快就被海里漂亮的沙滩吸引了，并且越游越远。不过他倒是还记得时不时冒出头来，看看苏宛有没有在他身边。

在海里游泳跟在游泳池里游泳完全就是两个概念，浩瀚的海洋让人的身体和心灵都舒展开来。游到自认为的安全距离，苏宛左右看了看，没找到慕时方，吓得她赶紧大叫起来：“慕时方，你在哪里？”

猛地感觉腰一紧，然后慕时方那颗湿漉漉的脑袋就出现在了她的眼前。

“你吓死我了！”苏宛翻了个白眼，“刚刚学会游泳，不要乱游！一会儿脚抽筋了怎么办？”

慕时方只是微微一笑：“咸的。”

“你说海水啊！”苏宛恍然大悟，随即又奸笑起来，“知道海水为什么咸吗？就是因为你们这些人啊，总是把尿撒在大海里！”

本来期望看到慕时方震惊恶心的表情，谁知道慕时方只是怪异地看着她：“苏宛，你尝过尿的味道？不然你怎么知道这海水的味道跟尿一样？”

完败！苏宛泪流满面。

“好了啦，真是不懂幽默！”苏宛白了他一眼，“继续去游吧！记住，不要靠近那些女人，他们会扒了你的裤子的！”

“想要扒我裤子的不是你吗？”慕时方刮了刮苏宛的鼻子，松开手，整个人又沉到海里。

“我只是说说，哪里真会扒你的裤子！”苏宛吐了吐舌头。

她拍打着水，只是浮在原地，没有再去游。渐渐的，苏宛觉得有些不对头，这都十多分钟了，怎么慕时方还没有上来？怎么他都得上来换气吧？

又过了两分钟，苏宛终于沉不住气了，她有些惊慌地叫了起来：“慕时方！慕时方，你别闹了！你到哪里去了？”

“慕时方，你别吓我啊！”周围静悄悄的，热闹的海滩在几十米以外，这边整个海面就只有苏宛一个人。她真的害怕了，深深吸了口气，捏住了鼻子，一头扎进了海里。

她在海里艰难地睁开了眼睛，海水渗进眼睛里，有些涩涩的疼痛感。苏宛左右看了看，终于在下面看到了一个模糊的人影。那个人影一动不动，也不知道到底是什么情况，但是那白底黑花的沙滩裤，让苏宛一眼就认了出来，那就是慕时方。

苏宛害怕了，慕时方一动不动的，她第一反应就是溺水了。

都这么久了，也不知道……

苏宛心脏狂跳起来，立刻往慕时方的方向游去。

海水的压强让苏宛难受起来，胸腔受到压迫，因为耽误的时间太久，苏宛感觉自己身体里的氧气已经被压榨干净了。她清楚地知道，这个时候应该到水面上去换气了，而且现在潜水的深度已经超过休闲潜水了，可是慕时方近在眼前……

苏宛咬了咬牙，继续往下潜。

好难受……

感觉自己的胸腔好像要炸开了一样，眼前也是一阵一阵发黑。她一手捏住自己的鼻子，一手伸向慕时方。在她的手指距离慕时方的头发只有半米的时候，她终于撑不住，整个人失去了意识。

在那一瞬间，苏宛的脑子里突然转过了一个念头——也许跟慕时方一起死在海里也是不错的。

只是最后意识蒙眬的时候，她好像看到慕时方转过了头。

这小子难道没死？

这是苏宛的最后一个念头。

慕时方承认他是大意了。他游到这片海域的时候，就被海里绚烂的美景吸引了。这是在地面上绝对见不到的，虽然已经在接近八十米深的海底，能见度已经非常低了，可是慕时方还是看到了，而且他的内力自动运转，很轻易就能撑住海水的压强给他带来的不适感。

只是他忘记了现代人是不会龟息功的，普通人一般能憋三分钟到四分钟就不错了。

在海里，慕时方的感觉也不如在地面上敏锐，而且因为随时都有鱼从身边经过，带动了水流，所以苏宛潜下来的水流并没有让慕时方在意。

可在苏宛失去意识的那一刻，慕时方像是心有所感，猛地回过头，就看到苏宛一手直直地伸向他，一手无力地从脸上滑落。她整个人因为浮力的关系渐渐往上飘去，那泳衣上的飘带、褶皱，还有散开的头发，甚至是长长的睫毛，都那么柔美地飘在碧蓝的海水中，纤毫毕现，却让慕时方肝胆欲裂。

他猛地冲了过去，一把搂住了苏宛的腰，含住了她的唇，撬开了苏宛的牙关，立刻就把自己体内的气息渡了过去。

等两人升上了海面，慕时方才依依不舍地放开苏宛的嘴唇。

“苏宛，醒醒！”慕时方轻轻拍着苏宛的背。

不一会儿，苏宛就猛烈得咳嗽着醒来。一睁眼，看到近在咫尺的慕时方的脸，她也不顾自己的鼻子里还不断喷着海水出来，一把就抱住了慕时方，哇哇大哭：“你是要吓死我啊，哪里会有人潜下去十几分钟还不上来的？你当你是世界纪录保持者啊！你知道海里到底有多危险吗？你知道深海的压强有可能会把你的身体都挤爆吗？你以为你是神吗？你以为你是美人鱼吗？你以为人类是从大海中来的就能游回到大海中去吗？”

虽然苏宛越说越不着调，但是慕时方紧紧地抱着她，心里却涌起了浓浓的感动和爱惜。

这样一个女人，这样一个不停数落他的女人，可刚刚还是不顾一切想要去救他……

“对不起，”慕时方抱着她，情不自禁地吻着苏宛的额头。感受着肩窝处一直不断地被濡湿，慕时方心里的歉疚也越来越多，“对不起苏宛，都是我的错！”

“想死也不要死在我面前！想死就不要来我身边！干吗要让我担心，让我害怕！”苏宛心里对慕时方的担忧和对死亡的恐惧还没有散去，这会儿跟撒泼一样对着慕时方拳打脚踢。

她的这点力道对于慕时方而言纯粹就是挠痒痒而已，不过慕时方却真真切切感受到了苏宛对他的那种可能她自己都还不清楚的感情。

这个女人，他是永远都不会放手了。

“好了好了，吓坏了吧！”慕时方扶着苏宛的肩膀，伸手轻轻擦掉她的眼泪，“我们去海滩上休息一会儿，喝点东西，补充一下体力。”

“还说！”苏宛眼泪又要掉下来，“我到现在腿都是软的！”

慕时方微笑着擦着她脸上的鼻涕眼泪海水：“看看你的样子，鼻涕眼泪一大把！”

“也不看看是谁害的！”苏宛拍掉慕时方的手，用海水洗了把脸，才把慕时方给扳了过去，“我不管，你背我回去。”

“好！”慕时方偏头拍了拍她的脑袋，背起她就往海滩游去。

寻了一个空着的太阳伞，慕时方把苏宛抱到了沙滩椅上：“要喝点什么，我叫服务员端点来。”

“热热的东西就好！”

慕时方点了点头，不一会儿就拿了热牛奶和浴巾来。

7

小白 VS 小黑

“现在好些了么？”慕时方坐在苏宛的旁边，细细地给她擦着头发。

“还说呢！”苏宛翻了个白眼，“刚刚在海底到底是怎么回事？”

“没怎么啊！我发现你昏迷之后就把你弄到海面上了啊！”慕时方说得若无其事。

“谁问你这个了！”苏宛恶狠狠地瞪着他，“我问的是，你到底在海里干什么，为什么那么久还不上来！”

“海底很漂亮，所以看得有些失神了。”慕时方腼然一笑。

“你要看，跟我说就好了，我带你去海族馆！你这么不声不响地潜下去算怎么回事啊！”苏宛掐了他一把，手有点重，留下了一个红印子，苏宛下意识地又揉了一下。

慕时方一脸的无辜：“我又不知道世界上还有海族馆这么个东西！”

苏宛顿时无言，她的确没有告诉过慕时方，这海底的景色在电视上她也看过，的确很漂亮。不过想想，苏宛还是不甘心：“那我不也是没有看过吗，怎么都没有像你这个样子？”

“好好，是我的错！”慕时方用手指梳理着苏宛的头发，“现在怎么办，发卡都不见了，皮筋也不知道到哪里去了。”

“就披着好了！反正太阳大，一会儿就干了！”苏宛拍了拍慕时方的手，“好了啦，别擦了，我们再去游！”

“不怕了？”慕时方揉了揉她一头的乱发。

“我又没有怕过！只要你听话不要乱跑，我就不用担心了！”苏宛噘着嘴，“我会游泳，又不会被淹死！”

“是！”慕时方笑眯眯地把她从沙滩椅上拉起来，“走吧，这次我们就在沙滩附近游一会儿就是了！”

“沙滩附近很脏！”苏宛撇撇嘴，“肯定有人在沙滩上解决生理问题！”

“怎么会！”慕时方哭笑不得。

“不要把这些有钱人的素质想得太好！”苏宛伸了个懒腰，拽着慕时方又往海里跑去，“我们还是走远一点吧！”

“也好，反正有我在，不会让你有事的！”慕时方轻轻一笑。

“不过慕时方啊，刚刚你是怎么潜水的啊！”一接触到冰凉的海水，苏宛倒是想了起来，“你怎么能够潜那么久呢？你不难受吗，不嫌憋气憋得慌吗？”

“我会龟息，只要不做太剧烈的运动，我可以在不呼吸的情况下待上七天以上，不过在水里的话，大概也就一天吧！”慕时方耸了耸肩。

苏宛倒吸了一口凉气：“慕时方，你这技能太凶残了！”

“龟息怎么就凶残了？”慕时方啼笑皆非，“虽然武林中会的人不多，但是我师傅可以在一个封闭的小房间里待上一年都没问题。”

“这就是传说中的闭关？”苏宛摸了摸下巴，“不过在水里看东西眼睛很涩啊，你不难受吗？”

“我有内力，可以保护我的眼睛。”

苏宛咬牙切齿：“说！为什么以前没有告诉我你会龟息？”

慕时方觉得更无辜了：“可是你也没有问过我啊！”

苏宛撇撇嘴：“有武功了不起啊！不管了，我游去了！”

慕时方轻笑了一声，慢悠悠地跟了上去，偶然一瞥，就看到金灏天带着一个妖艳的女人往这边游了过来，赫然就是苏宛游过去的方向！

慕时方想去把苏宛拽回来，想想又觉得以苏宛那呆萌的性格必然是要在金灏天面前丢脸的。他当下也不慌，就漂在海上，笑眯眯地准备看苏宛出丑。

苏宛闭着眼睛闷头在海里游了一会儿，终于憋气憋不住了，整个人从海里窜了出来。在睁开眼的瞬间，苏宛就看到自己眼前的一个小麦色的胸膛——不是慕时方，慕时方的白多了！

在脑子里转过这个念头之后，苏宛狠狠地一脚踹了出去，怒气冲冲道：“哪个不长眼睛的埋伏在姐的前进道路上？还好姐刚刚出来了，不然岂不是要从你的胯下钻过去？”

妖艳的女人看着金灏天被一个突然冒出来的女人一脚踹倒在海水里，目瞪口呆，尖叫了起来：“啊！金少，你没事吧！”

“你，你是那个演电视剧的刘嫣然？”苏宛眼睛都瞪圆了。

“人家叫柳嫣然！”妖艳女人没好气地瞪了苏宛一眼，才又手忙脚乱去扯金灏天。

“切！”苏宛暗自撇了撇嘴，正要又潜下去，突然全身僵直，“那个，柳小姐，刚刚你叫他……金少？”

柳嫣然哪里还理她，只是不断地拍着金灏天的背：“金少，怎么样，有没有事？”

“没事。”金少咳出了几口海水。刚刚他猝不及防被踹了一脚，整个人以非常不优美的姿势栽进海里的同时，还喝了好几口水。此刻他最庆幸的是那个人踹他的时候位置挑得很好，再往下一点，只怕他就会因为过度疼痛而淹死在海里了。

看着那个栗色的湿漉漉的脑袋抬了起来，苏宛全身都哆嗦了起来。

你妹啊！真的是金少！我居然踹了金少一脚！可是，谁叫他挡在我前面的！

不对，最主要的是——现在该怎么办啊？

金灏天抹了一把脸上的海水，一看到飘在自己对面的女子，立刻就愣了：“是你？”

“你们认识？”柳嫣然有些醋意地看着苏宛，仔细一瞥，她也惊叫起来，“是你？”

苏宛的心抽了两抽：我去！金少是见过姐的，你是谁啊？姐跟你不认识。

金灏天盯着苏宛的那张面瘫脸看了半天，才想了起来：“我想起来了，你是焕然他老婆的朋友！”

苏宛僵硬地点了点头。

金灏天上上下下地打量了苏宛一眼：“刚刚，是你踹的我？”

苏宛的眼神心虚地飘到了一边："谁叫你挡在我面前的。"

"我听到了，你说的，差点从我的胯下钻过去，"金灏天的嘴角一翘，"我还是第一次被人踹。"

"不好意思，"苏宛的眼神更飘忽了，"我这不是第一次踹人了，有点对不起你的第一次。"

金灏天轻笑起来："苏小姐真有趣。"

苏宛一愣："你知道我的名字？"

"那天弟妹不是介绍过了吗？"金灏天微微一笑，"苏宛苏小姐，漫画创作人。"

苏宛的心里美滋滋的。

被无视的柳嫣然不爽地插了进来："苏小姐是吧，你换泳衣了？"

"啊？什么？"苏宛诧异地扭头看向了她。

柳嫣然一脸嘲笑："刚刚在更衣室，你的游泳衣不是坏了吗？"

"是啊，坏了，所以换了，"苏宛一拍脑袋，"原来你当时也在更衣室里啊！不好意思啊，可能是你没有什么存在感，我都没有发现。"

"你……"

"对不起！对不起！"苏宛立刻吐着舌头道歉，"那可能是因为你卸了妆我没认出来？"

柳嫣然抓狂了："喂！"

金灏天大笑起来："苏小姐的性格与表面很不同嘛，真是有趣啊！"

有趣你妹！苏宛在心里骂了一句。

只可惜只要一面对金灏天，她的脸就又呈现出了诡异的面瘫状态："是吗？"

柳嫣然恨恨地看了苏宛一眼。

"苏宛，"慕时方游了过来，"遇到熟人了？"

柳嫣然一看到慕时方，呆了！

虽然在天伦王朝见过慕时方，可是现在这样赤裸着上半身出现在自己面前，柳嫣然心里立刻有些迷醉，又看了一眼身边的金灏天，她的目光才默默收回来。

金灏天的眉头皱了皱。在天伦王朝的时候他虽然没有注意到苏宛，可是慕时方那相当具有侵略性的挑衅目光却让金灏天印象相当深刻。

他轻轻推开了柳嫣然，一脸和气地看着慕时方："幸会！"

慕时方嘴角一翘："是啊，真是幸会。"

"端木集团的总裁，慕时方，慕先生，"金灏天笑吟吟的，"真是年轻有为啊！"

"金少过奖！"慕时方也淡然地看着金灏天，"听说前几天你已经被正式任命为金帝集团的执行总裁了。"

"可是我看慕先生比我小，说明慕先生你比我更有能力嘛！"

"金少说笑了！"

苏宛的嘴角抽了抽："我说，你们——在这里互相恭维什么啊？"

"差点忽视了苏小姐，"金灏天淡然一笑，"不知道苏小姐和慕先生是什么关系呢？"

"她是我的助理，"慕时方伸手整理了一下苏宛乱七八糟的头发，"怎么，金少对我的小助理很感兴趣？？"

"慕总误会了，只是我跟苏小姐也算是半个熟人，不过是关心了一下苏小姐的情况而已。"

"哦？是么？"慕时方轻笑了一声，"在天伦王朝的时候，苏宛就在你旁边，也未见两位寒暄，这样，也算是熟人？"

金灏天立刻摆出了一副恍然大悟的表情："哦，当时那位楚楚动人的女士原来是苏小姐啊！因为实在是太漂亮了，所以我一时没有认出来。"

慕时方也摆出了一副恍然大悟的表情："不过对于金少这种视美色如无物的品质，我还真是佩服！"

"慕先生又说笑了！"金灏天还是笑眯眯的，"如此美丽的苏小姐待在你身边这么久了你们俩还是保持着'纯洁'的上司和下属的关系，这样说起来，还是慕先生你的品质比较让人佩服啊！"

苏宛越来越听不下去了，她一脸僵硬地看着金灏天："金少，你们能不能换个话题，不要总是说我？"

"的确是有点冒昧了，"金灏天话题一转，"不如我们一起去喝一杯？"

"难得金少有这雅兴，我们当然不能扫兴。"慕时方淡淡一笑。

"不如就在前面海滩上的阳光酒吧吧？"柳嫣然提议。

“那好，金少不妨先去，我和苏宛游一会儿再过去，”慕时方一脸温和地看着金灏天，“我这助理刚刚学会游泳没多久，所以还需要练习。”

“那慕先生、苏小姐，我们就先去了。”金灏天的表情比慕时方的更温和。

“待会见。”

“待会见。”

到了岸上，金灏天才皱着眉头开口：“嫣然，前两天在天伦王朝的时候，苏小姐当时也在场？”

“是啊！”柳嫣然想到慕时方对苏宛的态度，心里满是嫉妒，“那天你不是跟我说你有事情要先走吗？你准备出门的时候，恰好那个苏小姐也要出门，就在她要撞到你的时候，脚一崴，就摔了，然后被慕先生接住了。”

“当时我倒是没有注意，”金灏天沉吟了一下，“端木集团——来势汹汹啊！”

轻轻哼了一声，金灏天抬脚就往阳光酒吧走去。

见金灏天和柳嫣然走了，苏宛的表情才垮了下来：“慕时方，你，你，你怎么答应了跟金少去喝酒呢？”

“有什么不妥吗？”

“当然不妥！”苏宛一脸的懊恼，“我都不知道该摆什么表情去面对金少了，刚刚我可是狠狠踹了他一脚！而且——而且我还说了那么猥琐的话。”

慕时方一脸的不解：“你不是一直都很猥琐吗？”

苏宛被噎住了：“你才猥琐！”

慕时方轻笑：“其实你完全没有必要在金少的面前装出那副冷艳的样子。”

“可是一开始我就给他留下这样一个印象了啊！”苏宛一脸的沮丧，“不是我要装，而是我根本一看到金少，立刻就自动切换成冷艳模式——面瘫！”

慕时方忍不住笑了出来。

“你还笑！”苏宛白了他一眼。

“好了，我不笑了，”慕时方伸手挠了挠她的头，“你到阳光海滩来的目的不就是为了金灏天吗？现在这么好的一个机会摆在你眼前，你就要放弃？”

“我不是放弃，”苏宛哭丧着脸，“我这是……近乡情怯！”

“什么近乡情怯，你分明就是临阵脱逃！”慕时方戳了戳苏宛的脑门，“现在给你两个选择，第一就是我们一起跟金灏天去阳光酒吧喝酒，第二就是我们说公司有事所以先离开，你自己选吧！”

苏宛咬了咬牙：“姐堂堂一个巾帼英雄，会怕金少那个小白……小黑脸？走，咱们喝酒去！”

“金灏天不黑。”

“跟你比就黑了！”苏宛白了他一眼，拽着他就往岸边游去。

阳光海滩本来就是有钱人玩的地方，所以阳光酒吧装修得豪华异常。

慕时方和苏宛才一进去，金灏天就招了招手：“慕先生，苏小姐，这边。”

两人走过去坐下，慕时方一看，苏宛果然已经自动切换成面瘫模式。

“慕先生和苏小姐想要喝点什么？”金灏天热情地招呼着。

“我随意就好，”慕时方偏头看了看苏宛，“苏宛，你要喝点什么？”

苏宛面无表情：“白兰地兑热咖啡加朗姆酒和威士忌。”

金灏天一愣：“苏小姐要喝什么？”

“白兰地兑热咖啡加朗姆酒和威士忌。”苏宛机械地重复了一遍。

“这是什么？”柳嫣然嘴角一抽。

“不知道。”苏宛的表情非常镇定，或者说是木然。

金灏天轻咳了一声：“阳光酒吧有一种自创的鸡尾酒‘三寸日光’的味道还不错，苏小姐要不要尝尝？”

“白兰地兑热咖啡加朗姆酒和威士忌。”

慕时方已经确定苏宛的表情是木然——她似乎已经完全不知道自己在说什么了。

“那种东西能喝吗？”柳嫣然扁了扁嘴。

金灏天耸耸肩，打了个响指，立刻就有waiter（服务生）走了过来：“金少，请问需要点什么？”

“一杯Johnnie Walker Premier，一杯Royal Salute，再来一杯三寸日光，”金灏天顿了顿，“还有一杯白兰地兑热咖啡加朗姆酒和威士忌。”

waiter非常认真地记着，只不过第四个一说出来，waiter的脸上立刻露出了困惑的神色：“白兰地兑热咖啡加朗姆酒和威士忌？”

金灏天轻咳了一声："没错。"

waiter的表情有些怪异，不过他的职业素质很好，反应过来后礼貌地点头："几位请稍等，马上就将为你送到。"

不一会儿，两杯威士忌就送来了。

金灏天把Johnnie Walker Premier递给了慕时方："慕先生，Johnnie Walker Premier的味道相当不错，酒质馥郁醇厚，我想慕先生一定会很喜欢的。"

慕时方的英语还是入门级，所以他只微微一笑，并不答话，端起来轻轻地抿了一口："的确不错。"

三寸日光也很快就送来了。这杯鸡尾酒也是相当漂亮，由西柚汁、橙汁、柠檬汁调配而成，加上朗姆酒那浓烈的酒香，以及杯口装饰的漂亮的柠檬片，让这杯酒也带上了几分阳光的意味。

至于苏宛的酒——凭良心说，调酒师应该尽力了，杯口也用红樱桃装饰了，可这杯看上去有些浑浊的酒还是让人有些不能接受。

几种烈酒融合之后的那种味道立刻就让慕时方皱了皱眉。

"苏宛，这酒有点烈吧！"

苏宛顺手摘下了装饰在杯口的樱桃，塞进了嘴里："没关系。"

慕时方把果盘往苏宛的方向推了推："女孩子还是少喝点。"

话没说完，他目瞪口呆地看着苏宛一口气把那杯看上去就有些不祥的咖啡牛奶烈酒混合物倒进了嘴里。

不只是慕时方，连金灏天和柳嫣然都有些被雷到了。

"那个，苏小姐，你不要紧吧？"金灏天也把果盘往苏宛的方向推了推。

"很甜。"苏宛面无表情地说了这两个字之后，头磕到了桌面上，不省人事。

所幸慕时方及时把手垫在她的额头下，否则她非把自己的脑袋砸出一个包不可。

"不好意思，我这助理就是喜欢尝试些稀奇古怪的东西，"慕时方微微一笑，小心地把苏宛的头枕在自己的腿上："失礼了。"

"无妨，苏小姐是艺术家，所以性格爱好异于常人也很正常，"金灏天嘴角一翘，"不过我倒是很好奇，苏小姐是一个漫画创作者，又是怎么到端木集团去做助理的呢？”

“此事说来话长，不过，”慕时方瞥了一眼一脸高雅圣洁的柳嫣然，“金少又换女朋友了？”

“慕先生用到这个‘又’字可是让我惶恐得很啦！”金灏天懒懒地品着杯子里的酒，“每个东西都有保质期，女人也一样。”

柳嫣然脸色一白。

慕时方感受着酒杯里冰凉的液体：“所以金少的意思是，女人是可有可无的？”

“正是因为不缺女人，所以才觉得可有可无啊！”金灏天一耸肩，“反正八卦娱乐杂志都说我是花花公子了，我女朋友换得勤快一点，也是为了配合他们，娱乐大众嘛。”

慕时方俊眉一挑：“哦？”

不理会慕时方的揶揄，金灏天自顾自地说道：“我想要找一个我自己心里认为最完美的女人，可是找了好久，换了一个又一个女朋友，都没有找到，”他一脸的遗憾，“我想，这个世界上大概是没有能符合我心意的女人了。”

慕时方又扫了一眼旁边一脸苍白的柳嫣然：“金少可是要让柳小姐伤心了。”

金灏天嘴角一翘：“实话实说而已。不过慕先生倒是怜香惜玉得很啊，或许，苏小姐就是慕先生心里面那个完美的女人？”

慕时方小心地整理着苏宛的头发：“她毛病一大堆，实在称不上完美。”

“这样的女人才可爱吧？”金灏天笑眯眯地看着慕时方，“也许，这样的女人是我心里的完美女人也说不定。”

柳嫣然手一抖，高脚杯和大理石的桌面亲密接触发出了清脆的响声。

金灏天的眉头皱了皱：“怎么了？”

“没什么，”柳嫣然勉强笑了笑，“杯子外面凝了水汽，手滑了一下。”

金灏天收回了视线：“下次注意点，发出这种声音，未免显得有些不礼貌了。”

慕时方轻轻一笑：“金少，对待女朋友可不能这样哦！”

“女朋友？”金灏天的嘴角浮起了一抹嘲讽，“大概吧！”

慕时方没有再说话。

金灏天又品了一口杯里的酒，才好像想起了什么一样："对了，慕先生，你不是本市人吧！"

慕时方眉一挑。

"我从来没有见过慕先生，在本市的上流圈子里，也没有听说谁家姓慕，"金灏天状若 无意地开口，"甚至连端木集团，都只是最近才冒出头来的吧！"

慕时方转动着手里的酒杯，一脸淡然："所以说，我也只是一个暴发户而已！"

"暴发户？"金灏天的语气也带上了嘲讽，"不知道慕先生从前是做什么的，怎么突然就暴富了呢？"

慕时方摸了摸自己的下巴："以前我是做大侠的。"

正一脸心神不宁地捧着三寸日光的柳嫣然猛地抬起了头，一脸的诧异："大侠？"

"慕先生可真是爱开玩笑啊！"金灏天一笑，"大侠？行侠仗义的大侠吗？"

"行侠仗义是必须的！"慕时方干脆也换上了开玩笑的口吻，"怎么，金少有兴趣吗？前几天在天伦王朝，您花了六十万购买了一件工艺收藏品，那都是善款，金少如此阔绰，做大侠也绰绰有余了吧！"

"说起来，慕先生那天的确是没有买东西呢！"金灏天脸上又浮现出嘲讽的神色，"也是，慕先生是第一次被邀参加那种晚会，主办方自然是不会这么快就向慕先生下手的。"

"金少这样说，似乎有些不甘心？"

"只是有些不喜欢这种强卖强买的作为罢了！"金灏天耸耸肩，"同在商界混，慕先生大概也知道，一个企业最重要的是形象，我不过是花六十万为我的金帝集团买了一个好形象而已！"

"金少倒是意外的坦诚！"慕时方有些诧异地看了金灏天一眼，"倒是比当时在场的那些人更让人敬佩。"

金灏天一脸玩味地看着慕时方，"或许其实我是在慕先生面前耍这种假意坦诚相待的心机呢？"

"能说出这种话的金少，的确是个值得深交的人。"

金灏天满含深意地看着慕时方："如此镇定自若的慕先生也的确是个人物呢！只可惜……"

他话说到一半停住了，慕时方嘴角一勾，补上了后面半句："只可惜我们是竞争对手！"

"不过撇开商界的事情不谈，慕先生如此出色的人，不管是行为还是气度，都颇让我折服！"金灏天脸上挂着笑，语气也半真半假的，让人听不出到底是在夸奖还是讽刺。

慕时方也不想一个字一个字地研究金灏天的语气，只是微笑着回了句："彼此彼此。"

柳嫣然嘴唇动了动，刚想说点什么，金灏天就一脸关切地扭过头："怎么，嫣然，想要出去游泳了吗？"

柳嫣然怔了怔，立刻醒悟过来，点了点头："灏天，我们出去游泳吧！人家的皮肤都有些干了！"

"那好，"金灏天牵起了柳嫣然的手，站了起来，"慕先生，我就先带嫣然出去游泳了，注意不要让苏小姐感冒了哦！"

"请便！"慕时方轻轻地拨弄着苏宛的头发，"我会注意的。"

见金灏天带着柳嫣然离开了阳光酒吧，慕时方才轻轻抱起苏宛，走出了阳光酒吧。

外面的阳光很刺眼，才刚一出来，苏宛的眼皮就动了动，醒了。

"好难受，慕时方……"苏宛半闭着眼睛，"现在在哪里啊？"

"刚刚从酒吧里出来，"慕时方的语气也戏谑了起来，"白兰地兑热咖啡加朗姆酒和威士忌的味道如何？"

"忘记了，喝下去就天旋地转了！"苏宛苦着脸，伸手搂住了慕时方的脖子，"我刚刚很丢脸吧！"

"一点点，"慕时方一本正经，"只是一头砸到了桌子上，还好我把手垫在你额头下了，否则你现在应该可以去演独角兽了。"

苏宛感觉自己的脸直发烧："那金少当时是什么反应？"

"好像挺惊讶的。"

苏宛的脸烧得更厉害了，她把头埋在慕时方的怀里，懊恼得恨不得抽自己："我脑子一定有问题，才会说出'白兰地兑热咖啡加朗姆酒和威士忌'这样的话！”

“我看你说得那么溜，我还以为你以前喝过呢！”感觉到苏宛温热的呼吸吹着自己的胸口，慕时方有些心猿意马。

“我没事喝那个干什么，找虐啊？”苏宛又把头在慕时方的怀里蹭蹭，“好丢脸！为什么我每次在金少面前都那么丢脸啊！”

慕时方偏头看着她，“你难道不是想用这种办法引起金灏天的注意？”

“怎么会！”苏宛的表情更苦了，“我是脑子有问题吗？用这种方式……太丢脸了！”

“脑子没问题的话，就不会说出‘白兰地兑热咖啡加朗姆酒和威士忌’这样的话了！”

“你才脑子有问题！”苏宛狠狠地瞪了他一眼，伸手就捏住慕时方一边的樱桃轻轻一掐。

慕时方闷哼了一声。

“喂！喂！你可是大侠哎，有那么痛吗？”苏宛嘟囔着，“我又没有用力！”

慕时方真是恨不得直接把她丢进海里去，他那根本不是痛的，好么！

轻咳了一声，慕时方转移了话题：“现在怎么办，要不要先去一边的沙滩别墅宾馆休息一下？头会不会有点疼？”

“不用了，我觉得现在没什么事了！这酒精挥发得挺快的！”

“那你还赖在我身上干什么？”慕时方无可奈何地看着她。

苏宛一脸的无辜：“明明是你抱着我不撒手。”

“是你搂着我的脖子的。”

“是你抱着我，我怕摔下去所以才搂着你的脖子的！”

“那好，”慕时方无奈地摇了摇头，“你松开我，我放你下来，我们到那边的阳光小筑去吃点东西。”

苏宛两眼一翻，又开始装晕。

慕时方无奈，只得抱着苏宛过去。

两人随意吃了点东西，又扎进了大海里。

苏宛拉着慕时方的手，借着他的力道漂在水里：“慕时方，我们比一比谁游得比较快？”

“你怎么可能比得过我！”慕时方无奈地叹了口气，“现在你自己去一边玩玩，我要到海底去看看。”

“你疯了？”苏宛吃了一惊，立刻死死地抓住了慕时方，“你还要去海底干什么？”

“我想下去看看啊，海底很美！”慕时方摸了摸她的头。

“刚刚还没看够吗？”苏宛苦着脸，“海里又没有美人鱼！”

慕时方轻轻一笑：“乖，你先去岸边吧！我会龟息，没事的！”

苏宛噘着嘴，不情不愿地松开了慕时方这个全自动的浮漂，自己向沙滩游去。

慕时方一提气，整个人就沉到了水里。这里比上午他潜下去的地方要浅，所以能见度更好，海底的瑰丽也看得更清楚，但慕时方还是瞅准了他上午待着的那个方向，径直游了过去。

苏宛回到沙滩，找沙滩服务员要了大毛巾，又要了饮料，才寻了一把沙滩椅，悠闲地躺下来。

“苏小姐，怎么一个人待在这里，慕先生呢？”

苏宛扭过头，一脸冷艳地看着笑得阳光灿烂的金灏天：“他游泳去了。”

“原来是这样，”金灏天顺势就坐在苏宛旁边的沙滩椅上，“苏小姐，不介意我坐在这里吧！”

“请便。”苏宛的心里直擂鼓，可脸上却越发的面瘫。

“苏小姐是不乐意见到我吗？”金灏天很会察言观色，“每次苏小姐看到我的时候都冷着一张脸。”

“是吗？”苏宛努力让自己嘴角扯了一个幅度，“我没有这么觉得。”

“那就好，否则我可要伤心了。”金灏天伸手招来沙滩服务员，从托盘里端了一杯酒，微笑着看向苏宛，“苏小姐上午的时候可是喝醉了，现在好点了么？”

“没什么，我醒酒醒得很快。”

“慕先生说苏小姐一向喜欢尝试与众不同的东西，也许正因为苏小姐有这种天赋，所以才会尝试白兰地兑热咖啡加朗姆酒和威士忌？”

“嗯。”苏宛僵硬地点了点头。

“不过我真的很奇怪啊，明太太上次明明介绍苏小姐是漫画创作人，现在怎么变成慕先生的助理了呢？”金灏天对于自己没有得到答案的问题一向都很坚持，“慕先生说此事说来话长，我倒是真的很好奇。”

苏宛的脑子飞快地转动着：“可能，慕……总裁是不想在背后妄议他人吧！”

金灏天立刻来了兴趣：“哦，这么说起来，苏小姐做慕先生的总裁助理这事情还真的是一个很传奇的故事？”

“不传奇，”苏宛还是面无表情，“只是我发现画漫画养不活我一家子，所以找了一个兼职罢了。”

“兼职？”金灏天若有所思，“对苏小姐来说，兼职是总裁助理，而不是画漫画？”

“当然，成为漫画家是我的毕生梦想，”苏宛眼里闪过一丝伤感，“不过现实总是很残酷就是了。”

金灏天敏锐地抓住了苏宛眼里那转瞬即逝的伤感：“苏小姐，成功的路上有很多坎坷，可是只要你不断往前走，就一定能够走到自己梦想的终点。”

苏宛怔了怔，面瘫脸上终于有了点表情：“谢谢。”

“不用谢，”金灏天笑得更灿烂了，“我想苏小姐也正是因为坚持这个信念，所以才会想要去慕先生的公司做总裁助理的吧！”

苏宛点了点头。

“那在慕先生的身边做事，可还顺心？”金灏天笑眯眯地看着苏宛。

“挺好的。”

“工作会很忙吗？”金灏天不动声色地开始了套话，“端木集团这么大一家公司，工作一定很忙吧！”

忙个屁啊！姐每天醒了就吃，吃饱了就能睡……

苏宛勉强扯出了一个笑容：“还好，总裁把大部分事情都处理好了，我也只是打个下手而已。”

“这样啊！做慕先生这样出色的人的助理还真是轻松啊！”金灏天状似不经意地往海面上一瞥，微笑着站了起来，“慕先生回来了，我就不打扰两位的约会了，再见。”

“再见。”苏宛点了点头，心里却拼命地号叫——我没有跟慕时方约会啊！我没有！

慕时方快步走了过来，沉着脸看着金灏天的背影："刚刚金灏天说什么了？"

"就是问了一下我有没有事，然后问我为什么要做你的助理……慕时方，你背后是什么？"苏宛一眼就看到了从慕时方背后伸出来的紫色枝丫。

慕时方微微一笑，从背后把他刚刚折下来的东西拿了出来。

苏宛倒吸了一口凉气："我的天，好漂亮！"

这是一株紫色的珊瑚，并不是什么名贵的品种，只是这一株珊瑚很奇特地分成了两枝，然后又汇集到了一起，形成了一个心的形状，再配合着周围散开的枝丫，看上去就好像是有人特意雕琢出来的艺术品一样。

"太美了！"苏宛一脸兴奋地接过珊瑚，"你刚刚潜下去就是为了折这个？"

"是啊！上午我隐隐约约地看到了，但是当时也没看清，所以刚刚就去确认了一下，然后折了下来，"慕时方伸手挠了挠苏宛的头，"喜欢吗？"

"好喜欢！"苏宛的眼泪都要掉下来了，"慕时方你真好！"

"你喜欢就好。刚才金灏天问你为什么要做我的助理的时候，你是怎么回答的？"

苏宛捧着珊瑚，爱不释手："我也没说什么，就说我是为了生活啊！毕竟现在国漫不景气，我这样回答比较可信吧！"

慕时方点了点头，"然后呢？"

"然后？然后他又问我工作忙不忙。"

慕时方眉一皱："那你是怎么回答的？"

"我能怎么回答，"苏宛一耸肩，"我又不是真正的助理，只能说你把该做的都做了，所以我就比较轻松了。"

慕时方倒觉得有些惊喜："苏宛，原来你这么聪明啊！"

"嘎嘎嘎，你也不看看你恩人我是什么人物！不对，你这话什么意思？"苏宛恶狠狠地看着慕时方，"难道在你的印象里，我一直很笨不成？"

"你哪里笨了，在我心里，你是最美丽最可爱的！"慕时方笑眯眯地看着她。

"这还差不多！"苏宛满意了，浑然未觉慕时方说的形容词里根本就没有"聪明"两个字。

慕时方皱着眉头看向了金灏天消失的方向。

在他身上套不出话来，所以才想要在苏宛身上套话吗？只可惜金灏天实在是选错了对象，苏宛根本就不知道端木集团的一丁点情况，她甚至都不知道慕时方根本就是端木集团的真正总裁。

慕时方又若有所思地看向了苏宛："刚刚金灏天主动来找你，你就没有激动吗？"

一说到这个问题，苏宛的脸也抽了抽："你别说了，我郁闷死了！"

"怎么，又面瘫了？"慕时方打趣道。

"我也不知道怎么的，一面对金少我就会紧张，一紧张我就面瘫！"苏宛一脸的郁卒，"还冷艳呢，我看金少的样子，分明就是觉得我冷酷了！"

"你冷着脸的时候其实也挺漂亮的，"慕时方又补上了一句，"越冷越漂亮！"

冷得让金灏天完全不能接近才好呢！反正苏宛在他面前是从来不会摆冷脸的。

"真的是越冷越漂亮？"苏宛还是有些不确定，不过想了想又点了点头，"说不定也不错。金少他女朋友那么多，一个个在他面前都是娇滴滴的，说不定冷冷的人让他更有征服感。你们男人不就是这样吗，越觉得高不可攀不能征服的女人，就越要征服下来给所有人看看，对不对？"

"是这样吗？"慕时方想了想，"不过我很讨厌女人在我面前摆架子。"

"我又没有在金少面前摆架子！"苏宛撇撇嘴，又偏着头看向了慕时方，"可是，我不是总在你面前摆架子吗？总是摆着我是你恩人的架子，难道你也讨厌我？"

"你没有啊！你是真正救了我，怎么能说是摆架子呢！"慕时方刮了刮她的鼻子。

苏宛又尴尬了起来，她只是一时喝酒喝多了糊涂了，才会把当时被她误认成是女人的慕时方拖回家，如果当时没醉酒，肯定立刻就打电话给 110，说这里有尸体了……

两人又在沙滩上嬉闹了一阵，苏宛因为昨晚一直没睡好，到下午也有些困倦了，就搭了浴巾在身上，舒服地睡着了。慕时方坐在她旁边，闭着眼，让内力在身体里运转了一周，准备趁着这难得的闲暇，把自己掉下的功力给修炼回去，至于最后一层……在他还没有娶到苏宛之前，他大概不会再去触碰了，不然一不小心就回到了自己的那个世界，他会想念苏宛的。

如果真的回到了自己的世界，不知道苏宛会不会想我？慕时方胡思乱想了一阵，也轻轻地闭上了眼睛。

8

你赔我初吻！

等苏宛醒来的时候，已经是下午三点多钟了。她揉着眼睛坐起来，一扭头就看到慕时方躺在旁边的沙滩椅上，阳光洒在他的脸上，为那张漂亮的脸镀上了一层绚烂的光泽，让他那线条硬朗的脸庞更为帅气，那长长的睫毛，高挺的鼻子，抿着的嘴唇，尖削的下巴，那沉静的睡颜，让慕时方看着就好像是从画里走出来的人一样。

苏宛一时有些呆了，她晃了晃脑袋，擦了一把口水，蹑手蹑脚地走了过去。

她本来是想过去捏慕时方的鼻子的，只是到了慕时方的面前，她又吸溜着口水，情不自禁地想要去摸慕时方那白净的胸膛。

她的手才刚刚伸到慕时方的胸膛上方，慕时方的眼睛猛地睁开，猛地坐了起来。

本来苏宛眼睛拼命在扫射着慕时方的胸膛，感觉到慕时方醒过来了，她下意识地一扭头。

四唇相接的瞬间，不只苏宛呆住了，连慕时方都呆住了。

这好像是第一次在苏宛清醒的情况下两人的亲密接触……

苏宛浑身一颤，整个人往后一退，一屁股就坐到了沙滩上，随即惨叫了起来："我的初吻啊！慕时方，你赔我的初吻！"

初吻？慕时方下意识地摸了摸自己的嘴唇。初吻应该是前几天苏宛喝多了之后被自己偷走的吧？

想到那天晚上的场景，慕时方的脸红了红。他轻轻咳了一声，才一脸无辜地看着苏宛：“我睡觉睡得好好的，谁叫你突然出现在我身边的？而且这也是我的初吻，我还要你赔呢！”

“我哪里有突然出现！”苏宛一脸的愤然，“男人的初吻又不值钱，而且你的初吻早就给你娘了吧！异性的第一个亲吻才叫初吻！你娘吻过你了！你恩人我这才叫货真价实的初吻！”

慕时方奇怪地看着苏宛：“难道你爹没有吻过你？”

苏宛嘴角一抽，跳起来双手叉腰恶狠狠地看着没啥反应的慕时方：“反正我不管，你自己赔我的初吻！”

“那要怎么赔？”慕时方的嘴角又一翘，“让你吻回来！”

“你想得美，那我不是更吃亏！”苏宛哼了一声，又色迷迷地看着慕时方的胸膛，“来，让你恩人我摸两把！”

“金灏天来了！”

“慕时方我饿了，我们赶紧去吃饭吧！”苏宛瞬间面瘫。

慕时方轻轻地笑了出来：“骗你的！”

苏宛的眼左瞟瞟右瞟瞟，发现附近的确没有金灏天的踪迹之后，才一脸抓狂地扑到了慕时方的身上：“好你个慕时方，竟然敢骗我！”

“好了好了，别闹了，”慕时方赶紧抓住她的手，“我们去换衣服吧，要准备回去了。”

“我不管！你背我过去！”

慕时方无奈地松开了她的手，半蹲了下去：“上来吧！”

苏宛立刻欢呼了一声，扑上去。

感觉到背上的柔软，慕时方稳定了心神，往更衣室走去。

回了家，苏宛瘫在沙发上，把玩着手里的紫色珊瑚，感叹道：“以后还不知道能不能再去海边游泳了。”她眼睛又一亮，“慕时方，你教我龟息吧！我也想要潜水呢！”

“你的身体不行，不能学，”慕时方坐到了她的身边，伸手拿过了那枝珊瑚，“如果你想要潜水的话，会有潜水设备的吧！”

苏宛嘟了嘟嘴：“可是背着那么重的东西，潜水才不好玩呢！”

“还有一个办法，”慕时方又是一副若无其事的样子，“那就是我俩一起潜下去，你呼吸不过来的时候我就渡气给你！”

苏宛一愣：“渡气？怎么渡气？”

“怎么渡气？”慕时方嘴角一翘，“就这样渡气。”

他猛地一把拉过了苏宛的手，把她揽在自己怀里，嘴唇直接印上了苏宛的，然后灵活地撬开了苏宛的唇舌，把自己温热的气息渡进了苏宛的口里。

直到慕时方的舌头触碰到苏宛的，她才猛地反应过来，正要开始挣扎，慕时方却揽得更紧，舌也更具侵略性地纠缠上了苏宛的，绵绕不休，纠缠不断。

“唔……”苏宛紧紧地抓着慕时方的膀子，两只眼睛睁得滚圆。只是看着慕时方那长翘微颤的睫毛，那轻轻闭着的眼睛，那跟自己的鼻子相撞着的鼻子……

苏宛的脸腾地就红了，她的心狂跳起来，连抓着慕时方膀子的手都有些无力地垂了下来。她双眼迷离，因为慕时方那肆意的狂吻，让她有些呼吸不过来了。

好半天，慕时方才放开了苏宛。看着苏宛那半闭的迷离的眼睛，那因为呼吸而微微扇动的鼻翼，那红艳微张的唇——沾了两人的口水而显得分外诱人——慕时方觉得自己又有些口干舌燥，忍不住想要再次吻下去，汲取那诱人小嘴里的津液。

再往下看，苏宛那因为急剧喘息而耸动的胸脯，带动着泳衣上面的花边皱褶抖动，让慕时方恨不得直接占有这个诱人的小妖精。

“苏宛……”慕时方的手紧了紧，让苏宛更贴近了自己几分。

感受到某一处的坚硬顶着自己，苏宛才幡然醒悟，她赶紧伸手抵住慕时方的胸膛，舔了舔自己的嘴唇，咽了咽口水——殊不知她的这个动作，让那个坚硬又硬了几分。

“慕时方，你，你，你不要兽性大发啊！”苏宛满脸通红，“你，你，你怎么可以吻我……”

“我没有啊！”慕时方还是揽着她不放手，“我只是在告诉你，如果你想不带装备就潜水，在水下，我可以这样给你渡气。”

“你那是渡气吗？”苏宛有些抓狂，“你分明就是在占我便宜，还渡气呢，我都快呼吸不过来了！”

慕时方还是一脸的无辜：“你自己说的不想带装备就潜水啊！”

“你这哪里是渡气！”感受着身下那坚硬的顶着自己肚子的东西，苏宛越发面红耳赤起来，“你快放开我！你还说你没有占我便宜……你，你这东西是什么？”

“什么东西？”慕时方低头一看，“珊瑚啊，你以为什么东西？”

苏宛低下头一看，戳着自己肚子的，分明就是那枝珊瑚！她又仔细地往慕时方的敏感部位看了看。

没什么异状。

苏宛抓狂了：“慕时方你这个王八蛋，你要了我的初吻，还吻得那么色情！你你你你你！你竟然一点反应都没有？你还是不是男人了？”

慕时方一脸坦然：“你想要我有什么反应？还有啊，下午的时候你不是就已经把初吻给我了吗？”

“那个时候就是亲了一下，哪里能叫吻！至于反应……”苏宛语塞了一下，好一会儿才一把抢过慕时方手里的珊瑚，愤愤地丢在茶几上：“最好没反应，你这个王八蛋！我去洗脸！”

看着苏宛一脸郁闷地走进了卫生间，慕时方嘴角一翘，只是马上又叹了口气。

他每次都这么用内力把自己的欲望强压下去，不知道那地方会不会被自己玩坏了？

等苏宛洗了脸出来，心情还是没见好。她一方面纠结于慕时方这“渡气”渡得太不同寻常，一边又纠结着慕时方会不会是“萎哥”，或者是自己完全没有一点吸引力，所以再看到慕时方，就越发觉得郁闷。

“晚上想要吃什么？”慕时方这会儿已经把珊瑚装进花瓶里了，“我去菜市场买菜。”

“随便啦！”苏宛偏着头想了想，“要不还是吃泡面吧，再不吃就要过期了！”

“也行，”慕时方伸手挠了挠她的头发，“你想要吃什么味道？”

“泡椒味吧！”苏宛咂了咂嘴，“我记得你一直都想要吃泡椒味的。”

慕时方微微一怔：“你记得？”

“是啊，是啊，看看，我多关心你！”苏宛猥琐地一笑，“所以赶紧以身相许来报答我吧！”

慕时方无奈地摇了摇头：“你啊，我现在还不算是以身相许吗？”

苏宛摸了摸下巴：“那等我以后嫁给金少了，你就得是我的陪嫁品。”

慕时方黑着脸进了厨房。

蔡小雅一直待在国外，金少似乎也一直在忙，所以之后很长一段时间，苏宛都没有再得到金少的消息。

入秋了，温度渐渐降了下来，苏宛又回到了以前每天画画偶尔发花痴的平淡日子，只不过身边多了一个慕时方。

这天两人吃了晚饭，苏宛又坐在沙发上看电视，慕时方坐在她旁边用手机上网。

苏宛往慕时方的屏幕上瞄了一眼，咂了咂嘴：“慕时方，不如去买一台电脑吧，手机屏幕太小了，上网也不舒服吧！明天我们去买一台笔记本好了！”

慕时方收好手机，眉头微微一皱：“可是，笔记本应该很贵的吧！”

想到价钱问题，苏宛悠悠地叹了口气，“那还能怎么办呢，总归得买啊！”

“我的工资呢？”

“你的工资啊！”苏宛耸了耸肩，“我没动。对了，上次我们去天伦王朝参加那个慈善拍卖晚会的衣服多少钱，你去还给你们老板吧！”

慕时方一怔。

“我还真没有平白收别人东西的习惯啊！”苏宛摸出手机晃了晃，“这个手机我就当做是你们老板感谢你的救命之恩，可是后面的东西，那礼服，还有游泳衣的钱，全部都还给你们老板吧！”

慕时方凝视了她半晌，才伸手揉了揉她的头发：“可是苏宛，我的工资，刚刚也就够买你那一条裙子。”

“我就知道！”苏宛欲哭无泪，“越是漂亮的东西就越贵，反正你就先还着，剩下的再慢慢还好了！”

“那你哪来的钱给我买电脑？”

苏宛也伸手揪了揪自己的头发：“银行里面，我攒的老婆本……反正你要嫁给我的，为我老婆买点东西也没有关系吧！”

“老婆本？”慕时方立刻醒悟了过来，“你那是，嫁妆？”

“金少家里那么多钱，应该也不在乎我的这点嫁妆吧！”苏宛抱着聚宝盆在沙发上滚了一圈，“明天我们就去数码城买笔记本去！”

慕时方的心里升起了一股奇妙的情绪，他看着这个不断念叨着以后嫁给金少了一定要让金少补上这块缺的女子，他觉得自己一定要宠爱她一辈子——毕竟人家连“嫁妆”都给他了。

“苏宛，”慕时方柔柔地看着她，“谢谢你。”

“是啊，所以一定要铭记你恩人我对你的大恩大德！”苏宛都心疼得一抽一抽的了，“我的钱钱，如果不是慕时方你对我那么好，我才不会把我的老婆本贡献出来呢！今年大年初一我穷得啃泡面都没舍得花！”

“苏宛，你既然打定主意要嫁给金灏天，又为什么要攒这个老婆本呢？”慕时方感动之余又有些疑惑，“你自己也说了，金灏天是看不上你那点小钱做嫁妆的吧！”

“话是这么说没错啦！”苏宛噘着嘴，“当初决定攒的时候，小雅还不认识他老公，还在频繁地跳槽呢！我跟金少是一个天上一个地下，一辈子都可能见不到面的，所以这也就是棺材本，以后留着给自己养老的啦！后来小雅跟她老公谈恋爱了，我才看到一线希望，这棺材本才正式升级成为老婆本了！”

慕时方倒是若有所思：“所以，其实你是如果没有嫁给金灏天，你就宁愿不嫁？”

苏宛嘿嘿笑了两声：“这么说也没错，但是其实你也看到了，我是典型的宅女，每天不出门，没有办法认识社会上的那些精英，所以也没有可能会谈恋爱，就更不可能会结婚啦！”

想了想，她又自嘲地开口道：“其实吧，我是一个很有原则的人，我不喜欢自己的生活节奏被打乱。一旦谈恋爱了，那么事事都要考虑到两个人的情况，还要约会……所以一旦谈恋爱，我的生活就要变成另外一个模样了。”

“可是你现在追求金灏天，也同样占时间吧！”慕时方更不解了。

“谁说的！”苏宛一脸的不以为然，“我是在追求金少没错啦！但是我想要今天去追求，我今天就去了，我明天不想去了，明天我就可以不去！可是一旦恋爱了，人家叫约会你不去……想想都觉得感情不会稳固，所以谈恋爱干吗？”

“可你若是要嫁给金灏天，难道不需要谈恋爱吗？”

“这就是为什么一开始我想用尽一切办法怀上金少的孩子，”见慕时方的脸黑了，苏宛声音都弱了几分，“好啦，那个时候就是觉得，一旦有了金少的孩子，他肯定就会娶我的啦！”

见慕时方的脸还是黑着的，苏宛赶紧摇了摇他的胳膊：“好了啦！其实我觉得还是你最好了。你看，你的到来既没有打乱我生活的节奏，又让我生活得更好了，慕时方你最好了！”

慕时方的脸色这才好看了一点。

“不过现在想想，我跟金少还是挺有缘分的，说不定我们还真的能成哦！”苏宛软塌塌地倒在沙发上，“跟金少谈恋爱的话，我大概不会在乎自己的生活节奏被打乱吧！”

“你就那么喜欢他？”

“这倒不是啦！”苏宛蹂躏着手里的聚宝盆，“而是一旦嫁入了豪门，画画可以不用当作职业，而是单纯当做兴趣，多好啊！”

慕时方沉默了。

好半天，他才慢慢地开口：“苏宛，你想要做什么就去做，又何必让自己那么累？”

“啊？”苏宛呆了呆，才恍然大悟，“你说画画啊，可是我现在不把这个当做职业，又能怎么办呢？你看我连老婆本都挪出来用了。”

“不买！”

“我说买就买啦！”苏宛白了他一眼，“我可不想你的眼睛近视，虽然你戴眼镜一定也很帅，好好奇！明天买个装饰性的眼镜给你戴着！一定很帅！”

慕时方轻轻一笑：“我也相信我很帅，所以一定会有很多的女孩子扑上来吧！”

苏宛的脸抽了抽：“好吧，那还是不买了。”

“一边说着没钱，一边总是买一些有的没的，”慕时方揉了揉她的头发，“笔记本暂时也别买了，我现在用不到。”

苏宛有些惊奇地看着他：“慕时方，看不出来你还是一个居家好男人呢！”

“那是自然，”慕时方嘴角一翘，“怎么，想不想嫁给我？”

“不想！”苏宛嘿嘿一笑，“我娶你！”

慕时方无奈地摇头。

日子还是不紧不慢地过着，苏宛也彻底习惯了生活里多出来慕时方了。这天她又是下午才醒，揉着眼睛去卫生间里洗漱了，钻到厨房，打开冰箱一看，果然慕时方已经准备好了便当。

把便当丢进微波炉里，苏宛倒在沙发上就开始看电视。正当苏宛无聊地翻来覆去调节目的时候，电话突然响了起来，把苏宛吓了一大跳。

一看是国外的号码，苏宛立刻来了精神：“小雅？”

蔡小雅的语气里有些激动，“苏宛，我要告诉你一个好消息！”

“怎么了？”苏宛掏了掏自己的耳朵，“难道是你怀孕了？”

“呃？你怎么知道？”

苏宛一愣，尖叫起来：“你居然怀孕了！说，你跟明焕然是不是先上车后补票的！”

“呸！”蔡小雅唾了一口，“先别说这些了，你跟金少现在怎么样了？”

一说到这个，苏宛也来了精神，噼里啪啦地就把最近发生的事情全部告诉了蔡小雅。

蔡小雅听完沉默了半天，才思索着开口：“你说慕时方在端木集团？我也听焕然说了，这端木集团是最近新兴的金融企业，我怎么觉得你的那个慕时方那么可疑啊！”

“怎么可疑了？”苏宛有些做贼心虚。

“我就是觉得奇怪，为什么端木集团的总裁会让慕时方代替他出面，端木集团那么随便？”

苏宛嘴角一抽：“因为慕时方长得帅啊！”

蔡小雅嘴角抽了抽：“还真是一个没办法说服人的理由啊！我是觉得端木集团的老总有些太器重他了，就算是救命恩人也不至于这么信任吧？而且慕时方怎么看都不像一个保安！最主要的是——苏宛你长得这么难看，他为什么会死心塌地地跟着你啊！”

“你妹啊！姐哪里丑了？哪里丑了？姐当初也号称南阳一枝花好不好！”

苏宛抓狂了。

蔡小雅轻咳了一声，又把话题转了回来："因为我怀孕了，所以焕然几乎都不会跟我说公司的事情，整天把我拴在身边什么都不让我管，所以最近我也没有办法帮你打听金少的动向，不过既然慕时方现在那么受器重他应该可以帮你打听到了，唉，我怎么有种把女儿嫁出去的感觉？"

苏宛的脸都黑了："你就大我一岁，什么嫁女儿啊！你这个欧巴桑！"

"切！我就比你大一岁，我是欧巴桑，难道你不是？好了，焕然在叫我了，再联络！"

苏宛翻了个白眼，"赶紧去吧！就让姐纯洁清新地挂个电话。"

"呕……"

"妊娠反应来得挺早啊！"

"滚！"

慕时方下班回来，一打开门立刻就无语了——电视开着，客厅里却没有人。

"苏宛？"换好鞋，把买的菜拎到厨房，顺手把电视按到了新闻频道，慕时方才去敲了敲苏宛的门，"在画画？"

半天没有动静，慕时方推开门一看，只见苏宛耳朵上挂着大耳机，正一边大声哼着歌一边画着画。

慕时方走过去，轻轻取下了苏宛的耳机。

苏宛一惊，猛地回头，看到是慕时方才放下心："我还以为进小偷了呢，这么早就下班了？"

"现在都快六点了，你是画着画就忘记时间了！"慕时方刮了刮她的鼻子，"还有，外面电视开着也没关。"

"哎呀！"苏宛一拍脑袋，"吃了饭之后就忘记了！"

慕时方无奈地摇了摇头，靠在她的书桌上："过两天陪我出差吧！"

"我才不要去呢！"苏宛噘着嘴，"我不喜欢跑东跑西，呃，话说你一个小保安出什么差啊？"

慕时方轻轻一笑："你说呢？"

"我怎么知道！"苏宛扁扁嘴。

"知道上次为什么我会去参加慈善晚会吗？"慕时方笑眯眯地开口，"因为老板要我多注意金少的动向……”

苏宛呆了呆才反应过来。她猛地跳了起来，一脸热情地看着慕时方：“你的意思是这次出差你也是去跟踪金少？”

“也不是跟踪，”慕时方取下她插在头发上的笔，“只是公司需要随时掌握金灏天的动向，又想到我跟金灏天的接触比较多，而且又有你给我做掩护……”

“什么时候？什么地方？”苏宛眼巴巴揪住了慕时方的袖子。

慕时方眉一挑：“刚刚你不是说你不喜欢跑东跑西吗？”

“哎唷，这个又不一样啦！我这是去为下半辈子努力，快告诉我啦！”苏宛扯着慕时方的袖子就开始撒娇。

“金灏天昨天预约了帝都俱乐部的丛林历险项目，怎么样，苏宛，有兴趣吗？”

“丛林历险？”苏宛本来有些犹豫，但是一想到慕时方的超级身手，她立刻就挽住了慕时方的胳膊，“很有兴趣！到时候我们继续抓野鸡，打野兔……”

慕时方轻轻一笑：“这次是去西双版纳热带雨林，哪儿来的野鸡野兔？”

“哇！”苏宛两眼放光，“那里好像是原始森林哎！我们需要准备点什么吗？”

“什么都不需要准备，这些都有人给我们准备好，”慕时方伸手刮了刮她的鼻子，“只要你好好休息，保证精力充沛就可以了。”

苏宛兴奋地一挥拳头：“我保证！”

“那赶紧画画吧！我去做饭了！”慕时方又揉了揉她的头发，转身走出了苏宛的房间。

苏宛哪里还有心情画画，她跳到床上又开始幻想起到了西双版纳了跟金灏天手牵手漫步在翠绿的丛林里，金灏天会摘下一大捧颜色各异的野花，然后跪在她的面前，轻声说着——嫁给我！

“嗷！”想到兴奋处，苏宛一声狼嚎。

慕时方在厨房都听到了她的声音，不由得摇了摇头。

其实对于金灏天这次突然要去西双版纳玩什么历险项目，端木集团的决策委员会也提出了很多的猜想，不过慕时方还是觉得金灏天也发现了国内金融市场的风起云涌，这一趟大概是去避风头，远程遥控操纵金帝集团——所谓的丛林历险项目根本就是扯淡的。

慕时方这次的任务，就是密切关注金灏天的行动，最好是采取某些举动让金灏天自顾不暇才好。想到金灏天看到他时的脸色，慕时方愉悦地笑了。

果不其然，当在帝都俱乐部的停机坪见到慕时方和苏宛的时候，一向自认为泰山崩于眼前而色不变的金灏天脸上也露出了诧异的神色。

“金少？”慕时方也装出了一脸的讶异，“金少也去云南？”

“昨天我就听帝都俱乐部的负责人打电话来说还有两位想要参加这个历险项目的游客，没想到，竟然会是慕先生和苏小姐！”金灏天的脸上也出现了一丝玩味，“没想到慕先生也热衷于丛林探险呢！”

慕时方眉一挑：“男人都爱冒险。”

苏宛穿着一身迷彩服，倒是英姿飒爽，这会儿又冷着脸站在慕时方身后，看都不看金灏天一眼。

“苏小姐，你跟慕先生的感情还真是好啊！”金灏天一直对苏宛就比较好奇，或者说要对付慕时方，他正在考虑从苏宛这里下手。

“还好。”

金灏天轻轻一笑：“苏小姐是不是特别讨厌我啊？每次见到我都是板着脸。”

苏宛垂下了眼睑：“没有。”

“是没有讨厌我的意思吗？”金灏天展颜一笑，“那为什么苏小姐要这样对我呢？”

他又斜了一眼慕时方，嘴角浮起了一抹笑意：“难道，是因为喜欢我？”

苏宛的脸上立刻晕开了两团红。

她把头偏到了一边，不说话了。

金灏天看了慕时方一眼，笑得意味深长。

慕时方脸上还是挂着优雅的笑，但是眼中的警告意味更浓了。

金灏天哈哈大笑，对于慕时方犹如狮子王不允许别的公狮子觊觎自己的母狮子的反应，金灏天觉得很是有趣：“既然难得有缘在这里遇到了，不如我们结伴进行丛林历险吧！”

苏宛正要答应，慕时方却一把抓住了她，一脸淡然地看着金灏天：“金少也不是一个人，身边也带着助手吧，又何必一定要跟我们一起呢？”

“大家聚在一起，这样历险不是更有趣么？”

慕时方耸耸肩：“那如果这次来参加历险项目的不是我和苏宛，金少你还会邀请他们吗？”

金灏天嘴角一翘：“能让我发出邀请的，也只有慕先生和苏小姐而已。”

慕时方眉一挑：“是吗？只不过很遗憾，我倒是挺想和苏宛两个人去玩呢！”

金灏天又是一笑，“既然如此，我就不打搅两位了。”

见金灏天跟着一个看起来颇为健壮的助手上了直升飞机，苏宛一把就扯住了慕时方：“慕时方你傻了，你不是要就近监视金少吗？而且我是为了金少才来的啊！你就这么拒绝跟他一路了？”

“你放心好了，到时候我们到了原始森林里面，在帝都俱乐部的基地，他们决定好了要走那条路线，我们就从别的地方抄过去，来个偶遇不是更好？”慕时方检查着苏宛的背包和各个兜里的东西，“现在答应了，金灏天也会起疑的。”

“男人的想法真复杂！”苏宛撇了撇嘴，“猜不透，搞不懂。”

“好了，走吧！”慕时方牵着苏宛的手，上了直升飞机。

苏宛是第一次坐直升飞机，所以一直都紧张地抓着慕时方的手——她完全没想到慕时方别说是直升飞机了，连一般的客机都没有坐过。

坐在另一边的金灏天倒是察觉到了苏宛的紧张情绪，不免微微一笑：“苏小姐，不用紧张，这与你平时坐的飞机并没有什么区别。”

苏宛无语。

慕时方却又一次检查起自己的背包来。

“慕先生有什么东西忘记了吗？”金灏天耸了耸肩，“等到了西双版纳的帝都俱乐部的基地，会有专门的人员为你检查背包，配齐所有在原始森林里探险需要用到的东西。”

慕时方头都没有抬一下：“不自己检查一遍始终是不会放心的。”

金灏天眼睛眯了眯，转头看向窗外。

直升飞机一路从A市往西双版纳飞去，一路上下降加过几次油，然后对飞机进行检查。等到了西双版纳，驾驶员绕着热带雨林的上空盘旋了几圈：

"金先生、慕先生，这下面就是你们这次丛林历险的场地，在这里我要为你们介绍一下，西双版纳热带雨林是世界上……什么情况？"

驾驶员突然惊叫了一声，让所有人的心里都是一凛。

"呼叫地面！呼叫地面！总距操纵杆出现情况——周期变距操纵杆也出现了情况……喂？喂！无线电也故障？"

苏宛也不知道什么情况，只是紧紧地攥着慕时方的左手。

金灏天的脸色迅速沉了下来："到底怎么回事，刚刚加油的时候不是都检查过了吗？"

驾驶员额头上的汗都出来了："刚刚虽然重点检查的是引擎和螺旋桨，但是其余的也都检查过了啊，怎么会突然出故障？"

直升机突然晃动了一下，然后斜斜地开始下坠。

"不好，螺旋桨也出故障了！"驾驶员这下才真的慌乱了。他咬了咬牙，终于还是做了决定，"大家请注意，请装备好降落伞，再检查一遍自己的安全带！飞机可能要坠毁！请你们做好跳伞的准备！"

苏宛也慌了，拼命忍住自己的眼泪，她低下头检查自己的安全带。

慕时方却突然伸手解开了自己的安全带，又迅速把苏宛的安全带解开，然后把她抱在自己的腿上，再死死地扣住安全带："苏宛，抱紧我！"

还没有反应过来的苏宛立刻就紧紧搂住了慕时方的脖子。

"大家准备好！ 3！"

慕时方又检查了一遍苏宛的背包的拉链和扣带有没有拉好。

"2！"

"放心，一定会没事的！"慕时方拍着苏宛的背，用登山绳把两人紧紧绑在一起，扣上了安全锁。

"1！"

慕时方抱着苏宛，猛然跃下！

苏宛只觉得整个人一下子失重，而几乎是瞬间，她就感觉到整个人不断向下坠。

"我们在一起，不管掉到哪里，都不会分开！"慕时方在苏宛的耳边说道。

苏宛哪里敢开口，她只怕自己声音一出来，就会变成凄厉的惨叫声。在下坠了一段距离之后，慕时方猛地解开了安全带，拉开了降落伞！两朵绚丽的降落伞在天空盛开，带着两人慢慢往脚下浓重的原始森林飘去。他在莫振强那里接受过这些训练，所以才敢带着苏宛冒险。

在脚尖碰到参天大树的树冠的时候，慕时方往金灏天坠落的地方看了一眼，确定了他坠落的方向。

对于一个能内力外放的武林高手来说，在一个狭小的空间做点手脚实在是一件太轻松的事情了，慕时方才不会像对苏宛说的那样在到了基地之后再跟踪金灏天。

原始森林里面，什么事情都有可能会发生，可到了基地之后，帝都俱乐部肯定会给金灏天配备专业的助手的。若是只是慕时方一个人，要无声无息地跟着金灏天非常简单，可是带上苏宛就没有把握了，一旦被金灏天发现了，那反而会弄巧成拙，让金灏天猜破他的动机。

慕时方注意到金灏天随身虽然带着一些东西，但是显然没慕时方和苏宛这样装备齐全。身边根本没有什么装备的金灏天如果在原始森林里遇到了他们，恐怕不要他们开口，金灏天就会死死地跟着他们吧！

脚尖才一触碰到树冠，慕时方立刻按开机簧，拔出塞在军靴里的小刀，刷刷地割断了降落伞的绳子。避开了当头罩下的降落伞，几个起落，他抱着苏宛稳稳落在地上。

苏宛的脚一踩到结实的地面，立刻就软了两下。如果不是慕时方还抱着她没有撒手，她是真的要直接跌坐在地上了。

过了半晌，苏宛才算是醒过神来，抱着慕时方就哇哇大哭："我以为，我以为我都要死了！我还没有结婚，我还没有生孩子，我都还没有嫁给金少，我怎么能就这么死了！"

慕时方哭笑不得，心里却升起了一丝愧疚，他轻轻拍着苏宛的背："别怕，只要我在你身边，就不会让你有事的。"

"我都快吓死了！"苏宛号啕大哭。

慕时方一脸怜惜地伸手抹去苏宛脸上的眼泪。

"那现在要怎么办？"苏宛扁着嘴，止住了哭泣。

"当然是先要知道我们在哪里。"

西双版纳热带雨林占地总共两千八百五十四多平方公里，而作为国家森林公园的却只有七十平方公里不到。刚刚驾驶员本来也只是想要让他们看看西双版纳热带雨林的一处，所以才会飞到这个上空来。虽然这里距开发区也不过百多公里，但是慕时方选择的，根本就是尚未开发的原始森林深处。

“可是要怎么知道我们在哪里啊？”苏宛紧紧拉着慕时方的手，有些害怕地看着幽深的森林，“慕时方，这里怎么这么黑啊！现在不是上午吗？”

慕时方伸手刮了刮她的鼻子：“傻瓜，这里是原始森林，到处都是参天大树，把天空遮得严严实实的，地面的光照自然就不强了。”

“可是，好恐怖啊！”苏宛又差点哭出来，“会不会有鬼？”

慕时方哭笑不得：“鬼肯定是没有，你还是想想别的东西！”

“啊？”苏宛呆了呆，“别的什么东西？”

“比如说，蛇、老虎、豹子，血吸虫……或者，野人？”

本来胆寒不已的苏宛听到野人两个字，立刻就来了兴趣：“野人？真的有野人吗？他们是原始部落吗？会吃人吗？跟神农架野人一样的神秘吗？”

本来只是信口一说的慕时方有些后悔自己的嘴快，他一搂苏宛：“我们现在还是想一想怎么从这茫茫森林中走到开发区比较合适！”

“可是这森林这么大，我们根本就不知道自己在哪个位置，怎么走啊？就算是找到了方向难道我们要一步一步走到开发区去？”苏宛打了个哆嗦，“慕时方，如果是在原始森林的中心，距开发区会有多远？”

慕时方偏头想了想：“大概一千五百多公里吧！”

苏宛头一晕，倒在了慕时方的身上：“我们就算有命走出去，恐怕到了之后别人都会把我们当成野人了吧！”

“直升飞机不可能飞到距离开发区太远的地方，所以从这里到开发区绝对不会太远的，”慕时方伸手握紧了她的手，表情却又认真了起来，“苏宛，别担心，有我在。”

苏宛怔了怔，不知道怎么的，看着慕时方漆黑的眸子，她倒真的没有那么焦躁和害怕了。 她不由得也反手紧紧握住慕时方的手，重重地点了点头。

慕时方嘴角一勾：“我们的确应该庆幸，至少我们还在一起，而金灏天，只怕是不知道掉到哪里去了！”

“我差点都忘了！”苏宛一拍脑袋，“金少呢？慕时方，你有没有看到金少被掉到哪个方向了，有没有跟驾驶员在一起？”

“我不知道，”慕时方一耸肩，“我只记挂着你的安危，哪里还有多余的时间去想别人的事情啊！”

见苏宛这么担心金灏天，慕时方心里虽然有些不快，但还是伸手弹了弹她的额头：“现在还担心他？他可是学过空手道的！”

苏宛想想也是，立刻又开始庆幸当时慕时方把他跟自己绑在了一起。

9

对不起，我应该在你身边的

“慕时方，当时那么危急的情况，你怎么还记得要抱着我？”苏宛仰起头，看着慕时方帅气的侧脸。

慕时方侧头，暖暖一笑：“我说过，我不会让你遇到危险，所以不管何时何地，我都不会离开你，会一直在你身边！”

生，便一起活着；死，便相拥长眠。

犹如带着魔力一般的话语，让苏宛的心狂乱跳了几拍，她有些慌乱地低下头。

苏宛摸了摸自己的脸，居然烫得要命，她强忍着脸上的燥热：“男人的话，大都是骗人的，妈妈说了，男人不可信！”

慕时方无奈，他抓起苏宛的手，按在自己的心脏上：“苏宛，如果我哪一天离开了你，便是这颗心脏停止跳动之时。”

仿佛是为了响应慕时方的这句话，苏宛的心，一下，一下，跳得越来越激烈，越来越狂乱。她赶紧拽下慕时方的手，把头偏到了一边：“我，我，我饿了！”

“你的背包里有压缩饼干，”慕时方嘴角翘得更高了，“等我们找处有水源的地方，烧点热水，我掰点压缩饼干泡给你吃。”

“压缩饼干超级难吃的！”苏宛噘着嘴跟着慕时方走了一段路，忍不住又开口，“慕时方，我们两个大背包里面都装了什么啊？”

“你的包里多是食物、药品、生活用品，”慕时方拍了拍自己的背包，“我这里面差不多都是一些工具。”

“好细心！”

“有备无患嘛！”眼前出现了几道亮光，慕时方立刻眼睛一亮，“苏宛，快点，前面到这处森林的边缘了，必然有水源！”

苏宛也是精神一振，紧了紧背包带子，加快了脚步跟着慕时方往前蹿去。果不其然，两人挤开了茂密的灌木，一眼就看到了一条不宽但是清亮无比的小溪。

“终于摆脱了那阴暗的地方！”苏宛甩掉身上的背包，撒开丫子就往小溪跑去。

“慢点，小心蛇！”

慕时方话音才刚落，苏宛就一脸紧张地窜了回来：“哪里！哪里？”

“我只是叫你小心，没说有，你先等等。”

他左右看了看，选了一株还比较直的小树，挥刀砍断，又削去了多余的枝丫，把一处削得光滑方便握住了，才递给苏宛：“拿着这个，走路的时候左右打打。”

“这叫打草惊蛇吗？”苏宛又兴奋了。

“算是吧！”慕时方微微一笑，也给自己削了一根，只是一头却削得尖利无比，用来抓鱼。

“若是我的宝剑在的话，倒是会方便许多！”他掂着那根木棍，又摇了摇头。

苏宛吐了吐舌头，挥着那根木棍，杀气腾腾地直奔小溪。

溪水清澈见底，苏宛在里面发现了不少鱼，不过因为她选择的是一处浅滩的缘故，这些鱼都不大，最大的才二指长。

“这鱼这么小，怎么吃啊？”苏宛嘟着嘴，脱下自己的靴子和袜子，小心撩起裤脚，脚尖才刚一沾到水面，立刻就安逸地呻吟了一声。

“水里可能有水蛭！”

苏宛惊得又唰的一下把脚缩了回来。

“真的假的？”苏宛把白嫩嫩的脚板在自己的裤子上猛搓，“本来想着这水是纯天然的，我还打算喝两口呢！”

“在这种地方，还是不要喝生水！”慕时方解下自己的背包，从里面拿出了一个大号的盅子，顺手就在小溪里舀了半盅子水。

“要去哪里捡点木柴吗？”苏宛一手扶着慕时方，一手麻利穿好了袜子和鞋子。

“你觉得，我还需要去捡柴吗？”慕时方眉一挑，手上内力运起，肉眼可见的橙色火焰就熊熊燃起。

“忘记你是个免费煤气罐了！”

“这雨林里面多潮湿，很难找到干柴的，”慕时方微微一笑，“湿柴烧起来烟太大，容易引来一些好奇的观众哦！”

苏宛瑟缩了一下，用鞋跟都能想得到，这原始森林里的观众绝对不会是人。

不一会儿，水就烧开了。

苏宛看看慕时方手里滚开的水，再看看慕时方那握着盅子的手，不由得咽了咽口水：“慕时方，你不觉得烫手吗？”

慕时方轻轻一笑：“傻瓜，这火是我的内力，我怎么会觉得烫呢？”

“就算是这样，那你抓着这个盅子的把手，不觉得烫吗？”

“你来摸摸？”

苏宛把头摇得跟拨浪鼓一样。慕时方顺手就拉起了苏宛的手，放在了盅子的把手上。

苏宛刚想尖叫一声，可是手下那温热的感觉让她一怔。

“怎么是温的？”苏宛不相信地又摸了几把。

她一脸惊喜地看着慕时方：“你是怎么办到的？”

“很简单啊，我左手烈焰，右手寒冰，”慕时方耸了耸肩，“这样你拿着把手的时候就不会觉得烫了！”

“这么说起来你可以自己调节自己的体温？”苏宛更好奇了，“可是你一开始到这里来的时候，不是热得脸发红的吗？”

慕时方一怔：“什么时候的事情？”

“就是我们第一次去吃牛排的时候啊！”

慕时方轻咳了一声：“不是被热的，我是被辣的。”

“是这样？”苏宛有些迷惑了，“可我记得你是在进店之后就脸红了啊！”

“那是因为你记错了，”慕时方左手的火焰收起，右手寒冰之气立刻腾起，不到片刻，还滚烫的水的温度就降了下来，“给！”

“哇，慕时方你真是太厉害了！”苏宛星星眼又出来了，“早知道你可以调节自己的体温，夏天的时候我就该抱着你睡觉！”

“抱着我睡觉？”慕时方一愣。

“是啊，你把自己变成大冰块的话，那抱着多舒服啊！”苏宛一脸的向往，“还顺便节约了电费，要知道空调可是很费电的！”

慕时方嘴角一勾：“你抱着也可以，但是你要保证不占我便宜。”

苏宛愤愤地开口：“我还没担心你占我便宜呢，你反而担心我占你便宜？”

“如果我真的让你抱着睡觉的话，你难道不会借机揩油？”

苏宛的眼神直往天空飘：“啊哈哈，今天天气不错啊！慕时方你也学到这么现代化的词语了，连‘揩油’这样的词语都运用得这么熟练了呢。”

慕时方轻轻一笑：“苏宛，不许转移话题——这样好了，如果你说了假话，就会被野人抓去做媳妇！”

“我看你才会被抓去做上门女婿呢！”苏宛恼羞成怒，“你恩人我占你便宜又怎么了？我不能占你便宜，那谁能？”

慕时方忍不住大笑起来：“恩人要占便宜，我又怎么能不让恩人占呢！”

“这还差不多！”苏宛哼哼了两声，“如果连一点小便宜都不让我占，那你还说什么‘相拥长眠’的话！”

“是！”慕时方揉了揉她的头发，“先喝点水，我去拿饼干。”

苏宛看着慕时方一件一件翻出来的工具直咂嘴：“慕时方，你还真是是居家旅行、杀人越货的必备之物啊！”

“恩人要杀何人？在下乐意为你效劳！”慕时方配合的一拱手，引得苏宛哈哈大笑。

吃了所谓的“午饭”，慕时方又烧水给苏宛洗了脸，两人才又用指南针确定了方向，走进了丛林之中。

“慕时方，你确定开发区在这个方向吗？”苏宛紧紧地拽着慕时方的手，幽暗的森林总是让她赶到恐惧。

“没错，只要顺着这个方向走，相信要不了多久就能出去了，”慕时方伸手摸了摸她的头，“而且我们的直升机一直跟地面都没有联系，他们也会察觉到不对，会展开搜救的。”

苏宛重重地点了点头。

两人才刚走没到多远的距离，慕时方一把抱住了苏宛，然后紧紧地捂住了她的嘴。

苏宛还没有反应过来，正要扒开慕时方的手，却见前方的树叶一阵乱动。一个黄褐色的蛇头从枝叶中探了出来，随即便是那粗壮的蛇身。一眼看过去，极具欺骗性的色泽让它伏在地上的时候看不清是枯叶还是蛇。

一股彻骨的凉意从苏宛的脚底直冲到头顶，那一瞬间她几乎想要整个人都扑到慕时方的身上，连脚尖都不要碰到这跟蛇的颜色一样的地面。

察觉到苏宛在发抖，慕时方的手搂得更紧。那条大蟒蛇显然也发现了他们。它抬起了头，琥珀色的眼睛不怀好意地盯着二人，鲜红的信子吞吞吐吐，发出嘶嘶的声音。

苏宛吓得眼泪都要掉出来了，她只在电视里看过这么大的蛇，本来女孩子就普遍怕蛇，而现在一条大蟒蛇就在距自己不到三米远的地方——而且它似乎正在考虑要不要把眼前这两只抱在一起的生物当做自己的猎物。

长久的对峙后，最终那大蟒蛇还是蜿蜒爬走了，看它的方向，似乎正是刚刚慕时方他们离开的那条小溪。

“好了，没事了！”慕时方松开了手。

苏宛脚都是软的，挂在慕时方身上不肯下来。

她一边哽咽一边抹着眼泪：“太恐怖了，太恐怖了！我要回家！”

“别怕，”慕时方伸手擦了擦她的眼角，“你没看到那蟒蛇的肚子都是鼓鼓的吗，显然它才刚刚进食不久，暂时还对我们提不起兴趣！”

慕时方又拍了拍自己的胸膛：“而且我说过，不会让你有事的。”

苏宛又哼唧了两声，才擦掉了眼泪：“那我们赶紧回去吧。”

走了两步，苏宛的脑子里突然出现了一个荒谬的念头。

“那个，慕时方啊！”

“怎么了？”

苏宛有些古怪地开口：“我只是在想，你不是说那条大蟒蛇已经吃过东西了吗，它，它会不会，就是吃的金少啊？”

慕时方怔了怔，伸手就把苏宛搂在自己的怀里：“苏宛，你让我抱着笑会……”

苏宛黑着脸翻了个白眼，从慕时方的怀里挣扎出来，一脸的怨念：“我说真的呢！”

“那条大蟒蛇虽然大，但是肚子的轮廓怎么看都不会是吞下了金灏天的样子吧！”慕时方伸手挠着苏宛的头发，“蟒蛇吃人又不会像别的野兽一样咬烂！”

“可是蟒蛇会把人的骨头绞碎啊！那样就是一堆肉，一堆肉能有多大的体积啊！”苏宛还是忧心忡忡。

“金灏天一米八几的个头，怎么都有一百多斤吧！就算是一百多斤猪肉，堆在那里也有好大一堆呢！”

“可是，如果金少先被别的猛兽撕裂了，后来又被这大蟒蛇吃掉了呢？”

慕时方也有些无奈：“你就那么希望金灏天被那大蟒蛇吃掉啊，而且我记得蟒蛇是不吃死物的吧！”

见苏宛还想说话，慕时方却眼神一凛：“嘘！”

苏宛立刻紧张了起来，她压低了声音：“是不是，是不是又有什么大蟒蛇？”

“不是！”慕时方紧紧地拉着苏宛的手，“那边有猛兽的吼声！”

“难道那里有猛兽在厮杀？”苏宛就想到《神雕侠侣》里面大蟒蛇跟大雕的战斗，“是不是大蟒蛇在跟老虎豹子之类的在打架？”

“你怎么就忘不了蟒蛇？”慕时方叹了口气，“你刚刚不是还在挂念金灏天吗，那边说不定就是金灏天遇到了猛兽了。”

苏宛一怔，随即心急如焚：“那我们快去啊！”

“我们要慢慢靠近，”慕时方耸耸肩，“如果真的是大蟒蛇在跟老虎豹子之类的在打架的话，我们贸然闯进去，要脱身就难了。”

苏宛这才定了定神：“那我们慢些！”

慕时方点了点头，他几乎可以确定那边就是金灏天。金灏天手边没有武器，就算他有再丰富的丛林历险经验，在这原始森林里也要万分小心戒备。不过从他落下的地方到现在这个地点来看，金灏天是具有相当丰富的丛林历险经验的，他很迅速地判断出开发区的方向，而且在往开发区接近。

慕时方猜得没错，和那一头暴躁的猛兽对峙的，正是金灏天。

金灏天觉得自己真是倒霉，他就不明白了，为什么仔细检查过的直升飞机会突然出现那么多的故障，害得他什么都没有准备就掉落在这个鬼地方。

如果不是慕时方身边还带着苏宛，他都怀疑是慕时方给直升飞机做了手脚。

金帝集团在帝都俱乐部也有一部分股份，帝都俱乐部的人是不可能被慕时方买通的。

凭借细致的观察，金灏天判断了方向，但是他也知道，自己身边什么都没有，待在原地等人来救援那是相当危险的，因为一旦待在一个地方太久，势必会引起某些捕猎者的注意。所以他只有极度小心地往开发区靠近，以期早点遇到救援队的人。

所幸在直升飞机上，慕时方曾经拿出驱虫剂给苏宛和他自己喷过，坐在他们附近的金灏天身上也沾了不少，所以在这热带森林里他才没有被蚊虫叮咬而死。

一路避过了不少的危险，却在这里遇到了一头凶残的猛兽——一头护仔的金猫。

金灏天只是不经意地经过了它们的“家”，军靴踩在枯枝上发出了嘎吱一声，立刻就引起了这头金猫的注意。

而金灏天在前面已经遭遇了太多危险，心里的弦也绷得紧紧的，察觉到身边有动静，他第一反应就是用手里护身的粗壮树枝扫了一记，然后迅速跳到了一边。

金猫被扫了个正着，立刻大怒，嘶吼了一声，猛地就向金灏天扑了过去。

金灏天曾经得过业余跆拳道大赛的冠军，身手也还算不错，所以在金猫扑过来的瞬间，他用手里的树枝狠狠一抽，脚更是用力踹了过去。

被金灏天这猛烈一抽，可以咬死老虎的金猫也狂怒起来。它又扑了几次，都被金灏天蹬开，这使得它知道眼前的双脚站立的家伙跟一般的猎物不同，便只在金灏天身边周旋着，伺机寻找金灏天疏忽的时候扑上去，一口咬断他的喉管。

慕时方和苏宛赶来的时候，看到的便是这么一幅场景。

金灏天虽然没让金猫把他扑倒，但是身上已经挂了不少彩，左边胳膊上被抓了深深的四道口子，鲜血狂流——他现在连最基本的止血都无法做。

苏宛不由得惊呼了一声。

金灏天一愣，扭头看了过来。

就是这一瞬间！金猫后腿在地面一蹬，扬起了大片的枯叶，它的身躯犹如一道金褐色的闪电，直取金灏天的脖颈！

金灏天眼角的余光也扫到了那一道金光，心里瞬间转过了无数个镜头。正当他在心里对某个人说着对不起的时候，一道白光几乎是擦着他的鼻尖，直直钉进了那头金猫的头颅！而那个时候，金灏天感觉到金猫尖利的牙齿都已经触碰到了自己脖子上的皮肤了！

几乎是瞬间，金灏天就醒过神来，他觉得整个儿后背湿透了，握着树枝的右手手心也是汗涔涔的，甚至连脚都有些发软。虽然金灏天一直自觉生死不惧，可是死神真正抚摸他的时候，他才觉得自己不过也是一个普通人。

强制自己狂乱的心跳平缓下来，他扭头看向了倒在一边的金猫。

一把匕首，正插在金猫的眼窝里，鲜血顺着它的眼睛、鼻孔和大张的嘴汩汩冒了出来。

再回过头，他就看到了一脸戏谑的慕时方。

金灏天很惊讶，当时金猫即将抓住他，可是慕时方竟然瞄得那么准，匕首擦着他的鼻子就扎进了金猫的眼窝。最主要的是，金猫被慕时方丢过来的匕首打得飞出去了接近五米！慕时方的腕力实在是太可怕了。

慕时方也不过来，只是抱着胳膊看着金灏天："金少，你跟它不是本家吗？怎么我看它的样子，像是要把你变成它明天的大便？"

见消除了危险，金灏天的心情也舒缓了许多。

他也耸了耸肩："看起来，我的这位本家似乎是不太待见我！"

"大概因为你是两条腿走路吧！"慕时方嘴角一翘，"如果你用四条腿走路的话，它应该就会很喜欢你了。"

金灏天的脸立刻就黑了。

苏宛倒是有些疑惑地扯了扯慕时方的衣袖："什么本家啊，你们在说那边那头小老虎吗？"

"那不是老虎，那叫金猫！"慕时方轻轻一笑，"长得像老虎，又像豹子。都姓金，不是金少的本家是什么？"

苏宛的嘴角抽了抽，正要说什么，可是又生变故！

金灏天见自己安全了，又有了同伴，心里一块大石头落下了，便也低下头检查起了自己左边胳膊上的伤口。

就在这个时候，旁边的灌木丛中忽地又窜出了一只体形更大的金猫，恶狠狠地扑向了金灏天！

慕时方正在跟苏宛讲话，察觉到金灏天有危险，再想从包里取出可投掷的东西已经来不及了。他低吼一声，身形犹如一道闪电，迅猛地冲向了那头大金猫！

金灏天只来得及抬起头，就看到大金猫已经扑到了自己眼前。他以为是刚刚那只金猫死而复生，还下意识地扭头看了一眼旁边。

慕时方一手成爪，狠狠扣向了大金猫粗壮的脖子，一手成拳，狠狠地击向了大金猫的肚子。

金灏天只感觉脸上一痛，再一回神，就看到大金猫已经被慕时方推离了他的身边。慕时方一手不能完全扣住大金猫的脖子，却以千钧之力，狠狠地把大金猫扣在地上。他右拳伸出两根手指，以鹰爪的样子，插进了大金猫的心脏！

那一瞬间，金灏天觉得自己的心脏都跟着一痛。

两次从生死关头走过，金灏天终于还是没能承受住心理压力，一屁股坐在了地上。

慕时方还没来得及站起来，耳边突然传来了让他恐惧的声音。

“慕……救……”

他扭头一看，就看到了让他肝胆欲裂的一幕。

一条粗大的绿色树蟒，尾巴吊在树枝上，前半截缠着苏宛，正在往树上缩去。看起来这条树蟒是一早就在这里待着了，准备等金灏天和金猫分出胜负的时候来个渔翁得利，谁知道这个时候慕时方和苏宛又出现了。

眼见慕时方去救金灏天，这树下只剩下苏宛一个人，这树蟒毫不犹豫地“笑纳”了送到嘴的食物。

苏宛已经被缠得快要透不过气来了，那蛇身冰冷滑腻的感觉恶心得她都快吐出来了——或者说是树蟒的身体不断收紧，压迫着苏宛的身体，让她忍不住想吐。

她甚至都听到自己骨头嘎嘣嘎嘣的声音，一旦骨头碎了，内脏受到了压迫，那她就真正成为一团烂肉泥了。

慕时方怒吼了一声，声音响彻云霄，惊得森林各处都出现了骚动。他的脸上还沾着大金猫的血，血顺着他的脸颊一滴一滴滑落，看上去犹如一尊杀气腾腾的邪神！

他把手里的心脏狠狠地往金灏天的脸上一丢，还在发懵的金灏天直接就晕了过去。慕时方的吼声又起，带着磅礴的内力，让这一块还算宽阔的地方整个儿狂风大作，不知道堆积了多久的落叶纷纷被卷到了空中。他那鲜血淋漓的右手对着树蟒一挥，温热的鲜血立刻化成了一根根血红色的小针，穿过树蟒那结实的鳞甲，扎进了它的身体，然后在它体内爆开。

剧烈的疼痛让树蟒在树上翻滚起来，苏宛也总算得到了自由，软软地掉向了地面。

慕时方的轻功运用到了极致，几乎是从原地消失一般，瞬间就出现在了树下，稳稳接住了苏宛。看着怀里昏迷过去了的女子，慕时方的眼里闪过一丝戾气，他用手扣住了树蟒的尾巴，五指更是直接插进了树蟒的肉里。

树蟒疼得嘶吼了起来，那嘶哑的嘶嘶声让人不寒而栗。它拼命地拍打着尾巴，意图甩掉慕时方。让它绝望的是，那个它看上去一口就能吞掉的家伙，就好像是扎根在那里的百年老树，纹丝不动。慕时方脸色如寒冰，他有无数个方法瞬间杀了这条树蟒，可是他却只用了玄灵决的内力，顺着树蟒的血肉，钻进它的骨头里，然后，让它一寸寸地爆裂。

慕时方也要让它尝尝骨碎而死的痛苦。

直到这条树蟒整个儿都软了，从树上掉下来之后，慕时方才松开手，检查苏宛的伤势。

他很自然地揉捏着苏宛的每一寸肌肤，检查她的骨骼有没有受到损伤。

所幸的是这树蟒十分狡猾，见慕时方瞬间就杀死了金猫，也意识到了慕时方的强大，便只想卷了苏宛先行跑路。而且苏宛一直都背着背包，那背包给她减少了不少压力，所以苏宛只是因为过度恐惧而晕了过去，没有什么大碍。

慕时方松了口气，才拍了拍苏宛的脸：“苏宛，醒醒！”

没反应。

慕时方叹了口气："你再不醒，我可就要给你做'人工呼吸'了哦！"

还是没有反应。

看着苏宛那张吓得苍白的小脸，慕时方俯下身，轻轻含住了那略有失色的樱唇，辗转亲吮了一会儿，才又抬起头。

这时他必须确认苏宛还在他身边。

他捏住了苏宛的鼻子："醒醒！"

鼻子被捏住，苏宛呼吸困难，于是艰难地扭动了两下，睁开了眼睛。

一看到沾着鲜血的慕时方的脸，苏宛愣了愣，然后伸出手，猛地抱住了慕时方的脖子。

她没有说话，只是死死地抱着。慕时方却感觉到了脖子那里的湿润。

"没事了，没事了，"慕时方心里也有些愧疚，他拍了拍苏宛的背，"对不起，苏宛，对不起，让你遇到了这样的事情，我应该一直在你身边的，对不起，我没有做到。"

"慕时方，"苏宛抱得更紧了，"慕时方、慕时方……"

她只是一边流着眼泪，一边不停叫着慕时方的名字，一声比一声悲戚。

慕时方心里的愧疚更重。

好半天，苏宛才缓过来，松开了慕时方，兀自擦着眼泪："这事不怪你，谁都不知道树上还有一条蟒蛇，而且那个时候金灏天都快死了，你去救他也是正常的，我不是没事嘛。"

慕时方叹了口气："是我疏忽了，才让你置身于危险之中的。"

"没有啦！"苏宛扯出一个笑脸，"我倒是觉得，我是你的负担。"

"瞎说什么呢！"慕时方伸手刮了刮苏宛的鼻子，"我可是武林盟主，如果连自己承诺过要保护的人都保护不了，那还做什么武林盟主啊！"

苏宛吸了吸鼻子，又抹了抹眼泪。

"好了，小笨蛋，别哭了，我们还是先去看看金灏天。"慕时方拉着她的手，往金灏天晕倒的地方走去。

苏宛这才想起那边还有一个金灏天："金少他没事吧？"

"被我打晕了。"

"啊？"苏宛的嘴角抽了抽，"你干吗要打晕他？"

"我要救你，肯定会用上内力，"慕时方解释道，"这件事你也不希望别人知道吧！”

苏宛立刻小鸡啄米般猛点头。

只是一看到金少的样子，苏宛立刻满脸黑线：“你、你是用这个血糊糊的东西打晕金少的？”

慕时方点头：“没办法，时间紧迫来不及用别的，我可不想因为他而耽误了救你。”

苏宛一脸理所当然：“你要是救他不救我，我做鬼都不会放过你！”

慕时方忍不住笑了：“你不是喜欢金灏天吗？”

“爱情诚可贵，生命价更高啊！”苏宛撇撇嘴，“而且谁说我喜欢金少了，我只是想要嫁给他而已！”

“那我呢？”慕时方看着她，淡淡地开口。

苏宛愣了一下，挠挠自己的头，颇有些不自然地干咳了两声：“当然喜欢，就像喜欢小雅那样喜欢你。”

慕时方在心里叹了口气：“我们还是先给金灏天包扎伤口吧！”

金灏天是在一阵剧痛中醒过来的，慕时方可没有那么好心给他上麻药。

他一睁眼，就看到一脸焦虑的苏宛。

不是冷若冰霜的苏宛，而是含着眼泪、一脸焦虑的苏宛。

她拿着一把小钳子，上面夹着一块酒精棉，正在小心清理着他的伤口。

“慕时方，怎么办，伤口这么深？”苏宛看着都觉得疼，“要不要打狂犬疫苗，我们带了吗？还有破伤风疫苗。这个要清创吧！怎么办，金少会不会有事？”

“到这种地方怎么会带狂犬疫苗？而且就算是带了，你会注射吗？”慕时方有些无奈，“现在血已经止住了，你把伤口周围好好消毒，再喷点云南白药，然后包扎一下，暂时只能这样了。”

慕时方点穴止血，再喷云南白药，也是为了防止再次出血。

不过金灏天一醒过来，他立刻就发现了：“醒了？”

金灏天点了点头：“慕先生谢谢你，”他又扭头看向了苏宛，“谢谢你，苏小姐。”

苏宛突然又变成面瘫脸，让金灏天的心里抽了一下。

苏宛生硬地开口：“手抬起来，我给你上药。”

对于她这突然的转变，金灏天倒是觉得很有趣。他开始揣测苏宛为什么在跟他交流的时候总是摆着冷脸。给伤口消毒时的疼痛往往超过受伤的时候，金灏天疼得满头大汗，却也不得不硬扛着。

好不容易等伤口包扎好了，苏宛暗自松了口气，又一脸冷漠地站起来，把地上的药品全都收到了自己的背包里。

慕时方摸出了一条压缩饼干丢给金灏天："现在没有水，你将就着吃点吧！我看你大概一天都没有吃过东西了吧！"

金灏天苦笑了一声，左手轻轻握着压缩饼干，右手艰难地开始撕包装。装好东西的苏宛看不下去了，伸手帮他把包装撕开，塞进了他手里。

"苏小姐真是一个温柔而体贴的人，"金灏天微微一笑，"谢谢你。"

苏宛的脸瞬间就红了，她把头扭到了一边，一脸的羞涩。

慕时方有些看不下去了，他重重地咳嗽了一声："金少还是快点吃吧，吃完了我们尽快赶路。"

"慕先生知道这里距开发区有多远吗？"金灏天眉一挑，咬了一口饼干，颇有些艰难地咽了下去。

"就算我不知道，我们也不能在这里坐以待毙，"慕时方耸了耸肩，"难道金少不知道，在这种环境下长时间待在一个地方是相当危险的吗？"

"这个我当然知道，"金灏天嘴角一翘，"我只不过是担心慕先生你没有经验走错方向而已！"

"并非每一个人都跟金少你一样，四体不勤五谷不分。"

"真是不好意思，我每年至少会参加一次丛林探险项目。"

"那种在开发区里游玩的项目只能叫过家家，不能叫探险。"

"我去的那些地方，说不定慕先生你听都没有听过……"

两人一边找路，一边还斗嘴。对于这两个人的孩子气行为，苏宛插不进去话，也没办法制止他们，只好牵着慕时方的衣袖，无聊地左顾右盼。

慕时方虽然是个古代人，虽然不管遇到什么危险他都可以用自己高强的武艺解决，但是毕竟他从来没有来过这种热带雨林，而且现在身边又有个金灏天，他也不方便展现自己的武功，所以前进的方向都是金灏天在做决定。

金灏天对丛林探险这种事情具有相当丰富的经验，他会不时地转身提醒慕时方和苏宛要注意脚下，不要踩到沙子里陷下去，也会告诉他们哪种植物是有毒的……所以在丛林历险这一块，他可比昨晚临时抱佛脚的慕时方当真要厉害得多。

慕时方跟在金灏天身后，颇赞赏地说："金少你这么厉害，就算是没有遇到我们，你也能顺利地回到开发区吧！"

金灏天微微一笑："慕先生真是太看得起我了！我的确是能带你们避开大部分的危险，但是这原始森林里神秘莫测，到处都充满了未知的危险，而且我手无寸铁，想要平安离开这座森林也是很困难的，有很多人借助了很多高科技的东西，也未必能从这森林里离开！"

苏宛倒吸了一口凉气："那我们呢，会不会有什么事情？"

"苏小姐放心，我们落下的地方并没有在这原始森林的最深处，所以应该还好！我看过这附近的植被，再走一段路，说不定手机都能搜到信号了！"

苏宛松了口气。

"金少对这些的确是相当的熟悉啊！"慕时方眉一挑，"金少的工作这么忙，还能经常到这些地方来玩？"

"这可不是玩，"金灏天嘴角一翘，"我爸爸说过，一个成功的人，不仅仅要有天才般的大脑，还要有运动员一般的体魄——谁都不想出师未捷身先死吧！"

"所以金董事长才会像老鹰一样，把自己的孩子丢进万丈深渊？"慕时方偏了偏头。

金灏天玩弄着手里的小匕首："是因为我自己天性喜欢冒险，所以在成年以后就开始到世界各地去进行探险。"说到这里，他微微一笑，"我去过亚马逊的原始森林，那里的环境比这里还要恶劣，那次我们还没进入森林深处，就折损了部分人手……"

"死人了？"苏宛愕然。

金灏天点了点头，目光有些凝重。

"金少你迷恋那种生死关头的感觉？"慕时方微微一笑，只不过笑里多了些不怀好意，"刚刚金少好像……晕过去了？"

"说起这件事情，我倒有些疑惑，那个时候我明明已经脱离了危险，却为什么还晕过去了？"金灏天忽视了他话里的揶揄。

"大概是受到的刺激太多，所以金少你心脏超出了负荷。"慕时方说得一本正经，当时他的动作极快，金灏天根本什么都没看见就晕了过去。

金灏天心里暗恨，面上还是挂着和煦的微笑：“也许是我见苏小姐身处危险之中，所以才会太过忧心了吧！”

慕时方的脸黑了黑：“那金少先前腿软，又是因为什么呢？难不成是觉得想要咬断你脖子的金猫太可怜了吗？”

苏宛倒是不明白这两个男人怎么突然又吵起来了，她有些无奈地扯了扯慕时方：“我口渴了，想要喝水。”

这个时候她才觉出不方便来，金灏天跟他们同行，慕时方根本就不能用内力。

“这附近应该有水源！”金灏天微微一笑，“金猫选择洞穴，必然会在有水源的地方。”

苏宛犹豫了一下，看了看慕时方，才又开口：“那金少，麻烦你带我们去好了。”

“好。”

10

金少约我啦

果然，没走多远，三人的面前就出现了一条小溪。他们也不敢在小溪边待太久，很快取了水回来，退回到森林边缘。

原始森林里虽然能找到不少枯枝，但是因为环境太潮湿，要烧起来也很麻烦。

所以当金灏天看到慕时方从背包里拿出一小瓶柴油的时候，他是真的郁闷了："慕先生，你身上到底带了多少东西？"

"一切有可能在森林里用到的东西，我都带着，"慕时方斜睨了他一眼，"我还没有胆子大到如同金少一般，什么都不带就进这原始森林。"

金灏天的嘴角抽了抽："慕先生应该知道原因的，谁都没想过飞机会发生故障。"

说到这里，他倒是若有所思："慕总东西带这么齐全，好像预感到飞机会出事一样？"

"我只是比较会防患于未然。"慕时方耸耸肩。

三人又在森林里走了一段，苏宛有些烦躁地摸出了自己的手机。

"怎么了？"慕时方关切地问。

苏宛面无表情，"我只是在想为什么还没有到信号覆盖区。"

金灏天叹了口气："原始森林有很多奇怪的磁场，就算已经到了信号覆盖区，手机也不见得能搜到。"

苏宛撇撇嘴，没有说话。

“不过说到手机，苏小姐，可以把你的电话号码留给我吗？”金灏天一脸微笑，“我看苏小姐你也很喜欢探险，如果下次有这种机会，我们可以一起出去玩。”

电话号码？听金灏天这么说，苏宛那叫一个心潮澎湃啊！

她脸上却仍然装得若无其事：“这样啊，不过你怎么记下来呢？”

“用这里，”金灏天笑眯眯地指了指自己的脑袋，“用纸记下来可能会遗失，用手机记下来可能会坏掉，只有用脑子记下来，才会一辈子都不忘记。”

苏宛的心怦怦直跳，她刚想要开口，慕时方就黑着脸报出了一串数字。

金灏天眉一挑：“这是苏小姐的电话号码吗？”

“是我的。”

金灏天耸耸肩：“可是我想要的是苏小姐的电话号码。”

“苏宛是我的贴身助理，你打我的电话照样能找到她！”慕时方不紧不慢地开口，“而且就算我们没有在一起，你要对苏宛说什么话，都可以告诉我，我给你转述。”

“慕先生，贵公司对员工的管理还真是严格啊！”金灏天嘴角轻扬，“那如果我要跟苏小姐恋爱的话，情话也要通过慕先生转达？”

苏宛紧紧地抓着慕时方的袖子，心跳得更厉害了。

“金少你不是有‘恋人’吗？”

“好像在大众的眼里，我金灏天本来就是一个花花公子。”

慕时方一声轻笑：“既然是这样，那你觉得苏宛会答应你吗？”

“世事无常，再花心的人，到头来终归是要有个归宿的！”金灏天看了一眼低着头的苏宛，脸上的笑越发不怀好意，“我看苏小姐就挺不错的。”

“别说了！”苏宛有些窘迫地抬起头，“我们还是赶紧走吧！”

慕时方投给金灏天一个警告的眼神，牵着苏宛又往前走去。天渐渐黑了，三人还在茫茫的森林中。慕时方拿出手电筒，递给了金灏天一个，又给了苏宛一个。

黄昏时三人抓了鱼烤了，草草地吃了之后，苏宛累得不行，慕时方一直背着她。

“现在距开发区应该已经不远了，”金灏天沉吟了一下，“我们是停下来休息，还是继续赶路？”

“继续走！”慕时方毫不迟疑地开口。

“可是在晚上赶路的话，危险性比起白天要大出好几倍！”

“这里已经距开发区不远了，所以太过凶猛的野兽也不会太多，而且我并不认为在森林里露宿就是安全的！”

金灏天犹豫了一下：“夜晚会影响我的判断，不过露宿的确是相当危险，那我慢慢走吧！”

苏宛打了个呵欠，她昨晚睡得晚，今早起得早，白天又走了一天的路，早就累得快要毙掉了。慕时方侧头看着她：“把手电绑在手腕上，你趴在我背上睡一会儿吧！等你睡醒了，我们应该也到了！”

苏宛点了点头。

金灏天用指南针确定了方向，才又踩着厚厚的落叶往前走着。白天和黑夜对慕时方来说并没有什么区别。不过金灏天既然看不清，那么他就必须多加强警惕。

所幸金灏天选的道路都非常好，倒也没有遇到什么猛兽，偶尔一些小兽，也都被金灏天自己给解决了。

等到半夜两点多钟的时候，金灏天和慕时方终于看到开发区的防护网了。

“把苏小姐叫醒吧！我们爬防护网进入开发区！”金灏天松了口气，这才觉得自己的左臂还隐隐作痛。

如果没有金灏天在，慕时方直接就可以飞进去，可是现在他也不得不叫醒了苏宛。

“怎么了？”

“我们到开发区了！”慕时方把她放了下来，“要翻进去。”

苏宛正想开口说你抱我进去，一眼瞥见旁边的金灏天，也只得噘着嘴跟着爬。

三人的运气不错，才刚进入开发区没多久，就被巡视的工作人员发现了。金灏天一说明自己的身份，巡视的工作人员立刻就打电话叫来越野车。三人这才知道，帝都俱乐部已经和国家森林公园这边商量好了，调集了一队人马和各种设备，准备天一亮就进原始森林搜救。

开着越野车的正是帝都俱乐部的工作人员，一看到三人，大家眼泪都快要下来了。

他们已经把金灏天出事的消息传回了金帝集团，他爸爸正在大发雷霆，准备派更多人的从A市过来。

拿过工作人员的手机给爸爸打了个电话，报了平安，金灏天才把电话递给了苏宛："苏小姐，给你家里人报个平安吧！"

苏宛一怔，却没有接电话。

金灏天还在莫名其妙，慕时方却接过了电话，顺手就还给了那个工作人员："先开到森林公园的医疗点去吧，金少的胳膊要好好治疗，然后再送我们去休息的地方。"

金灏天的眉头皱了皱："慕先生，难道你们一点都不在意家里人的看法吗？而且慕先生你今天在西双版纳出事了，端木集团的人应该也得到消息了，你不打个电话回去？"

"现在都几点了，这个时候人家都睡着了，"慕时方轻轻一笑，"而且我想他们应该也相信我不会有事的吧！"

"那苏小姐呢？"

"苏小姐跟着我呢，怎么会有事？如果你说的是苏宛的家里人的话……不是每个人都像金少一样，有什么事情立刻就被报上去了，我跟苏宛嘛，都是小人物！"

"如果慕先生都叫小人物的话，那我也只能算是小人物了！"金灏天嘴角一翘。

"金少是小人物的话，那如今的股票市场会这么动荡？"

金灏天眉一挑，目光敏锐地看了慕时方一眼。慕时方只是一脸的云淡风轻，好像刚刚他说的那些就只是随口一说而已。

金灏天嘴角又是一翘："怎么，慕先生现在是着急了吗？端木集团作为新兴的金融公司，可不要在这场金融风暴里翻了船才是！"

"这个就不需要金少担心了，"慕时方的表情还是那么淡然，"倒是金少这条大船，也不要漏水了才是！"

"慕先生操心过头了！"金灏天轻哼了一声，扭过头，靠在窗户上，闭目养神。

因为金灏天有伤，所以越野车就先开到了医疗点，才把慕时方和苏宛送到了宾馆里。

苏宛拉着慕时方的手左顾右盼了半天，“一会儿你还是跟我睡吧！”

慕时方扬眉：“跟你睡？”

“是啊，我总觉得没什么安全感！”苏宛又把慕时方挽紧了一些，“我怕睡到半夜的时候会因为做了被蛇缠着的噩梦而惊醒！”

慕时方心里划过浓浓的愧疚：“苏宛，对不起。”

苏宛怔了怔，嬉笑着掐了他一把：“说什么对不起啊！我说过了，那种情况下，会发生那样的事情也是不可避免的嘛！”

慕时方凝视着她，忽的伸手把她搂在了怀里。他根本就不该为了彻底看清金灏天这个人而让苏宛陷入危险之中！

前面带路的服务员有些尴尬地咳了一声：“两位，要进电梯了。”

苏宛从慕时方的怀里挤了出来：“好了，都这么晚了，我一定要睡到下午！”

“好，我抱着你睡！”慕时方温柔地摸了摸她的头。

果然，苏宛一上床就睡到了下午一点半，才迷迷糊糊地醒了过来。

慕时方上午就醒了，一手抱着苏宛另一只拿着手机上着网。

察觉到苏宛动弹了两下，他愉快地开口问：“睡得好吗？”

“嗯，睡得很好！”苏宛的手就搁在两人的胸脯之间，这会儿正胡乱地在慕时方的胸膛上蹭着。

慕时方丢开手机，一把就拽住了苏宛的手：“难道你不知道男人早上的反应很强烈吗？再蹭下去，可是要出事的！”

“现在不是早上了吧！”苏宛咳了一声，故作淡然，“而且慕时方你是大侠哎，肯定不会做出什么丧尽天良的事情吧！”

慕时方一翻身，手肘撑着床，嘴角轻轻一歪：“可是大侠也是男人啊！”

苏宛嘿嘿一笑：“可是我相信你啊！”

慕时方凝视着她，然后起身，把苏宛也拉了起来：“真是个傻瓜！这么没有防备之心，如果我哪天真的狼性大发怎么办？”

苏宛扑哧一声就笑了；“你说你自己是狼啊？”

慕时方轻轻一笑：“好了，睡了这么久，饿了吧？我们先出去吃点东西，然后回帝都俱乐部，让他们送我们回 A 市。”

这次出了这样的事情，只怕金灏天也没有什么别的心思了——他首先要做的，就是检查直升飞机出故障的原因吧？

想到这里，慕时方的嘴角一勾。这次也算是变相扰乱了金灏天的计划。

“还是坐直升飞机？”苏宛嘴角抽了抽，“我想要坐火车。”

“火车很慢的。”

“可是安全！”苏宛一想到从直升飞机里跳出来的感觉，仍然心有余悸，“直升飞机一旦出故障，那真是太恐怖了。”

慕时方伸手揉乱了苏宛的头发，“有我在，不会再让你遇到任何困难了！”

苏宛怔了怔，才又点了点头：“那好吧，我听你的。”

两人在酒店里吃了点东西，才打车前往帝都俱乐部基地。刚进去，慕时方就看到了吊着胳膊的金灏天。

“金少？这么早就过来了？”慕时方拉着苏宛坐到了一边。

“下午好啊，苏小姐，慕先生，”金灏天笑吟吟的，“这次直升飞机出故障实在是太诡异，所以我不得不来看看帝都俱乐部到底要给我一个什么解释。”

慕时方眉一挑：“正好，金少也可以帮我也问问。”

听到慕时方这话，金灏天若有所思：“不过，现在我倒是在想，我是不是被连累了？”

“金少说这话是什么意思？”

“说不定对直升飞机动手脚的人的目的是在慕先生你身上呢！”金灏天一摊手，“慕先生这端木集团才刚刚兴起，却是万分高调，说不定其实是别人想要对你下手？”

苏宛紧张地看了慕时方一眼，在她看来，慕时方根本就是他老板的“替罪羊”。

“这商场这么黑暗？因为端木集团太过高调了就要置我于死地？”慕时方安抚地拍了拍苏宛的手背，才有冷冷一笑，“看来作为金帝集团继承人的金少很有经验呢！”

金灏天只是一笑，避开了这个问题：“不过飞机驾驶员到现在都还没有回来，说不定还在原始森林里。今天上午，帝都俱乐部已经派人进入原始森林的林区了，不仅仅要去找人，更要找到直升飞机的残骸，确认直升飞机到底出了什么故障，才会在原始森林的上空坠落。”

“对于这次的事件，我想帝都俱乐部会给我一个交代，待会我们就会要求帝都俱乐部派飞机送我们回 A 市，金少要跟我们一起吗？”

“不用了，”金灏天淡淡一笑，又看向了苏宛，“苏小姐都到西双版纳来了，难道不到各地去游玩一下吗？这里的风景可是相当美丽呢！还有少数民族的各种风俗习惯，也是让人大开眼界……”

苏宛本来就是一个宅女，对于旅游这种事情本来就没有蔡小雅那么热衷，不过听到金灏天这么问，她也不知道怎么回答，只得沉默地低下头。

“现在眼睛所能见到的东西几乎都已经商业化了，”慕时方又意味深长地看了金灏天一眼，“而且现在形势这么紧张，我还是回端木集团去坐镇好了。”

金灏天嘴角一翘，没有再说话。

直升飞机很快就预检好，停到了停机坪上。金灏天把慕时方和苏宛送到了飞机边，一脸笑意地看着慕时方：“慕先生，若是我想要约苏小姐出去玩，你可一定要记得转告她啊！”

苏宛暗暗地翻了个白眼，迅速报出一串数字，然后上了飞机。

金灏天怔了怔，把那串数字重复了一遍，看向慕时方的目光就越发意味深长了。

慕时方的脸黑成了锅底，他重重地哼了一声，一转身就跟着上了飞机。

飞机盘旋着升空，苏宛心里还是有些紧张，不由自主地死死抓住了慕时方的手：“慕时方。”

眼见地面上的人越来越小，苏宛咽了咽口水：“慕时方，这次真的不会有事吧！”

等了半天没有等到慕时方的回答，苏宛疑惑地扭头一看，慕时方头偏到一边，一张脸臭臭的。

“怎么了？”苏宛还是第一次见慕时方生气，不免有些诧异，“生气了？”

慕时方只是把头偏到一边，不理她。

“难道是因为我告诉了金少电话号码？”苏宛伸手捅了捅他，“我说得那么快，他不可能记得住的啦！”

慕时方还是不理她。

“你怎么跟个小孩子一样啊！”苏宛干脆侧过身，把慕时方的脸掰了过来，“嘿，慕时方，笑一个。”

“笑不出来。”慕时方硬邦邦地回答。

“哇噻，你皮肤好好！”苏宛伸手在慕时方的脸上乱摸起来，“摸起来就像以前我家隔壁那个小宝宝的屁股一样。”

慕时方的脸顿时更黑了，他一把把苏宛的手拉了下来：“你知道金灏天是什么人吗，你还把电话号码告诉他？”

苏宛有些迷惑地偏着头：“我怎么不知道金少是什么人？我不是一直想要嫁给他的吗？现在他有了我的电话号码，不管他打不打，这对我来说都是成功地迈出了一小步嘛！”

“哼！”慕时方伸手捏了捏苏宛的鼻子：“你应该知道金帝集团跟端木集团是竞争对手吧！而金灏天以为我是端木集团的总裁，而你是总裁助理，他接近你的目的是什么，你难道猜不到？”

“难道是为了窃取端木集团的机密？”苏宛怔了怔，随即就嘿嘿笑了两声，“可是我不知道啊，不仅我不知道，连你都不知道！所以就算他在我身上装窃听器都没用！不过不管他接近我的目的是什么，但是我的目的达到了啊！到时候再用我的温柔、贤惠、可爱来感动他、诱惑他、征服他，嗯嗯，就这么办！”

慕时方叹了口气，他知道金灏天对苏宛只是感兴趣，兼带想要打击自己，金灏天根本不喜欢苏宛，可就算是这样，慕时方心里还是觉得不舒服。

偏头看了一眼兴奋地哼着歌的女人，慕时方决定要让她好好吃吃苦头，等她在金灏天那里碰了壁，她才会知道到底谁才是真正喜欢她，她又是真正喜欢谁。

夜幕降临的时候，直升飞机终于在A市的帝都俱乐部降落。

帝都俱乐部派了车，诚惶诚恐地把两人送回了家。

白天睡够了，到了家苏宛反而睡不着了。她瘫在沙发上看电视。

慕时方就在她身边玩着手机，跟莫振强汇报这次西双版纳之行的收获，经过几次的接触，慕时方也摸清了金灏天的性格。

金灏天这个人，的确是一个完美的商人，表面上看着彬彬有礼，实际上心里不知道在想着怎么算计人。而且他性格坚毅，头脑灵活，往往谈吐之间就能套出话来，的确也不愧于他商业天才的美誉。跟莫振强简单地交流完了，慕时方正在浏览网页上的新闻，苏宛又开始摸着肚皮吵吵饿了。

“家里没菜了。”

苏宛咬着抱枕：“有方便面。”

慕时方把手机装进兜里，站起来就挽起了袖子：“要吃什么味道？”

“我随便啦！”苏宛吐了吐舌头，趴在沙发椅背上，“我现在对味道完全不挑剔！有几个人跟我一样，经历过空难还活下来了？所以现在能吃好喝好，就是幸福了！”

“这次的事情真的是意外！帝都俱乐部都成立十多年了，也没有发生过直升飞机突然坠毁的情况。”慕时方耸耸肩。

“说不定突然就出现了食物中毒之类的情况呢！”苏宛敲了敲自己的脑袋，“慕时方，你说是不是因为我特别倒霉，所以人家从来没有出现过的事情就摊在我身上了？”

慕时方轻轻一笑：“是啊，所以你一定要站在一个能压住你的霉气的人身边！”

“金少！”

慕时方瞬间内伤。

苏宛怎么都没有想到，从西双版纳回来没几天，她就接到了一个陌生的电话。

睡着的苏宛，正做着跟金灏天一起在游轮上度假的美梦，被吵醒后抄起电话就吼了起来：“大清早的谁给姐打电话？”

电话那头传来了爽朗的笑声：“苏小姐，已经不早了，不过看到苏小姐这么有精神，我也就放心了。”

苏宛手一抖，电话就被甩到了床上，过了一会儿才七手八脚地捡了起来，故作镇定地开口说：“喂？”

“苏小姐，上午好！”金灏天嘴角一翘，“有没有荣幸请苏小姐吃顿饭？”

苏宛咽了咽口水，才冷冷地开口道：“不好意思，我在工作。”

“咦？”金灏天的声音带上了笑意，“苏小姐刚刚不是在睡觉吗？”

苏宛暗骂了自己一句：“我忘记了，今天我请假了。”

“那苏小姐赏脸吗？”

苏宛捶了捶自己的胸口：“中午我还要再睡一会儿。”

“能跟苏小姐共进晚餐那真是很荣幸。苏小姐家住哪里？晚上五点半的时候我来接你，怎么样？”

苏宛虽然心花怒放，但她还是犹豫了——如果她就这么答应了，会不会给金灏天留下很轻浮的印象？

“金少，好像我没有答应要跟你共进晚餐。”

金灏天轻轻一笑：“可是我想啊！苏小姐，我很感谢在西双版纳的时候你为我包扎伤口，所以想要请你吃顿饭，以示感激。”

“这个……慕时方还救了你呢，你怎么不请他吃饭？”

金灏天嘴角一翘：“这个恩情我自然是会报答的，我只要在某个比值上让慕先生百分之零点五，那就是对慕先生最好的报答了。”

苏宛心说那百分之零点五是让给端木集团的，又不是给慕时方的！不过对于金灏天的邀请，苏宛已经矜持了半天，也该答应了。

“那好，你就下午来接我吧！”苏宛说出了自己的住址，才又故作镇定地挂掉了电话。

电话一挂掉，苏宛立刻就在床上连翻了好几个跟头。

“金少约我哎！”苏宛一脸的激动，“给小雅打个电话报喜？不行，国际长途贵死了！”

手机拿在手上，苏宛不自觉地就打出了慕时方的电话。

慕时方正在会议室里跟所有人讲解着国内目前的形势，电话一响起，他伸手压了压，整个会议室立刻鸦雀无声。

“苏宛，这个时候打电话给我有什么事？”慕时方懒懒地靠在椅子上，“我正在工作，是不是你想要吃什么让我给你带回去？”

“那我不知道发短信啊！”苏宛翻了个白眼，“对了，你们保安队队长在附近吗？看到你接电话会不会说你啊！”

“我就是保安队队长。”

会议室里有两个人把头扭到了一边，憋着笑。

“那你们老板在没在附近啊？”

“没在！”慕时方有些无奈地捏了捏自己的眉心，“有什么话赶紧说，不然老板真的来了！”

“嘿嘿，”苏宛得意地开口，“刚刚金少给我打电话了！”

“你说金灏天给你打电话了？”慕时方猛地站起来，环顾了一下会议室。

立刻就有人打开电脑，调出了金帝集团的股价图。

“是啊，他说为了感谢我在西双版纳热带雨林里面给他包扎伤口，所以请我吃饭啊！”苏宛兴奋道，“太棒了，我和金少的约会呢！”

“那我救了他两次，他怎么没说感谢我？”

“他说要让给端木集团什么百分之零点五的比值，可你不过就是端木集团的小保安——好吧，保安队长！所以这对你来说也没有什么实际的意义啊！”

“我可以跟老板说让他给我发奖金的！”

“反正我就跟你说一声啦！晚上就不要做我的饭菜了。”苏宛美滋滋地说，“不打扰你上班了，我挂电话了。对了，可不要在岗亭里面偷窥那些美女哦，也不要玩手机被老板逮住了。”

“知道了！乖，晚上出去吃饭不要喝酒。”

“好啦好啦！知道了！”

挂了电话，慕时方立刻严肃地看着那个员工：“金帝集团的股价有什么问题没有？”

“金帝集团辖下所有公司、所有产业的股价比值都下跌了百分之零点五！”

“还真是大手笔呢！”慕时方皱了皱眉，“这就算是感谢？我怎么觉得金帝集团这次股价下跌，是为了更方便地搅浑现在的这滩水？”

另一个员工也点了点头：“没错，现在国内金融市场不景气，各大公司的股价也是起伏不定，金帝集团如果一直维持着自己的股价，反而会让股民不安！这会股价下调，倒是让股民们心安了不少，也会吸引很多在别的地方被套死了的股民倒向金帝集团！”

“好一个捞金手段！”慕时方冷哼了一声，“比值下调，明里是给端木集团面子，可是暗里却收获了更大的利益，一举两得！”

“照金帝集团的这种侵蚀手段，端木集团将会寸步难行啊！”一个员工皱了皱眉，“金帝集团本来就是一个值得信赖的大企业，而端木集团刚刚兴起，股价却一直居高不下，在业界里面早就被批是高调……这容易引起股民不安。”

“可现在若是下调了，更容易让股民恐慌！”慕时方沉吟了一下，“将端木集团的股价比值调高百分之零点五！金灏天既然卖给我们面子，我们也不能不要！另外，关于金帝集团的资料，搜集的怎么样了？”

“明里的资料早就搜集好了，主要还是金帝集团的暗账，”另一个员工叹了口气。

“他们就是在钻法律的空子！”

慕时方蹙眉沉吟了一下，才淡淡地开口：“今晚我会去监视金灏天。好了，我们继续刚刚的会议！”

苏宛在家里忙得不可开交：要洗澡，找晚上要穿的衣服，要去做头发……

选了一条还算是典雅的长裙，苏宛洗了个澡，拎着小包就去了小区对面的理发店，做了一个发型，弄了一下午，才回到家里焦灼不安地等着。

五点半，金灏天准时打来了电话。

“苏小姐，我在你们小区门口。”

“好，我马上出来。”苏宛猛地跳起来，摁掉了电话，深深吸了两口气，拎着小包昂首挺胸地打开门走了出去。

看到苏宛出现在小区门口，靠在车上的金灏天目光里闪过一丝惊艳。

微微一笑，金灏天伸手打开了副驾驶的门：“苏小姐今天很漂亮。”

“谢谢！”苏宛面无表情，却心脏狂跳着坐进了车里。

金灏天侧身给苏宛系上了安全带——这样近距离的接触，让苏宛几乎要把持不住自己的冷艳形象伸手在金灏天那俊逸的脸上掐一把。

坐上车，金灏天偏头看着苏宛：“苏小姐想要去哪里吃饭？”

“天伦王朝。”

金灏天微微怔了怔，显然苏宛的回答出乎他的意料，他继而轻轻一笑，发动了汽车。到了天伦王朝，金灏天绅士地先下车，然后伸手把苏宛牵了出来。

感觉自己的手指搁在金灏天温热的手心，苏宛的心忍不住又狂跳了起来，那是跟被慕时方牵着时完全不一样的感觉，让苏宛觉得很刺激。

服务员把他们带到了一个靠窗的位置，金灏天把菜单递给了苏宛。

苏宛却推了回去："我没有在天伦王朝吃过饭，所以还是请金少你点吧！"

金灏天嘴角一翘："苏小姐还真是干脆，既然苏小姐没有来过天伦王朝，为什么刚刚会说要来天伦王朝吃饭呢？"

苏宛眉头一皱："以金少的身份，天伦王朝才合适吧！"

金灏天显出一丝诧异："这么说，苏小姐是为我考虑的？"

苏宛四处看了一圈："我没来过天伦王朝，所以也想要来看看。"

金灏天一声轻笑："其实今天在见到苏小姐的时候，我就很惊讶了。"

苏宛一怔，不明所以。

"苏小姐也知道，我曾经有过很多女朋友，其中也不乏像苏小姐这种身份的，但是她们几乎每一个都在约会的时候故意穿得很随便，想要给我造成一种她们不是那种爱慕虚荣，而是与众不同的感觉，在我问起想要去哪里吃饭的时候，也会故意选择一些路边小店、烧烤摊、地方特色小馆……"

苏宛撇了撇嘴："言情小说看多了吧！"

见金灏天又轻笑起来，苏宛立刻发现自己的冷艳形象破功，赶紧偏过头。

"苏小姐才是真性情的人，不过我很不明白，为什么苏小姐在我面前总是冷冷的呢？！"金灏天装出一副受伤的表情，"苏小姐果然是很讨厌我的吧！"

"不是。"苏宛有些别扭地开口，"只是不知道怎么面对你而已。"

"难道是因为知道我太过花心，所以苏小姐敬而远之？"金灏天猜测着。

苏宛不做声。

"被我猜中了？"金灏天有些愕然，不过他很快又笑了起来，"不过站在一个女性的角度来说，对我有这种感觉也无可厚非，只是站在男人的角度上来说，那就不一样了。"

"男人的角度？"

男人的角度还不是就为了图个新鲜！

金灏天像是猜到了苏宛心里的想法："苏小姐，就像是我刚刚说的那种女人，你觉得我能跟她们在一起很久，然后结婚么？"

“呃……”

“我之所以谈了这么多次恋爱，还被外界称为花心，就是因为我想要找到那个真正适合我，真心爱我而我又真心爱她的人……”金灏天耸耸肩，“苏小姐觉得我这个想法不对吗？”

苏宛傻眼了。

没错，如果真正喜欢，是不会那么轻易就分手的吧！

“说起来，在焕然和弟妹结婚之前，我从来都没有见过弟妹，可见弟妹被焕然保护得很好。不然的话，我就可以早点认识苏小姐了，”金灏天嘴角轻轻扬起。

跟金灏天说了半天话，她的面瘫程度总算有所缓解：“我跟小雅好多年前就认识了！”

金灏天点点头：“你们感情真不错！”他又微微一笑，“我真希望能跟苏小姐也有这么好的感情。”

苏宛的脸红了。

金灏天点的东西很快就上来了。

看着苏宛拿着刀叉轻轻切割着盘子里的牛排，金灏天的嘴角一勾，他不是没有带别的女孩子去过类似这种高档的地方吃饭，她们要么就是表现得呆呆笨笨扮可爱，吸引他的注意，要不吃个牛排都能吃得风情万种。

苏宛其实心里很是紧张，跟慕时方一起在豪美味吃牛排的时候，她可以撒泼地用叉子在慕时方的盘子里乱搅意大利面，然后把荷兰豆挑出来吃掉。可是跟金灏天一起吃牛排，还是在这样一个地方，她好歹也要注意一下自己的形象不是？

两人安静地吃完了饭，金灏天微笑着看着苏宛：“苏小姐，晚上有安排吗？没有的话，不如我们一起去打斯诺克，如何？”

“斯诺克？”苏宛的嘴角抽了抽，“我不会。”

金灏天又轻轻一笑：“那我们去打网球？”

“我只会打羽毛球，而且技术还不好。”苏宛有些羞赧。

“没关系，我教你就可以了。”

金灏天话还没有说完，苏宛的手机就响了起来。

“不好意思，”苏宛有些歉然，伸手接通了电话，“喂？”

“在哪里？”

“天伦……”

“不管在哪里，都该回来了吧！”慕时方站在天伦王朝大厅的一个角落里，黑着脸注视着那边的两人。

“知道了，”苏宛噘着嘴，“我马上就回去了！”

金灏天嘴角一扬：“怎么，慕先生催你回去了？”

“嗯……”

“你跟慕先生住在一起？”金灏天眉一挑，“在那个小区？”

“不，不是啦！”苏宛有些紧张，“只是今天我跟慕时方说了要出来吃饭，所以他叫我早点回家而已！”

“我喜欢现在这个样子的你，”金灏天温柔地注视着她，“一举一动都很真实。”

苏宛的脸腾地全红了，她有些慌乱地站起来：“我先回去了！”

“我送你吧！”金灏天也站了起来，“既然是我接你出来的，自然要负责把你送回家，不然慕先生可要说我没有绅士风度了！”

苏宛想了想，觉得可以节省打车的钱给慕时方买条内裤，立刻就点了点头。

慕时方转过身，不动神色地走出了天伦王朝。

11

难道你要和他同生共死？

开车把苏宛送到了小区门口，金灏天才开口问："苏小姐，明天我们去帝都俱乐部玩攀岩吧！"

"帝都俱乐部？"苏宛的脸黑了黑，"我对帝都俱乐部有阴影了！"

"这次就在俱乐部里面，"金灏天忍不住笑了，"你放心好了，这次绝对不会发生上次的事情了！"

苏宛犹豫了一下，还是点了点头："那好，明天几点？"

"上午九点吧，我来接你？"

"好，那我回去了，再见。"苏宛点了点头，一转过身，立刻就歪眉斜眼地笑翻了天。

回到家里，一打开门，她就看到慕时方黑着脸坐在沙发上。

"嘿，慕时方，今晚吃的什么啊？"苏宛笑嘻嘻地把小包一丢，一屁股坐在慕时方的身边。

"没吃！"

苏宛愣了愣："真的？"

"一个人吃饭没有意思，"慕时方偏头看着她，"你今天跟金灏天去吃的什么？"

"牛排啊！"苏宛嘎嘎一笑，"可好吃了！"

"比豪美味的好吃？"

“你这不是废话吗？”苏宛翻了个白眼，又伸手捅了捅慕时方，“对了，慕时方，你明天要上班？”

“是啊！怎么了？”

“金少约我明天去攀岩呢！”

“攀岩？”慕时方眉头一皱，“去哪里？”

“帝都俱乐部啊！”

“你不是对帝都俱乐部没有好感了吗？”慕时方伸手就戳了戳她的脑门儿，“怎么金灏天叫你去你就去了！”

苏宛赶紧抓住慕时方的手指，又揉了揉自己的额头：“哎呀，金少都说了，这次只是在帝都俱乐部里面，又不会到别的地方去了！”

“明天就去？”慕时方眉一挑，“金灏天这么闲？刚刚从西双版纳回来没多久，还没有查清直升飞机坠毁的原因，他就又开始想着去攀岩了？”

苏宛耸耸肩，“攀岩是没有什么危险的啦！就是腰间绑着安全绳，然后在一堵人造的墙上，抓着上面的那些突出物爬上去而已！”

“反正你自己注意安全！”慕时方躺在了沙发上，“明天我要上班。”

“你不去？”

“不去。”

“真不去？”

“真不去！”慕时方一弹她的脑门儿，“我要怎么进去？我只不过是一个小保安而已，又不像金灏天是金大少爷！”

“你可不是小保安，”苏宛嘿嘿一笑，“你是保安队长！”

“苏宛，”慕时方侧头看着她，“你家里……”

“怎么了？”苏宛扭过头，脸上的表情也有些僵。

慕时方叹了口气，伸手揉了揉苏宛的头发：“苏宛，你告诉我，为什么你一定要嫁给金灏天？”

“因为金灏天是名人啊！”苏宛耸耸肩，“长得又帅又有钱……”

“我想问的，就是你为什么要嫁给这样一类人，”慕时方打断了她的话，“你有这个想法的原因，到底是什么？”

苏宛沉默了一下，突然憨厚地挠了挠自己的头：“大概要从我的第一个男朋友说起吧！”

慕时方的脸瞬间黑成了锅底："你竟然有过男朋友？"

"我这个年纪了，谈过恋爱很正常吧！"苏宛吐了吐舌头，"我高二下学期吧，隔壁班一个男孩子，非常非常喜欢我，追了我大半年，所以高三的时候我们就交往了啊！"

"那个时候的恋爱，怎么说呢，简直都不算是恋爱，两个人走在学校里，连手都不敢牵。高三下学期的时候，他告诉了我他的第一志愿，我就决定要跟他考入同一所大学，"似乎是想到了美好的事情，苏宛的嘴角轻轻扬起，"他的第一志愿，是一所美术学院，可笑的是，我现在都忘记了他想要报考的是哪一所学校了！"

"你没有上大学，"慕时方静静地凝视着她，"离家出走的原因是什么？"

苏宛嘿嘿一笑："因为我爸爸不同意我考那所学校啊！我爸爸想要我读师范大学，可是我死活都不愿意，后来我爸爸从我同学那里知道了我要考美术学院的原因，于是打了我一顿，把我的志愿改掉了。我一气之下就跑到了小雅家里，然后打电话给我当时的男友，告诉了他这件事情，然后说，我不上大学了！因为他一直想要做一个漫画家，所以我说，我们一起到A市，然后通过自己的努力，成为我们想要变成的人！"

"漫画家，"慕时方若有所思，"这就是你画画的原因？"

"我从小就很喜欢画画，不过小的时候也没有想过会用画画当做职业，我爸爸一直都教导我要好好读书，不要想那些歪七歪八的事情。"苏宛一摊手，"我当时的男朋友知道我的决定也非常激动，说一定要跟我一起出去闯荡。然后我到了这里，在这里等了他两个多月，小雅跑到了A市，告诉我，他上大学去了……"

慕时方轻轻地握住了她的手："你说，你不喜欢等待的感觉，就是因为这件事情？"

"我有说过这个话吗？"苏宛有点迷惑，"我忘记了！"

"你说过，"慕时方感受着苏宛手心里的茧子，"他没有来，可你还是继续在画着漫画，直到现在。"

"我说过，我从小都喜欢画画嘛！虽然他背弃了自己的承诺，虽然他到现在都不敢联系我，但是我一直坚持着自己喜欢的事情，跟他一点关系都没有，"苏宛一笑，"最主要的是，他根本就没有考上他的第一志愿，后来听小雅说，他上的大学是一所很普通的大学，学的是通信专业。”

“其实我很感谢他，”苏宛吐了吐舌头，“因为他，我才成长成了如今的我，一个我想要的自己，不然的话，我一定会听我爸爸的话考入师范大学，然后毕业，然后辛苦地找工作，然后整天对着一帮学生头痛，那样我也不会遇到你，对吗？”

看着苏宛晶晶亮的眼睛，慕时方微微一笑：“是的。因为你当时吃了那么多苦，所以现在想嫁给金少，享受年少时没有享受的东西？”

“也可以这么说吧。好了啦，多久以前的事情了，不说了不说了！”苏宛嘿嘿一笑，“我今天要早睡，为明天的攀岩做准备！”

慕时方伸手揉了揉她的头发：“去吧，养足精神。”

苏宛的眉毛耸了耸：“你真的不去？”

“不去，你也说了没有危险，而且我的确要去上班，根本就去不了。”

苏宛撇撇嘴：“那我明天就自己去了！”

“注意安全哦！”

“知道了啦！”

第二天，苏宛难得起了个大早。

“攀岩完了就回家，知道了吗？”慕时方叮嘱道，“不要跟着金灏天去有的没的的地方去玩！”

“有的没的的地方是哪里？”

“比如说什么酒吧、会所之类的娱乐场所，你这么笨，很容易出事情。”

苏宛的脸黑了黑：“我哪里笨了？金少还在呢！”

“金灏天不在的时候呢？而且，谁知道金灏天是不是个好人呢？他可是一直都有着花心的名声！”

“又不能就因为人家花心而就判定人家是坏人，”苏宛嘟囔着，“况且他花心也不是没有原因的！”

“你就是一个傻丫头，人家说什么你就信什么！”慕时方抬头看了看时间，“好了，我得去上班了，你自己……”

“我自己会注意！”苏宛一脸的郁闷，“慕时方，你越来越像大妈了！”

慕时方只是微微一笑，不说话了。

等慕时方上班去了，苏宛在家里把自己好好地收拾了一下，头发在头顶扎成了丸子，身上穿着宽松的运动衣，换上舒适的运动鞋。

没多久，金灏天的电话就来了。

见到苏宛的时候，金灏天的眼睛又是一亮："苏小姐，你非常适合这个打扮！"

苏宛有些不好意思了："是吗？"

"当然！"穿着全套运动装的金灏天看起来也帅气非凡，"美丽而有活力。"

苏宛生硬地道谢。

金灏天轻轻一笑："看起来，苏小姐是一见到我就不由自主地板着脸了，"他又做作地感叹了一声，"原来我这么讨厌啊！"

"没有——"苏宛把脸偏到了一边。

"好了，不逗你了，上车吧！"金灏天为苏宛打开了车门，"昨晚是我对苏小姐表示感谢，说起来，这才是我跟苏小姐真正的约会呢！"

一听到"约会"两个字，苏宛的脸又红了。

金灏天轻轻一笑："苏小姐脸红的时候，特别美。"

苏宛心里好像有一千只草泥马在咆哮，但是脸上还是冷冰冰的："谢谢你。"

"我们出发吧！"

"嗯。"

帝都俱乐部的人自然是认识金灏天的，他们对苏宛的印象也比较深刻，只是上次苏宛跟着的是慕时方，今天又跟着金灏天，帝都俱乐部的人面色都有些怪异。

等苏宛身上配上全套装备出来，却见金灏天正在一样一样地检查着自己包里的东西。

"金少你在干什么？"苏宛有些疑惑，"不是攀岩吗？"

"是啊！徒手攀岩，在那边的峭壁上。"

"徒手？"苏宛倒吸了一口凉气，顺着金灏天的手看了过去，立刻就吓白了脸。

那是一座大概近百米的山体，上面寸草不生，完全不是苏宛想象中的那种人造攀岩墙。

“这，这，这……”苏宛说话都结巴了，“我从来没有玩过这种极限运动，徒手攀岩我不行的！”

“苏小姐你放心，你自然是要借助安全绳的，”金灏天一笑，“待会儿工作人员会在山上放下安全绳套在你腰上的。”

苏宛稍微安心，只是她又有些犹豫地看着金灏天：“你徒手真的没事吧？”

“我当然没事！我曾经徒手征服过这座山。”男人骄傲地扬了扬眉。

苏宛不由得惊叹：“好厉害！”

金灏天轻轻一笑。

两人走到山下，工作人员告诉了苏宛收拉安全绳的注意事项，才给她扣上了安全绳。

“你们回去吧！”金灏天在原地活动着手脚，“等我和苏小姐到了山顶，会从后方的梯子那里下去的！”

等一切都准备妥当，苏宛正对着峭壁给自己加油打气的时候，金灏天的电话突然响了。

“不好意思。”金灏天跟苏宛礼貌地道了歉，走到了一边。

苏宛却看着那座山开始发呆。她想，如果是慕时方的话，身上什么东西都不带，能用多少时间飞到山顶上去。

没一会儿，金灏天回来了，脸色有些难看。

苏宛犹豫了一下才开口：“金少，是不是有什么事情？如果你不方便的话我们就先回去吧！”反正她对这一大座山也没什么好感！

“没关系，不是什么重要的事情！这是我跟苏小姐的约会，怎么可以这么草草地结束？”金灏天云淡风轻地一笑。

于是，苏宛的脸又红了。

等真正开始攀爬岩壁的时候，即使身上挂着安全绳，苏宛的心还是狂跳起来——这可跟电视上那些在攀岩墙上驰骋的人完全不一样啊！

而金灏天不愧是精于此道、热衷冒险的人，虽然他是真正的徒手，但速度可比苏宛快多了。

等他爬了差不多二十米的时候，苏宛才刚刚爬了五米多一点。

“苏小姐，还好吧？”

苏宛哭丧着脸：“金少，我能下去爬梯子到山顶去迎接你吗？你放心，我一定会摆出一个胜利者的姿势迎接你的！”

金灏天扑哧一声笑了出来，烦闷的心情倒是消散了不少：“苏小姐，这就是你真正的样子吗？”

没有慕时方在身边，而自己又是贴着一堵峭壁，苏宛心里没底得很，哪里还顾得上她的“冷艳”啊，当下就扁了扁嘴：“咱能别说这个不？我是真的想要下去啊！”

“不要放弃，你可以的哦！”金灏天笑眯眯地低头看着她，“你身上绑着安全绳，如果真的在攀岩过程中累了，可以用无线电通知上面的人把你拉上去，加油！”

“站着说话不腰疼！”苏宛嘟囔了一句，“我可是第一次玩这个！”

金灏天哈哈大笑：“苏小姐，我忽然就想起那天在阳光沙滩的时候，你猛地从水里冒出来时的样子，果然那才是真的你么？”

“都多早以前的事情了，你记得那么清楚干嘛！”苏宛的脸都臊红了。

“只要是苏小姐的事情，我都记得很清楚啊！”金灏天意味深长。

苏宛无语。

金灏天轻笑了两声，又往上面爬去：“苏小姐，我在上面等你哦！”

苏宛嘴角抽了抽，只得认命地寻找可以下手的岩缝往上攀爬。差不多爬到二十多米的地方，苏宛已经累得上气不接下气了，一抬头，金灏天就在她上面不远的地方，应该是刻意放慢了速度。

苏宛正想要再一次申请下去，金灏天的电话又响了。

“还真是个大忙人啊！”苏宛撇了撇嘴。因为隔得比较远，所以苏宛也听不清金灏天说了什么，只隐隐约约地觉得他在骂人。

最后只听一声怒吼，然后啪的一声，一部手机掉了下来。正当苏宛抱怨金灏天是败家子的时候，眼前突然划过一道黑影。

那一刻苏宛几乎是下意识地伸出手，一把就抓住了那个东西，然后她发出了一声凄厉的惨叫。

姐的胳膊肯定脱臼了——这是当时苏宛脑子里的第一个想法。

“你——”苏宛刚要说话，就觉得自己的胸腹因为被安全带勒着，发声也有些困难。

她现在的样子很奇怪，右手明显拉得比左手长，这也是她判断自己一定脱臼了的原因。她整个人已经完全脱离了岩壁，就靠那条看起来细细的安全绳吊着，因为右手拉着金灏天的缘故，所以她的双脚高高翘起，整个人都呈现出一种倒栽葱的样子，更因为吊着绳子的缘故，她整个人在半空中滴溜溜地打着转。

“没想到我也会有失手的一天，”金灏天的额头渗出了汗水，他的嘴唇开始泛白，“我更没有想到，苏小姐你竟然会抓住我。”

“别说话！”苏宛极力憋出了几个字，脸已经涨得通红，“所以你不是故意把手机丢下，而是因为手机不小心掉了所以心疼，想要追随手机而去？”

“苏小姐真是会开玩笑，”金灏天的脸上已经出现了大颗大颗的汗水，“你坚持得住吗？”

“没关系！”苏宛重重地喘了口气，因为脑充血的缘故，她感觉自己全身乏力，抓着金灏天的那只手也发起抖来，“我，我用无线叫上面拉我们上去……”

“你坚持不了那么长的时间的！”金灏天的嘴唇已经完全跟脸一个颜色了，苍白无比，“你松手吧！”

金灏天起初打算借助苏宛的手再回到岩壁上，可不巧的是，苏宛所在的这个地方本来就是在峭壁的凹陷处，而她身上的安全绳又正好在上面一块凸出来的大石头上，所以现在两人距岩壁足有两米多远。

“我不会松手的！”苏宛的手又紧了紧，“我坚持得住，你再等等……”

“我的手很疼！”金灏天苦笑了一声。

苏宛定睛一看，金灏天被她抓住的左手的胳膊上已经渗出了血，鲜血把外面的衣服都染红了。

“你脑子有问题啊！”苏宛有气无力地开口：“你这伤还没好，就来徒手攀岩？你嫌你自己死得不够快吗？”

金灏天微微一笑：“你放手吧！就二十多米，说不定我摔不死。”

苏宛没有理会他，她现在觉得自己眼前开始模糊了。

“苏宛，我的手真的很痛！”金灏天的冷汗滚落在下巴上，然后再滴入衣服里，他的脸已经完全失去了血色，白得跟一张纸一样了。

“你再坚持一下，”苏宛费力地摸出了无线电对讲机，冲着对讲机就是一阵狂吼，“快把我拉上去！咳咳……”

因为绳子勒得太紧，她要大声说话相当费力。

金灏天苍白的脸上露出了一丝笑意：“小宛，你的对讲机没开开关。”

苏宛的嘴角抽了抽，她眯着眼睛，单手摸索着对讲机试图找到开关。只可惜因为脑充血，她的手指不停哆嗦，眼见要按到开关的时候，那个对讲机很不合作地从她手里滑了出去。

苏宛一声惨叫。

“小宛，你还是放手吧！”金灏天的左胳膊已经完全被鲜血染红了，“或者你现在解开你收拉安全绳的安全锁，那样我们就能借着弹出来的安全绳往下掉一段距离，然后你再放手吧！”

“我，我的手没有力气……根本，根本解不开……”苏宛现在连说话都觉得万分难过，总有一种一说话内脏就会从嘴巴里掉出来的感觉。

“小宛，”金灏天突然一笑，“你这样真可爱。”

“别废话……”难受得快要呕出血来了，这人还有心思开玩笑！她觉得她的身上一定被勒得淤青了。

“小宛，”金灏天转动着自己的手腕，试图从苏宛的手里挣脱出来，“放手吧……”

“少他妈废话！”苏宛用尽吃奶的劲儿，把金灏天抓得更紧了，“我不会放手的！你想想你爱的人，你喜欢的人，你不要放弃！”

金灏天脸上浮起一抹笑：“喜欢？小宛，我喜欢你！”

就算听到金灏天说这话，苏宛的心里也开心不起来，她无比懊悔没有缠着慕时方一起来。如果慕时方在的话，什么事情都不会发生！

谁知道金灏天这个疯子胳膊上的伤还没有全好就跑来徒手攀岩！

“金灏天！”苏宛觉得自己已经没有力气了，她咬着牙死死抓着他的手，不让他挣脱，“你坚持住！就算左手不要了，你至少还活着……”

金灏天凝视着苏宛，叹了口气，伸手从腰间摸出了一把小刀。

苏宛的眼睛被小刀反射的阳光刺了一下，她立刻紧张地看着他：“你想要干什么？”

金灏天无奈地笑了笑，然后费力地用小刀割着左肩上背包的带子，“这样，至少能减轻你的负担……”

“你的对讲机在背包里？”

“我没有带对讲机，”金灏天面色晦暗不明，“徒手攀岩，遇到危险就直接死了，根本就没有用无线电的必要。”

“金少——”苏宛的脸更红了，“我好像要吐了……”

“没关系，你吐吧！”

“我会吐你一头一脸的。”

“没……”金灏天话还没有说完，突然觉得肋下一麻，然后失去了意识。

苏宛双眼已经开始模糊，她恍惚中看到一个黑影从下而上，一把箍住了金灏天，随后手一挥，苏宛就觉得紧紧吊着自己的安全绳一松，她整个人就直接掉到了黑影的怀里。

“慕时方……”苏宛闭着眼睛，闻着他身上熟悉的味道，十分爽快地晕了过去。

慕时方叹了口气，脚尖在岩壁上轻轻一点，整个人就悠悠地飘落在了地上。

把金灏天丢在一边，慕时方伸手握住苏宛的右胳膊。她的胳膊并没有脱臼，但是很明显，肌肉严重拉伤，整条胳膊在苏宛昏迷之后还在轻微痉挛着，而且淤青渐渐泛了出来，显然皮下出血了。

慕时方握着苏宛的胳膊，寒冰掌的寒气就轻轻包裹住那备受折磨的胳膊：“真是个傻丫头！如果不是因为放心不下来看看，难道你真的要和金灏天同生共死？”

他伸手就弹了弹苏宛的脑儿门：“就算你们坚持下来了，金灏天废一条左手，你也得废一条右手！”

说起金灏天，慕时方又皱着眉，看向那个苍白着脸昏迷的人。无奈地摇了摇头，慕时方摸出手机，给帝都俱乐部的服务台打了个电话。

苏宛醒过来的时候天已经黑了，她好像是做了噩梦，在床上猛地挣扎了一下，然后一下子就坐了起来，大口大口地喘着粗气。

“醒了？”慕时方递过来了一杯水。

苏宛却没接那杯水，一把就把慕时方抱住了：“果真是你。”

她的话音里带着哭腔，还有浓浓的委屈。

“不是我还能有谁啊？”慕时方拍着她的背，“好了好了，喝点水吧！”

苏宛松开慕时方，喝了一口水，挥了挥自己被包扎好的右手，疑惑地开口：“你怎么来了，你不是在上班吗？”

“担心你啊！”慕时方伸手理了理她的头发，“想到我的会员卡还没有还给老板，所以就请假来了。”

“慕时方，你真好！”苏宛一脸的感动，忽然想起了金灏天，立刻又紧张了起来，“金少呢，他没事吧！”

“还好，已经有医生去看过了，他胳膊上的伤口被撕裂，需要重新缝针。”

“那还好！”苏宛嘟囔着，“他人呢？”

“在隔壁房间呢！”慕时方眉一挑，“你很担心？”

“当然担心啦！”苏宛翻了个白眼，一侧身下了床，“走吧，我们去看看。”

慕时方有些胸闷，不过还是牵着苏宛出门了。

他敲了敲隔壁房间的门，就听到一个清亮的声音：“进来。”

苏宛推开门，探头一看，金灏天正在讲着电话。一抬头看到苏宛，他立刻微微一笑：“我朋友来了，公司里面还有什么事情问金董事长好了。”

“小宛，你醒了？”

“小宛？”慕时方的脸都黑了，“金少你不是都管苏宛叫苏小姐的吗！”

“小宛可是救过我的命！”

慕时方的脸更黑了：“我也救过你的命！”

金灏天沉默了一下，才带了些试探意味地开口：“小方？”

苏宛扑哧一声笑了出来。

慕时方一头黑线！

“不过，不管怎么说，这次和上次都谢谢你了，”金灏天诚恳地道谢，“特别是这次，我倒是其次，可是如果害小宛受伤就不好了。”

“这次差点把苏宛的手弄废了，上次差点让苏宛被树蟒吃了，”慕时方冷冷地看着他，“以后我是绝对不会允许她再单独跟你出去了。”

“我也绝不会再让小宛身处危险之中，”金灏天又微笑着看着苏宛，“我们可以选择更浪漫、更有情趣的约会方式。”

苏宛的脸红了，同时慕时方的脸黑了。

“慕先生，你当时怎么会到帝都俱乐部来？”金灏天调转了话头。

“因为不放心金少你这个花花公子跟苏宛单独在一起！”慕时方说得一脸淡然，“而且苏宛还是毛手毛脚的什么都不懂，一不注意就会出事。现在你应该庆幸我来了，不然你们还不知道要在那里待多久。”

“也待不了太久吧！小宛已经坚持不住了，可能再等一会儿，她就会放手了。”

“不会的！”苏宛又恢复了面瘫脸。

金灏天倒是忍不住笑了：“小宛你真是，每次见到我都这样，现在我们都这么熟了，怎么还这么冷淡啊？”

苏宛偏过头：“习惯了……”

金灏天哈哈大笑：“小宛真可爱！”

慕时方冷哼了一声，伸手拉起了苏宛：“现在你也看到了，这家伙活蹦乱跳的，我们都回去了吧！要、上、班！”

苏宛挠了挠头，正要说什么，金灏天却又淡然开口：“小宛，辞职吧！”

苏宛一呆。

慕时方眉头一皱，向金灏天投去了一个警告的眼神，拖着还在发懵的苏宛离开了。

等走出了帝都俱乐部，苏宛渐渐回过味来：“刚刚金少让我辞职，是叫我不要做你的助理么？”

“你以为呢？”慕时方不爽地看着她。

“我一时没有反应过来嘛！”苏宛撇撇嘴，“我还以为他不让我画画了，差点跳起来骂他呢！”

“那你怎么没骂？”慕时方看着她。若真是骂了，那倒是好看了！

苏宛挽住了慕时方的手：“今天把姐吓了个半死，走，我们吃牛排去！”

慕时方一挑眉：“昨天不是跟金灏天去吃过了吗？”

“跟金少一起吃和跟你又不一样！”苏宛嘟着嘴，“而且天伦王朝的牛排跟豪美味的牛排也不一样啊！”

慕时方轻轻一笑，伸手刮了刮她的鼻子：“走吧，我们去豪美味吃牛排！”

等两人吃了牛排回到家里，苏宛又接到了金灏天的电话。

“小宛，回家了吗？”

“回家了……”接到金灏天的电话，苏宛有些诧异，“你现在还在医院吧！”

“我有点想你了啊！”金灏天笑眯眯的，“很想跟小宛你再约会一次呢！”

苏宛的脸红了红：“你又要干什么稀奇古怪的事情了？你的手还没好吧！”

“不是稀奇古怪的事情，我是想着，反正我受伤成这个样子了，我爸爸也不会允许我去上班，所以不如去外面度假。小宛，你愿意跟我一起去吗？”

“我？”苏宛懵了。

“是啊，你，”金灏天的话语里漾起了一抹温柔，“因为想要在你面前表现我的好，所以才会在伤还没有好的时候就徒手攀岩，因为我的逞强，害你也受伤了。”

“可是你到最后都死死地拉住我的手，我真的非常感动，所以，小宛，为了表达我的谢意和歉意，我真诚地邀请你跟我一起去度假。”

“可是……”苏宛瞟了一眼坐在旁边的慕时方，压低了声音，“可是我要上班啊！”

“辞职好了！”金灏天还是笑眯眯的，“做我的特聘秘书？”

苏宛的头摇得跟拨浪鼓一样——她什么都不会，怎么做特聘秘书啊！却完全没有想到她这边再怎么摇头，金灏天都看不到。

“喂？”

“呃，不要了，”苏宛吐了吐舌头，“我的手也受伤了，所以慕时方也不会让我去上班。”

“那不是正好吗？”

“可是，我要在家里好好养伤。”

“我们一起去马尔代夫我家的私人海滩别墅去度假，那里有国际顶尖的理疗师，会让你的手更快得恢复，”金灏天嘴角一翘，又开始诱惑起了苏宛，“还有世界上最美的海洋和沙滩……”

金灏天跟职业导游一样吹嘘了一遍马尔代夫的风景，苏宛倒是听得心驰神往，也总算知道为什么蔡小雅那么喜欢到处去旅游。

“最主要的是，因为全球变暖，马尔代夫可能在一百年之内就会被海水淹没，所以，要去要趁早哦！”金灏天嘴角轻轻一扬，“小宛你游泳的样子那么漂亮，难道不想去拥抱那片湛蓝的海洋吗？”

“可是，可是办理护照和签证很麻烦哎！”

“小宛你只要去办个护照就可以了，签证我们这边能搞定的。”

苏宛真的有些心动了，她又偏头看了一眼旁边的慕时方，重重地点了点头：“好！”

挂了电话，苏宛就挽住了慕时方的手：“我们一起去马尔代夫吧！”

慕时方出乎意料一脸的淡然：“人家只是邀请你，又没有邀请我。”

“那个，”苏宛偏着头想了想，“要不自费？”

慕时方眉一挑：“钱从哪里来？难道用你的嫁妆？那还未必会够。”

苏宛郁卒了：“那我一个人去？”

“随便。”慕时方无动于衷。

苏宛的嘴角抽了抽：“喂，慕时方，你该不会是生气了吧？”

“我没有生气。”

“明明就是生气了，你上次都说了，以后我想要去哪里，你就要带我去哪里！”

“马尔代夫是你自己想去的吗？明明是被金灏天怂恿的，距离马尔代夫沉没还有很长的时间，难道非要急于一时？”

“可是我都答应了！”苏宛噘着嘴，“而且听金少说了之后，我就真的想要去了。”

“那你去啊！我没有说不让你去啊！”慕时方一脸奇怪地看着她，“况且我又有什么资格阻止你呢？”

苏宛无语：“可是你的样子，你说这个话……明明就是生气了嘛！”

她偷偷地瞄了慕时方一眼，看他一脸沉静地坐在那里，苏宛噘着嘴拿过手机：“好了啦，我打电话回绝金少就是了。”

“为什么要回绝，你不是想着要跟金灏天近距离接触吗？”慕时方一摊手，“这次正是一个绝佳的机会。”

“可是你会生气啊！”苏宛又把手机丢在一边，“而且你一个人在家里会寂寞的吧？”

“我不会啊，我就在家里练功，”慕时方嘴角一翘，“你自己独自在外要注意安全。”

苏宛正准备点头，慕时方又说：“因为你跟金灏天在一起，就没有什么好事情发生，在天伦王朝的时候差点在众目睽睽之下摔个跟斗，在阳光海滩差点淹死，在西双版纳热带雨林直升飞机出故障差点机毁人亡，在热带雨林里面差点被树蟒吃掉，攀岩还差点让自己的手废了。”

苏宛的脸都黑成锅底了，她撇了撇嘴，干脆又坐回了自己的位置：“那好啊！这次我就跟金少一起去马尔代夫，看看会不会又发生什么危险的事情，如果真的发生了，那我以后就不单独跟金少一起出去玩就是了！”

慕时方笑而不语。

“喂喂，我怎么总是有种不安的感觉啊！”

“你多心了。”慕时方矢口否认，“会不会再次遇险，你去试试不就知道了？”

苏宛郁闷地看了他一眼，又低下头思索着办护照和签证的事情了。

晚上等苏宛回房看电视，慕时方才摸出了电话。

“明天立刻以调查的名义，限制金灏天的行动，”慕时方的口气淡淡的，“他可以在国内随意蹦跶，但是绝对不允许他出国！”

现在金灏天连国门都不能出，他倒是要看看金灏天怎么带苏宛去马尔代夫。

12

电影院里是非多

第二天一大早，金灏天的电话就打来了。

“小宛，”语气里满是歉意，“对不起，我目前有些事情，不能出国了。”

“啊？”苏宛懵了。

“真的对不起！”金灏天是诚心实意地道歉。

他也是今天早上联系大使馆的时候才得到消息的，“为了弥补去不了马尔代夫，小宛，我想邀请你去我的私人游轮。”

苏宛一脸娇羞。

慕时方在一边很没有形象地翻了个白眼。

“游轮啊！”苏宛的脑子里自动浮现了她跟金灏天犹如杰克和罗斯两人在泰坦尼克号的船头上一样浪漫吹着海风的场景，她立刻点点头，“好啊！”

“我们沿着我国的海岸线走一遍！”金灏天笑眯眯的，“景色也是非常漂亮的。”

“也可以啦！不过，什么时候啊？”

金灏天沉吟了一下：“游轮事先也要进行各方面的检查，所以还要等两天吧！”

“那好，那就这样吧！”

在家里待了两天，苏宛正满怀希望地等待着金灏天打电话来呢——她还是很期待乘坐游轮沿着海岸线游一圈的。

只是金灏天再次告诉了她一个不幸的消息，游轮在游轮协会保养着，这次做安全检查的时候，竟然发现了不少的毛病，所以游轮之旅暂时也不能成行了。

接到电话的苏宛彻底无语——这是在耍她玩么？

金灏天也觉得有些尴尬，他咳了一声："我也没有想到事情会这样，要不我背着扫帚来谢罪？"

本来苏宛还在心里诅咒金灏天呢，一听到这句话，她也忍不住扑哧一声笑了出来。

金灏天听到苏宛笑了，心里也稍微放松了一些："要不，今天下午我们一起去看电影好不好！"

和金少看电影？一听就感觉很浪漫！苏宛的心怦怦急速跳了起来，她深呼吸了几口："现在都有什么好看的电影？"

"很多啊！"金灏天轻轻一笑，"不管小宛你想要看什么类型的，这里都有。"

"那好吧，那我去换衣服了。"

"好的，我来接你。"

挂了电话，苏宛确认了几遍电话的确是挂断了，才又在房间里狼嚎。

嚎了一阵，苏宛想到慕时方，赶紧又扑到床上给慕时方打电话。

"慕时方，告诉你一个好消息！"

"怎么了？"慕时方正坐在办公室里，查看金帝集团最近的动向分析表。

"金少约我去看电影呢。"

慕时方眉一挑："金灏天最近这么闲？你们不是都约好了要沿海岸线一游吗？这会儿怎么又说起了要去看电影呢？"

"别说了！"说起这个，苏宛又郁闷了，"金少的游轮好像是有什么问题了，所以我的海岸线风景游算是泡汤了！"

慕时方嘴角一翘。

"好了，不说了，我就是告诉你一下！"苏宛看了看时间，"我得去洗澡化妆了，拜拜！"

听着电话里传来的忙音，慕时方收好电话，眉头又皱了起来。

他能不让金灏天出国，他也能用手段让游轮协会不放行，但是电影院怎么办，总不可能勒令全市的电影院停业吧！

不过看电影总归是一个比较短暂的活动，慕时方微微放下心来。

苏宛今天穿得很休闲，半长的头发也用发夹随意夹着，看上去给人恬静的感觉。

“小宛每次都不一样，”金灏天轻轻一笑，“永远都是这么光彩照人。”

苏宛的脸略微红了红：“金少别开玩笑了。”

到了电影院，金灏天很体贴地念着今天下午会播放的那些影片。

恐怖片、文艺片、战争片、爱情片，林林总总加起来大概有三十几场，偏偏苏宛一眼就看中了一个。

“我们去看《诸神之战》吧！”

金灏天有些诧异：“我以为你会选择恐怖片。”

苏宛立刻摇了摇头：“不要，我胆子小。”

金灏天笑了笑。

两人买了票，又买了两杯奶茶。

“还有半个多小时才进放映厅，我们就在这里坐一会儿吧！”金灏天递了一杯茶给苏宛，“该不会是因为你觉得《诸神之战》不用等太久，所以才选择这个的吧！”

苏宛嘿嘿一笑，正要说话，又觉得刚刚那诡异的笑声有损形象，当下轻咳了一声：“差不多吧！”

金灏天忍不住也笑了：“小宛，在我面前做你自己就好。”

苏宛一怔：“你觉得我在装？”

“没有，”金灏天忍不住伸手刮了刮苏宛的鼻子，“很可爱。”

这突如其来的举动，让苏宛一呆，整张脸迅速红了。

金灏天自己也不知道怎么的，竟然觉得有些不好意思了，他轻轻咳了一声，捧起奶茶喝了一口：“要不要买点爆米花之类的？”

“好啊！”苏宛面红耳赤，见金灏天站了起来，她补充了一句，“大桶的，两份。”

金灏天有些意外地挑了挑眉。

“小桶的，开场前五分钟就吃完了……”

金灏天轻轻一笑，转身往卖爆米花的窗口走去。

见金灏天离开了，苏宛才重重地喘了口气，伸手狠狠地摸了自己的鼻子一把。金灏天刮她鼻子的感觉和慕时方刮她鼻子的感觉完全不同，慕时方是带着一点宠溺，一种暖暖的、柔柔的感觉，对于那种感觉苏宛已经习以为常。

而金灏天的动作让苏宛觉得羞涩……

正想着，金灏天就抱着两大桶爆米花过来了，手里还拎着一个塑料袋，里面装了一瓶可乐，一瓶矿泉水。苏宛接过一桶，顺手就丢了一个爆米花在自己嘴里。

“鸡肉味，嘎嘣脆！”

金灏天一怔：“这是奶油味，不是鸡肉味。”

苏宛脸抽了抽，她又忘形了：“那个，我说了什么你别管，反正都不是正常人能说出来的话就是了。”

金灏天忍不住摇头：“哪有这样说自己的，你要喝可乐还是要喝矿泉水？”

“我喝可乐吧！”苏宛强压下了自己接着的那一句“可乐喝多了会杀精”，接过了金灏天递过来的可乐。

“我还以为女孩子一般都比较喜欢喝纯净水。”

“不好喝！”苏宛撇嘴。

“不过男孩子一般都很喜欢喝可乐啊！”金灏天轻轻一笑，“运动之后，喝上一瓶冰凉的可乐，那舒畅的感觉太棒了。”

苏宛勉强扯出了一个笑容：“金少，你很喜欢运动吗？”

“是啊，非常喜欢，”金灏天脸上露出了自信的笑容，“每次运动完了，我的助理都会给我递上一瓶可乐。”

“可乐喝多了杀精。”苏宛终于还是没有忍住，面无表情地说出了这句话。

金灏天一怔，随即爆发出了笑声：“小宛你……你太可爱了！”

苏宛暗地里翻了个白眼。

“不过，不过你为什么还要喝可乐呢？”金灏天好不容易才止住笑，“你不是说杀精的吗？”

苏宛的脸立刻就黑了：“金少，或许你觉得我是有精可杀的？”

这次金灏天爆发的笑声更大了，连带着他抱着的爆米花都蹦出了几粒掉在地上。

好不容易金灏天笑够了，他伸手就摸了摸苏宛的头：“小宛，你真是太可爱了！”

“谢谢你没有说我猥琐啊！”苏宛黑着脸。

“怎么会，”金灏天一转头，看到旁边告示牌写着第三放映厅开始检票了，他拍了拍苏宛的肩，“小宛，走，我们去看电影咯！”

金灏天其实对看电影这一项活动并不感兴趣。他的性格注定了他是一个会在外面跟狮子搏斗都不会选择在电影院跟女人一起看电影的人。

不过他的女朋友太多了，陪着一起看过电影的，倒也有那么几个。金灏天没有想到，苏宛表现得比他更不耐烦。

从电影开始，苏宛就一直在左顾右盼，完全都没有被电影吸引进去，后来直接无聊地低着头把爆米花掰成了几瓣，然后又合在一起玩。

金灏天压低了声音：“怎么，觉得很无聊？”

电影一开场，苏宛就发现自己选错了电影——她根本就不适合看这种题材类型的。

“也没什么，”苏宛也压低了声音，“就是没有我想象中的好看——我可能不太喜欢这种题材。”

“那不如我们出去吧！”

苏宛有些犹豫地看着大屏幕：“可是好浪费啊，都进来了……”

金灏天微微一笑：“我们离开了，也只是浪费了一点钱，可是如果我们继续在这里待下去，浪费的就是宝贵的时间，反正你也不喜欢看，不是吗？”

苏宛想想也是，只不过在看了满放映厅的人之后，她更犹豫了：“可是我们怎么出去啊？”

“把手给我。”

苏宛脸红了红，把爆米花抱在怀里，把可乐夹在腋下，然后把手递给了金灏天。

金灏天忍俊不禁，学着苏宛把爆米花也抱在左手，矿泉水夹在腋下，又伸手拉过了苏宛的手，低头弯腰的，一边给周围的人道歉，一边往外面走去。

手被金灏天拖着，苏宛的心一直狂跳。她死死盯着地面，不只是为了防止自己踩到别人的脚，也是为了掩饰自己那通红的脸。

等两人穿过了这一排，到了通道，苏宛才算是压下了脸上的热。

“待会儿想去哪里？”

“不知道……”苏宛的头还是低着。

金灏天一回头，忍不住又笑了：“我们已经走到门口了，不会再挡着别人。”

他话音还没落下，只听嘭的一声，抱在怀里的爆米花就撒了一地，连夹在腋下的矿泉水也沉闷地砸在了地上。

苏宛诧异地抬头一看，就看到金灏天对面站着两个人，放映厅里面很黑，苏宛也没有看清他们长什么样子，但是看轮廓，应该是一对情侣。

“没长眼睛啊！”那个女人尖利的声音传了过来。

整个电影院的人都扭过头看了过来。

金灏天的语气很淡然：“小姐，是你们撞的我。”

“谁叫你们突然出现在门口的？”女人的语气很嚣张，“我们又不知道你们在里面！”

“是你们的不对吧！”苏宛撇了撇嘴，“我们从座位到过道，走了这么长一段路，偏偏你们直接就撞上来了。”

“你！”那个女人愤愤地瞪着她，借着大屏幕一瞬间闪出来的光，女子瞄见了苏宛的奇葩造型，立刻笑了起来：“一个个都跑到电影院来卿卿我我，像你们这种人，就应该去公园踢毽子！”说完，她还娇滴滴地靠在身边男人的身上，“亲爱的，待会儿我们去打高尔夫好不好，才不要像他们那么土鳖！”

“切！”苏宛嗤了一声，“打高尔夫就不土鳖了吗？我说这位大娘，只要人长得帅，踢毽子也是一道风景线，如果长得丑，打高尔夫也跟在铲便便一样！”

“你！”那个女人还要继续说，他身边的男人就开口了，“好了，菲琳，我们已经迟到了，不要吵了，赶紧进去吧！”

“可是这个女人……”

“陈立珂，你不在公司，怎么会在这里？”金灏天淡淡地开口。

刚刚男人一说话，他就听出来这人是金帝集团旗下一个子公司的总经理。

“金少？！”陈立珂大吃一惊。

那个叫菲琳的女人怔了怔，随即尖叫了一声。

电影院里传来了抱怨声。

金灏天没有理会她们，牵着苏宛就往外面走去。

陈立珂犹豫了一下，也跟着出去了，女人也赶紧跟了上去。

等走出了放映厅，苏宛扭头一看，那女人浓妆艳抹，正一脸紧张地跟在那个陈立珂身后。陈立珂倒是长得还算是一表人才，只是此刻的表情很是惴惴不安。

金灏天倒是皱了皱眉："跟着我们干什么？"

"金少！"陈立珂苦笑了一声，"我没有想到是你……"

"所以呢？"金灏天眉一挑。

"我……"

陈立珂话才刚出口，那个女人就撇了撇嘴："我们又不知道是金少您，您何必维护一个傍大款的女人呢？"

对于她用的那个"傍"字，金灏天听得十分不舒服。

"嘿，你这个人还真奇怪！"苏宛双手叉腰，"我跟金少在一起就是'傍'了？金少就不能有自己的朋友了？只有你这种整天想着要傍大款的人，才会往歪处想吧？"

苏宛上上下下地打量着她："哎，看你穿金戴银的，家里一定很有钱吧？这么说起来……"她又扭头一脸严肃地看着金灏天，"金少，你们金帝集团给员工的待遇太低了，弄得人家都去傍富婆了，你记得回家了一定要给他们加薪！"

金灏天忍俊不禁："好，一定加薪！"

看到那女人气白了脸，苏宛得意地一笑："对了，两位上层社会的人还不去看电影？你们看完了电影可是要去铲便便的……不对，是要去打高尔夫的！像我们这种穷人，待会就去公园踢毽子好了！"

金灏天终于忍不住，哈哈大笑了起来。

陈立珂在心里骂自己眼睛瞎了才会看上这种胸大无脑的女人，脑子抽筋了才会想着带这个女人来看电影！

这个女人简直蠢钝如猪！

一个能在金少面前抱着爆米花，夹着可乐瓶，金少还笑眯眯陪着的，能是一般傍大款的女人？

陈立珂不再理会那女人，只是紧张地看着金灏天：“金少，对不起，是我不好。”

“你有什么不好的？”金灏天表情没有一丝波澜，“你唯一做错了的，就是刚刚不应该跟在我们的后面出来！”

陈立珂语塞。

“别管他们了！”苏宛撇嘴，想了想，又柳眉倒竖，“对了，赔我们的爆米花和矿泉水！”

陈立珂一愣：“我现在去买？”

苏宛又偏着头想了想：“我们都不看电影了，还买那么多爆米花干吗？算了算了，我们走吧！”

她的手还被金灏天牵着，所以她拖着金灏天就往外面走。

金灏天笑眯眯地说：“既然小宛你这么大方，我就扣掉陈立珂的年终奖当做惩罚好了。”

陈立珂松了口气，感激地看了苏宛一眼。

苏宛可不知道因为她的一句话，让一个人免去了直接被炒鱿鱼的悲剧。

等出了电影院，金灏天才开口：“小宛，我们要不要去铲便便？”

“啥？”苏宛愣了愣，随即反应过来金灏天说的是什么意思，一时也觉得有些不好意思了，正要伸手挠挠自己的头，才意识到自己的右手还被金灏天握在手心。

苏宛的脸一红，赶紧挣开了金灏天的手。

金灏天又轻轻一笑。

“你的手都没好，怎么去打高尔夫？你还是去公园踢毽子吧！”

“不如我们去游乐场玩？”

苏宛有些奇怪地看着他：“金少，你是小孩子吗，还是你以为我是小孩子？”

金灏天耸耸肩：“我只是觉得，有可能女孩子都比较喜欢去游乐场，坐坐过山车之类的刺激性游戏。”

“我不喜欢！”苏宛一口就否定了。

她不是不喜欢去游乐场，是她根本就不敢跟金灏天一起去游乐场——如果在非常非常刺激性的项目里吓得维持不住她的冷艳了怎么办？金灏天不是说了吗，他喜欢冒险！到时候肯定会揪着苏宛去玩那些超级刺激的项目的！

苏宛其实也很喜欢玩那些，但是跟慕时方去玩玩就好，至于金灏天，还是算了……

苏宛还要维护自己的冷艳形象呢！

所谓冷艳就是在过山车上吓得半死，不能尖叫不能脸变形然后还要高贵地来一句——让老板换火箭发动机。

只是她自己都已经忘了，她现在在金灏天眼里已经完全没有一点冷艳形象可言了。

“那我们去逛商场？”

苏宛又摇了摇头：“又没有什么需要买的东西，浪费时间和精力。”

其实……

女人哪一个不是购物狂啊！只是她今天穿的是高跟鞋，走路倒无所谓了，如果去逛商场，那非得要了她的老命不可！

“那要不，我们找个咖啡厅，坐一会儿？”

苏宛正想要答应，电话响了起来——是慕时方。

“现在在哪里？”慕时方的声音有些低沉，似乎有些不高兴。

“在电影院外面的大街上啊！”苏宛偷偷看了金灏天一眼，抱歉地笑了笑，转过了身，“又怎么了？”

“房子烧起来了。”

“什么？”苏宛一声惊呼。

“骗你的，”慕时方的语气很冷静，“我好像生病了。”

“啊，你等着啊，我马上就回去！”

挂了电话，苏宛一脸的抱歉：“金少，我……”

金灏天笑得温柔：“没关系，你有事的话，我就送你回去。”

苏宛还是觉得很抱歉，想了想，把怀里的爆米花递给了金灏天：“这个给你吃吧，你的都洒了！”

金灏天怔了怔，忍不住笑了：“傻丫头，在这里等我一会儿，我去开车。”

被金灏天称为傻丫头，苏宛一时也不知道是该羞怯还是该尴尬，只是红着脸点了点头。

等到了自家小区门口，苏宛下了车，正要跟金灏天道谢和道别，金灏天也跟着从车里下来了。

“小宛，”金灏天站在苏宛的身边，“有句话，我犹豫了很久，还是决定要跟你说。”

苏宛的脑子里一瞬间转过了无数个念头，什么“你要不要做我的女朋友”啊，“你牙缝里有菜叶”啊，“你今天一点都不冷艳”啊，“你一个女孩子说铲便便也太猥琐”了啊……

不过虽然已经想到了，但金灏天深情款款地说出“请做我的女朋友”的时候，苏宛还是懵了。

金灏天看着苏宛完全没有反应过来的样子，嘴角轻轻一翘：“小宛？难道，你不喜欢我吗？”

苏宛艰难地咽了咽口水：“那个，你刚刚说什么？再说一遍！”

“难道你不喜欢我吗？”

“上一句！”

“小宛，请做我的女朋友！”

苏宛心花朵朵开，脸上却面无表情：“我……”

见苏宛支支吾吾地说不出个所以然，金灏天干脆又拉住了苏宛的手：“小宛，你会答应的对吗？”

他的声音很有磁性，配合着他那帅气的脸庞、深情的眸子，苏宛情不自禁地点了点头。

“那小宛，明天我再来接你出去玩，”金灏天温柔地笑着，在苏宛的额头印了一吻，才又微笑着回到车里，开车离开。

苏宛看着那辆名贵小车消失在视线里，立刻就是一声号叫，直往自己住的那栋楼狂奔。

这会儿她也顾不得自己的形象了，脑子里全是刚刚金灏天轻吻她额头的场景——那感觉，那心情……

“嗷！”

慕时方还在家里就听到楼下苏宛的号叫，烈阳功一运，整个人立刻就开始发热。他软软地靠在沙发上，等待苏宛到家。

苏宛一推开门，看着慕时方颓然的样子，心里一阵心疼："慕时方，你怎么了？你武功不是很好吗，怎么就生病了呢？"

慕时方无精打采地看着她："武功好可以抵抗SARS病毒吗？武功好可以抵抗猪流感、禽流感、疯牛病吗？"

苏宛吓了一跳："我的天，那你到底是得了哪一种？"

"哪一种都没有，"慕时方咳了一声，"我只是发高烧了而已。"

"那也蛮严重的！"苏宛一脸的严肃，"走，我带你去医院。"

"不去了，家里有没有药，吃点药就好了！"慕时方有气无力地瘫在沙发上，"我不想动。"

看着慕时方的样子，苏宛倒是嘿嘿一笑："哟，林美人，看上去可真娇弱，一点都不像武林盟主了嘛！"

慕时方也觉得自己演得有点过了，装出了一副强打精神的样子："还好，你快去给我找药吧！"

苏宛找了退烧药，又给慕时方倒了一杯水，坐在他身边一脸的关切："吃了药，就赶紧睡一会儿吧！"

慕时方靠在沙发上，摆出一副不在意的表情："今天跟金灏天出去约会，没有发生什么有趣的事情吗？"

"你别说，还真有！"一说起金灏天，苏宛的脸又红，"我们去看电影……"

"你脸红什么？"慕时方冷不丁地打断了她的话。

"哎呀，你这个人怎么这么烦啊！你听我慢慢讲完好不好！"

慕时方撇撇嘴，顺着沙发躺下："那我不听了，头疼，睡觉了！"

苏宛不依，跳慕时方的身上："不许睡，听我讲啦！"

"喂，苏宛，我可是病人啊！"慕时方无可奈何地扶住了苏宛的腰。

"谁叫你不听我讲的，"苏宛噘着嘴，"明明是你自己问的！"

"我突然对这个又没有兴趣了！"慕时方的手在苏宛的腰上轻轻地摩挲着。

苏宛咬牙切齿："听，你必须得听！谁叫你上次说我跟金少一起出去就会发生倒霉的事情！这次我们明明什么都没有发生！所以你必须从头到尾给我听完！"

“好！你说吧！”慕时方摇了摇头，“反正我脑子迷迷糊糊的，听完也不一定记得。”

苏宛才不管这些呢，她噼里啪啦地把今天发生的事情讲了一遍，说到金灏天把车停到小区门口的时候，苏宛的脸又红了。

慕时方一直在静静地听着，这会儿见苏宛表情不对，他才淡淡地开口：“然后呢？”

结合刚刚听到的苏宛的狼嚎声，慕时方其实也差不多猜到发生什么事情了。

“就是，就是金少问我愿不愿意做他的女朋友啦！”苏宛忸怩了一下。

“你答应了吗？”慕时方不动声色地把苏宛往自己肚子方向移了移——被压到命根子，苏宛还这么动来动去的，着实有点要命。

“人家其实本来准备矜持一下子的，谁知道金少那么深情，人家一个没有注意，就答应了嘛！”

她的脸又红了两分：“而且，而且……金少他还……他还……”

慕时方心里涌起了浓浓的酸水：“怎么，难道你们接吻了？”

苏宛伸手就在慕时方的胸膛上掐了一记：“没有接吻啦！他，他只是亲了亲我的这里啦！”

苏宛指了指自己的额头，顿时觉得刚刚被金灏天亲过的地方又开始发热。

慕时方心里的酸意翻腾，帅气的脸偏到了一边：“讲完了吧，我睡觉了！”

“喂，你给点反应好不好！”苏宛气得大叫。

“你想要什么反应？”慕时方又转回头，“你现在成功地成为金灏天的女朋友了，我的职责已经完成，承诺也已经履行，以后就没有我什么事情了吧！”

看着慕时方的样子，苏宛突然觉得心里有些空。她伸手戳了戳慕时方的胸：“喂，慕时方，你生气了？”

“我没有。”

“你肯定是生气了！”

“我没有！”

“生气就生气了，怎么能不承认呢！”

慕时方眼神一凝，抓住苏宛的手，身子一翻，就把苏宛压在了底下：“没错，我是生气。苏宛，我们住在一起这么久了，我不管什么事情都听你，对你许下了那么多的承诺，你都没有想过是为什么吗？”

苏宛愣了。

“我喜欢你，你不知道吗？”慕时方定定地看着她的眼睛，“我从我的世界，来到你的世界，一开始我什么都不懂，是你一点一点告诉我这个世界的法则，我需要什么东西，你会给我买，而你想要做什么，我都会陪你去做，我喜欢你的这种心情，你难道不知道？”

苏宛的心狂跳着，她不敢看慕时方的眼睛。

慕时方伸手把她的脸扳正：“苏宛，在外人面前，我们是情侣，你也从来没有避讳过什么。你会让我拉着你的手，你会没事就抱着我的胳膊，你会跟我睡在一个房间里，甚至跟我睡一张床……苏宛，我也是男人！”

苏宛的心跳得更剧烈了。慕时方这番话，让她的脑子完全乱了。

“你总是在我面前说，你要嫁给金灏天，你喜欢金灏天，你有没有想过我心里到底是怎么想的？”慕时方的手指摩挲着苏宛的唇瓣，“事到如今，难道你连让我生气都不允许吗？”

“我没有……”脑袋不能动，苏宛只有不断躲闪着他的目光。

“看着我！”慕时方的声音带着一股不可抗拒的力量，“苏宛，你告诉我，你到底把我当成什么人？”

“我……”苏宛看着慕时方近在咫尺的脸，心里更加慌乱了，“我，我是你恩人啊！”

“恩人？”慕时方冷哼了一声，突然俯下头，狠狠地吻住了苏宛的唇。

比起金灏天那轻柔触在额头上的力道，慕时方的吻犹如狂风暴雨一般，他霸道地撬开了苏宛的唇齿，纠缠着那茫然不知所措的小舌。

苏宛不是第一次跟慕时方接吻了，此时只觉得自己的心扑通扑通地狂跳着，她自己都有些不敢相信的是，她居然有些沉醉，以至于没有推开他。

良久，慕时方才离开了苏宛的唇。

手指在唇上流连，看着苏宛潮红的脸色和有些迷离的双眼，慕时方的嘴角一翘：“苏宛，你是喜欢我的吧！”

苏宛猛地惊醒过来：“我没有！”说完又好像有些懊恼似的偏过头去。

“真的不喜欢吗？”慕时方轻轻一笑，“你根本就没有确定你自己的心，你告诉我，你真的喜欢金灏天吗？”

“我……当然喜欢！”苏宛梗着脖子。

“哦？那是谁曾经跟我说过，她不喜欢金灏天，只是单纯想要嫁给金灏天而已？”

苏宛用胳膊肘撞了撞慕时方的胸：“你，你，你让开啦！我要去画画了！”

“看来，你是真的没有确定自己的心意呢！”慕时方撑起身子，微笑着看着她，“今晚想要吃点什么？”

慕时方突如其来的一句话让苏宛很无语，她冲着慕时方翻了个白眼，站起来往自己的房间跑去：“我今天不吃，减肥！”

见苏宛砰的一声关上了房门，慕时方笑笑，挽起袖子准备进厨房，电话却在这时响了起来——是一个陌生的号码。

“喂？”

“慕先生。”

慕时方的眼神一凝：“金少？有事？”

“其实也没什么，只是想要告诉你，你的那位小助理，我很喜欢，”金灏天的语气里有一些得意，“而且她已经答应做我的女朋友了。”

“是吗？”慕时方的眉毛一挑，“阳光海滩的那位柳小姐呢？”

“已经分手了。”金灏天一脸无所谓。

“是你单方面把人家甩了吧！”慕时方忍不住冷笑了一声，“你还真是无情啊！”

“所有人都觉得我多情，偏偏慕先生你会觉得我无情。”

慕时方并不想跟金灏天在这个问题上多做纠缠，他看了一眼苏宛紧闭的房门，拿着电话走到了厨房，“金少，你今天给我打电话难道就是单纯地告诉我，你跟苏宛表白了吗？”

“不是，”金灏天躺在舒适的大沙发上，顺手打开了一罐啤酒，“我是想要告诉你，小宛她答应了我的表白。”

对于金灏天对苏宛的称呼，慕时方一直都有些反感，他有些不耐烦：“然后呢？”

“然后你不是应该跟我说诸如‘你一定要对她好，不然我不会放过你’这样的话吗？”

慕时方忍不住冷笑了两声：“金少，你这是电视剧看得太多了吧？”

金灏天嘴角一勾，并不说话。

“苏宛只是被你迷惑了而已，”慕时方一脸的淡然，他从冰箱里拿出一大块精瘦肉，砰砰砰地剁了起来，“总有一天，她会看清自己的心的。”

“难道小宛就一定是喜欢你吗？”金灏天嗤笑，“你们在一起都那么亲密了，你都没有追到她，难道不是因为小宛不喜欢你？”

“你放心好了，苏宛最后会回到我身边的。”慕时方的表情很淡然。

金灏天眉一挑：“这么肯定？”

“我当然肯定，”慕时方的嘴角一勾，“因为小宛的心，她自己不知道，可是我知道。”

金灏天皱了皱眉，冷哼了一声：“慕先生，你未免太自大了！”

想了想，他的嘴角又是一勾，“小宛她大概很早以前就喜欢我了吧？我记得小宛跟我第二次见面是在天伦王朝的慈善拍卖晚会上，想想那次也是我跟慕先生你第一次见面呢，当时你对我那怀有深深的敌视和挑衅，难道不是暴露了你对小宛喜欢我的嫉妒？”

不等慕时方开口，金灏天又道：“还是小宛在焕然家里的时候，就对我一见钟情了，所以那天在天伦王朝你才会对我有这么大的敌意？”

慕时方停下了手里的动作，觉得有些啼笑皆非，正准备说话，就听见砰的一声巨响。

金灏天忍不住抱怨道：“你从一开始就在砰砰砰的，这会儿又怎么了？”

慕时方还没来得及说话，电话里就传来了苏宛的声音。

“慕时方，我饿了！”

“好了好了！我正在做，刚刚是谁说不吃晚饭要减肥的？”

“我不管，我饿了，快点做！”

“知道了，再等半个小时，乖！”

“你在打电话？跟谁？”

“一个推销保险的，不好意思啊，这位得意的推销员先生，我挂电话了。”

听着电话那头传来的嘟嘟声，金灏天的脸色不是一般的难看。

慕时方和苏宛住在一起，他们什么关系？

难道这一切都是慕时方跟苏宛合起来演的戏？苏宛接近他是为了窃取商业机密？

金灏天想不通的是，从头到尾，苏宛都跟慕时方表现得很亲密啊，一点都不像要刻意勾引他的样子。

这会不会又是欲擒故纵的把戏吧？如果真的是这样的话，刚刚电话里传来苏宛的声音时，慕时方的语气也得意得太过分了吧！

金灏天摸着自己的下巴，陷入了沉思。

他起初的确是打着跟苏宛恋爱然后刺激慕时方的主意，不过现在看来，他似乎更像被人设计了。仔仔细细地回顾了一下第一次跟苏宛见面起的点点滴滴，却怎么都看不出苏宛有故意接近他的意思。

如果慕时方真的要利用苏宛来接近他的话，没有必要表现得跟苏宛那么亲密，而且一般人都不会想要用美人计来掳获他的吧！他金灏天虽然在外的形象是花心多情，可是明白人都知道，这种人也最是无情的，绝对不会对一个女人付出真心的。

想到这里，金灏天略微安下了心。他又打开了一罐啤酒，拿着电话在手里玩耍了半天，终于还是拨通了苏宛的电话。

“喂？”苏宛的语气里带着一点欢呼雀跃。

苏宛那种欢喜的情绪是藏不住的，金灏天嘴角一勾：“没什么大事，就是突然觉得有些想你了。”

“啊！”

听着那边有些惊慌失措的呼声，金灏天脸上的笑容更灿烂了：“对了，小宛，不如明天我们去逛商场吧！”

苏宛嘟嘴道：“我都说了，我没有什么特别想买的啊！”

“又不能出去旅行，那不如就在A市里瞎转悠。”金灏天半开玩笑地说着，话音刚落，他的脑子里灵光一闪。

是啊，为什么他想要带苏宛出去玩的时候，就总是不能成行呢？一次是这样，两次还是这样，这其中肯定有人阻挠，至于这阻挠的人到底是谁——用拖鞋底想也能想到。

不过正因为这样，金灏天也更确定了苏宛不会是慕时方刻意想要安插在他身边的“间谍”，一时他的心里倒也开心了不少。

只是再一想到自己两次被阻，金灏天心里很不爽。

慕时方到底是什么人？为什么他能阻止自己出国呢？

金灏天摸着下巴，沉浸在自己的思考中，对面的苏宛就期期艾艾地开口了：“逛商场真的很无聊呢！而且，而且……”

“如果有看中自己喜欢的东西，那就不会觉得无聊了，”金灏天回过神，“对了，听说W市过几天有一个嘉年华，我们去参加吧？”

“嘉年华？很好玩吗？”苏宛被勾起了兴趣。

“非常好玩，有各种娱乐设施，还有漫展……”

“漫展！”苏宛一声惊呼，“什么时候？”

“大概就在三天后，我们后天就准备动身吧！”金灏天笑眯眯的，“明天正好可以做好一些准备。”

“嗯！”

见苏宛答应了，金灏天也很高兴：“那好，就这么说定了，明天上午十点，我来接你哦！”

挂了电话，金灏天把手里的啤酒一饮而尽，嘴角又浮现了一抹讥诮。

苏宛挂了电话，先在床上打了个滚，然后直奔厨房：“慕时方，金少邀请我去W市参加嘉年华看漫展呢！”

“W市？”慕时方眉毛一挑。

“是啊是啊，话说你到底在做什么啊，还没有做好？”

“在给你做肉丸子，”慕时方纯良地一笑，“你先去看一会儿电视吧！”

看苏宛乐陶陶地出去了，慕时方一边思索，一边继续捏肉丸子。

13

慕时方是大骗子！

第二天一大早，慕时方照常去上班了，苏宛在家等金灏天。

他带苏宛去的地方，绝对不是苏宛带慕时方去的那种商场，而是真正高格调的奢侈品商场。

苏宛一进去，看到玻璃橱窗展示的一个包包，那价格已经直逼她当初买房子时首付的二分之一了。

苏宛抽搐了一下："这个世界真疯狂啊！"

"怎么，很贵吗？"金灏天轻轻一笑。

"是挺贵啊！"苏宛撇撇嘴，"现在总是说房价贵，我看这里随便一个店里的商品的价值，大概就能买一栋非常好的房子了！"

金灏天耸耸肩："能在这种地方买得起东西的人，是不会在意那一两栋房子的价钱的。"

苏宛的嘴角抽了抽："我们还是换一个地方吧！"

金灏天有些惊异："女孩子一般不是都挺喜欢这些的吗？"

"大概是觉得带出去比较有面子吧！"苏宛嗤了一声，"可是像我这种经济水平的人，买了一个超级奢侈的包包，不用呢，会觉得对不起自己，用了会觉得对不起包包——所以买来干什么？"

金灏天被逗乐了："小宛你真是与众不同。"

苏宛脸微微一红："好了啦，我们还是去别的地方吧！这种地方，真的太不适合我了！在这里买一件衣服，我差不多可以在别的地方买一衣柜的衣服了！”

“那我们去别的地方逛逛吧！”金灏天很自然地牵住了苏宛的手。

两人刚走出商场，金灏天的电话响了。跟苏宛说了一声抱歉，金灏天接起了电话。

“金少，刚刚我们接到通知，金帝集团旗下在A市的子公司出现财务问题，需要您紧急处理，所以您最近不能离开A市。”

金灏天嘴角一翘：“我知道了！”

挂了电话，金灏天看着正在揪着外面花坛的灌木叶子玩的苏宛，心里的讥讽更甚。

慕时方啊慕时方，你还真是宝贝苏宛！那我就陪你好好玩玩！

他调整好面部表情，微笑着走了过去：“走吧，小宛。”

换了一家商场，苏宛左顾右盼仍旧不知道要买什么。

“小宛，你喜欢什么，我送你？”

“不用了，看看就好！”苏宛笑了两声，“我都说了我没有什么特别想要的东西嘛！”

“可是我想给你买啊！”金灏天牵着她的手，“这里没有喜欢的，就换一家，楼上好像也是女装，我们去看看！”

“可是真的没有什么想要买……”

“我知道，你是觉得接受我给你买的东西不太好，”金灏天一脸真诚地看着苏宛，“可是小宛，我们现在是男女朋友啊！”

对啊，他们现在是男女朋友，可是不知道怎么的，苏宛心里却没有这样的概念。

苏宛挠了挠自己头：“其实真的没有什么想买的啦！我就是一个标准的宅女，买太多东西也用不上……”

金灏天眉一挑：“宅女？”

“就是……整天在家里，完全不在意自己的形象，五大三粗挖鼻掏耳抠脚剔牙，穿着睡衣去买菜，趿着拖鞋去逛街……”

金灏天忍不住又笑了：“傻丫头，你不觉得，这样的生活才比较真实吗？”

“是吗？”苏宛有些茫然。

“而且你有自己的住所，有工作，有喜欢你和你喜欢的人，这样的你，已经比很多人好了！”

苏宛无奈地一摊手：“好什么，就像我和慕时方，放在金少你面前，纯粹没有可比性嘛！”

“说起慕先生，”金灏天嘴角一勾，“起初我还以为小宛你是慕先生刻意安插在我身边，以便窃取金帝集团的秘密情报的人呢！不过后来接触多了，才知道小宛你不是那种人。”

苏宛的心里一惊——先前慕时方不也说金灏天接近她是为了窃取端木集团的机密吗？

“你们真是想多了，”苏宛有些郁卒，又有些紧张，“其实，其实端木集团的事情我完全不明白，也不想明白，反正又跟我没有任何关系！”

“小宛你不要着急，我知道你不是那种人，”金灏天笑眯眯地看着她，“不过你既然是端木集团的总裁助理，又怎么会什么都不明白呢？”

“我……”苏宛叹了口气，“其实，金少，我跟你说实话吧，我并不是什么总裁助理。”

“嗯？”金灏天眉一挑。

看着金灏天真诚的脸，苏宛咬了咬牙，终于还是决定坦白：“我，我跟慕时方其实就是坑蒙拐骗二人组啦！慕时方不是总裁，我也不是总裁助理！”

话一说完，她立刻就紧紧地闭上了眼睛，等待金灏天大发雷霆之后愤而离开。只是他半天都没什么动静，苏宛倒有些疑惑了。她偷偷地睁开一只眼，就看到金灏天正一脸笑意地看着她。

苏宛不好意思地睁开了双眼：“那个，那个，其实我就是一个不出名的小漫画创作人，而慕时方就是一个小保安队长啦！”

“小宛不是总裁助理我相信，可是慕先生怎么可能不是总裁呢？”金灏天伸手又拉住了苏宛的手，“慕先生的行为处事，都彰显了他作为总裁的气度，这样的人，怎么可能是小宛口中的小保安队长呢？”

“真的啦！”苏宛又不能跟金灏天说慕时方穿越来之前是武林盟主，所以才会有那样的气度。她走在金灏天身边，仰着头不断地解释着，“真的，我没有骗你！慕时方到了这个地方就认识我了，所以他是什么人我最清楚了！他什么都不懂怎么可能做总裁，而且人家凭什么要让他做总裁啊？是因为慕时方救过端木集团的总裁，所以才破格进入端木集团做小保安的！”

金灏天微笑着揉揉苏宛的头发：“你说什么就是什么吧！”

“你不相信我？”苏宛郁卒了，“因为他的老板不怎么出现，为了避免媒体骚扰啊，所以才让慕时方代替他出现的啊！你要相信我！我跟慕时方住在一起我还能不知道他到底是什么人吗？”

话一出口，苏宛立刻就暗叫一声糟糕。

果然，金灏天停下了脚步：“你跟慕时方住在一起？”

“那个，那个，他睡客厅我睡房间啦！因为慕时方到了A市，身上又没有钱，所以算是被我收养的啦！”苏宛有些不安地看着金灏天，硬着头皮解释，“你想啊，慕时方一个跟我住在那个破烂小区里的小保安队长，怎么可能会是端木集团的总裁嘛！”

“小宛，我知道你跟慕时方的感情不错，”金灏天停下了脚步，异常认真地看着苏宛，“可是你被骗了。根据我的调查了解，端木集团的总裁，绝对是慕时方！我对端木集团进行过非常严密的调查，或许你会觉得我卑鄙，但是没有办法，金帝集团跟端木集团是竞争对手，所以，一些调查是有必要的——而金帝集团调查出来的结果就是，端木集团的总裁、执行总裁、董事会主席、法人代表，全都是慕时方……小宛，你知道这代表着什么吗？”

苏宛的脑子嗡的一声就响了，那一千只草泥马每一只都在践踏着她脆弱的神经。

“不可能！绝对不可能！”瞬间，苏宛就清醒了。

慕时方一个一开始连身份都没有的古代穿越客，怎么可能会成为端木集团的总裁呢？这一定是他的老板动了手脚，就是为了蒙蔽金帝集团。

“你可以回家问慕先生，”金灏天耸耸肩，“不过，知道小宛跟慕先生住在一起，我的心里还真是觉得很难过呢！”

苏宛对于金灏天跟她说这种类似于情话的话，她总是觉得心里怪怪的。

一起吃过午饭，两人又逛了一会儿，苏宛喊累，金灏天才把她给送回了家。

苏宛坐在沙发上，忐忑地等着慕时方回家。

慕时方一回来，苏宛立刻就缠着他，把金灏天说的话全告诉了他。

“你老板还真是凶残啊，竟然那么大胆用你的名字注册公司！”苏宛靠在厨房门上直咂嘴，“他也不怕你卷了他的东西跑了！”

正在切菜的慕时方微微一笑：“因为我不会啊！”

慕时方的动作一直很迅速，没一会儿，饭菜就做好了。

苏宛伸手捞过一只虾就塞进了嘴里，赞不绝口道：“好好吃！慕时方，你的手艺比大饭店里的厨子还好呢！”

慕时方轻轻一笑：“你喜欢吃就好。”

“以后你不做保安了，还可以去开家饭店，生意一定很好！”苏宛嘿嘿一笑。

慕时方伸手拉过苏宛的手，用餐巾纸轻轻地擦拭着刚刚沾上的油渍：“我只给你一个人做。”

“贵宾享受！”苏宛得意得一翘大拇指，可是马上又唉声叹气，“以后嫁给金灏天了，就不能吃你做的饭菜了。”

慕时方嘴角只是微微一勾，没有说话。

苏宛想自己真的跟金灏天结婚了，那慕时方要怎么办？

直到吃完饭，她都还在纠结这个问题。

“慕时方，在这里生活了这么久了，你有没有想过要回去？”苏宛歪着头，靠在厨房的门框上，看着正在洗碗的慕时方。

“回去？”慕时方一怔。

“是啊，你想过要回去吗？”苏宛扯出一个笑，“说起来，我对你的世界还真是好奇呢！”

“以前你会害怕我会突然回到我原来的世界，所以从来不问我关于我那个世界的事情，今天怎么突然问起来了？”慕时方淡淡地看着她，“你觉得现在你跟金灏天在一起了，所以我就可以功成身退回我的世界了？”

“我没有。”

慕时方转过身，把洗好的碗都放回了碗柜里，擦着手从苏宛的身边走过去：“又或者是担心我的存在会给你和金灏天之间带来什么猜忌？”

“我没有！”看着慕时方走到沙发前开始收拾自己的东西，苏宛有些慌了，“慕时方，你，你做什么？”

“如果真的是那样，我只能很遗憾地告诉你，我也不知道怎么回我的世界。但是我可以离你远远的，那样你也可以当做我已经回去了，”慕时方低头把沙发下面的抽屉拉出来，把自己的衣服一件一件拿出来，“你可以请金灏天来家里做客，不用顾忌我，反正你现在也不需要一个可以帮你烧开水泡方便面的人了。”

苏宛慌了，她冲过去抱住了慕时方的腰：“没有，我绝对没有！我不想要你离开。”

“可是现在你介意我的存在了。”

“没有！没有！”苏宛哭了，眼泪渗进了慕时方的T恤里，她紧紧地抱着慕时方，“我才没有介意，我只是内疚……”

慕时方转过身，看着苏宛满是泪水的脸，叹了口气：“我知道，你想要嫁给金灏天，而金灏天知道了我们住在一起，心里肯定会不舒服，他现在是你的男朋友，不是吗？”慕时方自嘲地笑了笑，“所以我搬走，对你来说也是一件好事。”

“不，我不许！”苏宛又紧紧地抱住了慕时方。

慕时方抬起苏宛的下巴：“为什么会舍不得我？为什么会不让我搬走？”

苏宛的手还是死死地抱着慕时方：“我、我只是习惯……”

“习惯？”慕时方嘴角一翘，“那如果这个也变成习惯了呢？”

他低下头，熟稔地吻着苏宛的唇。

苏宛的眼睛蓦地一睁，想要推开慕时方，但是那狂乱的心跳和有些发软的身体却让她觉得自己完全动弹不了，只能被动地承受着慕时方激烈的亲吻。

良久，慕时方才松开了苏宛：“习惯吗？”

苏宛的脸颊通红，说不出话，心脏不听话地肆意蹦跶着。

慕时方嘴角一勾：“不习惯么？那一定是吻得太少了，我们继续，不久之后你就会习惯了。”

“不许啦！”苏宛知道自己想要抗拒慕时方是肯定做不到的，所以她干脆就把头扎在慕时方的怀里。

想到慕时方要离开，苏宛抱着他的胳膊又收了收：“你明明说过不会离开我的……”

听着苏宛的声音又带上了哭腔，慕时方叹了口气，伸手把苏宛抱紧：“只要是你想的，我都去做，哪怕是你要赶我离开。”

“不许！”苏宛在慕时方的胸膛上蹭了蹭，把流出来的眼泪全蹭干净了，才扁着嘴开口，“你不许离开我，永远都不会离开我！”

“苏宛，你真贪心！”慕时方把苏宛死死地箍进自己的怀里，“你要让我眼睁睁地看着你嫁给金灏天吗？”

“我……我……”

“你既然不让我离开，那么就算是你嫁给了金灏天，我也要站在你的身边。”

苏宛的眼泪又流了下来。

她觉得自己的脑子里很乱，觉得自己很对不起慕时方，觉得答应做金灏天的女朋友实在有些草率。可是这两年来她一直坚持并为之奋斗的想要嫁给金灏天的理想，眼看都要实现了。

她从来都没有想过自己有可能会喜欢上慕时方，自从知道了慕时方是穿越而来的之后，她就在想着要怎么好好地利用慕时方的能力为她干活，她一直觉得自己这样子的人慕时方是绝对不会喜欢的，所以才总会念叨着“恩人”这个词来约束他……

可是慕时方说他喜欢上她了，而苏宛现在那种酸涩和感动，让她有些看不清自己的心了。

手机突然响了起来，苏宛七手八脚地挣开了慕时方的怀抱，恶狠狠地说了一句“不许走”，才掏出了电话，她浑然不觉自己一脸的眼泪，那“恶狠狠”一点说服力都没有。

是金灏天打来的。

苏宛呆了呆，关上房门接通了电话：“喂？”

“小宛！我有点想你了！”

苏宛挠了挠头，干笑了两声。

“明天要不要和我一去打高尔夫？”

“啊？”苏宛呆了呆，“可是你的手没有事吗？”

“我刚刚问了一下家庭医生，他说高尔夫的话，没有什么大问题，只是可能达不到往常的标准了，”金灏天轻轻一笑，“其实我只是想要跟小宛你一起而已。”

苏宛有点不自在：“真的没问题吗？”

“当然，你放心，我还要留着健康的身体照顾小宛的嘛！”

苏宛的脸又红了：“这，这样啊……”

金灏天却皱了皱眉：“小宛，你没事吧，我听你声音有些异样，是病了吗？”

“啊？”苏宛赶紧揉了揉鼻子，“嗯，有，有一点。”

“怎么感冒了！”金灏天有些生气了，“这么不会照顾自己？你生病了，我会心疼的，我现在过来带你去医院看看！”

苏宛吓了一大跳：“不，不用了，那个，那个，慕时方已经给我买了药了……”她的心里又觉得暖暖的，“不过，谢谢你。”

“慕先生既然跟你住在一起，怎么都没有照顾好你？”金灏天冷哼了一声，才又关切地开口，“药吃了吗？记得要多喝水，如果我明天来接你的时候，你鼻子还没通的话，我就带你去医院，顺便打你的手心！”

苏宛吐了吐舌头：“知道了啦！”

明天鼻子肯定得通，这点苏宛很确信。

“那好，你今天一定要早点休息，知道吗？”金灏天又仔细地叮嘱了感冒的注意事项，才挂了电话。

把电话丢在一边，躺在床上，苏宛想着金灏天的温柔话语，自言自语起来：“以前总听说金少花心冷酷，没想到他居然可以这么温柔，难怪那么多的女人喜欢他，不过慕时方也不差……哎呀！慕时方！”

苏宛一个鲤鱼打挺从床上跳下来，连鞋都顾不上穿，赶紧拉开了房门冲了出去，一看沙发上的衣服都没有了，她又慌了：“慕时方！”

她跑到厨房去一看，没人！

拉开卫生间的门一看，没人！

再跑到阳台上一看，还是没人！

最后跑到门口一看，慕时方的拖鞋正端端正正地放在鞋柜里。

苏宛一屁股就坐在了地上，大哭了起来：“慕时方你这个骗子！你说了不走的！你说了不会离开我的！”

“怎么了？”大门被推开，慕时方一脸郁闷地走了进来，“我怎么就成了骗子了？”

“你去哪里了？”

苏宛猛地扑了过去，整个人都吊在了慕时方的身上，鼻涕眼泪也全蹭了过去。

“我去丢垃圾了啊！”慕时方把苏宛一搂，伸手拿过拖鞋换上，才往沙发走去。

“你，你放在沙发上的衣服呢？”

“你电话打了那么久，我早就把衣服放回下面的抽屉里了！”慕时方凉凉地开口，“小笨蛋，你就不知道拉开抽屉看看吗？”

“你才是笨蛋！”苏宛破涕为笑，“我没看见你，所以慌了嘛！”

“金灏天给你打电话说什么了？”慕时方伸手刮了刮她的鼻子，“是约你逛商场，旅游，还是看电影？”

“你烦死了啦！”苏宛伸手掐了他一下，“他约我去打高尔夫球。”

慕时方眉一挑：“你会？”

“我是不会啦！”苏宛恼羞成怒，伸手就掐了他一把，“那难道你会？”

“我不会我可以学啊！”慕时方一副胸有成竹的样子。

“那我也可以学啊！”

“你就不同了，你比较笨，所以肯定学不会！”

苏宛的嘴角抽了抽：“你要学？难道你也要去打高尔夫？你跟我们一起吗？”

“我怎么会去呢？”慕时方侧身戳了戳她的脑儿门，“我只是一个小保安队长，怎么能去那种高级的地方呢！”

苏宛泄气了。

“而且我去了，一定会打扰到你们约会的！”慕时方把苏宛抱回了房间里，放在床上，“好好休息吧！我去把家里的卫生做一遍。”

苏宛松开慕时方，有些期期艾艾地开口：“你真的不会走吧？”

“我不会走，我这么走了，那不是便宜了金灏天？”慕时方伸手挠了挠苏宛的头发，“睡吧，我出去了！”

看着慕时方走出去，关上了房门，苏宛才倒在了床上。

“管他呢！我的理想就是嫁给金灏天，至于慕时方……反正我不管啦，我不会让他走的！哼！”

第二天早上，苏宛是被慕时方给叫醒的。

“早餐我做好了，放在桌子上。我现在去上班了，乖乖在家等金灏天来接你，知道了吗？”慕时方揉了揉她的头发，“不许赖床啊，赶紧起来了！”

“嗯……”睁着迷蒙的睡眼，苏宛在床上动弹了几下，完全没有想要起床的意思。

“小笨蛋！”慕时方叹了口气，俯下身，给了苏宛一个激情又缠绵的早安吻。

等慕时方离开她的唇时，苏宛已经彻底清醒了。

她揪着被子，说话都结结巴巴了：“我，我还没有漱口呢……”

“谁叫你不起床呢？”慕时方嘴角一翘，“那我就等你漱口之后再吻一次好了。”

“烦死了你！”苏宛跳下床就把慕时方往外面推，“快去上班了啦！”

“也不知道昨天是谁说不许我走的！”

苏宛恼羞成怒：“快走，不然我掐死你！”

“好了！好了！”慕时方转身在她发间一吻，才离开了。

苏宛送他到了门口，才打着呵欠回来。

以前她都是睡到中午才起来，从来没有送慕时方出门，今天被慕时方叫醒，又送他离开，这让苏宛心里有了一种别样的感觉——好像是妻子送丈夫出门一样。

苏宛被这个念头吓了一下，晃了晃头，赶紧把这个念头撇开了。

金灏天总是很准时，他给苏宛打电话的时候正好是九点钟。

“小宛，”金灏天照旧下车给苏宛开了车门，才又捏了捏苏宛的鼻子，“怎么样，还鼻塞么？”

“已经好了！”为了证明这一点，苏宛还使劲呼吸了几口。

金灏天被她逗乐了：“没事了就好，吃了早餐没有？”

“已经吃了，”苏宛吐了吐舌头，“你呢？”

“吃过了”金灏天轻轻一笑，“那我们走吧！”

正如慕时方所说，打高尔夫球是有钱人的运动，苏宛到了高尔夫球场，还没真正开始打，就已经快要变成一个标准的仇富族了。

“一个高尔夫球场这么大，如果全国的高尔夫球场都开发成房地产的话，我想国内的房价肯定要下跌的！”苏宛撇了撇嘴，“而且要维护一个高尔夫球场的话，也要花不少的银子吧！”

“一个标准的高尔夫球场的确占地面积很广，”金灏天忍不住摇了摇头，“但是就算这些地方都用来开发房地产，国内的房价还是只会高不会低……”

金灏天说了一大堆房地产开发方面的问题，把苏宛绕得头昏眼花：“金少，你们金帝集团也有涉及房地产这一方面吗？”

话才刚问出口，苏宛就觉得有些不妥，立刻开口道歉：“对不起，走吧，我们去看看去！”

金灏天眉一挑；“为什么道歉？”

苏宛一怔：“因为这些都是商业方面的问题，我问了的话，你不会觉得我是慕时方派来刺探军情的吗？”

金灏天忍不住又笑了：“这个是涉及商业没错，但是金帝集团在做哪方面的投资，这些都是公之于众，所以小宛你不用这么介意。这个问题我可以回答你，金帝集团的确有关于房地产方面的项目。”

“那金帝集团投资了多少项目，你就得知道那些方面的事情吗？”苏宛倒吸了一口凉气，“那你得学多少东西啊！而且学这些东西，不觉得烦躁吗？”

“不会啊，就好像小宛你喜欢画画一样，我也很喜欢经商，”金灏天做了一个可爱的表情，“要知道，商业天才的称号，可不是白叫的哦！”

苏宛呆了呆，脸颊突然红了红。金少卖萌好可爱，她不由得脱口道：“我能掐你一下吗？”

“啊？”

不等金灏天反应过来，苏宛伸手在金灏天的两颊上捏了一把，后退了两步，一脸得逞地笑：“好了，我掐好了。”

金灏天这才反应过来，伸手摸了摸自己的脸，有些无奈地摇了摇头：“小宛你啊，就是一个小孩子。”

“我只比你小两岁哎！而且我一早就到A市来了，所以我的社会阅历也不一定比你少啊！”

“是，是，”金灏天忍着笑拉过了苏宛的手，“走吧！我先带你去训练场，教会你，我们再去标准场里打。”

慕时方说得没错，苏宛的确很笨，笨得学了半个小时，换了无数的杆，那颗小球都没有离开她十米以外。

苏宛有些沮丧了：“看来我是真的学不会了。算了，金少，我看你打也是一样的。”

金灏天一脸的哀怨：“因为我今天不能发挥正常的水准，所以才把希望寄托在小宛你的身上，没想到小宛你拿惯了铅笔的手，不喜欢拿这种粗糙的东西……”

“高尔夫球杆哪里粗糙了，”苏宛有些不好意思了，“而且我不仅仅是拿铅笔，还有G头笔、鸭嘴笔、绘图笔、麦克笔……G头笔就是一种蘸水钢笔，还有圆笔尖……”

苏宛噼里啪啦说了一大堆，才发现自己有些忘形了。

她停住话头，吐了吐舌头：“不好意思，刚刚我说的都是画漫画的工具，所以你肯定没什么兴趣。”

“对于那些东西我的确没什么兴趣，”金灏天说得很直白，但是他的表情却很温柔，“可是小宛你说起那些东西的时候，你那种眉飞色舞的神情，是非常的迷人的。”

“是，是吗？”苏宛挠了挠头，“不过，一般的人都会觉得我很啰唆，连小雅都是，每次我一说起这些事情，她就直接跑掉了。”

“其实，就好像小宛你不懂我说的房地产一样，我也不懂小宛你说的这些，因为这完全是两个领域的事情，”金灏天偏头，微笑着看着苏宛，“可是因为小宛你的认真，我觉得很迷人。”

苏宛害羞了。

两人还在说笑着，旁边却传来了一阵骚动。

苏宛回头一看，慕时方正朝他们走了过来。

金灏天嘴角一勾：“哟，难得慕先生有空来打高尔夫球啊，不过怎么到训练场来了？”

慕时方很自然地站在苏宛的身边：“我也没有打过高尔夫球，所以才来练一练。”

金灏天眉一挑：“这么说起来，原来慕先生是来铲便便的啊！”

慕时方扭头看向了苏宛。

苏宛有些尴尬地笑了一下："是因为我说过，长得帅的人，踢毽子都是一道风景；长得丑的人，打高尔夫都像是在铲便便，这不是说你。"

生怕慕时方会误会，苏宛还特意补上了一句。

慕时方没有理会她，只是看着金灏天："金少是觉得我长得丑？"

"比我略丑。"

"不好意思，我没有看出来。"

苏宛的嘴角抽搐了一下。这两个人要不要这么幼稚啊？

慕时方又扭头看向了苏宛："小笨蛋，你学打高尔夫，学会了吗？"

说到这个事情，苏宛无语望苍天。

"小宛的手是用来画画的，又不是来打高尔夫的，况且我们主要是出来玩的，又不是来比赛的，"金灏天上上下下打量了慕时方一翻，才意味深长地开口，"或者说，慕先生你，想要跟我比赛？"

"金少，你不觉得你有些欺人太甚么？"慕时方抱着胳膊，"我可是从来没有打过高尔夫球的人，你却叫我跟你比赛？"

"听慕先生的语气，我还以为慕先生是个高手呢！既然是这样，那慕先生你就自己练习吧！"

金灏天拉起了苏宛的手，"小宛，走吧，我们去外面玩去！"

慕时方的阳光落在了两人相牵的手上，脸上流露出了一丝愠怒。

他抬起头，看着金灏天的脸："金少，你跟苏宛现在是在谈恋爱的吧！"

"没错，"金灏天一脸淡然地看着他，"我现在是在跟小宛恋爱，以后说不定还会跟她结婚。"

苏宛心里一惊。

"结婚？"慕时方冷冷一笑，"金少，你确定？"

"你什么意思？"金灏天听出了慕时方语气里的那种讽刺。

"你真的是因为喜欢苏宛，所以才跟苏宛恋爱的吗？"慕时方一脸的不屑，"或者说，金少你其实只是因为我喜欢苏宛，所以你才跟苏宛在一起的？"

苏宛的心抖了一下，不知道怎么的，她有些害怕听到金灏天的回答——不管金灏天的答案是肯定还是否定。

“你觉得呢？”金灏天冷笑了一声，“慕先生，我想，你应该调查了我很多的事情，我以前的女朋友，我不会每天给他们打电话，不会每天都约她们出去玩，不会附和他们的想法，更不会照顾她们的情绪，她们会为了我去学打高尔夫，可我却愿意为了苏宛而去公园里踢毽子——这就是区别。”

本来心里有些乱七八糟的苏宛，听到这番话，也觉得心里有一股浓浓的暖流划过。

“因为苏宛值得，”慕时方的目光又落在了苏宛的身上，“因为她这个人，因为她被我所喜欢，所以，她值得。”

慕时方又看向了金灏天：“金少，你知道我说的是什么，对吧？”

金灏天冷哼了一声：“慕先生，你也把我想得太肤浅了，如果没什么意外，我想，苏宛会成为我的新娘。”说完，他也不管慕时方会是什么反应，伸手摸了摸苏宛的头，“走吧，我们去外面。慕先生，你是要跟我们一起吗？”

慕时方眉一挑：“你邀请我？”

“就算我不邀请你，慕先生你也会跟着的吧！既然我的胳膊还没有痊愈，不能发挥正常水平，小宛和慕先生也只是新手，那么就去看看别人打球好了！”

慕时方还没有什么反应，苏宛就先松了口气。

走到外面，三人就开始慢慢逛了起来。金灏天和慕时方两人的心思都没在高尔夫球上面，反倒是苏宛，兴致勃勃地看着那些人打球，为他们欢呼或者是遗憾。以前她都只是在电视上看到，总觉得不太真实。

金灏天走在苏宛的左边，不停地用眼光扫着慕时方，对于他这种跑来盯梢的行为，金灏天还是有些不屑。

或许，慕时方就是专程来警告他的?

那如果他跟苏宛结婚的话，慕时方一定会方寸大乱吧?

金灏天从来都不认为自己是什么善良的人，所以他遭受到的一切都会报复回去。在帝都俱乐部攀岩的时候，公司的人打来电话说股票被端木集团抄老底的时候，金灏天气极了，才会不小心摔下来，只是他没有想到苏宛会拉住他……

想到这里，金灏天又抬头看了一眼走在前面一脸好奇左看看右看看的苏宛——她什么都不知道，呆萌呆萌的，那么可爱。

金灏天甚至在想，继续这么跟苏宛接触下去的话，也许他真的会喜欢上她，再跟慕时方来个夺妻大战……

还没等他编撰好狗血言情剧的情节，生意场上的熟人迎面走来。金灏天挂上微笑，礼貌应对。

苏宛有些郁闷，她偷偷瞄了瞄慕时方，却正好撞见慕时方的目光。

苏宛干笑一声，赶紧移开了视线。

慕时方没事跑到高尔夫球场来干什么，让场面这么尴尬……

想到这里，苏宛又忍不住瞪了慕时方一眼。

只是再次撞上慕时方的目光后，苏宛终于抓狂了："你盯着我干什么？"

慕时方嘴角一翘："因为想要看着你。"

苏宛一怔，还没来得及说话，金灏天就看了过来："慕先生，盯着别人的女朋友看，可是不礼貌的哦！"

慕时方瞥了他一眼："不会是你的女朋友的。"

金灏天的眼神一凝。

苏宛压根没有听明白，她伸手拽了拽慕时方的袖子："什么意思？"

金灏天一笑："慕先生的意思，是想要把小宛从我的身边抢走吗？"

慕时方不置可否地笑了笑："这么说，也没错。"

两个男人的互动让苏宛嘴角直抽抽。

出门玩耍这种东西，一个人是悠闲，两个人是浪漫，三个人就是尴尬了。

苏宛夹在两个男人中间，别提有多难过了，尤其是这两个男人还时不时唇枪舌剑几句。 苏宛都开始猥琐地想着金灏天跟他恋爱是不是为了接近慕时方……

三人转了一会儿，金灏天又去接电话了。

他在一边也不知道说了什么，再走过来的时候就一脸的歉意："小宛，我公司出了点事情。慕先生，小宛就拜托你送回家了。"

金灏天脸上挂着笑，心里却早就把慕时方千刀万剐了——他就知道慕时方不会这么轻易让他跟苏宛单独相处，这不又整出了一堆事，逼着他回去处理。

慕时方眉一挑："小宛本来就跟我住在一起，又哪里有送她回去这一说？”

金灏天没有理他，温柔地看向了苏宛：“小宛，那我就先走了，明天我再给你打电话。”

“嗯。”苏宛红着脸点了点头。

目送金灏天离开，慕时方冷冷地开口：“走吧，回去了！”

苏宛犹豫了一下，扯了扯慕时方的袖子：“你是不是生气了？”

慕时方扯出了自己的袖子：“我为什么要生气？你今天跟金灏天来打高尔夫球，我不是都知道吗？你又没有背着我。”

“话是这么说没错，可我就是觉得你生气了。”

看着苏宛一脸的揶揄，慕时方忍不住笑了：“是，你了解我，那我问你，我为什么会生气？”

苏宛傻眼了，好半天才嘟囔道：“我就是觉得啊，我哪知道你为什么啊！男人都是莫名其妙的……”

“你呀！”慕时方伸手刮了刮她的鼻子，“下次可不许让金灏天碰你！”

苏宛挠了挠头：“可是，他是我男朋友啊！要牵手什么的，很正常嘛！”

“你大概不想看到金灏天的胳膊给卸下来吧！”慕时方纯良一笑。

苏宛的嘴角抽了抽：“喂！”

“好了，开玩笑的，”慕时方拉住她的手，“我们回去吧！”

14

嫁给我吧！

第二天下午，苏宛正在画画，金灏天的电话又打来了。

“小宛，昨天真不好意思，”金灏天的语气里都是可惜，“所以没办法，只能先回去了。”

“没关系的啦！”苏宛用肩膀夹着电话，一手夹着三支规格不同的G头笔，一手拿着马克笔，正在纸上画着。

听着电话里传来的沙沙声，金灏天立刻恍然大悟：“你在画画？我有没有打扰你？”

“还好啦！”苏宛把一个分镜稿的背景涂黑了，才放下手里的马克笔，“我昨晚就已经把线稿画好了，今天就是涂背景和画旁白了啦！”

“小宛你真的非常热爱漫画啊！”金灏天轻轻一笑，“对于神秘职业的人，我一直都很欣赏呢。”

苏宛干笑了两声：“什么神秘职业啊！在我看来，你们这些搞金融的才是神秘得不得了！”

金灏天又是一笑：“慕先生不也是吗？我只能算是子承父业。对了，小宛，等我爸妈从国外回来了，我一定会介绍你给他们认识的。”

苏宛懵了：“啊……这个……”

“怎么，小宛你害羞了？”金灏天忍不住调笑。

“那个那个……我不知道该怎么办啊！”苏宛更局促了，“你以前的女朋友去见你父母的时候，你爸妈都是什么反应啊？”

金灏天眉一挑：“以前可没有女人去过我家呢！我可不是什么人都会带回家的哦。”

“啊？”苏宛又呆了。

“你是第一个被我带回家去见爸妈的女孩子！”

苏宛的心扑通扑通乱跳着：“我……”

“好啦，我爸妈还在国外度假呢！”金灏天忍不住笑了，“我只是先告诉你，给你打好预防针，你要好好调整心态哦！”

“知，知道了啦！”苏宛满脸臊红。

“那你继续忙吧，我先挂电话了！”金灏天的声音透着笑意，“再见。”

“嗯，再见！”挂了电话，苏宛拍了拍自己的脸，重重地吐了两口气，才又拿起了一边的马克笔涂涂抹抹了起来。

慕时方下班回来，一打开门，苏宛就扑到了他的怀里。

他一把搂住苏宛，把雨伞放在了鞋架上，转身关门：“这么激动？”

“金少说要带我去见他的爸爸妈妈。”

慕时方一怔：“什么？”

“他说带我去见他爸妈啊！”苏宛又兴奋了起来，“他说我是他第一个带回家的女孩子！”

慕时方的眉头一皱：“他真的说要带你去见他的爸妈？”

“是啊！”苏宛欢呼雀跃，“这是不是代表我跟他以前的那些女朋友都不同呢？也对啊，我们可是一起闯过了生死关头，这样算不算是求婚呢？”

“求婚？”慕时方的心里有些不快，“只是带你去见他的爸妈而已，还算不上求婚吧！”

苏宛斜眼瞟了他一眼：“至少有这个苗头吧，至少说明我跟别的女人都不一样，对吧？”

“金灏天到底有什么目的？”慕时方低着头思索。

“什么什么目的？”苏宛又茫然了，“带我去见他爸妈的目的？不是说了吗，可能是为了求婚。”

“不是，是他求婚的目的。”

苏宛更茫然了："求婚的目的当然就是为了结婚啊！"

慕时方无奈地白了她一眼，伸手大力揉了揉她的头发。

第二天上午，苏宛睡得正香，门铃却烦人地响了起来。

"谁啊！"苏宛慢慢吞吞地走出了房间，一边打着呵欠，一边去开门。

门才刚刚拉开，苏宛那大张着打呵欠的嘴就怎么都闭不上了。

"上午好！"金灏天抱着一大捧玫瑰花，笑眯眯地站在门口，"小宛还没起床？"

"啊，昨晚画画画得太晚了，"苏宛挠了挠头，捏了捏自己有些僵硬的脸，往后面退了两步，"请进。"

金灏天把手里的红玫瑰递给了苏宛，上上下下打量着客厅："小宛的家很温馨啊！"

"还好啦！"苏宛把花放到茶几上，把待客用的拖鞋给扯了出来。

换上鞋，金灏天站在客厅里，又开始打量。

"厨房、卫生间、阳台、卧室……"金灏天嘴角微微一翘，"小宛，你这房子是一室一厅的？"

"是啊！"苏宛有些郁卒了，"A 市的房子贵死了！"

"可是一室一厅的话……"金灏天坐在了沙发上，"慕先生睡在哪儿的？"

"就是你坐的地方啊！"苏宛耸耸肩，"这个沙发挺大的，慕时方的东西都放在沙发下面的抽屉里。"

她话音才刚落，肚子就咕噜了一声。

"饿了？"金灏天眉一挑。

苏宛有些尴尬："还好还好，我先去洗脸了！"

到了卫生间，苏宛忽然想起，金灏天可是很会做饭的，难道他要给自己做饭吃？可是慕时方已经给她做了便当。

洗了脸出来，苏宛就窜进了厨房。

听着里面稀里哗啦的声音，金灏天站了起来："要不，我给你做点？"

"不用了，慕时方给我做了便当，你要吃吗？"苏宛从冰箱里拿出饭盒，一脸的炫耀，"我可以分给你哦！要知道慕时方做的便当可是非常美味的！"

金灏天面上一僵："不用了，我还不饿。"

金灏天又看了一眼苏宛，见她正守在厨房等着微波炉加热，便摇了摇头：“小宛，微波炉加热的时候，不要待在旁边，慕先生没有跟你说过？”

“啊，不能吗？”苏宛咬着筷子走了出来，“慕时方也不知道呢！”

因为只要慕时方在，就从来不会用到微波炉，他的内力比微波炉好用多了。

滴，便当热好了。

苏宛欢呼了一声，小心翼翼地从微波炉里拿出了便当。

“你真的不吃吗？”端着便当坐在金灏天的旁边，苏宛挥了挥自己手里的筷子。

“小宛你吃就好，”金灏天微微一笑，看苏宛拿着筷子开吃，他才慢悠悠地开口，“小宛，其实今天来，还有一件事情要告诉你。”

“什么事？”

“我爸爸妈妈回来了。”

金灏天如愿看到苏宛被噎了一下，才又诡异地一笑：“小宛还记得吗，我说过，等我爸爸妈妈回来了，就邀请你去我家。”

“那个那个那个……”苏宛说话都有点不顺溜了，“那个，真的要去？”

“当然要去啊！”金灏天笑眯眯地看着她，“我妈妈前两天还说要我带女朋友回家呢！”

苏宛想到慕时方，犹豫了起来。

“小宛你不愿意？”金灏天看出了苏宛的犹豫，脸上故意做出了一副可怜巴巴的样子，“小宛——”

苏宛挣扎：“这个……”

她话还没说完，金灏天的身上就响起了一阵音乐声。

“不好意思！”金灏天抱歉地笑了笑，摸出手机一看，嘴角浮现出一个意味深长的笑容，

他站起来，跟苏宛示意自己要接个电话，走到了阳台边：“喂。”

“三分钟之内，离开那里！”

“如果我不呢？”金灏天丝毫不在意慕时方的威胁，“就算我现在离开又怎么样呢？反正我已经跟小宛说好了，这周末就带她去见我爸爸妈妈，我想，慕先生你没有权利限制小宛的行动吧！”

慕时方脸黑了："金灏天，相信我，我不会让你如愿的。"说完，他也不等金灏天反应，直接挂断了电话。

听着电话里嘟嘟的忙音，金灏天放下手，面色也有些阴霾。

秋天的天气让人心旷神怡，可是金灏天心里却莫名烦躁。转过身，透过玻璃门看着那个一边吃着便当一边看电视的女孩子，金灏天深深地叹了口气。

如果苏宛一直都是以蔡小雅朋友的身份跟他接触的话，那么他们一定会相处得很愉快，虽然不知道如果没有慕时方的存在他到底会不会对苏宛感兴趣，但是很明显，如果没有慕时方的存在的话，他跟苏宛的交往一定会轻松许多。

这个呆萌呆萌的女孩子，就那么简单交往的话，他说不定真的会喜欢的。

只可惜，两人真正接触的时候，她却站在了慕时方身边。

推开门，金灏天走进了客厅。

"电话讲完了？"苏宛抬起头，"是不是公司里面出了什么事情？"

"嗯，有点，"金灏天微微一笑，"我现在要回公司一趟了。记得这周末我来接你。"

见苏宛想要开口说什么，金灏天伸手点了点她的额头："我知道你很忐忑，但是不许拒绝，听到没有？"

苏宛的嘴张了张，却说不出话来。

金灏天不在乎慕时方的威胁，可他也需要冷静地想想，他对苏宛到底是什么感情，是单纯地想要利用她，还是……真的对她有些动心了？

苏宛看着一大捧玫瑰花开始发呆。金灏天都要带她去见他爸妈了，她为什么一点都开心不起来呢？

等慕时方回到家里，就看到苏宛一脸呆滞地坐在沙发上，没吃完的便当还放在一边。

慕时方收走了便当盒："是今天的便当不合胃口吗？"

"没有啦！"苏宛也没想到自己一发呆就用了这么长时间。

"那怎么没吃完？"慕时方把剩饭倒进了垃圾桶，"还有，那一大束玫瑰花是谁送来的？"

苏宛重重地吐了口气，"金少今天来过了。"

"就只是坐坐？"

苏宛立刻翻了个白眼："当然！"

"对了，慕时方，"苏宛犹豫了一下，"金少叫我周末跟他去见他爸爸妈妈。"

"嗯。"

"我该怎么办呢？穿什么去？去了要做些什么……"苏宛一扭头，看着慕时方只是自顾自地在厨房里洗着便当盒，不免有些气恼，"喂，慕时方！我说我周末要去见金少的爸爸妈妈了。"

"嗯。"

苏宛的嘴角抽了抽："喂！"

"怎么了？"洗好了便当盒，慕时方坐在了苏宛身边。

"我说我要去见金少的爸爸妈妈了！"

"是啊，你说了三遍了！"慕时方拿起遥控器调到了新闻频道。

"你给点反应好不好！"苏宛的脸黑了。

"要我什么反应？"慕时方立刻摆出了一副恍然大悟的样子，"对了，你刚刚说你不知道穿什么？简单啊！上次我们去参加天伦王朝的那个慈善义卖晚会的时候，你穿的那礼服就不错，真的很漂亮！"

苏宛的嘴角抽了一下："慕时方，对于我要去见金少的爸爸妈妈这件事情，你没有什么看法？"

"你需要我有什么样的看法？"慕时方的眉一挑，"如果我哭着叫你不要去，你就会不去吗？"

"那倒是不会，"苏宛有些郁卒了，"你会哭吗？你哭一个给我看看！"

慕时方撇过头，不理她了。

苏宛坐在一边却暗自嘀咕了起来。慕时方的反应不对啊！上次听说她跟金灏天在一起的时候，明明反应那么强烈，还抱着她亲吻。一想到那个场景，苏宛的脸立刻就烧了起来。

天马行空地想了半天，苏宛一拍脑袋，才重新想起自己一开始想的是什么。是不是慕时方现在不喜欢她了，怎么听说她要去见金灏天的爸爸妈妈还是这么冷静？苏宛不禁狐疑地看了慕时方一眼。他该不会是喜欢上了别人了吧？以慕时方的外貌，要吸引女孩子实在是太容易了！

苏宛越想越气闷，站起来抱起了茶几上的红玫瑰："我去把这花给插起来！”

慕时方看着她抱着花的背影，低着头沉思。

金灏天是想要干吗？跟他叫板，还是，他真的想要利用苏宛做挡箭牌？

不过慕时方很快就下定了决心——不管金灏天到底打着什么主意，反正她是绝对不会让苏宛去见金灏天的父母的。

苏宛倒是一直在腹诽慕时方，插好玫瑰花，见他还在那里看电视，立刻就是一声怒吼：“慕时方，我饿了！我要吃饭！”

“谁叫你中午不把便当吃完的！”慕时方走过去拧了拧她的鼻子，“想吃什么，我这就去做。”

“随便！”苏宛噘着嘴。

慕时方无奈地摇了摇头。

吃过晚饭，苏宛回房间去画画了，慕时方打开电脑，开始观察起国内金融的走向。由于端木集团的调整，现在国内的形势稳定了些。对于端木集团的这一脚，金帝集团显然是恨得咬牙切齿，只是他们也颇有些无可奈何，只能不断寻找端木集团的漏洞，来进行打击。

G 市有一块待开发的山区，那待开发的山区不仅环境优雅，还可以开发成为度假山庄或者是旅游胜地，自然资源、人力资源丰富。自从上个星期，有关部门发布了对于 G 市那块山区的招商计划之后，几乎所有的投资商都疯狂了。

对此，端木集团有了一个详尽的开发计划。这也是金灏天顶着压力都要跟慕时方叫板的真正原因——只要拿下 G 市的开发案，基本就等于决定了以后谁会是行业的龙头老大。

谁都知道那里是一个香饽饽，某些没有实力的小公司自动让步，到现在为止，只留下几个财力雄厚的大公司——金帝集团和端木集团赫然在列。

慕时方肯定，金灏天一定是有什么目的，才会决定带苏宛去见他父母。

周末一眨眼就到了。

“怎么办？怎么办？”从早上早早醒来，苏宛就心慌意乱的，缩在自己房间里连门都没出。

“完了，今天要去见家长了！”苏宛跟没头苍蝇一样在房间里打转，衣柜翻得乱七八糟了，最后还是决定去听慕时方的意见做参考。

走到客厅，苏宛看见自己正准备找的那个人正一脸通红地躺在沙发上：“慕时方，你怎么了？”苏宛慌了，她跑到沙发前，手覆上了他的额头，“慕时方你发烧了！”

“苏宛，”慕时方微微睁开眼睛，他的眼里全是血丝，“怎么了？”

见他想要挣扎着坐起来，苏宛赶紧又把他按了下去：“你在发高烧，快躺好！”

“我没事！”慕时方强撑着站起来，“哦，对了，你今天要去金灏天家里，你还没吃早饭吧，我去给你做早饭……”

“你都什么样子了还要给我做早饭！”苏宛眼泪都下来了，“你快起来，我们去医院！”

“我身上没力气，”慕时方苦笑了一声，“没关系，你快去吧！让金灏天带着你出去吃早餐，我在家里躺着就好。”

“躺什么躺！”苏宛吸了吸鼻子，抹了一把眼泪，“你这个样子，我哪里还有心情出去！”

“你都答应了金灏天了，”慕时方伸出手，有些颤抖地擦掉了苏宛脸颊边的眼泪，“不用管我了，快去吧！”

苏宛猛地站起来：“我这就给金少打电话，今天不去了！”

见苏宛急匆匆地又冲回了房间，一脸病弱地躺在沙发上的慕时方嘴角勾起了一抹笑。

“金少……”虽然在慕时方面前说得豪气冲云天，但是真正给金灏天打电话的时候，苏宛还是有些心虚，“那个，我今天可能去不了了？”

正在家里打理头发的金灏天动作一顿：“小宛怎么了？”

“慕时方生病了。”苏宛有些羞愧，“不好意思，我得留在家里照顾他。”

金灏天眉头一皱：“慕先生怎么样了，严重吗？”

“发着高烧，看样子很难过。”想到慕时方的样子，苏宛心里也难受了起来。

“这是要送去医院吧！”金灏天鼻子里发出一声微不可查的轻哼，“小宛，要我来帮忙吗？”

苏宛犹豫了一下：“不用了，待会儿我去给他买点退烧药，再给他熬点粥，真的对不起！”

想到自己言而无信，苏宛就觉得万分抱歉。

“没事，”金灏天微微一笑，“这都是突发状况，我想我爸爸妈妈也会原谅你的，毕竟我的小宛是一个善良而温柔的女孩子。”

苏宛脸烫烫的。

金灏天又叮嘱了苏宛几句照顾病人的注意事项，才挂了电话。

一挂电话，他的眉头皱得更厉害了。

慕时方这一病，就病了三天，等他病好了，金灏天的父母已经离开了A市。

苏宛为了表示对金灏天的歉意，主动开口请金灏天吃饭，并让金灏天自己选地方。考虑到苏宛的经济水平，金灏天选择了一家连锁火锅店。

“慕先生的病好了？”点好了菜，金灏天为苏宛倒了一杯饮料。

苏宛点了点头：“真的对不起，因为慕时方没有亲人，在这里也就我一个朋友，所以他生病了，只能我来照顾。”

“没有亲人朋友？”金灏天眉一挑，“怎么会呢，小宛你和慕先生又是怎么认识的？”

苏宛决定扯谎：“他刚从老家出来嘛，家里又没有什么人了，到了A市，行李钱包什么的都被小偷偷了，然后饿晕在我家楼下，就是小雅结婚那天啊！我酒喝多了，所以看到他的时候，迷迷糊糊地以为他是个女人，就把他捡回家了。”

“饿晕了？”金灏天一副想笑又不好意思笑的表情。

“没错，就是饿晕了，”苏宛嘿嘿一笑，丝毫不因为自己污蔑慕时方而有罪恶感。

“慕先生，还真是有趣！”

“所以啊，如果慕时方真的是那个什么端木集团的总裁的话，又怎么会因为饿晕了而被我捡到呢！”苏宛想到金灏天一直不相信慕时方的保安身份。

“可是小宛，”金灏天的语气又转淡，“慕先生的身份户口证明，他就是A市人。”

“这个啊，”苏宛一撇嘴，“他转户口了，就是端木集团的老板给他弄的！反正我保证，慕时方绝对不是A市人！”

金灏天眉微微一皱，如果苏宛说的是真的，那么他接近苏宛到底有什么目的？

难道就是因为苏宛的朋友蔡小雅嫁给了金灏天的朋友明焕然，所以慕时方接近苏宛就是为了接近金灏天？这不是扯淡吗？

或者说，事情就真的像苏宛所说的，慕时方根本就不是端木集团的总裁？这一切都是苏宛口中的端木集团真正的总裁弄出来的？虽然觉得有些不可思议，但是金灏天的心里又有几分动摇了。

端木集团是近几年才新崛起的金融企业，以前从来没有任何人知道端木集团的幕后老板到底是谁，可是从那次天伦王朝的慈善晚会之后，慕时方猛地就出现了——以端木集团总裁的身份。

这一切的确是太可疑了，可是若说慕时方真的只是一个小保安队长的话，金灏天是不大相信的。在天伦王朝时，慕时方极具侵略性的霸气，在阳光沙滩上慕时方冷静的一言一行，在西双版纳时慕时方的身手……金灏天是无论如何都不能把慕时方跟“饿晕了”三个字联系起来的。

他不动声色地看了苏宛一眼。如果不是慕时方对苏宛撒谎了，就是苏宛对他撒谎了。

金灏天更倾向于第一种可能，像苏宛这样傻呆呆的女孩子，要被骗实在是太容易了，尤其是被慕时方那种心机深的人欺骗。

可是唯一让他想不通的是，如果慕时方真的是端木集团拿来对付自己的人，为什么他会选择苏宛来接近自己？苏宛身上实在是有太多的不确定性了，像她这样的女人，既不颠倒众生，又不是独一无二，凭什么？凭什么慕时方会认定她能跟金灏天走到一起呢？

可是事实上，他们现在的确是走在一起了。

金灏天从来都不曾怕过什么，哪怕苏宛真的是被慕时方利用了，他也不怕，这个傻呆呆的女孩，只是无辜地被利用而已。

“小宛，嫁给我吧。”

苏宛一口饮料险些喷出去。

“你，你，你，”苏宛慌乱地扯了餐巾纸擦了擦鼻子，“你刚刚说什么？”

她的反应成功取悦了金灏天，让金灏天有些阴霾的心都开朗了不少：“我说，小宛，请你嫁给我。”

苏宛懵了！

好半天，她才咬了咬嘴唇："灏，灏天。"

"怎么？"金灏天偏着头，柔柔地看着她。

"你，你真的要跟我结婚吗？"

"小宛以为我是开玩笑的吗？"

"可是，这对我来说真的很突然！"苏宛自己也不知道为什么，她心里矛盾得很，"我们才认识两个月不到！"

"小宛，有的时候感觉对了，可能两个星期就够了，"金灏天的脸上还是挂着柔和的笑，"如果说，这个世界上真的有一个女人适合嫁给我的话，那一定是你。"

苏宛呆了。

"小宛温柔善良又很努力认真，"金灏天伸手理了理苏宛的头发，"我看过你画的漫画，就如同你的人一样，很动人，看得出来你是真正爱着漫画，所以才会画出好的作品。小宛，你这份纯真，很吸引我。"

苏宛愣愣的，说不出话。

"从跟你在阳光海滩第一次真正意义上的接触，我就知道，你跟别的女孩子都不一样，"金灏天淡淡地笑着，"不过那个时候，我以为你是慕先生的女朋友，之后几次遇到，你也都跟慕先生形影不离……"

"那是他要保护我！"苏宛解释。

"我知道，在西双版纳原始森林我就看出来了，慕先生的功夫很厉害，"金灏天轻声一笑，"后来我们一次又一次遇到，我渐渐被小宛你吸引了。在我们攀岩的时候，小宛你不顾自己的手救了我，那个时候，我就觉得，你这样的女孩子，才是真正适合我的女孩子。"

苏宛的脸早就红了："你，你说的是真的吗？"

金灏天一脸的坚定："当然！我要结婚的话，那个人一定会是小宛你！"

苏宛很感动，可是心里五味杂陈。她已经完全接近，甚至是触碰到自己的梦想了，可是一想到慕时方，不知道怎么的，她又有些茫然。

慕时方喜欢她，而且对她的关心总是无微不至，哪怕他是知道自己想要嫁给金灏天。

可如果她真的嫁给了金灏天的话，慕时方怎么办？

苏宛突然又有些痛恨自己。

她想要嫁给金灏天，可是又不想离开慕时方。可慕时方是一个古代人哎！在这个世界上，只有她苏宛才知道慕时方的来历，如果连她都离开了慕时方，他该多孤独啊！

“小宛？”看到苏宛有些怅然，金灏天又捏了捏她的脸，“你是在想慕先生的事情吗？”

被看破了心情，苏宛也只有大大方方地承认：“是啊！”

“慕先生不用小宛担心，”金灏天嘴角一翘，“他可是端木集团的总裁啊！”

“都说了不是啦！”苏宛又有些无奈，“他那个样子，哪里是总裁，他真的只是一个小保安队长！”

金灏天知道，就算苏宛不是被利用，慕时方肯定也有很多事情瞒着她，他也没有坚持自己的说法：“小宛，慕先生一表人才，他以后想要娶一个好妻子也是很容易的事情吧！”

一说到这个，苏宛的心里莫名地不舒服了起来，脑子里浮现出慕时方以后结婚的样子，想到他对别的女人细心呵护的样子，她心里跟喘不过气了似的。

“可是，现在慕先生没有女朋友，所以，小宛你们住在一起，实在是有些不妥。”

苏宛惊讶道：“你是要我把慕时方赶出去？”

金灏天失笑：“怎么会，我的意思是，不如小宛你搬出来吧！”

“啊？！”苏宛惊讶地张大了嘴。

“我给你在外面买套房子，户主就填你的名字，我们结婚以后可以住在那里，”看苏宛的脖子都快摇断了，金灏天怔了怔，“怎么了，小宛，你不愿意搬出去？”

“这个还需要考虑考虑，但是你说买房子填我的名字，那就算了，”苏宛笑了，“我现在住的这个房子，房产证上就是我的名字。”

“可是小宛你分期付款都没有付清吧！这样的话，还不如就让给慕先生住，顺便也让他把房租当尾款付了呗！”

“还是不要！”苏宛干笑了两声，“我对那房子的感情还是挺深厚的。”

金灏天有些无奈地叹了口气：“那好，我会说服慕先生尽早搬出去的。”

苏宛一个哆嗦："你去说服他？估计你不行的！"

他大概会直接卸了你的胳膊！

"可是，如果慕先生跟小宛你一直住在一起的话，难道不会很不方便？"

"这个金少你不用担心，"苏宛赶紧开口，"慕时方不是那种人，他是标准的正人君子。"

"我倒不是怀疑慕先生的为人，"金灏天一耸肩，"可是如果我想要到你家里去找你，有慕先生在的话，会非常不方便吧！"

"我们两个是情侣关系，"金灏天捏了捏苏宛的脸，"家里多了一个电灯泡的话，做什么都不会方便吧！"

苏宛一听，心怦怦狂跳："做什么……"

难道金灏天想要卿卿我我、搂搂抱抱的？那慕时方不把他打得半残才怪！不过跟金少卿卿我我、搂搂抱抱的话……

"比如说聊天啊，"金灏天一脸促狭地看着她，"不然，小宛你以为是做什么？"

看着苏宛微微有些发花痴的样子，金灏天心情更愉悦了，他不傻，这个女孩子是不是喜欢他，他能看出来。

苏宛尴尬一笑，她承认她色心大发想歪了。

"聊天的话，不用怕慕时方听到的吧。"

"可是，如果我们说的是情话呢？"金灏天低着头，暧昧地在苏宛耳边说出了这句话。

被那热气喷在耳朵上，饶是苏宛脸皮这么厚，也有点扛不住了。

"好了，逗你的！"金灏天轻轻一笑。

"慕时方平时都在上班啊！"苏宛小声嘀咕了一句，"他又不像你，有那么多的时间！他一个小保安队长，没那么自由！"

金灏天看了看苏宛，悠悠地开口："可是，周末总是会在的啊！而且我跟你聊到金帝集团的一些事情，被慕先生听到了也不好吧！"

"这个你放心！"苏宛赶紧开口，"慕时方是不会去告诉他们老板的，这点素质他还是有的！"接着她疑惑地问，"你没事给我说金帝集团的事情干吗？"

"因为你会是未来的老板娘啊！"金灏天一声轻笑，"你要帮助我管理金帝集团，就好像我妈帮着我爸一样。”

苏宛大惊失色：“我不要！”

“吓你的！”金灏天又忍不住笑了，“你只要在家里做你自己喜欢的事情，画你想要画的画就好了！”

苏宛吁了口气。

“好了，我们吃火锅吧，肉快煮烂了。”

晚上苏宛回到家 刚一打开门，就看到一个黑着脸的男人站在自己面前。

“让我想想，金灏天身上还有什么东西能留下来，”慕时方摸着自己的下巴，“他牵了你的手，摸了你的头，捏了你的脸，刚刚还凑在你耳边，说了什么？”

苏宛翻了个白眼：“也没说什么啊……等等，你怎么知道的，你跟踪我啊慕时方？”

“哪有，我只是病刚好，没什么胃口，所以想要吃火锅刺激一下！”慕时方说得若无其事。

“你一个人跑去吃什么火锅！”苏宛黑着脸，伸手就在慕时方的腰上掐了一记，“你说你要吃的话，我带你去不就好了？大不了我明天再请金少吃饭好了！”

慕时方这才满意地弹了弹她的额头：“刚刚你们都说了什么？”

苏宛犹豫了一下，才把刚刚金灏天说的话都告诉了慕时方。

慕时方俯下身，盯着苏宛的眼睛，“金灏天让你搬出去，你说你舍不得这个房子？”

苏宛的眼角乱瞄：“没错，我是这么说的。”

“为什么不说是舍不得我呢！”慕时方一脸郁闷，“你想要让我搬出去吗？”

“搬出去你住哪里？”苏宛翻了一个白眼，“就你那点工资，在A市租了房子，再扣除生活费的话，还能剩下什么？”

慕时方又凝神看着她：“苏宛，你真的要嫁给金灏天？”

终于还是说到了这个问题，苏宛的表情不自然了起来：“是啊，这不是我一直以来的梦想吗？”

慕时方淡淡地开口："苏宛，你是想要嫁给金灏天，还是金灏天的这个身份？"

苏宛嘴唇动了动，好半天，才低着头开口："我承认，一开始我的确是因为金少的身份，但是，我现在好像真的有些喜欢他了。"

慕时方表情复杂地看着她："既然你喜欢金灏天，那么我就搬出去吧！"

苏宛惊愕地抬起头："你说什么？"

"现在想起来，我们住在一起，的确是很不方便，"慕时方兀自转身往卫生间走去，"而且我继续跟你住在一起的话，被金灏天的家人知道了，对你不好！"

"不行！"苏宛脱口而出，可看着慕时方停下来，等着她的下一句话时，苏宛突然发现，她根本就找不到能留下慕时方的理由。

慕时方看苏宛半天都没有说话，抬脚往卫生间走去。

苏宛站在原地，看着那个挺拔颀长的身影走进卫生间关上了门，不由得缩了缩头。

等苏宛换好睡衣走出房间的时候，慕时方已经把自己的东西都收拾好了。所有的东西都装在一个运动旅行包里，苏宛甚至都不知道慕时方是什么时候买的包。

"你早就想要走了吗？"看到那个包，苏宛心里突然升起了一股浓浓的愤怒，"连包都准备好了！"

慕时方没有说话，只是拉好了拉链，一步步往门口走去。

苏宛越想越觉得气愤，伸手从自己的手提包里摸出了钱包，抽出了慕时方的工资卡："给你！"

慕时方沉默地盯着那张银行卡，好半天才伸手接了过来。

"那我走了，再见，苏宛。"

看着慕时方从自己身边走过去，苏宛终于忍不住一把拽住了慕时方的袖子："你什么都不懂，什么都不会，在外面会被人骗的！"

"苏宛，我到这里已经很久了，"慕时方的表情很淡然，"我什么都会。"

苏宛有些口不择言了，"你恩人我的恩情还没有报答，你不许走！"

"恩情？"慕时方轻轻拿开了苏宛的手，"苏宛，当初你跟我说，要嫁给金灏天，现在你的梦想已经实现了，我也该功成身退了！"

苏宛怔怔地看着他。

慕时方说的没错，在一开始的时候，她就要慕时方帮她追到金少——现在，她都跟金灏天谈婚论嫁了。

“可是，可是你说过，你不会离开我……”苏宛咬着嘴唇。

“现在是你要离开我了，苏宛。”慕时方转过身，拉开了门。

15

我舍不得她吃醋

大门在她面前被关上，苏宛站在门口，看着空荡荡的客厅，心里突然痛了起来。

“哎呀，生活嘛，总是有得有失！”苏宛抽了自己一耳光，傻笑了两声，“慕时方走了，不是还有金少吗？反正都是一样的大帅哥！”

坐到了沙发上，苏宛伸手打开了电视，喃喃自语着：“我也不能总耽误慕时方啊！以后我结婚了慕时方也跟着我的话，等我们都老了他也没有老婆的话，他多可怜啊！”

苏宛伸手把电视调到了新闻频道，继续自言自语着：“所以嘛，我也不能太不厚道了，总要给广大的女性同胞留一条生路嘛！我总不能同时占两个名额啊，不然我非得被人骂死不可！”

“哎呀，糟了，柜子里的方便面好像过期了！”苏宛丢了遥控器，趴在沙发上拿起了钱包和手机，“我得去囤积方便面了……”

电话拿出来，啪的一声，一滴水掉在了屏幕上。

“好久没有给小雅打电话了，”苏宛打开了手机锁，“国际长途啊！也不知道小雅回了她在加拿大的住所没有。”

电话很快拨通了，一声，两声，三声……

“原来还没有回来！”苏宛伸手正要挂电话，就听见了一个慵懒的声音，“喂，谁啊？凌晨给老娘打电话，是想要找死吗？”

“小雅……”

“怎么了？”一听苏宛声音不对，蔡小雅猛地翻坐了起来，把睡在一边的明焕然吓了一跳。

“老婆，怎么了？”

蔡小雅摇摇头，拿着电话下了床，走到客厅：“怎么了，哭什么？”

“我没有哭啊！”苏宛嘿嘿笑了两声，“告诉你一个好消息，金少跟我求婚了！”

蔡小雅静静地听着苏宛讲今天在火锅店发生的事情，等她不说话了，才轻轻地开口：“小宛，你去画画吧，我明天就回来。”

“回来干啥啊！”苏宛一副满不在乎的样子，“你就在加拿大养胎好了！对了，你们不是到处去旅游的吗，什么时候回来的？”

“昨天刚回来，正准备回国。”

明焕然揉着眼睛出来，闻言一愣：“回国？不是说好了明天去安第斯山脉吗？”

蔡小雅瞪了明焕然一眼，才又轻声开口：“想要什么东西，等天亮了我就去买！加拿大的东西都挺便宜的！”

“没什么想要的！”苏宛声音哑哑的，“小雅，你不用回来，我就是给你报报喜。”

“苏宛，我不希望听到你说喜讯的时候是带着哭音的，”蔡小雅有些担心，“在你伤心难过的时候，我必须在你身边！”

“我没有伤心难过，”苏宛吸了吸鼻子，“小雅，曾经那么多难受的事情我都忍受过来了，我早就磨炼出了强大的神经！放心，我会很好的！如果哪天金少对我始乱终弃了，到时候我一定叫上你去找金少算账！”

蔡小雅沉默好久，才叹了口气：“亲爱的，我希望你的选择是正确的。”

“当然是正确的！这是我一直以来的梦想，现在终于要实现了！”苏宛嘿嘿一笑，“难道你还信不过你老公的朋友吗？”

蔡小雅不知道说什么好。

苏宛又吸了吸鼻子：“好了，我说完了，你赶紧跟你老公滚床单去吧！我去画画了！”

“天没亮被你吵醒了，哪里有精力滚床单！”蔡小雅翻了个白眼，又叹了口气，“不管你的选择是正确的还是错误的，死丫头，你要记得，我永远站在你身边。”

“嗯！”

“丫头，明天等着接机吧！”

挂了电话，苏宛呆呆地趴在沙发上，鼻子酸酸的，半晌才又翻坐起来：“啊，画画去！”

可是她坐在书桌前半天，都不知道该怎么动笔，傻呆呆坐了半天，直到外面响起了敲门声。

“谁啊？”苏宛强打起精神，慢吞吞地拉开房门走了出去，“如果是推销报纸的，那就算了，我家不订报纸；如果是推销牛奶，去问问对面的吧，对面说不定需要。”

“我并不需要牛奶，”对面的住户微微一笑，“你好，我是刚刚搬过来的住户，今后我们就是邻居了，请多关照。”

苏宛仰着头，看着那张俊朗的面容，第一反应就是揉了揉眼睛。

“为了增进邻居之间的友好交流，这位小姐，不知道你愿不愿意跟我一起共进晚餐？”

苏宛又使劲揉了揉眼睛，才猛地尖叫了起来：“慕时方！”

慕时方轻轻一笑，伸手揉了揉苏宛的头发：“去吃饭吧，这都几点了！”

“你，你，你搬到我对面去了？”苏宛还是有些不可置信。

“是啊！前两天我正好看到对面房子在招租，所以就租下来了啊！”

“原来是这样。不对，你哪儿来的钱？”苏宛狠狠地在慕时方的胳膊上掐了一把，“说！你是不是藏私房钱了？”

“没有！”慕时方拉过了苏宛的手，“那天我正好发奖金了。”

“哼！”苏宛重重地哼了一声，越过慕时方走进他的屋子。

房子的格局跟苏宛的家差不多，只是里面显得空荡荡的，不像苏宛家里，什么柜子抽屉都是塞得慢慢的。

“你走了，我家里谁来收拾？”苏宛不怀好意地看着慕时方，“我家钥匙你有的吧！”

慕时方无奈地刮了刮她的鼻子：“我来收拾就是了！”

苏宛在房子里逛了一圈，满脸埋怨：“你东西那么少，给你一张床就够了，还租一套房子，这不是浪费吗？”

慕时方微微一笑：“不管怎么说，这里也算得上是一个私人空间嘛！”

苏宛耳朵一动：“私人空间？你要私人空间干什么！”

慕时方只是笑，没有回答。

苏宛心里越发不舒服了起来，小手直接就伸到了慕时方面前：“我要钥匙！”

慕时方含笑摇头，从怀里摸出了一把钥匙递给她。

苏宛接过钥匙想了想，又开口恐吓：“不许反锁门！”

慕时方把她按在椅子上：“好了，吃饭了！”

似乎是为了庆祝乔迁之喜，慕时方做了一桌子的好菜，直把苏宛吃得肚子滚圆——心情好嘛！

饭后，苏宛赖在慕时方这里看电视，瘫在沙发上，一副吃饱喝足的地主婆形象。

慕时方在厨房里洗碗，恪守他作为家庭煮夫的本分。

一切好像都没什么改变，只不过场景从那个房子，变成了这个房子。

下午一般都是苏宛文思如尿崩画画的时候，所以当她被砰砰砰的砸门声分神的时候，肚子里是满腹怨气。

当她拉开门一看到外面的人，冒到嗓子眼里的脏话就全都给吞了回去。

“小雅！你回来了？”

“老娘坐了二十多个小时的飞机直接飞奔过来的！”

“你确定你是飞奔？”苏宛低头看了看蔡小雅脚上的运动鞋，“嗯，运动鞋呢，的确适合飞奔！”

蔡小雅翻了个白眼，才又转头看着自己的老公：“好了，你回家吧，明天再来接我！”

明焕然一脸的无奈：“好，明天下午我来接你！”

等明焕然下了楼，蔡小雅才拉着苏宛的手，一脸关切地开口：“到底怎么了？”

苏宛有些难为情地挠了挠自己的头：“没什么，都过去了。”

“说不说？”蔡小雅发起了脾气。

“难怪都说孕妇脾气不好！”苏宛望天……花板。

“老娘因为你一个电话，昨天凌晨就起床收拾东西，买好票就直奔机场！我一个孕妇坐了二十多个小时的飞机回来，你一句‘都过去了’就把老娘给打发了？”

苏宛叹了口气，把蔡小雅拉到沙发上坐下，才打着呵欠去了卫生间：“这件事情说来话长了。”

“可我更好奇的是，你到底是怎么追到金灏天的，这么快就要谈婚论嫁了？”

“这事情呢，格外的玄妙！”苏宛洗漱完，走出来坐在蔡小雅旁边，“要从那一天我捡到了慕时方说起。”

苏宛把这段时间发生的事情大概告诉了蔡小雅，当然，该隐瞒的还是隐瞒了——比如说慕时方的来历和他的身手。

“这么说，昨天早上你给我打电话，就是因为慕时方搬走了，还搬到了你对面？”听完了苏宛的讲述，蔡小雅眉梢一扬，“苏宛，你也太没有出息了吧！”

“老话说得好，就算是一条裤衩穿久了都会有感情呢！何况慕时方是我亲手捡回来的！”苏宛噘着嘴，“他走了，我难过又怎么了？”

蔡小雅凝神看了她片刻，才摇了摇头：“算了，你这家伙就是脑子不清醒。对了，还有金灏天，那家伙怎么会看上你的？”

“喂！”苏宛气得挠她的痒痒，“好歹我也救过金灏天的命啊！”

“我甚至都怀疑金灏天是被你的霉气连累的！”蔡小雅翻了个白眼，“你救了他，那不是爱情，是报恩！”

“什么叫报恩啊！”苏宛撇撇嘴，“我们都同甘共苦那么多次了，在西双版纳原始森林，他被金猫缠住的时候，不也是我跟慕时方去救的他吗？我都救他两次了，他也该以身相许了！”

“是慕时方救的！”蔡小雅哼哼了两声，“他要以身相许也是许给慕时方！倒是你这家伙，被慕时方救过多少次了，怎么不对人家以身相许啊？”

“我的目标是——嫁给金少！”苏宛哼哼。

“小心被金灏天知道你一直都在算计他，那你就惨了！到时候……”

看蔡小雅一副幸灾乐祸的样子，苏宛扑过去就是一顿痒痒：“这事绝对不能让金少知道！”

两人正闹着，苏宛电话响了，拿起来一看，正是金灏天。

“喂，灏天？”

“小宛，今晚想去哪里吃饭，我接你出来吃饭好不好？”

苏宛把死死凑过来偷听的蔡小雅的头推开：“不好意思，今天小雅回来了，所以我可能要陪她！”

“弟妹回来了？这么说焕然也回来了？”金灏天眉一挑，“那正好，你们多聚聚，我去找焕然喝酒！”

“金少你可不能带明焕然去什么花天酒地的场所啊！”蔡小雅大声吼着。

虽然蔡小雅的头被推到一边，但金灏天还是听到了蔡小雅的声音。

他轻轻一笑：“弟妹你放心好了，绝对不会的。”

又聊了几句，苏宛才挂了电话。

“你给明焕然打电话的时候，我偷听过吗？”苏宛在蔡小雅的脸上掐了一记，“太不厚道了！”

蔡小雅翻白眼，“你偷听得到么？”

“办公室恋情可耻！”

蔡小雅推了她一把：“好了，今晚我们去哪里吃饭？难道你要亲自下厨？”

“哪有啊，我们去对面蹭饭！”苏宛嘿嘿一笑。

“去慕时方家里？”蔡小雅一怔。

“是啊，你还没吃过慕时方做的饭吧，味道倍儿棒！”苏宛得意地跷起大拇指，“所以我们就在家里等着慕时方来叫就好了。”

“他不知道我回来了，菜买少了怎么办？”蔡小雅又是一个白眼，“就算真的要去蹭饭，也要先打个电话啊！”

“也对！”苏宛拿起电话，刚翻到电话本，慕时方的电话就打来了。

“慕时方，我正想打给你呢，小雅来了！”

“好，到我这里来吧，我买了很多菜。”慕时方的声音很是柔和，“小雅的口味跟苏宛你的差不了多少吧！”

“一样一样！”蔡小雅的脸贴在苏宛的脸上，笑眯眯地开口。

苏宛白了她一眼，才又开口吩咐：“做菜的时候多注意点，小雅可是孕妇啊！”

“知道了。”

“那好，等你做好了再来叫我们。”

苏宛挂了电话，一扭头就看到蔡小雅两眼发光地看着她。

“干吗呢？”苏宛嘴角抽了抽，“小雅，你可要记得，你是有夫之妇！”

“人妻男最有爱了！”蔡小雅眨眨眼，“而且还长得那么帅……”

“不帅，一点都不帅，完全没有你家老公帅！”苏宛一本正经，“真的，而且还只是一个小保安队长！”

“放心好了，我又不会跟你抢！”蔡小雅无语，“我纯粹就是出于对美的欣赏！”

“拉倒吧你，花痴女人！”

两人聊得正火热着呢，慕时方来敲门了。

慕时方的确做了一顿大餐，看得蔡小雅两眼放光：“真是新好男人！你都不知道，明焕然那个家伙，自从我怀孕之后他就说要开始学做饭，结果现在孩子都快三个月了，他都还只会熬稀饭！”

苏宛得意地笑了：“不知道吧，我家慕时方一个星期就变成大厨了！要知道他以前可是连煤气灶都不会用的！”

蔡小雅立刻就是一个白眼：“是，你家慕时方厉害！”她眼珠子一转，又想出了一个歪点子，“慕帅哥，你现在也是单身，不如，我给你介绍一个女朋友吧！”

“咳咳咳！”苏宛刚刚偷喝了一口汤，这会儿被呛到了，转到一边猛咳。

慕时方一边给苏宛拍着后背，一边温和地开口：“谢谢，我不用了。”

“是啊，我家慕时方还要你介绍么？”苏宛总算是咳顺了气，“他随随便便往大街上一站，追他的女人那是一群一群的！”

“所以我到现在都在纳闷，”蔡小雅耸了耸肩，“慕帅哥到底是怎么被你捡到的？你运气也太好了！”

“你结婚嘛，我跟着沾光，”苏宛得意的一龇牙，“那天我还在想呢，你嫁了一个高富帅，老天爷有眼也给我一个高富帅啊！”

“结果给了你一个高帅，没有富！”蔡小雅哈哈大笑。

“谁说的！”苏宛一撇嘴，“我家慕时方在古代的时候，也是高富帅来着，还是成功人士的代表！”她后面一句是嘀咕出来的，蔡小雅也没有听见，只是看着一桌子菜流口水。

吃过饭，三人坐在沙发上闲聊了一阵。苏宛跑去上厕所了，蔡小雅立刻就揪住了慕时方：“你是傻子吗？”

“啊？”慕时方眉一挑。

“我说给你介绍女朋友，你就答应啊！”蔡小雅一脸的恨铁不成钢，“让那个死丫头好好的吃醋啊！我看啊，她也不是不喜欢你啊！”

“我知道，”慕时方微微一笑，“可是，我舍不得她吃醋。”

“真是败给你了！”蔡小雅无奈，“你这样下去，小宛迟早要被你惯坏！”

“小雅你不是知道苏宛正在跟金灏天交往吗？”慕时方有些好奇，“而且据我所知，你的爱人也是金灏天的朋友，嫁给金灏天也是小宛一直以来的梦想，你为什么还要跟我说这些呢？”

“还不是小宛那个傻丫头！”蔡小雅叹了口气，“她说要嫁给金灏天的时候，我当她在开玩笑，没想到她是认真的。其实我当时并没有考虑她跟金灏天到底可不可能，我觉得吧，这是她自己决定的事情，我没有办法改变，也只有做她最坚强的后盾；但是我觉得，金灏天就算是真的不花心了，不在外面跟别的女人勾勾搭搭了，他也不适合小宛。”

“我也是这么认为的，”慕时方微微一笑，“所以，我绝对不会让苏宛嫁给金灏天的。”

“你们这些男人，就不能单纯一点吗？”蔡小雅一怔，随即比了一个鄙视的手势，听到卫生间里面有冲水的声音，立刻就转过身看电视，不说话了。

苏宛和蔡小雅在慕时方这里待了一阵，才回苏宛家，各自洗漱了，窝一张床上聊了些小时候的趣事，慢慢睡着了。

第二天，两人睡到了慕时方来敲门了才醒。

“都中午了，大小姐们，该去吃饭了吧！”慕时方看着睡眼惺忪的两人，一脸的无奈。

“嗯。咦，慕时方你今天没有去上班？”苏宛打了一个大大的呵欠。

“今天我休息，”慕时方帮苏宛把卷进里面的睡衣领子弄了出来，捏了捏她的脸，“快去洗脸！”

“知道了啦！”

蔡小雅看着两个人的互动，直到苏宛走进了卫生间，她才一脸感慨地看着慕时方：“不得不说，你这种渗透法很有效，苏宛就是这样的人，当你完全渗进她的生活之后她就离不开你了。”

慕时方只是微笑。

“那个小妮子……唉，你努力吧！”想到苏宛那个死脑筋，蔡小雅又觉得有些头疼。

“放心好了，我已经决定了，跟她在圣诞节结婚。”慕时方笑眯眯地看着蔡小雅。

蔡小雅倒吸了一口凉气：“现在都十月了！”

“放心好了！”慕时方一脸的自信。

蔡小雅有些古怪地看着他：“慕时方，苏宛可都已经在跟金灏天谈婚论嫁了，你还这么自信？不过，我也不太喜欢金灏天，你需要我帮忙吗？”

“首先谢谢你的好意，暂时不需要帮忙，”慕时方轻声一笑，“如果一个男人连追求自己喜欢的女人都需要别人帮忙的话，那他做别的事情也成不了什么气候！”

蔡小雅嗤了一声：“男人那要命的自尊！”

慕时方微笑。

三人吃过了午饭，苏宛去画画了，蔡小雅就窝在客厅里看电视。

没多久，明焕然就给她打来了电话。

“老婆。”

“什么事？”

“刚刚灏天给我打电话了，说晚上我们一起吃饭——我们俩还有金灏天和苏宛。”

蔡小雅一怔，眉头随即就皱了起来：“我们一起？”

“是啊！”

想到慕时方那自信的表情，蔡小雅的嘴角也浮现出一丝诡异的笑容：“既然这样，那就一起吧！”

虽然应承了下来，但是蔡小雅也没有惊动苏宛——苏宛在画画呢！

等苏宛画好画出来洗手的时候，蔡小雅才给明焕然打电话叫他来接她们。

“赶紧换衣服，晚上去外面吃饭！”

“去外面吃？”苏宛诧异地从卫生间里探出头。

“是啊，我和焕然，还有金灏天！”蔡小雅边照镜子边催着苏宛。

“啊！”苏宛一声惊呼，“那赶紧去跟慕时方说一声，如果他做好饭了怎么办！”

“那你赶紧换衣服，我去说！”

走到对面房门口，蔡小雅敲了敲门，很快慕时方就来开门了。

“慕时方，今晚……”

“你们还没出去？”慕时方眉一挑，“以金灏天的想法来看的话，他应该会邀请你和你爱人，还有苏宛一起吃晚饭啊！”

蔡小雅一怔，随即倒吸了一口凉气。

在国外的时候，她也时常听到明焕然念叨国内的金融情况，所以自然也知道金灏天的金帝集团跟慕时方的端木集团是死对头——果然，最了解你的人往往是你的对手。

“这么说来，我不用告诉你晚上别做太多菜了，”蔡小雅眯着眼，“我对你越来越感兴趣了，也越来越觉得你说的在圣诞节跟苏宛结婚的事情是有可能发生的。”

慕时方微微一笑：“谢谢，到时候欢迎来参加我的婚礼。”

听到苏宛在房间里大呼小叫，蔡小雅摇摇头：“那就这样吧，祝你成功！”

“多谢！”慕时方目送蔡小雅进了对面房间，才又伸手关上了自己的房门。

苏宛洗漱好了，化了一个淡妆，蔡小雅又给她配了一套衣服，才满意地把她推出去看效果。

苏宛才刚收拾好没多久，门铃就响起来了。

“肯定是焕然来了！”蔡小雅立刻站了起来，“我去开门。”

拉开门看到眼前的男人时，蔡小雅愣了愣：“哎，金少？焕然呢？”

“焕然在酒店等着呢！”金灏天一脸温和的笑，“弟妹你昨天才刚刚从加拿大回来，肚子里又有我的宝贝侄子，所以我就跑来客串车夫了。”

蔡小雅忍不住笑了：“我看啊，你是想见苏宛才是真的吧！”

“被弟妹识破了，”金灏天大大方方地承认，”有两天没有见到小宛了，很想她。”

“好了，你也别叫我弟妹了！”蔡小雅忍不住又摇了摇头，“你明明比焕然小，叫我小雅就好了！”

“好，小雅弟妹。”金灏天又笑了起来。

蔡小雅无语。

虽然她跟明焕然在一起很长时间，但是一直没怎么跟金灏天接触过，因为蔡小雅跟明焕然认识的时候，金灏天刚刚接手金帝集团的内务，十分忙碌，基本没有时间出来应酬。不过，四年前金灏天回国之后闯下的花花公子的名号和各种负面的评论，都历历在目。不过等真正跟金灏天接触后，蔡小雅倒觉得金灏天这个人不像外界说的那么肤浅。

“哎，是你！”苏宛从卫生间里探出头。

“小宛，”金灏天一看到她，由衷地赞叹着，“今天真漂亮！”

“是吗？”苏宛有些不好意思了。

金灏天的视线又在客厅里溜了一圈，才状似无意地开口：“慕先生没在？”

“啊，慕时方啊！”苏宛挠着头走到客厅，“他搬出去了。”

金灏天小小的意外了一下，主要是他可不认为慕时方是那么容易服输的人。

金灏天眉一挑：“搬到哪里去了？”

蔡小雅眼珠子一转，本来打算说一句“我们不知道”糊弄金灏天，谁知道慕时方直接就在对面拉开了门，笑眯眯地看着金灏天。

“金少，好久不见！”

金灏天转过身，眼中有些微诧异，但马上微笑着看着慕时方：“慕总，原来你做了小宛的新邻居。”

他就知道！慕时方这个家伙才没有那么好打发！

“没有金少你的动作快，”慕时方脸上还是挂着笑，“都要结婚了。”

蔡小雅扭头一看，苏宛一脸尴尬——很显然，强大猥琐如苏宛，在这样的情况下也觉得有些吃不消了。

蔡小雅只好来打圆场，摸了摸自己的肚子：“我饿了。”

金灏天会意："那小雅、小宛，我们走吧！"

慕时方对着蔡小雅和苏宛微微一笑："多吃点。还有啊，苏宛，不许夜不归宿！"

苏宛眼角开始抽动："知道了……"

见金灏天皱着眉看向自己，慕时方嘴角一翘。

金灏天哼了一声，伸手拉过苏宛，径直下楼了。

苏宛扭头看了慕时方一眼，见他嘴角还有一丝诡异的笑意，不由得开始担忧起金灏天的胳膊来。走在最后面的蔡小雅也忍不住回头看了一眼慕时方，他却已经面无表情了。

现在是正式宣战了吗？

蔡小雅忧心忡忡地看着苏宛——这个秀逗的家伙可不要成为这两个男人争风吃醋的牺牲品啊。

吃饭的地方照样是选在天伦王朝。三人一进到包间，明焕然立刻站起来扶住了蔡小雅。

蔡小雅白了他一眼："我的肚子还没有大到要人扶才能走！"

"小宛，好久不见了啊？"扶着蔡小雅坐下，明焕然跟苏宛打招呼。

"嗯，好久不见了！"

金灏天伸手给苏宛拉开了椅子。

"我没想到，这么短的时间你们就谈婚论嫁了！"明焕然拍了一记金灏天，一脸的打趣，"动作挺快啊！"

金灏天笑笑："哪有你动作快，孩子都快出生了！"

"还有好几个月呢！"明焕然又笑眯眯地看着苏宛，"小宛，你们决定什么时候结婚没有？"

"啊？"苏宛有些郁闷，又是这个问题，她根本就还没有做好心理准备的啊！

蔡小雅瞟了一眼明焕然，耳语道："你确定金少会跟苏宛结婚？"

明焕然哂然一笑："灏天不是都想要带小宛去见伯父伯母了吗？如果不是他认定的女人，他也不会带着来跟我一起吃饭的！"

蔡小雅眉梢一扬："谁说的，苏宛明明是我带来的！"

金灏天哭笑不得："好了好了，我们什么时候结婚呢，要看小宛的意思了。"他侧过头看着苏宛，"小宛，你觉得什么时候比较好？"

"我？"苏宛有些讶异地指了指自己，脑子里乱哄哄的。

蔡小雅眼珠一转："我看，不如就定在圣诞节吧！"

苏宛瞪了她一眼。。

她古怪地看了蔡小雅一眼，小雅脸上分明就是一副'我要看好戏'的表情！

"圣诞节？"金灏天沉吟了一下，"不错。"

"那么，金少你向我们家苏宛求过婚没有？"蔡小雅笑眯眯的。

金灏天轻轻一笑，突然就拉开了椅子，单膝跪下，一脸真诚地看着苏宛："小宛，你愿意嫁给我吗？"

苏宛的脑子里轰的一声，炸开了。

她忽然想起两年前的一个夏天，她第一次在报纸上看到金灏天的情景。

那是一个烈日炎炎的下午，苏宛揪着被剪坏的头发百无聊赖地扯过一张报纸，边看边等着还在做头发的蔡小雅。报纸的头条登着一张俊朗男子的照片，苏宛瞬间就被吸引了。在看过简介之后，她走到蔡小雅身边，指着报纸上明眸皓齿的帅哥对自己的好友宣誓：我一定要嫁给金灏天！

陪在旁边的蔡小雅凑近瞟了一眼报纸，只说了一句话："花花大少！有哪点好的！"

不知不觉两年多就过去了，而她的誓言，已经几近成真。

在苏宛都觉得自己两年前说的那些话是个玩笑话的时候，慕时方出现了。

然后，他把她带到了金灏天的身边。

慕时方很好，初时，因为不了解这个世界，苏宛都不知道骗了慕时方多少次。她给慕时方买十元五双的袜子，买十九块钱的T恤……她总是趁着慕时方不注意的时候揩他的油，她从内心深处就觉得这个被自己捡回来的武林盟主是她的私有物品，而慕时方却从来没有一句怨言。

当她得知慕时方喜欢她的时候，她的心里竟然是欢喜的。

可是，她终究还是想要嫁给富二代金灏天的，而不是现在的小保安队长慕时方。

她承认她虚荣，可她真的想要回家，想要风风光光地回家，嫁给金灏天，不仅仅是要给她爸爸看，也想要让她妈妈开心，顺便也可以让当初那个背信弃义的家伙羡慕嫉妒恨，而现在的慕时方给不了她这一切。

苏宛定了定神，看着表情温柔但是目光坚定的金灏天，轻轻开口说了一句话。

“我……愿意。”

“苏宛你也太没有节操了吧！”蔡小雅怒其不争，“求婚这种事情，没有鲜花和钻戒的话，那还叫求婚吗？

苏宛白了她一眼。

金灏天轻轻一笑：“放心好了，我一定会给小宛一个她终生难忘的求婚的。”

苏宛害羞得低头。

“我们家苏宛脸皮厚了大半辈子，现在也会觉得不好意思了？”蔡小雅一脸促狭地看着苏宛。

“你才脸皮厚呢！”苏宛偷偷地掐了她一把。

“好了好了，就不在金少面前揭你的老底了！”蔡小雅嘿嘿一笑。

“其实我还真的蛮有兴趣的，”金灏天嘴角一勾。

蔡小雅瞥了满脸臊红的苏宛一眼：“金少你真的要听？”

“当然了！”金灏天兴致盎然，“小宛的一切我都想要了解！”

蔡小雅一个哆嗦，忍不住搓了搓自己的手臂：““莫名的肉麻，那你们什么时候订婚呢？”没等金灏天说话，蔡小雅又笑眯眯地开口：“我看不如就下周六吧！”

“好。”金灏天心里虽然一怔，但面上还是欣然答应。

苏宛古怪地看了蔡小雅一眼——这家伙，到底想要干什么？

晚餐接近尾声，金灏天和明焕然聊着订婚的细节，蔡小雅挪到了苏宛的旁边：“嘿，苏宛，下周六你可就订婚了啊！”

“不是还有十天吗？”苏宛有些心不在焉。

“十天可是一晃就过了！”蔡小雅托着下巴，瞟了一眼正和明焕然聊得热火朝天的金灏天，“当初我没想到，你还真的会嫁给金灏天呢！”

苏宛有些不自然地笑了笑：“我也没有想到的。”

蔡小雅轻轻一笑，没再说话。

吃过饭，蔡小雅被明焕然以“孕妇不宜乱跑”的理由拉回了家。

金灏天送苏宛到家时，天已经黑成一团浓墨。

“我送你上楼吧！”金灏天把车开进了小区，“太晚了，不太安全。”

等走进楼道，金灏天的脸上就露出了一个大大的笑容，那个悠闲地靠在门上的人，不是慕时方还有谁？

“慕时方？”苏宛一怔，下意识地看了金灏天一眼。

金灏天灿烂地笑着：“慕总这么晚了还不睡觉？”

“不晚啊，才八点多！”慕时方悠闲地说。

金灏天挑眉看着慕时方：“慕总等在门口，难道不是因为时间太晚担心小宛还没回家吗？”

“我只是出来晒月亮的而已。”他指了指楼道上的窗户，皎洁的月光正照进来，恰好打在慕时方的身上。

“慕总还真是有闲情逸致啊！”金灏天亲昵地牵着苏宛的手，“小宛，我送你进去吧！”

苏宛一直咬着嘴唇不做声。听到金灏天的话，她不安地看了慕时方一眼，又低下了头。

等苏宛进屋之后，金灏天停在门口：“小宛，早点休息，我回去了。”

苏宛点了点头，飞速地瞄了慕时方一眼，轻轻地关上了门。

在关上门的那一瞬间，苏宛听到了金灏天的声音。

“慕总，下周六我和小宛订婚，欢迎你来参加哦！”

慕时方说了什么苏宛没有听到，因为她已经吓得跑进房间里了。

为什么她会害怕？为什么她不能很干脆地告诉慕时方她要跟金灏天订婚了呢？明明慕时方也是知道的啊！苏宛躺在床上，手情不自禁地按上了自己的左胸。

嗯，软软的，很有料……咳咳，她只是想要感受一下自己的心跳啦！

自己是不是，真的很喜欢慕时方呢？不然，为什么她会担心他难过？

“我有什么好的，为什么慕时方会喜欢我呢？”苏宛把脸埋进枕头里，“我一直都在奴役慕时方啊，什么事情都依赖他，他为什么会喜欢我呢？”

“可是我对慕时方是真的喜欢吗？”苏宛又有些困惑了，“那难道不是一种占有欲吗？怎么会是喜欢呢？”

苏宛把自己平摊在床上："可是喜欢又怎么样呢？我终究还是要嫁给金灏天的，慕时方他以后也会好好地生活了，娶一个老婆，然后生一堆儿子……"

苏宛趴在床上："可我怎么觉得心里这么酸呢？到底是从什么时候开始，我对慕时方从单纯的占有欲变成了喜欢呢？"

16

是的，我喜欢的是你

苏宛就这么在床上翻来覆去地纠结了半天，直到有些困了，才拿起手机看了看时间。

“这都十二点了，慕时方竟然没来质问我！”苏宛气得吹胡子瞪眼，“这家伙到底在想什么？难道我要跟金灏天订婚了，他一点反应也没有吗？”

苏宛跳起来想要去敲慕时方的门，但是手都摸到了门把手，却停住了：“这个该死的家伙，我干嘛要去敲他的门！”

愤愤地躺回了床上，苏宛一阵郁闷，不知不觉已经一点了。

“受不了了！”苏宛猛地坐起来，摸出手机就拨通了慕时方的电话号码。

电话响了很久，那边才传来一个懒洋洋的声音：“喂？”

苏宛气不打一处来：“你竟然在睡觉？你竟然睡着了？！”

“怎么了？”慕时方伸手揉了揉自己的眼睛。

苏宛牙齿咬得嘎吱响，“我问你，金少走的时候跟你说什么了？”

慕时方懒洋洋地打了个呵欠：“他说‘晚安，慕总你早点睡’。”

苏宛的脸抽了抽：“前面一句！”

“嗯，我想想，”慕时方的嘴角浮现出了一丝笑意，“他说‘慕总原来是打的这个主意啊’！”

“我想知道你说了什么！”苏宛迫不及待地问。

“我忘记了。”

“你，你怎么能忘记呢！”苏宛气得头发都快要竖起来了。

“睡了一觉真的忘记了！”慕时方又是一个呵欠。

“赶紧给我想起来，不然我就跑来踹你的门了！”她真的抓狂了。

“真忘了，唉……如果有人提醒我他当时问了什么的话，说不定我能想起当时是怎么回答的！”慕时方的话语里不知不觉带上了几分戏谑。

“就是金少说，下个星期六我就要跟他订婚的事情啊！”苏宛急切地道。

慕时方轻笑出声，故意调侃她：“咦，你听见我们说话了？那你还问我是怎么回答的干吗？”

苏宛被慕时方这一句话噎得直翻白眼，好半天才恢复过来：“你的回答我没有听见，我想知道，你对我们订婚这件事的想法！”

“你很在乎？”慕时方眉一挑。

“废话！”苏宛简直想抽他。

“你为什么想要知道呢？”慕时方的声音有微微疑惑，“你不是都要跟金灏天订婚了吗？”

“别跟我扯别的，回答我的问题！”苏宛气得在床上直打滚，床单都要被她揪成麻花了。

慕时方不明所以地一笑：“我说‘你放心好了，下周六，我一定会去参加的’。”

“啊？”苏宛傻眼了，“你，你竟然是这么回答的？”

“不然，你想要我怎么回答？”慕时方的语调里带着浓浓的倦意，“我睡觉了，先挂电话。”

听着电话里传来的嘟嘟声，苏宛气得肺都要炸了：“混蛋！”

慕时方躺在床上，嘴角浮现了一丝笑容。

苏宛果然还是在意他的，傻丫头就是需要冷处理，也应该收拾收拾她了。

苏宛一夜辗转难眠，第二天醒过来的时候已经是中午了。迷迷糊糊地起床洗漱，苏宛觉得肚子有些饿了。习惯性地打开冰箱一看，苏宛却只看到了一个空空的便当盒。

“慕时方这家伙竟然没有给我做早饭！”苏宛磨着牙把冰箱关上，跑去敲对面的门：“慕时方，你给我出来！”

敲了半天，苏宛才想起今天星期五，慕时方应该在上班。

苏宛愤愤地回到了自己家里：“难道这家伙以为搬出去就跟我完全没关系了吗？哼！竟然连便当都不给我做了！”

苏宛饿得肚子咕噜噜直叫。

“算了，我不能跟自己过不去！”苏宛决定出门觅食。

坐在麻辣烫小店里，苏宛更郁闷了：“慕时方这家伙还说什么下周六一定会去参加订婚典礼，参加个头啊！”

苏宛挥舞着筷子：“他来参加什么，搞破坏吗？这么冷淡的反应，太过分了！”

把装着菜的篮子往台子上一丢，苏宛黑着脸：“老板，重麻重辣！大蒜、香菜多放点！”

她已经打定了主意，今天下午就在慕时方的门口守着，然后等慕时方一回来就冲着他使劲哈气，熏死他！

不过，仅仅是大蒜、香菜的麻辣烫是不够的……

想到这里，苏宛阴险而猥琐地笑了。

吃了麻辣烫，苏宛又跑到菜市场买了洋葱、青辣椒和大蒜，拎着那些东西晃晃悠悠地回了家，整个过程她都不敢开口讲话——怕熏着人家。

回到家里，苏宛把青辣椒和洋葱切碎了，又把大蒜捣烂，拌上醋、辣椒酱和酸辣酱，拿着勺子，坐在沙发上一边看电视一边吃。

闻着那股怪怪的味道，想象着待会儿慕时方被她熏得想死的样子，苏宛情不自禁地嘎嘎直笑。

她就不相信了，吃了这种东西还熏不死慕时方。

因为心情不爽，苏宛连漫画都没画，吃了一下午的“口气炸弹”。

好不容易挨到了慕时方下班的时间，苏宛蹲守在门口，从猫眼里看着对面的情况。

终于，轻盈的脚步声响了起来，苏宛当机立断，一把推开门就扑了上去：“慕时方！”

没想到脚下一滑，整个人就往楼梯下面摔去。

慕时方眼明手快地接住苏宛，皱着眉头问：“怎么了，这么匆忙？”

“慕时方！”苏宛又是一声大吼。

见慕时方一脸的愕然，苏宛奸笑着就凑了过去，对着慕时方的脸就哈气："熏死你！熏死你！"

慕时方屏住呼吸："你干吗？"

"熏死你啊！"苏宛狂哈气。

慕时方啼笑皆非："我做了什么惹你生气的事情了？呃，你到底吃了什么？"

"你没给我做便当！"苏宛凶狠地看着慕时方，"你害得我饿肚子了！"

"我早上吃的面条，想着面放久了会煳掉就没给你做。"

"你！"苏宛一时语塞，好半天又蛮不讲理地开口，"那你也应该给我做一些别的啊！"

慕时方一脸无辜地看着苏宛："你昨晚半夜给我打电话，我今天早上醒得太晚，又担心迟到，所以来不及做别的，这都是你的错。"

苏宛傻眼了。

"还有，你到底吃了什么，怎么这么怪的味道？"慕时方又皱了皱眉。

"我精心调配出来的超级无敌生化核武器！"苏宛狠狠地掐了慕时方一记，"大蒜、洋葱、青辣椒，熏死你！"

"好难闻！"慕时方伸手捏住自己的鼻子。

"就是难闻才好！"苏宛一脸的得意，"本来我的目的就是要熏死你！"

慕时方无可奈何地把苏宛扒了下来："好了，快去漱口。你晚上想要吃什么，我去做？"

"我要吃豪美味的牛排！"苏宛趴到慕时方的身上，"我就不漱口！我要跟着你一起去豪美味，我还要跟过路的人打招呼，我要熏死他们！然后让他们带着怪异的眼光看你，笑你找了一个口气这么重的女朋友！"

慕时方意味深长地看着苏宛："女朋友？你现在，是我的女朋友吗？"

苏宛傻了。

"不过，你真的不愿意去漱口？"慕时方的眉一挑。

苏宛哼了一声，心不甘情不愿地松开了慕时方："我去漱口就是了。"

"等等！"慕时方一把就扯过了苏宛。

"啊？"苏宛不明所以。

男人嘴角一翘，然后重重地吻了下去。

苏宛的眼睛蓦地睁大。

她的口气重得自己都忍受不了，慕时方竟然还敢亲她？

在诧异之间，苏宛总觉得自己有什么地方搞错了——好像自己在意的重点不应该是这个吧？

推开了慕时方，苏宛吼道：“你疯了吧，亏你受得了！”

“那还不快去漱口！”慕时方含笑推了她一把，“我也去漱口了。”

苏宛翻了个白眼，推开门走了进去。

站在镜子前漱口的时候，她忽然反应过来：“慕时方那家伙，为什么要亲我啊！”

漱过口，苏宛出门就看到在楼道口等着她的慕时方。

“喂，你这家伙！刚刚干吗要亲我啊！”

“你自己说的，你是我的女朋友啊，我只不过是在履行做男朋友的职责而已！”慕时方伸手拉住了苏宛的手，“不是要吃牛排吗，走吧！”

苏宛轻轻地踹了慕时方一脚，才跟着慕时方下楼了。

“慕时方，下周六我跟金灏天订婚，你真的要来吗？”坐在豪美味，苏宛犹豫了很久，还是开口了。

慕时方淡淡地看着她：“作为端木集团的总裁，金帝集团少主的订婚仪式，我能不去吗？”

苏宛撇了撇嘴：“还总裁呢！你又不是真的总裁。”

慕时方轻轻一笑：“可是，金灏天是这样认为的吧！”

苏宛不说话。

牛排很快上来了，苏宛吃到一半忍不住问道：“可是，可是，你去参加，你在那里要做什么？”

“当然吃好喝好玩好啊！”

“我问你要在订婚宴上做什么！”苏宛又轻轻地踢了慕时方一脚。

“看心情吧！心情好的话就好好地参加你们的订婚仪式，心情不好的话，就搞破坏好了！”

苏宛满脸黑线。

慕时方含笑看着她：“你是希望我心情好，还是不好？”

苏宛傻傻看着慕时方，她心里很矛盾，不知道怎么回答。对她而言，慕时方远远不是一个简单的保姆、朋友，或者追求者。

“所以你，是真的决定要嫁给金灏天了吗？”慕时方偏头看着她。

苏宛用叉子戳了戳盘底，头也低了下去：“我不是从捡到你就跟你说了吗，我的目标就是嫁给金灏天啊，现在金灏天都跟我求婚了，我当然是要嫁给他了。”

“你觉得，金灏天，是真的喜欢你吗？”

苏宛愕然地抬起了头。

“我想，他或许是有些喜欢你，”慕时方嘴角一翘，“但是，他最喜欢的，绝对不是你。”

苏宛又呆了：“什么意思？”

“好了，先吃吧！”慕时方伸手揉了揉她的头发，“待会儿牛排就凉了！”

苏宛皱了皱眉：“可是……”

“没什么可是的！”慕时方轻笑了一声，“你只要记住，在这个世界上，除了我，没有别的男人会把你放在第一位。”

看着慕时方低头切牛排，苏宛心里突然一酸，很不是滋味。

她自己都觉得自己挺可恶的，她一边想着要嫁给金灏天，可是心里又不希望慕时方会离开她。

“果然我是太贪心了吗？”苏宛在心里暗暗地骂了自己一句。

吃过牛排，两人坐公交车回了家。

“虽然我们俩就住在对面，可还是觉得不习惯，”站在自家门口，苏宛一脸怨气，“虽然金少总是说你在他来了不方便，可是也没见他到我家里来啊。”

慕时方眉毛一挑：“所以你是希望他到你家里来？”

“我是说你根本就不该搬！”苏宛没好气地白了他一眼。

“可是你们马上就要订婚了，订婚以后说不定他就会经常到你家里来了！”

苏宛无语。

“好了，你快回去画画吧！”慕时方走进自己家里，关上门。

苏宛哪里有心情画画，她坐在电脑前发呆。

真的要嫁给金灏天吗？

不一会儿，她又狠狠地甩了甩脑袋——这是我一直以来的梦想，我不会错过的！

苏宛这边心里忐忑、各种纠结矛盾，金灏天倒是有条不紊地把订婚事宜安排好了。

这位太子爷一直以来口碑都不咋的，谁都没有想到花花公子一样的金灏天会突然订婚，所以这个消息一传出去，迅速就成为各大报纸的头条。

让苏宛稍微安心的是，金灏天把她保护得很好，迄今为止还没有人知道要跟金灏天订婚的人就是她，她自己都搞不懂，为什么她不想被人知道。

苏宛烦闷异常，偏偏这些天慕时方总是一大早就出门，很晚才回来。他回来的时候，苏宛又总是在忙着画画，两人连碰头的时间也没有。不过为了照顾苏宛，他又暂时搬回苏宛家里睡沙发了。

慕时方这段时间可没有闲着，因为 G 市那块地招标的缘故，金帝集团和端木集团闹得不可开交，现在已经完全是锱铢必争了。

金灏天虽然在筹备着跟苏宛订婚的事宜，但是招标的案子也没有放松，也正因为这样，外界关于这次金灏天订婚的事情就更加关注——纷纷猜测金灏天的未婚妻到底是谁，竟然让金灏天在这种时候还分神准备订婚的事情。

苏宛这些天走路都跟在飘似的。

她脑子里很乱，但是又理不清。为了让自己不要胡思乱想，她没日没夜地画着漫画，现在已经完全是一种幽灵状态了。

而慕时方，此时却还在端木集团的会议室里开着会。

“总裁，对于金灏天订婚的事情……到底是什么情况？”有人忍不住开口了。

所有人都把目光投到了慕时方的身上。

他们都知道要跟金灏天订婚的女孩子和慕时方的关系，所以听到这个消息时都觉得有些不可思议。如果不是从慕时方对那个女孩子宠溺的语气就能看出他是喜欢那个女孩子的话，他们还真的会认为这是总裁对金灏天使的美人计！

慕时方却不打算回答这个问题，只偏头问一边的助理：“这次招标的底价推断出来了吗？我们有内部消息，应该不难吧。”

这次 G 市的招标，是莫振强对慕时方的一个考验。他做端木集团的总裁这么久了，应该也已经知道端木集团跟金帝集团的局势，这次的招标，莫振强看慕时方并不是专业出身，于是泄露了一点点内幕给他。

一旦慕时方通过这个考验，成功取得了G市那块地的开发权，那么端木集团就整个归慕时方管辖了，莫振强不会再插手。

接过助理递来的报告看了看，慕时方点了点头：“好，明天再进行最后一次审核。”

“是！”

开完会，慕时方想到今晚可以回到苏宛那里睡沙发，嘴角不由得又微微地扬起。

等慕时方回到家的时候已经是晚上十点了。苏宛正画着画呢，听到卫生间里有水声，她立刻就跳起来往外跑。

“慕时方，”看到他正在洗着脸，苏宛停下了脚步，靠在卫生间的门口，有些期期艾艾的，“你回来了。”

“是啊，你怎么还没睡啊！”慕时方扯过毛巾擦掉脸上的水，“最近我睡床睡习惯了，现在要让我睡沙发，恐怕会失眠！苏宛，我一定要睡床！”

苏宛傻眼了：“所以说，你是要我睡沙发？”

“谁说的？”慕时方笑眯眯地擦着手，“我们可以一起睡床。”

苏宛一怔，随即脸就红了：“少来了啦！”

慕时方笑笑，伸手敲了敲她的脑门：“这么晚了，你饿了没有，要吃夜宵吗？”

“不要！会长胖的！”苏宛又噘嘴。

“那我就先睡了，”慕时方去苏宛房间拿出被褥躺在沙发上闭上眼睛。

“不会冷吗？”苏宛有些担心，“现在温度已经很低了。”

慕时方的嘴角一勾：“这么担心的话，晚上一起睡？”

苏宛翻白眼：“冷死你好了！”

虽然以前也跟慕时方睡过一张床，但自己现在已经是别人的女朋友了。

慕时方轻笑了一声。

苏宛挠了挠头，回自己房间去了。

第二天慕时方回来的时候照样是十点多了，一打开门见苏宛又在画画，他走过去敲了她的头一下：“还不睡？明天你要早起呢！”

明天就是周六了，是苏宛和金灏天订婚的日子。金灏天也打过电话催她早睡了，可是苏宛就是睡不着，心里莫名有些烦躁和恐慌。

“明天我是要去跟别人订婚，慕时方，这样你也要我早睡吗？”苏宛偏着头看着慕时方。

“你的身体最重要！”慕时方伸手揉了揉她的头发。

“可是我睡不着怎么办？”苏宛看着慕时方，“你不会点我的睡穴的，对吧！”

慕时方有些无奈：“想的话，不是不可以。”

苏宛撇撇嘴，“好了啦，我睡觉就是了！”

洗了个澡，苏宛躺在床上翻来覆去睡不着。不知道怎么的，她就觉得心里烦躁得很，想到明天的订婚宴会，怎么都觉得有些害怕。

“慕时方！”苏宛跟幽灵一样飘到门口，打开门一脸怨念地看着慕时方，“我真的睡不着！”

慕时方坐了起来，“要我给你点睡穴吗？”

“不是的啦！”苏宛幽怨地叹了口气，“我好像有婚前恐惧症。”

慕时方嘴角一勾：“你还没结婚呢，明天只是订婚而已。”

“可我就是觉得莫名的不安，”苏宛抱着枕头，表情更哀怨了，“我现在睡不着！也不许你点我睡穴，呃——你要干吗？”

看着慕时方径直走了过来，苏宛有些莫名其妙。

“陪着你睡！”慕时方一弯腰就把苏宛抱了起来，“我用内力让你安神，这样就能睡得着了。”

“真的吗？”苏宛明显有些不相信。

“试试不就知道了？”慕时方把苏宛抱到了床上，挨着她躺下，又把被子给苏宛盖好，一翻身，就把她搂在了怀里。

热热的温度已传来，莫名地就让苏宛安下心来。她动了动，找了个最舒服的姿势，又往慕时方的怀里钻了钻。

“你就是喜欢占我的便宜！”慕时方无奈地把苏宛在他胸膛乱摸的手拿了下来，“不知道男人在床上是经不起勾引的吗？”

“我才没有勾引你，这是习惯成自然！”苏宛把手移到了慕时方的腰上，抱着他安心地闭上了眼睛。

“睡吧！明天早上，我给你做你喜欢的早餐。”慕时方拍了拍苏宛的背。

“嗯。”

“早上会有化妆师和服装师过来，所以我会一早离开的。”

“嗯。”

“做个好梦，明天要漂漂亮亮的。”

“好。”

第二天苏宛六点半就醒了，她都不知道自己能这么早起床。

醒过来的时候，慕时方已经不在了。

苏宛走进厨房一看，便当盒就放在操作台上，一摸，还是热的。

洗漱完了苏宛正抱着便当吃着，门铃响了起来。

来的，自然就是金灏天叫来的那些化妆师服装师什么。

只是一下子挤进来五六个人，把苏宛吓了一跳。蔡小雅结婚的时候，虽然也有很多人忙活，可是这事落在自己头上，还是有些异样。

几口把便当吃完，苏宛又去洗了一把脸，才站在那里，接受这些人的折腾。

脸上被一遍一遍涂抹着各种化妆品，头发也被人弄来弄去，睡衣更是直接就被人扒了，换上了精致的洁白礼服。虽然一屋子的女人，但苏宛还是有一点不好意思。

足足折腾了一个小时，才算是把苏宛收拾好了。

化妆师满意地拿出一块大镜子：“苏小姐，怎么样？”

苏宛看着镜子里面的自己，不由得呆了呆。

上次她跟慕时方去天伦王朝参加那个慈善拍卖晚会的时候，她已经觉得自己很漂亮了，可是没想到在这些专业造型师的打造下，她竟然也可以这么美。

苏宛情不自禁地摸了摸自己的脸：“真的是我吗？”

“苏小姐真的非常美！”旁边的服装师抬手看了看手表，“已经快八点半了，我们现在就出发吧，车就在楼下等着呢！”

苏宛点了点头，走到门口，立刻就有人俯下身，帮她穿上漂亮的高跟鞋。

“谢谢。”苏宛拎着裙子走了出去。

坐在一辆苏宛都叫不出名字的豪车里，看着车子渐渐往小区门口驶去，苏宛的心出乎意料地平静了下来。

车子才刚刚驶到小区门口，苏宛一拍脑儿门，立刻让司机停车。

后面的两辆车也跟着停了下来，苏宛急匆匆地下了车。一个化妆师疑惑地打开了车门："苏小姐，请问有什么事情吗？"

"我手机忘带了！"苏宛拎着裙子就往回跑，"你们等会儿，要不你们先去？"

"苏小姐，要我陪着你吗？"那个化妆师立刻高声叫了起来。

"不用了！"苏宛只是埋头跑着。

好不容易跑回了自家楼下，苏宛噔噔噔跑回家，打开房门，冲回房间摸到了自己的手机。重重地出了口气，苏宛正要出去，看到丢在茶几上的钱包，不知道脑子里面哪根筋短路了一下，她又顺手拿起了自己的钱包。

慢慢下了楼，苏宛开始想着天伦王朝里面会变成什么样子。

金灏天大概会让人把那里装饰得特别梦幻吧！这么早就把她接过去，那么订婚到底是几点钟开始呢？也不知道金灏天到底邀请了哪些人，他的爸爸妈妈会不会到场呢？他们又会不会满意自己这个儿媳妇呢？

慕时方会在什么时候出现？他出现之后又会做什么呢？他做了什么之后金灏天又会是什么反应呢？

一阵喇叭声把正在胡思乱想的苏宛惊醒，她有些茫然地抬起头，就看到一辆出租车停在面前。

司机大叔已经打开了副驾驶的门，正一脸郁闷地看着苏宛："这位小姐，你是要到什么地方去吗，我都停在这里半天了，你怎么不上车啊？"

"啊？"苏宛一怔，再一看自己的手的确是扬着的。

她放下了手，坐进了出租车："师傅，去天伦王朝，不，去阳光海滩。"

"啊？"司机大叔也是一怔，"去阳光海滩？"

苏宛点了点头："嗯。"

"小姐，现在是秋天了哎，你去海边？"司机大叔还是有些不敢相信。

"谁规定了秋天不能去海边吗？"苏宛晃了晃钱包，"我有钱，你开车就是了。"

司机大叔还是一副不可置信的样子："小姐，你穿成这样……去海滩？"

"我去哪里跟穿什么有关系吗？"苏宛奇怪地看着他。

"没关系。"司机大叔的嘴角抽了抽，一踩油门，出租车就飙了起来。

看着车窗外，苏宛渐渐回过神来。

她这是在干什么？今天是她跟金灏天订婚的日子，可是她竟然恍恍惚惚地从小区的后门出来，打了辆出租车去阳光海滩！

“司机大叔！”苏宛猛地惊叫了起来。

“怎么？”司机大叔猛地一踩刹车，“现在是不是要调头去天伦王朝？”

苏宛嘴唇动了动，心里想着得赶紧回去，可是嘴里却说出了相反的话：“不，麻烦你开快点！”

金灏天正站在门口迎接宾客，电话却响了起来。

“喂，什么事情？”他走到了一边。

“苏小姐不见了！”打电话的是那个化妆师，此刻她正跟其余几个人站在苏宛家门前，正拼命地敲着门，可是没人来开门。

“什么？”金灏天眉头一皱，“你说不见了是什么意思？”

“本来我们都出发了，苏小姐说她回去拿手机，结果我们等了三十分钟都没等到苏小姐回来，上楼看她家里门关着，怎么敲门里面都没人应……”

“你们先过来吧！”金灏天干脆挂了电话，接着又开始打苏宛的电话。

“对不起，您拨打的电话已关机……”

金灏天的脸色难看了起来，他拨通了慕时方的电话。

慕时方的电话倒是打通了，接电话的速度也不慢。

“金少，这个时候给我打电话是催我到场吗？”慕时方翻着手里的文件，“你放心好了，既然金少你都给我发了请柬，我自然是会到的。”

金灏天本来觉得是慕时方把苏宛带走了，可现在听他的语气似乎事情不是他想的那样：“慕总，小宛失踪了。”

“你说什么？”慕时方猛地站起来，“我马上给她打电……”

“我打过了！”金灏天打断了慕时方的话，“电话关机。”

“我会找到她的！”慕时方甩出了这样一句话，挂断了电话。

苏宛下了出租车，看着眼前阳光沙滩的招牌，犹豫了一下，才拎着裙角深一脚浅一脚地往门口走去。

“那个……”站在大门口，苏宛却又不知道该说什么好了。

她到底来这里干吗啊！她根本就没有会员卡！

“苏小姐？”

让苏宛意外的是，门口站岗的警卫竟然还认得她。

“苏小姐是一个人来玩？”门岗里的警卫使劲揉了揉眼睛。

“我，我只是想要来看看海……”苏宛脸都红了，“算了，我这就走。”

“等等，”那个警卫打开了门，“苏小姐请进吧！”

“可是……”苏宛犹豫了，“我是突发奇想来的，没有会员卡。”

那个警卫微微一笑：“苏小姐哪里的话，慕先生一早就吩咐过了，如果是您的话，阳光海滩的大门永远为您敞开。”

苏宛咬了咬嘴唇，鼻子微微一酸，对着那个警卫点了点头，拎起裙角走了进去。

一路慢慢走到了沙滩上，细跟的高跟鞋踩在上面，一踩一个坑，走起路来颇为吃力。

苏宛有些郁闷，干脆脱了高跟鞋，拎在手里，赤脚感受清晨沙滩上冰凉的沙子。

阳光海滩，在这个地方，她跟金灏天开始了真正的接触。

在这个地方，她在金灏天面前彻底出糗。

在这个地方，她不小心亲到了慕时方。

在这个地方，慕时方抢了她的初吻。

在这地方，她为了救慕时方，差点被淹死。

在这个地方，慕时方说要带她潜水，给她渡气。

……

本来以为会是跟金灏天浪漫邂逅的回忆场所，可是回忆泛出来，却全被慕时方占据了。

“我就知道你在这里。”

温柔的声音响在耳边，苏宛整个人也被拥进了一个温暖的怀抱。

她有些不可置信地偏过头，就看到慕时方俊逸的侧脸。

“你，你怎么来了？”苏宛仰头惊愕地看着他。

“这话应该我问你吧，”慕时方伸手就在苏宛的鼻子上拧了一下，“你不是应该去天伦王朝跟金灏天订婚的吗？”

苏宛噘着嘴，扭回了头：“不想去了。”

慕时方嘴角勾起一抹笑：“为什么不想去了？明明都打扮得这么漂

亮了。”

“就是不想去了啊！”苏宛无意识地踢着沙子。

慕时方把苏宛的脸扳过来：“你不是一直都想要嫁给金灏天吗？今天明明是你跟他订婚的日子，为什么你一个人跑到这里来了？”

“我……我想到海边看日出了。”苏宛支吾了半天，才找出了一个借口。

慕时方轻笑出声：“太阳早就升起来了，你似乎来得太晚了。”

苏宛一阵恼怒，忽然发狠踢了慕时方一脚：“因为我喜欢你，所以我不想嫁给金少！不想跟金少订婚，所以我跑到这里来了！”

慕时方一把把苏宛紧紧搂在了怀里。

苏宛噘着嘴，心中一阵安宁，缓缓伸手反抱着慕时方，安心把头埋在他怀里。

终于，尘埃落定。

17

只要你幸福，我就会放手

“今天你可是把金灏天给晾在天伦王朝了，”也不知道抱了多久，慕时方才轻轻地松开了苏宛，“要知道，金灏天可是请了好多人来的。”

一听到这个，苏宛又有些不安了：“那要怎么办啊，金少会不会追杀我啊？”

慕时方忍不住笑了：“放心，有我在。”

“今天我一定让他很丢脸，人家会怎么看他呢？订婚宴的时候女方却没有出现。”

慕时方无所谓：“不用管他。”

“可是，我在出租车上的时候，把电话也关机了，他找不到我的话，会不会发火？”

苏宛有些懊恼：“不管怎么样，我今天都不应该就这个样子，我应该先去天伦王朝跟他解释，哪怕是我已经决定了不嫁给他。”

“等你去了，看到那种场景，就算你想要说那些话也说不出口的吧，”慕时方揉了揉她的头发，“到时候金灏天一恳求，你一定会心软。”

苏宛想了想，发现如果真的出现那种情况的话，她的确是会答应的。

“不过，你能认清自己的心，我很开心，”慕时方的嘴角一翘，“小宛你到底是怎么决定不去天伦王朝的？”

“我没有决定，”苏宛扁了扁嘴，“是我的脚决定的。”

“傻丫头！”慕时方忍不住又笑了，“这叫本心。”

“不过金少那里到底要怎么办啊！”苏宛想着这一茬儿又焦虑了，“这会儿他肯定在酒店里大发雷霆！”

金灏天这会儿的确是在酒店里面，不过他倒没有大发雷霆，只是游走在已经到场的宾客间，告诉他们他的未婚妻身体不好，突发疾病，所以不能来参加这场盛大的订婚宴会了。

没有任何人怀疑——因为没有任何人会相信金灏天的未婚妻会逃婚。

蔡小雅和明焕然坐在会场的角落里，正在窃窃私语。

“你没给苏宛打电话？”明焕然皱着眉。

“打了啊，关机了！”蔡小雅耸了耸肩，“不过我敢保证，苏宛绝对不是突发什么疾病，这家伙肯定是逃跑了！”

明焕然一脸的不解：“嫁给灏天有什么不好的，她为什么要逃跑？”

“这个嘛……苏宛有喜欢的人了，”蔡小雅一耸肩，“虽然她的确是对金少有好感，但是很显然，她更喜欢那个人。”

金灏天径直走了过来：“焕然，弟妹。”

明焕然站起来，安慰性地拍了拍金灏天的肩。

“干嘛呢！”金灏天啼笑皆非。

“想开点呗！”蔡小雅一耸肩，“输给慕时方，你也不丢人。”

“当然，”金灏天轻声一笑，“而且，我一定可以得到更多。”

蔡小雅眼神一凛：“金少，小宛逃婚是她不对，但我希望你不要因此而伤害她。”

“小宛救过我的命，我又怎么会伤害他呢？”金灏天敛了笑容，“放心好了，就算她没有选择我，我也不会怪她的。”

蔡小雅这才点了点头：“金少你能看开就太好了，”她挽起了明焕然的胳膊，“好了，我们走了啦！”

“我们去明山湖玩去！”明焕然眼睛一弯，“走！”

看着蔡小雅和明焕然走了，金灏天才皱眉：“小宛到底去了哪里，慕时方到底有没有找到她？”

要说心里没有不舒服是骗人的，可是正如金灏天自己所说的，他一定能得到更多。

这次的事情发生了，在他想要从苏宛那里得到自己想要的东西时，不会那么内疚吧……

苏宛还在阳光海滩上，也不管地上干净还是不干净，就跟着慕时方坐在沙滩上。

慕时方把身上的西装脱了下来，搭在苏宛的身上。

“冷吗？”他把苏宛往自己的怀里拥了拥，“真的不要回去？”

“我就想要在这里再待会儿啊！”苏宛哼唧着，“现在天气凉爽干燥，在这里吹吹海风感觉很舒服！”

慕时方身上内力一运，热力立刻涌了出来。

“等过年的时候，你跟我一起回家吧！”苏宛把头枕在慕时方的怀里。

慕时方一怔，伸手把苏宛抱得更紧：“好。”

“回家之后，不管我说什么，你都附和就是了，反正去了一定要听我的话，知道了吗？”苏宛在慕时方的怀里蹭了蹭，“好暖和啊，你简直就是一个天然取暖器嘛！”

“只给你取暖。”慕时方侧身在苏宛的脸颊印上一吻。

“不要乱亲啦，”苏宛的脸一红，“会被人看到啦！”

“对哦！”慕时方郑重其事地点了点头，“你现在是金灏天的女朋友，被别人看到就不好了。”

苏宛翻着白眼就掐了慕时方一把：“讨厌！”

慕时方忍不住笑了：“我哪里讨厌了？你现在不也还没有跟金灏天分手吗？”

“我会跟他去分手的啦！”苏宛嘟囔着，“只是，只是我现在有些害怕见到金灏天。”

想到那个场景，苏宛都快哭了：“我让他丢了那么大的脸！”

“你放心好了，”慕时方刮了刮她的鼻子，“金灏天不可能连这点事情都搞不定的。”

“真的吗？”苏宛抬起头，“慕时方，你觉得金少会怎么办啊？”

“亲我一下，我就告诉你。”慕时方笑眯眯地看着她。

苏宛的脸立刻就红了，虽然她跟慕时方的亲密接触也不是一次两次了，但没有一次是苏宛主动的。

“不亲算了。”慕时方看天。

“慕时方你越来越讨厌了！”苏宛的脸更红了，她有些羞涩抬起头，轻轻凑近了慕时方的唇。慕时方低下头，揽着苏宛的腰，带着极具侵略性的气势，迎上了苏宛的嘴。

好半天，慕时方才松开了苏宛，脸上挂着志得意满的笑：“我想，今天你没有出现在天伦王朝，金灏天一定会给你找借口，说你有急事，或者是身体出了什么情况。”

“啊？”刚刚才从娇羞里走出来的苏宛还有些发懵，呆了三秒，才明白过来这是慕时方在回答之前的问题。

慕时方又抬手看了看时间：“现在已经快十一点了，我们还是先回去吧，今天中午想要吃什么？”

苏宛点了点头：“你做什么我都喜欢。”

慕时方点了点她的鼻子，揽着她站了起来：“走吧！”

“不跟这里的负责人打个招呼吗？”看着慕时方这就要走了，苏宛有些疑惑，“你是什么时候跟他们说我不用会员卡就可以进来的？”

“在你说想要潜水之后，”慕时方微微一笑，趁着周围没有人，搂着苏宛，几个起落，就已经出现在阳光海滩的大门附近了。

跟门口一脸好奇的警卫礼貌告别后，两人才相拥走了出去。

只是看着停在外面的车，苏宛更吃惊了：“慕时方你什么时候考的驾照？”

“有一阵子了，”给苏宛系好安全带，慕时方顺势在她脸上吻了一记，“我还要做老板的专职司机嘛！”

苏宛的嘴角又抽搐了：“你们老板真是个吃人不吐骨头的资本家！”

似乎是为了奖励苏宛的勇敢逃跑，中午慕时方做了大餐。

吃过饭，苏宛躺在沙发上，开始思考到底要不要开手机，慕时方在厨房里洗碗，水哗哗地流着。摸着手机忧虑了半天，她终于还是狠狠心开了机。

跟预想的一样，是铺天盖地的短信提示音。

等这一阵铃声响过了，苏宛掏了掏耳朵，挨个儿看了起来。

很大一部分都是提示关机期间的漏接来电，让苏宛惊讶的是，竟然大部分都是蔡小雅的，这个家伙肯定是想要看热闹。

再往下翻，就看到了金灏天打来的一个电话，苏宛咽了咽口水，继续往下翻。

撇开蔡小雅发来的那些短信，在收件箱里面，静静地躺着一封金灏天发来的信息。

苏宛重重地呼出了口气，然后打开了信息。

“小宛，我们谈谈吧！”

想了半天她才抖着手回了一句：“好……什么时候？”

信息刚发过去，电话铃声就响了起来。

苏宛吓了一大跳，差点没直接把手机给摔了。手忙脚乱地捧好手机，苏宛定睛一看，不是金灏天还有谁！

她慌慌张张地跳起来就往厨房跑：“慕时方，怎么办，金灏天给我打电话来了！”

慕时方停下了手里的动作：“既然打来了，那你就接啊！”

“可是，可是，我说什么啊？”苏宛哭丧着脸。

“他问什么你就说什么啊，照实说就是了。”

苏宛还是哭丧着脸：“要不——你接？”

慕时方扯过一边毛巾擦了擦手，伸手就去拿苏宛的手机。苏宛忽然又觉得不妥，赶紧抢过手机就跑回了房间。

慕时方轻轻一笑，转过身继续洗碗。

苏宛忐忑了半天，终于还是视死如归地按了接听键，只是手机举到耳朵边半天都没有人说话，再一看，已经挂掉了。

苏宛黑着脸，狠下了心，拨了回去。

“小宛。”

苏宛心里一窒，却没能发出声音。

“你现在回家了没有？”金灏天的声音很平静，听不出喜怒。

“回……回家了。”苏宛支支吾吾地开口。

“回家了就好，我还担心慕先生没有找到你，”金灏天温柔地一笑，“不过，今天的事情，你是不是应该给我一个解释？”

苏宛的脚尖不自觉地搓着地：“我……”

“小宛你晚上有空吗？”

苏宛心一横：“有空，我们到豪美味碰头！”

“豪美味是哪里？”金灏天一怔。

苏宛窘了半天才把详细的地址说了一遍。

金灏天点了点头：“好，那下午五点半我准时去那里。”

挂了电话，苏宛一脸忧虑地走了出来。

“下午要我陪你去吗？”慕时方好笑地看着她。

“还是不要了，我担心你跟金少打起来。”

慕时方点了点头：“你放心，他不会做出什么出格的事情来的。”

“出格的事情是什么？”苏宛又是一囧，“难道金少会用牛排砸我的脸？”

“那样做了，他还是男人吗？”慕时方无奈地摇了摇头，“没事的，你放心好了。”

苏宛忧心忡忡地点了点头。

眼看马上五点半了，苏宛还在家里磨磨蹭蹭的。

“你又想要放金灏天的鸽子吗？”慕时方在厨房里准备着自己的晚餐。

“哎呀，我不敢去啦！”苏宛愁眉苦脸的。

“我陪你去？”

“别！”苏宛唉声叹气地站起来，“我还是自己去吧！”

又磨磨蹭蹭了一会儿，苏宛才总算是坐到出租车上。到了豪美味，苏宛付钱下了车，在门口探头探脑了半天，正在打量金灏天到底在哪儿呢，背上却被人一拍。

苏宛吓了一大跳，回头一看：“金，金少……”

“你也才到吗？”金灏天眉一挑，“我找了半天的路，总算是找到了。”

苏宛干笑了两声：“那我们进去吧。”

两人一前一后走进豪美味，找了个位置坐下。金灏天也不说话，只是看着苏宛。

某位做了亏心事的女人被看得头皮发麻：“饿了，我们先点吃的吧！”

金灏天轻轻一笑：“好，想吃什么？”

“菲力牛排八分熟，不要套餐。”苏宛一个响指叫来了服务员，利落地开口。

“这位先生呢？”服务员又彬彬有礼地看向金灏天。

“我跟她一样就好了。”

服务员领命而去，金灏天又看向苏宛：“小宛，你没有话要对我说么？”

苏宛噘着嘴憋了半天，才说了三个字：“对不起……”

“是为了慕先生吗？”金灏天的脸上露出了几分失落，“无论是因为什么，我只是想知道，你真的喜欢过我吗？你当时是因为喜欢我，所以才答应做我的女朋友的吗？”

“我，我只是因为虚荣啦。”苏宛低下头，“因为我一直都想嫁给一个家里很有钱的人……”

见金灏天眉一挑，苏宛又赶紧补充：“可我当时答应你的时候，是真的对你很有好感的！”

金灏天呼了口气：“我还以为我一点魅力都没有呢！”

“跟你接触之后，我发现你跟外面的传言不一样，这样的金灏天是真正地吸引我了，”苏宛挠了挠头，“可我总是觉得我自己没有认清自己的心，到今天我才知道，我不能跟你订婚，因为，因为我真正喜欢的人是慕时方。”

“所以，小宛你是来跟我说分手的吗？”金灏天凝视着苏宛。

苏宛有些不知道怎么开口。

“如果小宛真的要跟我分手的话，”金灏天的情绪低落，“只要你能幸福，我就会放手的。”

苏宛心里一酸：“对不起……”

“不用说对不起，”金灏天勉强一笑，“就算是分手了，我们也还是好朋友的吧？”

“当然！当然！”苏宛猛点头。

“好难过啊！”金灏天又叹了口气。

苏宛立刻又囧了。

金灏天凝视着苏宛的眼睛，“今天来了好多记者，虽然我跟他们说是因为你身体原因不能到场了，可是那些记者一直堵着我问你到底怎么样，叫什么名字，住在哪里，是什么地方的人……”

金灏天每说一句，苏宛就瑟缩一下，到最后整个人都快钻到桌子底下去了。

“因为今天上午的事情，现在金帝集团的股票一直在跌，”金灏天淡淡看着苏宛，“先前关于我要订婚的消息就已经传遍了A市，可我的未婚妻不见了，所有人都在猜是不是我做了什么对不起你的事，我的未婚妻才生病不来的，我的形象越来越负面了呢。”

看着苏宛一副无地自容的样子，金灏天叹了口气：“你回家上网一搜，保证铺天盖地都是今天你放我鸽子的消息。”

苏宛手都不知道该放哪儿了：“对不起……”

“其实这些对我而言，都不重要，”金灏天叹了口气，“最让我觉得有些麻烦的事情，有两件，只要这两件事情解决了，那么就没什么事了。”

苏宛精神一振：“什么事情，我能帮上忙吗？”

“有一件事情你能帮上忙，但是另外一件事情……”金灏天欲言又止。

“什么事？能帮得上的我一定帮。”

“小宛你上次没能去我家，我爸妈本来就有些生气，今天上午的时候，他们也在天伦王朝，”金灏天失落地道，“所以，你知道是什么事情了吧！”

苏宛的脸白了白：“叔叔阿姨一定很生气。”

“岂止是生气那么简单！”金灏天无奈地摇头。

苏宛急了：“我可以去跟叔叔阿姨登门道歉！”

金灏天摇头：“你现在出现在我爸爸妈妈面前的话，我妈妈肯定不会给你好脸色看，我爸爸也根本不愿意见到你，更主要的是他也没有时间见你，他得处理金帝集团后面的事情，唉！真是麻烦大了！”

苏宛都快要哭出来了。

服务员这个时候却把牛排给送上来了。苏宛扯着餐巾纸挡在自己的衣服旁边，忧心忡忡。

好半天，她终于想起了一个被自己忽略掉的事情：“对了，你说我能帮得上忙的事情是什么？假如我能帮到忙的话，那不是就能让叔叔的心情好一些吗？”

“这事情哪里有那么简单，”金灏天轻轻一笑，“而且，我也不希望你做这样的事情。”

金灏天这样一说，苏宛的心里就更不是滋味了。

她干脆放下了刀叉，一脸诚恳地看着金灏天：“到底是什么事情？能帮得到你的话，我一定会帮你的！真的！”

“不了，”金灏天却婉言谢绝了，“这件事情，我并不希望你插手。”

苏宛的心里犹如有万只猫爪子在抓：“你告诉我好不好！我心里很不好受，好歹也给我一个弥补自己的过错的机会好么？我单纯地说着对不起，自己都觉得好苍白无力！”

金灏天只是一笑，没有说话，优雅地切割着牛排。

咀嚼了两口，他又点了点头：“虽然肉质不怎么样，但是酱汁配得还不错，只不过八分熟的牛排实在是有些老了，五分或者三分的牛排会很鲜嫩的。”

“不要，那种切开了还能看到红肉的东西我才不要吃呢！”苏宛一脸的嫌弃。

“这里消费不算高，东西也不错。”金灏天扯过餐巾纸擦了擦嘴，又摆弄起了面前的那一杯泡沫红茶。

“是啊！我领了工资的话，就会到这里来犒劳自己……不对，金少你别转移话题！”苏宛郁闷地看着金灏天，“你说的那件事情到底是什么啊？”

“小宛！”金灏天敛了笑容，“我不愿意你掺和进这件事情，金帝集团就算遇到再大的危机，我都会自己解决的。”

“到底是什么啊！”苏宛快抓狂了。

金灏天越是这么说，她就是越是好奇。

“虽然我爸爸说，如果今年金帝集团比去年更上一层楼的话，就把公司直接交给我，不过现在看来，只怕是不成了，”金灏天一声喟叹，“不过也还好，那样我就可以再多玩几年了。”

苏宛不明所以。

金灏天口里说着这样的话，但表情却一点都没有轻松的意思。

苏宛知道，金灏天在两年前接手了金帝集团的一部分运作之后，就一直不被外界看好，所有人都觉得他只不过是一个花花公子，所做的一切都是靠着他爸爸给他的一个团队，所以这两年他一直是在各种非议中度过的。

直到今年，金帝集团在他的掌控下蒸蒸日上，大家才开始承认金灏天的实力，现在却因为自己的逃婚让他又陷入非议之中……

想到这里，苏宛又满心负罪感。

金灏天都决定要跟她结婚了，一定就是因为他认为她是对的人，可是苏宛却抛弃了他，还给他接手金帝集团带来了阻力。

他明明那么努力地经营着金帝集团……

“金少，你告诉我！”苏宛愁眉苦脸，“到底是什么事情我能帮忙的，无论是什么事情我都会帮你！我不希望你这两年多的努力就这么打了水漂，这会让我很内疚。”

“就算是被人看不起，我也不能让小宛你做那样的事情，”金灏天微笑着看着苏宛，“因为我喜欢你啊，我想要保护你，所以我不希望你做任何你不喜欢的事情。

“本来我是打算，结了婚之后你只要在家里画画就好了，做一个乖巧可爱的小妻子，我会每天在下班之后回家陪你，在加班的时候打电话让你给我送便当来，然后在办公室陪着我一起吃。

“在节日或者双方生日的时候，抛下所有的一切，到处去疯，到处去玩，就这样的生活，无忧无虑的生活，小宛，我不希望你因为我而背负什么压力。”

金灏天对未来的畅想让苏宛也有些走神，想到那种场面，的确是非常幸福和浪漫。只可惜这些都不可能发生，苏宛选择的是慕时方，那个小保安队长，所以她也只能郁卒地看着金灏天：“金少，我现在压力很大，你不告诉我我今晚真的会睡不着觉的！”

“我如果告诉你了，你今晚还是会睡不着觉的！”金灏天放下手里的刀叉，扯过餐巾纸，伸手轻轻擦拭了一下苏宛的嘴角，“你就像一个小孩子，单纯而可爱，所以我才不想你难做。等吃完了，我就送你回家，我想，慕先生哪怕只是一个小保安队长，也一定会尽力给你我刚刚描述的生活吧——小宛你也很向往那种生活，不是吗？”

苏宛怔了怔，又叹了口气：“你说的没错，我的确是很向往那种生活，两个人在一起，幸幸福福、简简单单过着自己的小日子。”

“慕先生好像真的比我更适合你呢！”金灏天的目光中有了些落寞，见苏宛有些担忧地看着他，他又勉强扯出了一个笑容，“小宛你放心，我也会等到那个真正对我好的人出现，她一定会守在我身边，不会离开。”

苏宛的心抽搐了一下。

见金灏天又低下头切着牛排，苏宛也怅然地开始折腾着自己的牛排。

不知道怎么的，平时吃起来特别美味的牛排，现在嚼起来就跟牛皮纸一样，完全没有一点味道。

吃过饭，金灏天送苏宛到了小区门口。

“小宛，我就不送你进去了，”金灏天跟以前一样，下车给苏宛打开了车门，“不然我看到了慕先生的话，一定会忍不住冲上去给他一拳的。”

“啊？”苏宛傻眼了。

“开玩笑的，”金灏天忍不住笑了，“不过要我对着慕先生说让他好好照顾你的话，我真的说不出口，我刚刚失恋还有点难过呢。”

苏宛嘴唇动了动，想要说些安慰的话，却终究没有说出口。

“快回去吧！都快冬天了，外面很冷，不要感冒了。”金灏天伸手捏了捏苏宛的鼻子。

苏宛怔怔地看着金灏天。

“好了，快回去吧！”金灏天伸手把苏宛扳了一个方向，然后又往前面推着她走了几步，“去吧，慕先生一定在等着你！”

苏宛往前走了两步，又忍不住停了下来，扭头看向金灏天。

金灏天靠在车上，微笑着冲苏宛挥了挥手。

苏宛慢腾腾回到了家里。

“回来了？”

“嗯。”女人愁眉苦脸。

慕时方拉着她坐在自己身边：“不高兴？”

苏宛叹了口气：“我好像真的给金少造成了很大的麻烦。”

“这个是必然的，”慕时方点头，“金帝集团是A市现在的龙头企业，太子爷结婚，各界都是非常关注的。。”

“最麻烦的是金少的爸爸妈妈，”苏宛想着又有些郁闷，“我今天放了金少这么大一个鸽子，他们一定都恨死我了。”

苏宛唉声叹气地在沙发上打了个滚，一伸脚，却觉得脚边有个硬硬的东西。她疑惑地踹了一脚，立刻就听到了哗啦的一声。

“怎么了？”苏宛吓了一大跳，立刻就翻身坐了起来。

“没事，你把文件给踢下去了！”慕时方弯下腰，捡起地上的文件夹。

“什么文件啊？”苏宛也趴下去帮着捡。

苏宛低头瞄了一眼手里的那张纸，上面赫然五个大字——S市招标计划表。

“这东西怎么会在你这里？”苏宛一脸疑惑地把那张纸递给了慕时方。

慕时方接了过来，按照页码把一叠文件放好，又夹回了文件夹里：“老板忘在车上了，打电话让我好好保管。”

苏宛一撇嘴：“这些文件很重要吧，你们老板也真够丢三落四的！”

慕时方笑眯眯地把文件丢到了茶几上：“等星期一我去上班的时候把这个带去公司就好了。”

苏宛也没有再管，她还在为金灏天的事情烦心呢！

因为早上醒得太早，所以这才十点不到，苏宛就已经困得半死了。看了一会儿电视，苏宛打着呵欠就睡觉去了。

“做个好梦！”慕时方靠在门口，“以后都要这样，早睡早起。”

“明天星期天呢，千万别叫我！”苏宛裹了裹自己的被子。

慕时方轻轻地给苏宛关上了门，坐回了沙发上，摸出手机，想了想，拨了一个号码。

虽然说着要睡到中午，可是睡到一半，苏宛就醒了。看了看时间，才凌晨三点，她想继续睡，却怎么都睡不着了。

她光着脚丫子溜下床，把门打开一条缝，看到慕时方还在沙发上熟睡。

想着三更半夜把慕时方弄醒也太不人道了，苏宛只得又关上门坐着发呆。

也不知道过了多久，苏宛终于忍不住了。她无声地号叫了一阵，扑到床上就抄起了自己的手机，噼里啪啦地给金灏天发信息。

脑子里想着事情，就怎么都睡不着，苏宛不弄清楚，心里就是不舒服。

“金少，我能帮到的事情到底是什么啊！我都睡不着了！”

发完信息，苏宛又把手机丢到了床上。

金灏天醒了应该就能看到信息的吧……

她还在想着金灏天看到这条信息的反应，手机屏幕却亮了。

苏宛愕然——难道金灏天也没睡觉？拿起手机一看，果然是金灏天回的信息。

“怎么这么晚还没睡？快睡吧！”

苏宛立刻就把电话打了过去。

“喂？”那边一接通，苏宛小声开口，“是不是我的短信把你弄醒了？”

“没有呢，”金灏天轻笑了一声，“我还没睡。”

“现在还没睡？”苏宛傻了眼。

“是啊，因为要处理的事情太多了，明天还要应付一些无聊的媒体。”

这下苏宛真的要哭了：“都是我的错，我能帮到什么你就跟我说好不好，不要让我这样一直内疚下去。”

“不用了，”金灏天还是轻笑着，“虽然累了点，但是这些事情我自己能解决，你早点休息。”

苏宛一脸的怨念：“现在的情况就好像是便秘了，明明我手里有一支开塞露，可是你偏偏不好意思用……”

金灏天闷笑：“小宛你这比喻——好形象！”

“所以，这支开塞露你还是用用吧！”苏宛立刻开口。

金灏天笑得都快岔气了：“小宛啊小宛……”等笑够了，他又严肃了起来，“可是，如果做这件事情，会违背你的原则，你还会做吗？”

苏宛一怔。

金灏天淡淡一笑：“不早了，快去睡觉吧！等我处理好了这些事，我也会去睡的。”

苏宛咬了咬牙：“你说，我一定会去做的！”

金灏天沉默了半晌，才淡淡地开口：“小宛，慕先生真的只是一个小保安队长吗？”

苏宛没想到金灏天突然提起了慕时方，一时也有些没摸着头脑：“是啊，我确定。”

“那么这件事情，小宛你是帮不上忙的，”金灏天叹了口气，“能帮上忙的是慕先生——我之所以说小宛你能做到，是因为只有你才能说服慕先生而已。”

“到底是什么事情？”一听提到了慕时方，苏宛就更焦急了。

“小宛你也应该知道的吧，关于G市的一个开发区的招标计划，”金灏天顿了顿，“端木集团和金帝集团是这次招标会最有可能胜出的两个公司。”

“所以呢？”

“这次的招标会就在下周二举行，端木集团这次是已经打定主意要夺得这次的招标的，”金灏天苦笑了一声，“金帝集团因为端木集团的连番打击，现在的情况不容乐观，可是如果能在这次招标会里面打败端木集团……算了，不说了。”

苏宛恍然大悟，金灏天是想知道端木集团的内幕么？难怪金灏天一直不愿意让她帮忙，原来是这样的事情。

诚然，苏宛是绝对不愿意做这样的事情的，慕时方也不可能做，所以金灏天才会说这是违背她的原则的事情。

“金少……”

“仔细想想，其实就算是慕先生答应了要帮忙，要弄到招标计划表也几乎是不可能的事，”金灏天又苦笑了一声，“端木集团的招标计划表一定是放在端木集团的总裁那里的——所以慕先生一个小保安队长是拿不到的。”

苏宛眼前立刻就闪过了那张纸——S 市招标计划表。

“好了，现在也跟你说了，你就赶紧去睡觉吧，”金灏天的语气又柔了下来，“不要乱想了，我不会让你做你不愿意做的事情。放心，这次的难关我自己会度过的，就算不用端木集团的招标计划表做参考，我也一定会赢得这次招标，就算最后失败了……反正我还有很多的两年……”

苏宛轻轻地“嗯”了一声。

“赶紧睡吧，记得做一个好梦哦！”

金灏天轻轻一笑，“晚安，小宛。”

“晚安。”

挂了电话，苏宛又开始发呆。

那张印着招标计划表的纸不断在她眼前飘来飘去……

苏宛狠狠摇了摇头。

不行不行，她不能做这种事情，招标计划表是放在慕时方这里，如果她真的告诉了金灏天，慕时方一定会被怀疑的，到时候慕时方怎么办？

可是端木集团的老板一直都很器重慕时方啊，慕时方可是他的替身呢，他应该不会怀疑慕时方的吧？而且金灏天不是也说过了吗，他只是作为参考……

作为参考的话，应该没什么问题吧？

第二天天还没亮，门外就传来了响动。苏宛贴在自己的门后面，密切地听着外面的动静。

等到大门关上的声音响起，苏宛才打开了一条缝，窥视了一眼，发现慕时方果然出去了，就一溜烟儿跑到了沙发前。那个文件夹还丢在茶几上，苏宛打开了手机上的手电筒，一页一页地翻着文件夹里的文件。

那些纸上写满了各种各样的数据，苏宛看不懂，但是她知道，记着端木集团招标底价的数据肯定跟别的都不一样。

果不其然，在最后一张纸上，苏宛发现了一行数字，数字前面那几个大字看得苏宛的心狂跳。

G 市开发区招标拟定底价！

苏宛咽了咽口水，关掉了手电筒，打开了手机，拍下了那一行数据。

把文件夹放回原处，苏宛又捏着手机回到了房间里。紧紧地关上门，苏宛缩回床上，用被子把自己裹成一团。她看着那张照片，咬着牙，狠了狠心，发送给了金灏天。

随后她立刻关了电话，把头缩到被子里。

她心里矛盾得很，也不知道自己这么做到底是对是错，可是信息已经发了，只能关了机自我麻痹一下。

迷迷糊糊的，苏宛竟然睡着了，明明一个凌晨都没能睡着的，现在做了这样的事情之后，她竟然还睡得着。

果然她是没心没肺的吗？

18

我们结婚吧

“慕时方，你怎么了？”

“慕时方？”

“慕时方？”

“端木集团的招标底价被泄露了！苏宛，是不是你做的！”慕时方紧紧地盯着苏宛，“这件事情只有你跟我知道，说，这件事情是不是你做的！”

苏宛害怕地缩了缩头：“不，不是我……”

“不是你还有谁？”慕时方逼视着她，“明明是你看了那份招标计划书，然后用手机把它拍下来，然后发给金灏天的！”

苏宛慌乱地摇着头，“我，我没有……”

“苏宛，我没想到你是这样的人，”慕时方一脸失望地看着她，“知道吗？你这样做了，让我们老板对我完全失去了信任，我要被炒鱿鱼了，我不会喜欢你了！本来也是，像你这样的女人，我怎么敢喜欢呢？我现在有别的女朋友了。”

苏宛不敢置信地看着突然出现在慕时方身边的女人：“你……我，我不是故意的，慕时方，我真的不是故意的！你别不要我！不要离开我……”

“我喜欢你，可你不是要嫁给金灏天吗？”慕时方冷哼了一声，“我知道了，你不去跟金灏天订婚，是不是就是为了回来偷我的招标计划书的？”

“没有，我没有啊！”苏宛哭了起来，“慕时方，我没有，真的没有，你不要离开我！你说过，你不会离开我的……”

“怎么了？”

温柔的声音在耳边响了起来，苏宛猛地睁开眼睛，就看到了一脸笑意的慕时方。

“做了什么梦，一直皱着眉在嘟嘟囔囔的？”慕时方直起身。

苏宛抹了一把额头上隐隐的冷汗，又狠狠掐了自己一把——疼。她立刻翻坐起来，扑到了慕时方的怀里。

“这是怎么了？”慕时方抱住苏宛，“今天这么主动？”

苏宛紧紧抱着慕时方：“我做了一个噩梦。”

慕时方拍了拍苏宛的背：“不管什么噩梦，现在都已经醒了。”

“我梦见你说要离开我。”苏宛哽咽了起来。

“不会的，傻丫头，”慕时方扳正苏宛的肩，凝视着她的眼睛，“不管怎么样，我都不会离开你的，快起来吧，吃午饭了。”

他俯下身，轻轻在苏宛的额头印上一吻，又揉了揉她的头发，微笑着走出了房间。

苏宛心里稍稍安定了些，一瞥眼看着丢在床头的手机，心脏又狂跳了起来。

她正要伸手去拿手机，客厅里又响起了慕时方的声音：“还赖床呢？快出来洗脸漱口，准备吃饭了！”

苏宛咬了咬牙，没有再理会那个手机，跳下床走出了房门。

吃过午饭，苏宛溜回房间里去画画了。这是她最好的减压方式，反正有什么想不开想不明白的事情，她就埋头画画。

只是手机一直丢在桌子上，放在伸手就能拿到的地方——没有开机。

晚上被慕时方叫着去吃了晚饭，苏宛又继续画，一直画到她眼睛都睁不开了，才胡乱洗漱完睡觉去了。

这一晚，苏宛又做噩梦了。

大概意思跟她昨晚做的一样，都是慕时方对她失望了，要离开她。

等苏宛满头大汗醒来，习惯性地拿出手机看时间，按了几下，才想起自己一直没有开手机。苏宛烦躁地把手机丢到一边，起床用冷水洗了把脸，又坐在沙发上发呆。

现在看起来已经是中午了，慕时方应该把招标计划表还给他们老板了吧！等明天他们的招标会过了，应该就没什么事情了吧？

金灏天说的只是参考，肯定不会有什么事情的……

说不定端木集团的人根本就想不到金帝集团已经知道了他们的底价了呢，说不定他们会以为那就是金灏天推算出来的呢？

苏宛一边给自己做着催眠，一边又扯出了一张纸胡乱画着。等到天渐渐暗下来，苏宛的肚子都咕噜咕噜地叫了起来，她才发现自己连中午饭都没吃。

她飘到厨房，打开冰箱一看，里面放着两个便当盒。

显然，慕时方是猜到自己又会加班。

苏宛抽出一个便当盒，丢进微波炉，靠在冰箱边等。微波炉嗡嗡的声音让她越发烦躁，没等微波炉转完设定的时间，苏宛拔了电源，直接就拖出了便当盒。

便当还没有热均匀，苏宛吃了几口，实在是吃不下，又塞回了冰箱。

已经十一点多了。

慕时方还没有回来。

这家伙该不会是通宵加班了吧！

因为前一晚苏宛都在做乱七八糟的梦，所以睡眠并不好，这会儿快到十二点了，她又有些困了。

“慕时方这家伙还不回来，不等他了，睡觉！”苏宛气鼓鼓地回到房间，把手机放在床边，闭上了眼睛。

一闭眼睛，满脑子都是明天可能出现的各种状况，这让苏宛心烦气躁。

好不容易快要睡着了，苏宛的肚子又叫了。

这次可不是饿的。

拉肚子了。

一晚上苏宛就在无数次的起来拉肚子中度过的，让她惊讶的是，慕时方居然通宵加班。

早上七点半，苏宛拖着快虚脱的身体从卫生间里走出来。

折腾了一宿，她已经完全没有力气了，一抬头看着窗外肃杀的秋景，苏宛的心一抽。

今天就要召开招标会了！

苏宛的目光移到了床头的手机上。

“逃避不能解决问题，”苏宛看着电脑屏幕里面印出的自己，一脸的义正词严，“而且事情你都做了，关了机也不能说明这件事就没有发生过！”

她一边说服自己，一边拿过了手机，颤抖着按了开机键。

电话才一打开，又是铺天盖地的短信提示音——这次可比上次苏宛关电话凶猛多了。

苏宛打开收件箱一看，全是金灏天打过电话的提示信息，再一看收件箱里也满满都是金灏天发来的信息。

内容不外乎就是小宛到底是在什么地方看到这份招标底价的，这究竟可不可信，小宛你有没有出什么事，小宛你现在在哪里，小宛你有没有被慕先生发现……

苏宛瞄了几眼，还有一条信息是慕时方发来的。

发信息的时间是昨晚十点半，就是说今天不回家了，要通宵值班，让苏宛早点睡觉，等明天上午的招标会之后，他才会下班，然后回家给他做大餐。

苏宛看得心惊肉跳。

招标会？招标会之后，端木集团的人肯定会集体萎靡不振，那个时候慕时方又哪来的心情做大餐？

想到这两天做的几个噩梦，又想到昨晚拉肚子的事情，苏宛直觉是老天在惩罚她。

“金少只是作为参考……今天谁能夺标还说不定呢！”苏宛安慰着自己，颤抖的手指却按出了慕时方的电话号码。

电话通了，却没有人接听。

苏宛更不安了。

挂了电话，她抱着肚子在房间里打转：“应该没什么事情吧！就算端木集团真的有什么事情，慕时方也应该不会有什么事情吧？他会不会被老板认为是泄露了底价的人？慕时方如果被认为是泄露了招标底价的人，那么他会不会被送到警察局去？ 慕时方，慕时方他是一代大侠、武林盟主，最后却被人说成是叛徒……”

苏宛越想越夸张，她当时冲动之下拍了照片发给金灏天的时候没觉得这是犯罪行为，现在一想到慕时方可能会被认定是犯人，她就觉得心慌气短。

把手机往睡衣兜里一踹，苏宛扯过自己的风衣，抄起搁在一边的钱包，都没顾得上换鞋，急匆匆就出了门。

电话不停地打着，可是慕时方始终都没接电话。

苏宛是知道端木集团的大厦在哪儿的，只是她从来没有去过，因为慕时方说过那里是不允许外人随意进出的。

可是苏宛现在也管不了那么多了，她拦了一辆出租车，直奔端木集团。

不出意料，她在端木集团的大门口被拦下了。

“我说了，我认识你们的保安队长！”苏宛站在大门口，对着那个小保安又跳又叫。

小保安只是一脸严肃地站在那里，完全没有理会她。

苏宛气得差点没跳起来。

“算我求你了，你就给你们队长打个电话好不好！”苏宛哀求地看着他。

她穿着睡衣，外面只披了一件风衣，袜子也没穿，脚上就蹬着一双毛茸茸的小兔拖鞋，后脚跟都冻得通红了。

小保安还是面无表情地站在那里。

苏宛真是快要被急疯了，正当她考虑要不要站在大门口大吼大叫的时候，一辆车从端木集团大厦的地下停车场里开了出来。

苏宛立刻打定了主意，准备趁着这大门打开的时候冲进去。

可是车停在了铁门前，从里面下来一个人，拿着证件就要去保安室里登记。那个人一抬头，就看到眼珠子滴溜溜转着打着歪主意的苏宛，仔细一分辨，那人立刻大惊失色：“苏小姐？”

“你认识我？”苏宛有些诧异地指着自己。

“苏小姐忘记了，夏天去阳光海滩的时候，就是我开车送你们去的，”那人打量了一下苏宛的穿着，更惊讶了，“苏小姐你怎么会在这里？”

“我是来找慕时方的啦！”苏宛噘着嘴，“他电话也打不通！我让这个保安哥哥帮着去叫一下，他也不叫！”

看着苏宛一脸的怨念，司机暗自抹了把汗：“那个，不是这位保安同志不叫，而是慕……慕先生跟着老板出去了啊！”

苏宛一惊：“你的意思，是慕时方也去了招标会现场了？”

司机点了点头。

“那怎么办？”苏宛更不安了，“慕时方为什么不接电话啊！”

“苏小姐是不是有什么要紧的事情要找慕先生？”司机先生倒是很会察言观色，“我能打电话找到慕先生。”

苏宛精神一振：“真的吗？”

司机立刻点了点头，伸手摸出手机，拨了一个号，很快那边就接了起来。

“喂，老刘啊，你把电话给慕……慕先生。”

“好的，你等等。”

司机把电话递给了苏宛。

苏宛有些颤抖着接过了电话：“慕时方？”

没有声音。

好一会儿，那头传来有些疑惑的声音：“老张，有什么事情？”

“慕时方……”苏宛心里一酸，眼泪立刻就流了下来。

“苏宛？”慕时方有些诧异，“你现在在哪里？”

“我，我在端木集团大厦的大门口，”苏宛吸了吸鼻子，“我穿着睡衣，好冷。”

慕时方有些无可奈何：“你就在那里等着，我马上就过来！”

旁边的特助一呆：“总……慕先生，你走了的话……”

“没什么问题的，”慕时方伸手盖住话筒，“你按照昨晚我们确定好的计划执行就可以了。”

特助还是有些不安：“可是慕先生，这可是莫副局给您的考验啊！难道你一点都不担心？”

“金灏天是什么样子的人，我很清楚，他肯定是利用了苏宛的愧疚心理，从苏宛那里拿到了我们的招标底价，这也是我为什么会让你们准备一份假的招标底价让我带回家。而且今天金灏天也不一定会到场——他既然敢算计我，我自然也要回敬他！”

他移开了手，又把电话举到了耳朵边：“好了苏宛，别哭了，乖，我马上回来，你到保安室去待着，不要吹风。”

“还保安室呢！”苏宛撇撇嘴，又斜睨了一眼那个一脸严肃的小保安，“守门的这个小保安是不会让我进去的！你不是他们的队长吗，你跟他们说说啊！”

慕时方更加哭笑不得："好，你把电话给他吧！"

苏宛嘟着嘴把电话递给了小保安。

小保安一言不发地接过了电话，听了半天，又把电话还给了苏宛："苏小姐，请到保安室休息吧！"

看着小保安那张始终面无表情的脸，苏宛撇了撇嘴，拿着电话走了进去。

"喂，慕时方？"坐在椅子上，苏宛又小心翼翼地开口，"还在吗？"

"还在！"慕时方轻轻一笑，"昨天开会，我的电话静音了，你现在把电话还给老张，我给你打过来。"

苏宛咽了咽口水："你，你先回来，有些事情，电话里面说不清……"

慕时方的嘴角一勾："好。"

把电话还给了这个姓张的司机，苏宛一脸的感激："谢谢您，不然我还真的没有办法联系到慕时方。"

"没事，"张姓司机乐呵呵地笑了，"那苏小姐就在这里等慕先生吧，我还有事，就先走了。"

"再见！"苏宛又礼貌地送张姓司机走出了保安室。

苏宛看着黑漆漆的天空发呆，慕时方一听说她来找他，什么都不管就跑回来了，也不知道会不会被他们老板骂啊？他老板连参加招标会都要带着慕时方，好像的确是很器重他呢。

也不知道过了多久，终于听到了慕时方温柔的声音。

"苏宛！"

苏宛立刻向他走去。

"你怎么到这里来了？"外面风很大，慕时方一走进保安室，立刻就把门关上了。

"慕时方，"苏宛一看到他，立刻又眼泪汪汪了，"慕时方……"

"怎么了？"慕时方坐到椅子上，伸手把苏宛拉坐在自己的膝盖上，抓起她冰凉的小手，"怎么穿成这样就出来了？"

"我着急，"苏宛扁了扁嘴，"慕时方，我做了一件坏事，我把……"

"天气这么冷，你怎么能穿成这个样子？"慕时方看着苏宛那冻得通红的脚，皱了皱眉，"走，我们先回家。"

"可是慕时方……"

“走吧！”慕时方又压低了声音，“我给你暖暖手。”

手被慕时方捂着，暖呼呼的，可是苏宛心里很不安：“慕时方，你听我说……”

“要说什么，我们回家说吧！”

“不行，慕时方！不行！”苏宛挣脱慕时方的手，激动地扯着慕时方的衣袖，“你，你马上给你老板打电话，金少他，金少他知道你们的招标底价了！”

几乎是不假思索的，慕时方立刻站起来，摸出自己的手机就开始打电话，快得苏宛都没来得及看到他的表情变化。

因为慕时方的动作，苏宛也站了起来，她想要跟着慕时方，但脚下却好像是生了根一样，怎么都动不了。

慕时方一定生气了，肯定生气了。

他会不会跟梦里一样，抛下她走掉……

苏宛还在胆战心惊，慕时方却又走了进来。

“好了，苏宛，你告诉我，金灏天是怎么知道我们的招标底价的，你又是怎么知道金灏天知道了的。”

看着慕时方严肃的脸，苏宛的眼泪又流了下来。

“对不起，慕时方，是我，是我告诉金少的，”苏宛大哭起来，“人家，人家内疚嘛，所以……所以……”

看着苏宛哭得上气不接下气的，慕时方一阵心疼：“好了，没事，乖，不哭了。”

他后悔了，他就不该板着脸来吓唬苏宛的。

“怎么可能没事，”苏宛的眼泪还是止不住，“如果被人发现金少知道了端木集团的招标底价，他们肯定会怀疑你的，到时候你要怎么办啊！”

慕时方又坐回到椅子上，把苏宛拉在自己的双腿之间，抬起手轻轻地擦着她的眼泪，“放心，我没事。”

“可是端木集团怎么办？”苏宛还是眼泪汪汪的。

“你管那么多呢，”慕时方一捏她的鼻头，“这次我们老板做了周全的准备，就算是招标底价真的被金灏天知道了，端木集团也不见得会输。”

“真的吗？”苏宛泪眼蒙眬。

“我什么时候骗过你？”慕时方笑眯眯地看着她。

“嗯，那就好，”苏宛吸了吸鼻子，正要说什么，脸色却突然一变。

“怎么了？”慕时方摸了摸她冰凉的小脸。

“慕时方……”苏宛的脸色难看了起来，“你……”

苏宛该不会是发现了什么蛛丝马迹吧？慕时方心里想着，脸上却不动声色：“怎么了？”

“你赶紧带我去厕所！”苏宛脸都青了，“我拉肚子！”

慕时方真是对她无可奈何，他拉起苏宛的手，直接就从保安室往端木集团大厦走去。

苏宛抱着肚子，脸都皱成一团了：“我进来真的不要紧吗？”

“没关系，”慕时方拉着苏宛，直接走到了一楼卫生间门口，“你进去吧！”

苏宛走进去，立刻又惨叫了起来：“在维修！”

慕时方一愣，随即想到因为招标会的事情，昨晚大部分人都通宵加班，所以今天差不多都回家补觉去了，而清洁阿姨也一定是趁这个机会在好好地清洁厕所。

“我们去上面吧！”慕时方直接把苏宛带到了顶楼的总裁办公室。

苏宛也顾不得问慕时方这里是什么地方，直接就冲进了厕所。

环视了一眼总裁室，发现没有什么可疑的地方了，慕时方才靠在卫生间的门口：“苏宛，你怎么会拉肚子的？”

“还说呢！”苏宛坐在马桶上，有气无力，“你昨天做的饭菜都是些什么啊！我昨晚吃了后，足足拉了一晚上！”

慕时方皱眉：“热了么？”

“我又不是傻子，怎么可能会吃没有热的东西，”苏宛嚷嚷了两句，声音又低了下来，“只是，好像没有热透而已。”

慕时方哭笑不得：“你啊！活该！”

“才没有呢！”苏宛扁扁嘴，“不过，这里是什么地方啊，怎么会有单人厕所？”

“这里是总裁办公室啊！”慕时方嘴角一勾。

苏宛吓了一大跳：“你怎么把我带到这里来了？”

慕时方轻声一笑："这下面十几层的厕所，我也不知道到底哪一层是在清洁、维修中，难道你能忍受一层楼一层楼地去找？"

"当然不能！"苏宛又开启了念叨，"可是你把我带到这里来，等你老板回来了怎么办？"

"放心好了，他现在肯定在招标会的现场呢！"

"可是他回来发现有人用过他的厕所怎么办？"

慕时方忍不住又笑了："厕所又不是别的什么东西，就算是用了又能怎么样呢？"

好一会儿，苏宛才从卫生间里出来，脸上还是一副意犹未尽的样子。

"现在不怎么疼了吧！"慕时方顺手扯了餐巾纸递到苏宛手上。

苏宛把湿淋淋的手擦干净了，又把用掉的餐巾纸放进了自己的风衣口袋里。

"干吗呢？"慕时方啼笑皆非地看着她。

"不能在这里留下证据啊！"苏宛噘着嘴，"不然被你们总裁发现了就糟了。"

慕时方无奈地摇了摇头："好了，我们先回去吧！"

苏宛猛地点头："对，赶紧回去！不然我又想拉肚子了怎么办！"

"活该，谁叫你不把便当热好再吃的！"慕时方揉了揉苏宛的头发，"走吧，我们回家。"

为了避免出现苏宛在半路上又肚子痛的情况，慕时方先带着苏宛去药店买了药吃了，才叫了出租车回家。

等到了家，慕时方让苏宛坐到了沙发上："好了，你应该好好地跟我说说招标底价的泄露到底是怎么回事了吧！"

苏宛瑟缩了一下。

她就知道这件事情还没有过去。慕时方虽然说原谅她了，可是以他的性格，不弄清楚这件事情是不会罢休的。

苏宛吸了吸鼻子，才把这件事情原原本本地说了出来——从她跟金灏天在豪美味牛排店见面开始。

慕时方听完，戳了戳女人的头："苏宛，你真是个傻丫头。"

"啊？"她本来以为慕时方会狠狠骂她一顿的，现在是什么情况？

“金灏天是在给你下套呢！”慕时方无奈地摇了摇头，“笨蛋！”

“下套？”苏宛傻了“什么意思？”

“他越是把自己说得可怜，你就越愧疚，才会不惜违背自己的原则做出这样的事情，虽然是因为你太笨了，但还是该罚！”

苏宛立刻扁了扁嘴：“你不是原谅我了么？端木集团也没关系了啊。”

“我说的是招标的事情没关系了，你自己说说，你做了这样的事情，应不应该受惩罚？”

慕时方把苏宛抱到自己的腿上：“我应该怎么惩罚你呢？”

“你想要怎么样嘛！”苏宛噘嘴。

慕时方的眼睛弯了弯。

苏宛忽然想到了什么，脸一红，伸手捧着慕时方的脸，羞涩但凶狠地吻了下去。

长长的一吻结束，女人才羞涩地开口：“现在好了吧？”

“一点都不好，”慕时方把苏宛往自己怀里拉了拉，“我像是好了的样子吗？”

一贴近慕时方，苏宛立刻就感觉身下某个东西正硬硬地顶着自己。

某位女人不敢动了。

“现在怎么办呢？”慕时方一脸无辜地看着苏宛，“你勾引我。”

“什么叫我勾引你？明明是你叫我……你叫我勾引的！”

“我有吗？”慕时方装无辜，“我只是问你，我该怎么惩罚你而已，还想着是要你连着做一个星期的家务，还是每天跟我一起锻炼，保证你的作息正常……”

苏宛崩溃了：“你不早说……”

“可是现在，你这么主动……”慕时方嘴角一勾，“造成这种局面都是因为你，你要负责！”

“啊！什么？唔……慕……唔……现在是白天……唔……”

苏宛家的沙发很大。

苏宛家通往阳台的门一直都是关着的。

苏宛家客厅窗户的窗帘常年都是拉着的。

所以说，白天办事的条件都达到了。

可是正当某人即将被卸下所有装备的时候，她面色又难看起来。

“慕时方，停手！我肚子痛！”

苏宛慌乱地遮着自己的胸脯跑进卫生间的时候，慕时方简直欲求不满得想杀人。

起身靠在卫生间门口，慕时方揉了揉额头：“苏宛，我想要跟你说件事。”

“什么事啊？”苏宛有气无力地开口。

“你没穿衣服，在里面冷不冷？”男人轻咳一声。

“我把取暖灯打开了！”苏宛的嘴角直抽抽，“都是因为你把我衣服脱掉的好不好！”

想了想她又嘟囔道：“亏你还是一代大侠呢，难道你们没有什么男女授受不亲的理论吗？我们都没有结婚你就……跟我圈圈叉叉！”

“圈圈叉叉是什么？”慕时方失笑，“不过，我正要跟你说这件事情呢！”

“说！”苏宛扯着卫生纸。

“我们结婚吧。”

“好啊……啊？你说什么？”苏宛差点没把刚刚扯出来的餐巾纸给丢马桶里去。

“我们结婚吧，我们结婚之后，就可以像你说的——圈圈叉叉了吧？”慕时方嘴角一翘。

苏宛脑子里浮现出自己穿着婚纱跟慕时方站在教堂里的情形，立刻就傻笑了起来：“结婚啊……”

“是啊。”慕时方微笑着。

“可是，可是我们什么都没有准备啊，难道就这么仓促结婚？”苏宛想想又怨念了，“不要！一辈子就这么一次，人家才不要这么匆匆忙忙就结婚了呢！”

“婚礼在圣诞节的时候举行怎么样？”慕时方笑出了声，“还有差不多一个月的时间，我一定会好好安排的，明天我们去领结婚证吧？”

苏宛呆了呆，心里涌出一股甜蜜幸福的暖流，嘴角不自觉地翘了起来：“嗯，好，明天我们就去领结婚证。”

“所以就算是我们圈圈叉叉了，也没什么关系吧！”慕时方的嘴角又是一勾。

“慕时方，你个大色狼！”苏宛翻着白眼，亏她刚才还觉得温馨呢！

慕时方听着里面传来的冲水声，往旁边移了移。苏宛拉开了门，看到慕时方守在门口，囧了：“你在门口干吗？”

慕时方伸手把手里的睡袍披到了苏宛的身上：“怕你出来冷啊！”

“你不也没穿衣服吗？”

慕时方抓住了苏宛的手：“我有内力，不怕冷。”

苏宛紧了紧睡袍，打了个呵欠：“昨天晚上我们都没睡好，现在睡吧！”

“我没关系，”慕时方笑眯眯地看着她，“你昨晚也没有睡好吗？”

“因为一直矛盾纠结，所以半夜醒来之后怎么都睡不着了！”苏宛嘟着嘴，“你为什么电话静音？”

慕时方揽着苏宛的肩就往房间里走：“因为要开会，而且还有些人要事先休息一下，我怕吵到他们。”

“这样啊，”苏宛偏头看着他，“早些睡吧！你白天都起得挺早的，昨晚又一晚上没睡。”

“好啊，我抱着你睡。”慕时方还是笑眯眯的。

“抱着可以，但是绝对不许做什么。”苏宛颇有些半推半就地跟着慕时方进了房间。

“如果你不对我做什么的话……”慕时方捏了捏她的鼻子，“睡去吧！”

穿着睡袍缩进了被子里，苏宛窸窸窣窣了一阵，又把睡袍丢了出来。慕时方看着那个把自己卷成寿司卷的人，不由得觉得好笑：“苏宛，你把睡袍脱了，全身上下可就只有一条小内裤了哦！”

“反正，反正你自己也说了，不会对我做什么的！”苏宛吐了吐舌头。

“当然，”慕时方伸手就解开了皮带，“但是前提条件是，你不对我做什么。”

“我当然不会对你做什么的！”苏宛赶紧辩白。

一掀被子，里面是一具白皙的肉体，慕时方觉得喉头一紧。

慕时方躺到床上，一把抱住了苏宛，还不忘吩咐：“你可不许先吃我豆腐哦！”

背后是慕时方温热的胸膛，周围全都是慕时方的气息，苏宛的心怦怦狂跳了起来。那硬硬的东西也紧贴着自己——苏宛别说是做什么了，连动都不敢动。

只是现在天大亮，想要睡也不是那么轻易就能睡得着的。慕时方均匀的呼吸声就响在耳边，热热的，他的手臂环抱着苏宛的腰，双手很规矩地放在苏宛的胸部下方，腿也紧紧地贴着苏宛的腿，非常的温暖。

可要命的是她被某样东西顶着，怎么都不舒服。

苏宛动了动，尝试挪动了一下自己身体，长时间保持一个姿势非常难受。

“不许动哦！”慕时方含笑的声音又响起。

苏宛全身一僵，赶紧停住了动作，只是不到一会儿，她半边身子都麻了。

身后的呼吸声渐渐变得深沉，苏宛估摸着慕时方应该睡着了。

可她微一动弹，耳边又传来了慕时方调笑的声音：“还动？”

苏宛一听，立刻就炸毛了，把被子一掀，把慕时方一推，整个人就跨坐到了他身上：“我动怎么了，你想要干嘛就干嘛！睡个觉还不让人动了啊？我是活人又不是尸体！况且你又不是不知道我睡相不好，找什么借口啊，就等着抓我的小辫子！你要做就做啊！难道你还以为我怕你啊！”

慕时方嘴角一勾：“苏宛，这可是你自己说的。”

还没等苏宛后悔，慕时方一翻身，就把苏宛压到了身下：“要对自己说过的话负责哦！”

“我……唔……”

只可惜，一腔后悔全被慕时方给堵回肚子里了。

本来就没有什么力气，被慕时方折腾了一中午之后，苏宛已经软得像一摊泥了，躺在床上呼呼大睡。

慕时方爱怜地搂着她的腰：“苏宛，等结婚了，我告诉你一个秘密。”

苏宛睡得迷迷糊糊的，哪里能听清楚慕时方说了些什么啊，含糊地嘟囔了一句，继续睡了。

慕时方轻轻一笑：“到时候，就算是你想要闹脾气，也没办法了。”

他把苏宛往自己怀里搂紧了一些，轻轻闭上了眼睛。

苏宛是被饿醒的，她睁开眼睛的时候，发现自己还在慕时方怀里。

天已经暗下来了，苏宛抬头看着慕时方俊美的侧脸，又想到中午两人做的那些事情，脸烧了起来。

“大色狼！”她轻轻地说着。

大色狼的睫毛动了动，慢慢睁开了眼睛。

苏宛吓得赶紧闭上了眼。

慕时方轻笑了一声：“饿了？”

苏宛又睁开眼，红着脸点了点头。

“你再躺会儿，我去做饭，”慕时方掀开被子下了床，扯了睡袍披上，又回身给苏宛掖紧了被子，“别着凉了”。

“知道了，快出去啦！”苏宛想要起来穿衣服呢，可是慕时方在房间里，她还是没有办法像他那样赤身裸体下床穿衣服。

等慕时方出门了，她才溜下床哆哆嗦嗦地穿衣服——好冷啊！

晚饭做好的时候，苏宛又恢复了平常的样子。她脸皮一直都很厚，而且跟慕时方本来就一直很亲密，今天不过是突破了最后一道防线而已。

“你要不要打个电话问问招标会的事情？”吃饭吃到一半，苏宛突然想到了这个问题。

慕时方轻轻一笑：“刚刚信息已经发过来了。”

“结果怎么样？”苏宛立刻紧张了起来。

“端木集团——夺标了。”

苏宛一呆，随即就尖叫了起来：“啊！太好了！”

慕时方调侃：“你把招标底价都给金灏天了，不就是希望金灏天赢吗？这会儿怎么又这么开心了？”

苏宛立刻就是一个白眼：“你不是说金少给我下套了么，那他没中标也是活该。”

“傻丫头！”慕时方给她夹了一筷子菜，一本正经地说，“吃饭，吃完我们接着睡。”

苏宛的脸一红。

“还有，说好的明天去领结婚证哦。”

“可是明天你不上班吗？”苏宛一脸疑惑，“明天才周三呢！”

“我请假！”慕时方笑眯眯地开口，“而且还要筹备婚礼的事情。”

苏宛点了点头：“那好，我把银行卡给你，那可是我的嫁妆钱！”

她想了想，又叹了口气：“果然我还是有先见之明的啊！如果嫁给了金少，这笔钱的确是用不到的，可是现在我要嫁给你这个小保安队长，就算我们没什么钱，我们也可以办一个小小的婚礼。”

“苏宛，明天领了结婚证，我们就回家吧！”慕时方放下筷子，认真地看着苏宛。

“回家？”苏宛一愣，“回哪个家？”

“当然是你家里啊！”慕时方一耸肩，“我家又回不去了。”

“可是我不想回去。”苏宛低下了头。

“苏宛，我一直没有跟你说过我的身世，”慕时方的目光暗了下来，“我是跟着师父长大的，从很小的时候开始，我就没有见过我的父母，而当我长大以后想要去找他们的时候，却怎么都找不到了。苏宛，子欲养而亲不待，这个道理你也是知道的吧！”

苏宛抠着桌面：“我知道啊，可是，可是……”

“没什么可是的，”慕时方握着苏宛的手，“不管你回家之后面对的是什么，有我在你身边。”

“我不是担心面对什么，大不了被我爸爸骂一顿，讽刺一顿，或者直接就不让我进家门，”苏宛的头低低的，“别的也没有什么了。”

“所以你才想要嫁给金灏天？”慕时方叹了口气，“你觉得嫁给金灏天就能趾高气扬地回去了，就不担心你爸爸不让你进门了？”

苏宛轻轻地点了点头。

“苏宛，”慕时方紧紧地握着她的手，“谢谢你，为我放弃了金灏天。”

“现在说这些干嘛啊！”苏宛轻轻推了他一下，“反正你如果不怕丢脸的话，我们就回去好了，其实我还真的挺想我妈还有那个倔老头的。”

慕时方嘴角一翘：“那好，明天我们领了结婚证，就直接开车回你家。”

苏宛重重地点了点头。

“嗯，现在就多吃点，”慕时方又拿起筷子，不断地给苏宛夹菜，“你一定饿坏了，所以多吃点！”

“嗯！”

等晚上上床睡觉的时候，苏宛才明白了慕时方的险恶用心——他逼着她吃那么多，还不就是为了晚上苏宛能受得了他的折腾！

这个家伙，太坏了！

19

尾声

第二天一大早，慕时方就把苏宛叫醒了。

“苏宛，身份证户口本带好，我们去民政局。”

苏宛昨晚被折腾惨了，所以早上身体还有些绵软。

“下午再去好不好？”

“领了结婚证，我们还要回你家呢。”慕时方俯身在苏宛的额头吻了一下，“乖，快起来。”

见苏宛还缩在被子里不动，慕时方无奈，只得伸手掀开被子，亲自给她穿衣服。

光裸的皮肤接触到冷空气，苏宛立刻瑟缩了一下。

“我自己来啦！”这么一刺激，苏宛也清醒了，拿过了慕时方手里的衣服，自顾自地穿了起来。

“我们今天早上就在外面吃，然后去民政局，再去商场。”慕时方拿过了梳子，轻轻地给苏宛梳着头发。

苏宛有些诧异：“去商场干什么？”

“当然是给你爸爸妈妈买东西啊！”

“这样啊！”苏宛的动作顿了顿，继续穿衣服。

走到民政局门口的时候，苏宛忽然停住不动了。

看着苏宛一副犹犹豫豫不想进去的样子，慕时方的眉头一皱：“苏宛，你该不会是后悔了吧？”

苏宛一脸的忧虑：“慕时方，你的身份证能用吗？这个可是全国联网，要扫描的！”

慕时方忍不住笑了：“傻瓜，你还担心这个！放心好了，没事的！”

苏宛仍旧是忐忑不安，慕时方倒是泰然处之。整个流程走下来，苏宛都好像做贼一样。

等结婚证的本本拿到手里的时候，苏宛还翻来覆去地看了好几十遍。

“好了，快收好吧！”慕时方一捏她的鼻子，“从今以后，你就是我慕时方的妻子，等我们百年之后，你的墓碑上就要刻慕苏氏……”

“你这是歧视女性！”苏宛翻了一个大大的白眼，“为什么不是你的墓碑上刻苏慕氏！”

慕时方笑笑不说话，牵起苏宛的手，“走吧，我们去给爸爸妈妈买东西去！”

苏宛的心里一暖，重重地点了点头。

既然是去拜访自己的岳父岳母，慕时方当然是相当舍得花钱的，倒是苏宛跟在慕时方身后觉得不对劲了。

“你哪来这么多的钱？”

慕时方一脸的坦然：“总裁知道我要结婚了，所以奖励的。”

“原来是这样！”

两人买完东西，设定好 GPS 导航的路线，直奔苏宛家去了。

其实苏宛家距离A市还是非常远的，自驾的话，差不多要一晚上的时间。

苏宛整晚都没有睡着，慕时方屡次叫她休息，她都拒绝了。近乡情更怯，他其实也理解她的心情。

在第二天上午九点，慕时方终于把车停在了苏宛家所在的小区门口。

苏宛却恐慌了起来：“慕时方，我，我们回去吧！”

“回哪里去？”慕时方眉一挑，“我开了一晚上的车，累了。”

“那我们去找个酒店住下？”

慕时方没有理会她，开着车往小区里面驶去。

“慕时方……”苏宛的声音里都带着哀求了。

把车停在了苏宛家楼下，慕时方扭过头认真地看着苏宛，“苏宛，你该不会，连面对自己父母的这点勇气都没有吧！”

苏宛咬着嘴唇，考虑了半天，把心一横：“怕什么，上去就上去！”

“这才乖！”慕时方打开车门，把大包小包的礼物拎了出来。

苏宛也拎了几口袋东西，走在前头跟要去英勇就义一样。

到了门前，犹豫了一下，她才抬手用力敲了敲门。

一位中年妇女探出头来：“小宛？”看着站在门口干笑的苏宛，她愣了一下，“小宛怎么回来了？”

“妈，”苏宛腆着脸叫了一声，“我手里拎着东西呢，很重！”

“赶紧进来啊！”苏妈妈赶紧把门打开，一抬眼看到俊逸的慕时方，她又愣了一下，“这位是……”

“这是你女婿！”苏宛咳了两声，“慕时方，赶紧进来！”

慕时方温和地一笑：“妈，我叫慕时方。”

“慕时方啊，赶紧进来吧！”苏妈妈这才醒过神，赶紧把两人迎了进来。

“谁来了啊！”一个沉稳的男声响起。

慕时方抬头一看，是一个一脸严肃的中年男人。

苏宛不好意思地低下了头：“爸。”

苏爸爸没有理会她，上上下下地看了慕时方一眼，才淡淡地开口：“你是谁？”

“他是我老公！”苏宛抢先开口。

“没问你！”苏爸爸沉着脸。

慕时方仍旧是一脸温和：“爸，我叫慕时方，是苏宛的丈夫。”

“苏宛当年离家出走，说绝对不会再回来，这都快五年了。”

苏爸爸一副冷淡的样子，好像在说一件跟自己完全不相干的事情。

慕时方偏头看了一眼低着头拿脚搓地的苏宛：“当年的事情我听苏宛讲过了，她的确是有不对的地方，但是不管怎么说，苏宛她一个人在外面平平安安地长大了，自己能让自己过得很好，已经比一般的同龄人好很多了。”

“她的事情我才不想管，”苏爸爸冷哼了一声，“她自己能让自己过得好？她妈给她钱买房子的事情，难道以为我不知道吗？”

苏宛心里一疼。

苏妈妈咳了一声：“老苏，总不能让俩孩子就这么拎着东西站着吧！来，慕时方，把东西搁这儿，去沙发上坐着。小宛你傻站着干吗，还不放下东西去倒茶？”

“倒什么茶！”苏宛把手里的东西往桌子上一放，“老苏承认我还是他女儿的话，慕时方就不是客人！如果真的不认我这个女儿了，那我们就走好了，留在这里干吗？”

苏妈妈气得七窍生烟，伸手就在苏宛后脑上抽了一下：“有你这么说话的吗？”

苏宛摸着后脑勺不吭声了。

苏爸爸斜睨了她一眼，才又看向慕时方：“你跟苏宛扯了结婚证了吗？”

“昨天上午去领的结婚证。”慕时方把手里的东西也放在了桌子上。

“带苏宛去见你家人了吗？你父母没有嫌弃她吧！”

苏宛大大地翻了个白眼。

慕时方微微一笑：“我是孤儿。”

苏宛无语望着天花板。

慕时方这个傻子，怎么能说这个！

“很好。”苏爸爸点了点头。

苏宛和苏妈妈异口同声：“晕……”

“你做什么工作？”

“他是端木集团的小保……”

“我是端木集团的老板。”慕时方打断了苏宛的话。

苏宛倒吸了一口凉气，看着慕时方，目瞪口呆。

苏爸爸手一伸，慕时方就恭恭敬敬地掏出了名片，双手奉上。

苏爸爸接过来一看，皱了皱眉：“端木集团总裁？我看到新闻上说你们公司这次拿到了G市开发区的开发权了，准备怎么开发？”

“没错。”慕时方点了点头，才对苏爸爸大概讲了端木集团准备在G市进行的开发计划。

苏宛先是震惊于慕时方的谎话，之后又惊叹慕时方的准备充分，可是苏宛越听越不对劲——慕时方这会儿都谈到资金切入口的问题了。

虽然苏宛听得不是很懂，但是这种事情，绝对不是一个小保安队长应该知道的！哪怕这个小保安队长是总裁的心腹也不可能！

可是碍于她老爹的缘故，苏宛也不能就这么开口问，只得憋着问题，瞪着慕时方，等他有空给她一个解释。

苏爸爸倒是认真地听着，不过听到慕时方说他们昨晚开车过来的时候，眉头一皱："那今天就到此为止，你们两个先去休息吧！晚上起来吃晚饭，孩子他妈，去菜市场买几个菜！"

慕时方沉吟了一下，点了点头："那好，晚上再跟爸谈谈，爸对于一些问题有自己独特的见解，能给我带来很大的帮助。"

"小慕、小宛，你们赶紧去休息！"苏妈妈推搡了苏宛一把，"苏宛房间铺好了，快去吧！"

慕时方揽着苏宛的肩，对着苏爸爸点了点头，转身往关着门的房间走去。

"慕时方，我女儿就交给你了。"苏爸爸突然开口。

慕时方的脚步顿了顿："爸你放心好了，我会好好照顾苏宛的。"

苏宛突然心里一酸，赶紧加快了脚步，推开门走了进去。

跟她五年前离开家的时候一样，房间里面什么都没有变，连被子放的方向都跟以前一样。

房间打扫得很干净，纤尘不染。

"看来，爸妈一直都在等着你回家啊！"慕时方坐在床上，伸手把苏宛拉到了自己面前。

"是我当年不懂事，"苏宛揉了揉眼睛，却又一把揪住了慕时方的衣领，"说！你说你是端木集团总裁的事情，是骗我爸的吧！"

慕时方轻轻一笑："苏宛，现在这件事情，可以告诉你了。"

"到底是什么事？"苏宛预感不妙。

"说了你可不许生气！"慕时方箍住她的腰，把自己跟莫振强相识的过程，还有莫振强的身份，以及自己成为端木集团总裁的事情一五一十全告诉了苏宛。

慕时方讲完，苏宛的眼睛都瞪得跟金鱼泡一样了。

"你怎么一早没有跟我说？"苏宛掐着慕时方的脖子，"所以每次买了什么东西，你都说是你们老板给的钱，其实就是你自己买的？"

"没错。"

"你这个骗子！"苏宛想要跳起来，无奈她的腰被慕时方箍住，这一下不但没有跳起来，反而扑进了慕时方怀里。

从慕时方的怀里挣脱出来，苏宛凶神恶煞般看着慕时方：“你都瞒着我，要是我当时真的跟金灏天订婚了，我看你要怎么办？”

“我不能告诉你啊，因为莫振强的身份是一个秘密，而我的事情也不能说出去，”慕时方捏了捏苏宛的脸，“并且那个时候我告诉你我在跟莫振强接触的话，你一定会不管不顾地就阻止的——你很担心我被人‘拐走’吧！”

苏宛掩饰地咳嗽着。

“而且就算我只是一个小保安队长，你也愿意嫁给我，这样你才是真正地认清了自己的心啊，”慕时方温柔地看着苏宛，“我不希望你后半辈子都在怀疑自己。”

苏宛咬着嘴唇，猛地扑到了慕时方的怀里。

她无比庆幸，庆幸自己在蔡小雅结婚那天喝多了，才会那么晚回家。

庆幸她扶着墙吐，才会发现倒在那里的慕时方。

庆幸慕时方是长头发，她才会认为他是一个女人，所以才会把他带回家。

“慕时方……”苏宛吸着鼻子，“我爱你。”

“苏宛，我也爱你……”

番外

不管什么事都要从娃娃抓起

经过一阵撕心裂肺、鬼哭狼嚎、咒天骂地之后，苏宛终于从产房里出来了。

“慕先生，恭喜你了，是个男孩。”护士小姐喜滋滋地说。

“小宛，怎么样，难受吗？痛吗？身体还好吗？”慕时方却一脸紧张地握着苏宛的手。

护士小姐的嘴角抽了抽。

苏宛冲着护士小姐努了努嘴：“你回答人家一句好不好。”

慕时方点了点头，才又站起来，头一歪：“男的？”

护士小姐肯定地点了点头。

“男的？”慕时方的脸顿时黑了，“明明在怀孕之后吃了无数的偏方……为什么生下来还是个男孩儿？”

“啊？”护士小姐嘴角一抽。

苏妈妈嗔怪地瞪了他一眼：“男孩有什么不好的……”

“我想要女儿……”慕时方很是哀伤。

“再生一个就好了，”苏爸爸也是喜滋滋的，“多生几个。”

“你当你女儿是母猪吗？”苏宛默默地翻了个白眼。

慕时方去看了一眼那小子，眉眼之间有他几分英气，但是……没有头发，眉毛稀疏，真是丑死了！

所以看了一眼，慕时方就又回到了苏宛的床前。

“怎么样？你的儿子，还喜欢吗？”苏宛伸手握着慕时方的手。

“虽然很丑，但因为是你生的，所以我很喜欢，”慕时方拿起她的手，贴在了自己的脸上，“苏宛，谢谢你。”

苏宛甜甜地一笑。

哐当一声，病房的门就被推开了，蔡小雅挺着肚子，牵着一个小孩子大大咧咧地走了进来：“哟，苏宛，我家儿媳妇呢？”

“你家儿媳妇没有了，”慕时方有些不悦地看着她，“就不能沉稳点吗？你现在可是孕妇，苏宛也需要休息。”

明焕然苦笑着走了进来：“小雅生了孩子之后，性格也越来越像孩子了……话说我儿媳妇呢？”

小明也眨着自己的大眼睛：“慕叔叔，妹妹呢？”

慕时方伸手摸了摸他的头：“小明，对不起，你苏宛阿姨给你生了一个弟弟，没有妹妹了。”

“什么！我等了十个月啊！”蔡小雅气得嘴角都歪了，“慕时方你不是保证这会是个女儿的吗，怎么变成了儿子了？”

“我也想要女儿啊！”慕时方一摊手，“谁知道是个丑儿子……不过小雅你努力一点的话，生个女儿可以做我家的儿媳妇。”

“那岂不是太便宜你家儿子了？”

苏宛一听，立刻就不干了：“臭娘们你这是什么意思！我要真的生了一个女儿，那才是便宜了你家儿子呢！”

一眼瞥到扁着嘴的明重楼，苏宛又赶紧解释：“小明，我可不是嫌弃你啊，我是嫌弃你妈。”

蔡小雅的嘴角立刻就抽搐了起来。

明焕然无奈地摇了摇头，才又拍了拍慕时方的肩：“生了个儿子，以后有你受的了！”他又凑到慕时方身边小声地开口，“放心好了，小雅这二胎啊，绝对是女儿！”

“真的？”慕时方却是一脸的不相信，“当初苏宛还怀着的时候，那么笃定是女儿呢，生下来还不是男孩！”

明焕然得意地一笑：“八个月之后你就知道了。”

八个月之后，蔡小雅临盆，顺利产下一个女婴。

据明焕然后来的描述，蔡小雅得知自己生了个女儿之后，捶胸顿足，连呼“便宜苏宛了。”

以上这些，都是我婆婆跟我说的。

我叫慕昭涟，听着像是一个女孩子的名字，但我真的是男孩子——爸爸真的是很想要个女儿啊，想想我是个男孩子还真是对不起他啊。

我今年七岁，有一个大我三岁的哥哥，叫明重楼，还有一个小我一岁的妹妹，叫明小楼。

他们都是妈妈最好的朋友——小雅阿姨的孩子。

这个妹妹，其实就是我的未婚妻。

从小到大，我就被爸爸妈妈教育着要爱护小楼妹妹，因为她将会是我未来的老婆——要永远对老婆好的思想教育要从娃娃抓起。

我很听话。

爸爸对妈妈很好，很宠妈妈，所以我也要很宠小楼妹妹。

“慕时方，我想要吃薯片！”妈妈又赖在爸爸的身上撒娇了。

爸爸看了我一眼：“昭涟，去给妈妈拿薯片。”

“是！”我立刻放下电视遥控器，跳下沙发去给妈妈拿薯片。

“慕时方，我想要吃冰淇淋……”

“昭涟。”

“是！”

“慕时方，我想要……”

“昭涟。”

“是！”

咳咳，我之所以这么听话是因为爸爸教育我要学会关心人照顾人疼爱人以后对小楼妹妹也要这样，而且我很爱我的爸爸妈妈……绝对不是因为我屈服于爸爸的武力了！

我的爸爸很厉害，妈妈说他不是这个时代的人，是从很厉害很厉害的地方来的。爸爸从小就教我学武术，所以我也很厉害，我要像爸爸保护妈妈那样，去保护小楼妹妹。

嗯，顺便保护一下重楼哥哥好了。

爸爸曾经说过“如果不是因为要从小教你武功我真想把你丢给爷爷奶奶免得你来打扰我跟妈妈的生活。”这样的话，所以很多时候我都觉得爸爸严厉地教我说不定是为了泄愤。

看，现在爸爸又完全无视我的存在在沙发上跟妈妈卿卿我我了。

“都老夫老妻了，在孩子面前那么亲热，至于吗？”我默默地翻了个白眼。

这些话是绝对不能在爸爸面前说的，不然肯定会被罚。

我还记得前年我天真地对妈妈说了一句爸爸在外面被别的女人搭讪的话，导致那一个星期我每天要多蹲一个小时的马步，现在想起来都是泪。

为了避免被这老两口的恩爱给闪瞎眼，我明智地回自己的房间去看书了。

以后如果我跟小楼妹妹真的结婚了，如果我们也有孩子了，我是绝对不会在孩子面前肆无忌惮地秀恩爱的，尤其是那个孩子才七岁！

嗯，话说我现在就考虑这个问题是不是有点早了？

不管了啦，反正，爸爸妈妈开心就好了，老两口愿意秀恩爱就秀吧！趁早给我再生一个妹妹吧！

后　记

人这一生，最幸福的就是在对的时间遇到了对的人，不管是以什么方式遇到的，只要你牢牢地把握住了，那么幸福唾手可得。

本文到此就要结束了，苏宛也将跟慕时方幸福地生活下去了……

什么？你说晚上慕时方跟苏爸爸的谈话？相信我，那会很枯燥的，你们不会愿意看到的。

什么？你说苏宛跟苏爸爸的关系？看起来你们是不了解父母的心啊！父母和子女之间怎么会有真正的仇怨呢？

苏爸爸的性格相信大家都能看出来，绝对的权威型和大男子主义，苏宛年轻的时候也是个过分有主见的人。

这样的两父女，因为一些事情闹起来，实在是一件很寻常的事情。

可是五年不见，很多矛盾、冲突再想起来，只会觉得可笑而已。

原谅的话从来都不需要说出口，只是一个眼神、一个动作，就能看得出来——那是满满的爱。

什么？你说苏宛的初恋男友的事情？关心那个渣男干什么？难道你们觉得，他会比苏宛更幸福吗？

哈哈，当然不会。

什么？你说金灏天的事情？金灏天的事情有些麻烦啊，金帝集团的事情也有些麻烦……

金灏天的性格也有些麻烦，当然他不会因为这次的事情而萎靡不振，但是请相信我们的男主角，你们这帮不喜欢男配的家伙难道真的要我让慕时方把金帝集团的犯罪证据揪出来，把金灏天绳之以法吗？你们真残忍！

至此，就让苏宛和慕时方幸福地生活下去吧，金灏天自然会有他自己的结局啦。

……幸福，幸福才是最重要的……